Ralf Bönt

Die Entdeckung des Lichts

Roman

DUMONT

Der Autor dankt der Akademie der Künste zu Berlin, der Staatsbibliothek zu Berlin, der British Newspaper Library, der Royal Institution of Great Britain, der Institution of Engineering and Technology, dem Science Museum London, dem Cuming Museum Southwark, der Bodleian Library Oxford, dem Earl of Lytton für Einsicht in den Nachlass Lord Byrons, dem Deutschen Museum, der Monacensia und dem Schwabinger Stadtarchiv München, der Bayerischen Staatsbibliothek sowie der Deutschen Forschungsgemeinschaft für die Nutzung der Nationallizenzen.

Erste Auflage 2009
© 2009 DuMont Buchverlag, Köln
Alle Rechte vorbehalten
Umschlag: Zero, München
Gesetzt aus der Stempel Garamond
Gedruckt auf säurefreiem und chlorfrei gebleichtem Papier
Druck und Verarbeitung: CPI – Clausen & Bosse, Leck
Printed in Germany

ISBN 978-3-8321-9517-5

Die Menschen sind eben suggestibler als die Pferde, und eine Mode beherrscht jede Zeit, ohne dass die meisten Menschen den Tyrannen auch nur zu sehen bekämen.

Albert Einstein

Das Glück ist die Zeit der Verwirklichung.

Simone de Beauvoir

Das vorliegende Buch ist ein Roman. Ähnlichkeiten mit lebenden oder verstorbenen Personen sind beabsichtigt, aber genauso zufällig wie die Emission eines Lichtteilchens: Niemand weiß ganz genau, wann es passiert.

Für Astrid, Bruno und Nicola

Prolog: Der Brief

Sarah Faraday konnte oben in der Wohnung die Dielen nicht knarren hören, die sich unten im Magnetischen Laboratorium unter den Schritten ihres Mannes bogen. Das blieb den Ratten des Hauses vorbehalten. Den Alltag im Keller kannte sie aber genau. Sie glaubte, bis in die Geräusche und Gerüche daran teilzunehmen, während sie die Laute der Straße schon lange nicht mehr bewusst wahrnahm: Pferdehufe, Pferdeschnaufer und manchmal Gewieher, Wagenräder auf den Kopfsteinen, die kurzen Kommandos der Kutscher, ihre Glocken und das Ächzen der Kutschgestelle, das Prasseln des Regens oder sein Rieseln, das Hämmern aus der Werkstatt schräg gegenüber, vereinzeltes Kinderlachen, das Geschrei eines Säuglings und sehr junge Laufburschen, die sich Vulgäres zuriefen und nichts vom Leben zu wissen schienen.

Frühe Schritte auf der Treppe zu ihren zwei Zimmern unterm Dach wären ein schlechtes Zeichen gewesen und hätten sie sofort aufhorchen lassen.

Wenn sie Faraday in den ersten Abendstunden wegen seiner zeitraubenden Korrespondenz nicht sah, war das nicht wie während des langen Tages. Obwohl sie mit einem Ohr immer zur Treppe und nach unten lauschte, weil sie auf ihn wartete, kam sie abends zur Ruhe. Das hatte sich in den letzten Jahren nicht wie so vieles andere verändert. Schrieb er, so war alles gut.

Er schrieb täglich, seit er im Sommer 1812 seinem Jugendfreund Benjamin Abbott von einem Gentleman berichtet hatte, der eine umfangreiche Korrespondenz führte. Aus Sizilien und Frankreich erhielt dieser Mann Post, und solches Briefeschreiben, fand Faraday damals, musste doch das pure Vergnügen sein. Es verbessere erstens die Handschrift, schrieb er seinem Freund, und zweitens die ... und hier stockte Faraday, denn das benötigte Wort fiel ihm nicht ein. Er erklärte Abbott, wie oft ihm dies passiere, wie oft ihm das benötigte Wort nicht einfalle. Ein paar Sekunden waren vergangen, dann stand ihm das gerade fehlende plötzlich doch zur Verfügung: Zweitens verbessere es den Ausdruck, die Fähigkeit zu formulieren, die Kunst, Worte zum Klingen zu bringen.

Er hatte die Wortfindungsprobleme ignoriert, indem er fortfuhr, als ob er ohne Unterbrechungen schriebe: Briefe zu verfassen schule drittens den Geist durch den Austausch von Wissen, schärfe viertens die Ideen, die im Kopf entstünden und beim Aufschreiben erst klar würden, stärke fünftens die Moral. Er habe keine Zweifel – *lieber Abbott!* –, dass es noch mehr Vorteile als die eben aufgezählten gebe, weshalb er vorhabe, in Zukunft selbst Briefe zu schreiben.

Das hatte er getan, immer am frühen Abend und im Stehen, bis jetzt, im Spätsommer 1845, als er im Keller auf das leere Blatt sah und die Tageszeit ein Gefühl war. Faraday hatte keine Uhr, und hätte er eine gehabt, sie wäre auch nicht genauer gewesen als die Kirchenglocken, die mal läuteten und mal nicht. Er vertraute deshalb seiner Schätzung, die er tagsüber anhand der Färbung der Wolken machte. Mit schräg gehaltenem Oberkörper und eingezogenem Kopf konnte er sie durch das Oberlicht in einem kleinen Ausschnitt des Himmels sehen. Nach Sonnenuntergang, wenn die Scheibe innen beschlagen war oder wenn außen Regen und Spritzwasser von der Straße darauf stand, vertraute er seinem anfangs gut funktionierenden Empfinden für den verstrichenen Zeitraum. Nur manchmal hatte er Lust, seine Schätzung mit der Zahl abgebrannter Kerzenstummel zu bestätigen. Die Kerzen waren zusammen mit den zwei Wohnräumen unterm Dach, genügend Schürzen, Heizkohle und ein bisschen Geld in diesen ersten Jahren seine Entlohnung durch die *Royal Institution*, und er führte über sie nicht Buch.

Wenn Faraday überlegte, lief er um sein Stehpult herum. Die Feder an den Lippen und den Blick abwechselnd auf die Schuhspitzen und an die Decke geschickt, trat er plötzlich wieder an das Pult heran, um weiterzuschreiben. Das war am Anfang so gewesen, und jetzt war es noch immer so. Aber sonst war nichts wie am Anfang. Er hatte den außergewöhnlichsten aller seiner Briefe vor sich, jenen, von dem Sarah nichts wissen konnte und der spätestens in den Händen der Empfängerin zu einem Abschiedsbrief werden sollte.

Auf der groben Tischplatte waren wie immer offene Schalen und Glaskolben verteilt, darin Reste von Salzsäure und Quecksilber. Tagsüber hatte Faraday an den Gasgesetzen gearbeitet.

In seinem Tagebuch fragte er sich, wie die Übergänge der Metalle Quecksilber, Zink und Kalium, die in flüssigem Zustand undurchsichtig, im gasförmigen aber transparent oder gar farblos waren, mit dem Gesetz der Kontinuität übereinstimmen könnten. Das Gesetz hatte Lavoisier inmitten der Revolution gefunden, die ihn den Kopf kostete. In ungebeugter Haltung, geradezu förmlich, soll er sich von seiner Frau verabschiedet haben, als sie ihn zum Guillotinieren abholten, wie ein Mann also, und sein Gesetz war ebenso unbeugsam: Nach ihm verschwand nichts, alles verwandelte sich in anderes aus denselben Bestandteilen.

Wog man zum Beispiel beim Verbrennen von Holz alle beteiligten Stoffe vorher und hinterher, das Holz, die Luft, die Abgase, dann fehlte nichts. Dieses Gesetz konnte man nachmessen, wann man wollte. Es galt. Es war selbst eine Revolution, denn es hatte die Betrachtung von Gott und der Welt, von Ursache und Wirkung, von Anfang und Ende zu verändern begonnen: Wenn es kein Ende gab, dann hatte es vielleicht auch nie einen Anfang gegeben?

Faraday wusste das nicht, und er fragte jetzt nicht danach. Ihm hätte es genügt, zu wissen, wo die verdampften Metalle geblieben waren. Er hatte es vorhin im Laborbuch fragend notiert und dann mit abwesendem Blick die links neben dem Tisch auf dem Boden stehende unbenutzte große Batterie betrachtet, mit der er jahrelang gearbeitet hatte. Ihre Kabel und Teile des Gehäuses waren von Salpetersäure angefressen und mit dem gelben Pelz der Nitratsalze überzogen. Beim Überlegen nahm er nichts davon wahr, das heißt: beim Versuch, zu überlegen.

Er wusste nicht, was mit den Metallen beim Verdampfen geschah, und es war kein gieriges Unwissen mehr wie damals, als er Abbott das erste Mal geschrieben hatte. Faraday stand jetzt einem erschöpften und hoffnungsarmen Unwissen gegenüber, sein Verstand war meist weit von ihm weg. Er wartete nur noch auf glückliche Zufälle. Ahnte er nicht, dass dies mit den Metallen in Zusammenhang stand?

Dass er die Metalle einatmete, muss er erwogen haben. Dass sie ohne jede Mühe in seine Blutbahn gelangten, hat er sich nicht vorgestellt. Dass sie ohne auf den geringsten Widerstand zu stoßen durch die Bluthirnschranke schwammen, dass das Quecksilber in die Zellen eindrang und Tag für Tag mehr Enzyme und Koenzyme blockierte, dass es seine Energieversorgung über die Jahre immer weiter herabsetzte, das Immunsystem beinahe zum Stillstand brachte, Zellen tötete, Erinnerungsvermögen und Konzentration demolierte, das Nervensystem zersetzte: Er wusste es nicht.

Dabei hätte er von der Gefahr wissen können. Eine Fahrt mit dem Dampfschiff nach Amerika, schon von dort eintreffende Zeitungen wären ausreichend gewesen, denn in Amerika war das Metall bereits verboten. Zahnärzte, die es trotzdem in Zähne füllten, warf man als *Quacksalber* ins Gefängnis. Davon hatte Faraday in London nicht gehört, und er wollte nicht davon hören.

Was er wollte, war weitermachen.

Wie jetzt mit dem Brief. Als er sich eine neue Kerze auf das Pult stellte, hatte er die Gasgesetze vergessen. Das war mehr als leicht.

Um in einem Brief an Schönbein in Basel über seine Messungen und Aufzeichnungen vom Tage etwas sagen zu können, hätte er gezielt und angestrengt nachdenken müssen. Er hätte die volle Anspannung der ihm noch zur Verfügung stehenden Willenskraft aufbringen müssen, und er hätte es nicht nur mit Drehschwindel bezahlt.

Zum Glück brauchte er die Gasgesetze für den Brief nicht. Wenn er sie morgen wieder brauchte, würde ihm schon etwas einfallen. So würde, so musste es sein. Er würde in seinen Aufzeichnungen lesen, auf Automatismen seines Geistes und auf ein kleines bisschen Wachheit warten und auf eine Eingebung, während der Tag sich langsam ohne Ergebnis verzehrte, um nicht wiederzukommen.

Egal.

Lass mich bloß bei dem Brief bleiben, sagte er sich wortlos und ungenau. Er war bereit, die nächste Minute verloren zu geben und auch die übernächste. Seine Hand zitterte. Sie verschüttete Wachs. Er war jetzt dreiundfünfzig. Er hatte wenig Einfluss auf den Weg seiner Gedanken. Sie schienen zu überlegen. Wohin wollten sie denn? Was wollte er schreiben? Zum Glück war er allein, wie fast immer. Wie spät war es überhaupt? Zugleich rasend und stillstehend kam ihm die Zeit vor. Sie verstrich, während er reglos am Pult stand oder herumlief und nicht sagen konnte, wie viel Zeit vergangen war, oder was er mit ihr gemacht hatte.

Wann war sein Gefühl für die Zeit eigentlich verschwunden?

War es das denn?

Egal.

Nicht ablenken lassen.

Jetzt! Und nicht wütend werden, nicht wütend ...

Er nahm die Feder, beim Eintauchen ins Tintenglas schlug sie viermal an, dann setzte er sie auf das Papier.

»Meine liebe Lady Lovelace«, sah er die Feder schreiben und brachte immense Kraft auf, um seine Handschrift flüssig und gerade hinzubekommen. Er setzte ab und wieder an, und bei jedem anderen würde man an dieser Stelle sagen, dass er sich nun ein Herz fasste. Aber Michael Faraday hoffte nur, wenn er die Augen schloss, für einen Moment die Reste seiner Persönlichkeit zu fassen zu kriegen, um der Frau, deren Name sein erster Biograf noch durch einen Strich ersetzte, um sie verschämt eine »Dame von höchstem Talent« zu nennen, ein paar möglichst freundliche Worte zu übermitteln.

Statt den Brief mit einem Datum zu versehen und mit weit ausholenden Respektsbekundungen und Treueversicherungen zu beginnen, atmete Faraday angespannt aus und wieder ein und begann zu schreiben, was den Abbruch aller Kontakte nach sich ziehen sollte: »Meine liebe Lady Lovelace«, schrieb er, »Sie treiben mich mit Ihren Einladungen in die Verzweiflung.«

Er machte eine neue Pause, und mit hochgezogenen Brauen wartete er geduldig darauf, dass gleich für einen kurzen Moment die diffuse Erregung abebben würde, die keine Richtung hatte, und die er in den Briefen an die Freunde *Konfusion* nannte. Sie trennte ihn vom Leben der anderen: Längst waren seine Tage Irrläufe, sein Leben eine Reise, deren Verlauf jemand auf ein knittriges, jederzeit zerreißbares Stück Papier gekritzelt hatte, in das seine widerstreitenden Gedanken Löcher bohrten.

Geblieben war ihm die Geduld. Mit ihr wartete er jetzt auf den Impuls, den Brief fortzusetzen. Denn der Impuls würde doch kommen. Immer war es bislang so gewesen.

Er musste möglichst gelassen bleiben beim Warten, denn auch das Warten verbrauchte kostbare Energie. Er durfte den richtigen Augenblick nicht verpassen. Jetzt: In dem Brief würde er ihr absagen, dachte er, natürlich. Er sah seine Hand schreiben: »Ich wage nicht zu kommen und werde nicht kommen ...«, und er passte auf, gleich weiterzuschreiben, »... und ich empfinde es dennoch als unmöglich, Ihnen diesen Wunsch abzuschlagen.«

Jetzt nicht zurückgehen, sagte er sich, nicht nachdenken, weiterschreiben ist wichtig, und er schrieb mit zitternder Hand: »Ich weiß nicht, wie ich Ihnen antworten soll: Und glauben Sie nicht, dass meine Versuchung die Oberschicht ist, denn es ist ganz allein Ihre Freundlichkeit, die mir das Gefühl gibt, einen schlecht begründeten Rückzieher zu machen, und«, ja, »es sind allein Sie, wegen der ich gekommen wäre.«

Ohne es zu bemerken, atmete er heftig aus und schloss: »Vergeben Sie mir und glauben Sie mir.« Schnell unterzeichnete er: »Dankbarst, Ihr M Faraday.«

Er hatte »Oberschicht« unterstrichen und »allein Sie«.

Jetzt legte er die Feder weg. Geschafft! Er faltete das Papier zusammen, ließ Wachs auf die Stoßkanten fallen, und als er beim dritten Versuch getroffen hatte, presste er sie aufeinander. Diese Leere jetzt. Wäre doch der Laufbursche schon da und mit dem Brief wieder weg!

Wie Faraday nicht genau hätte wiederholen können, was in dem vor ihm liegenden Brief stand, wie er nicht hätte ausschließen können, dass er aus Versehen wieder mit W Faraday gezeichnet hatte oder mit F Maraday, so war er nicht sicher, ob er morgen oder in einer Woche würde sagen können, ob er überhaupt geschrieben oder sich vielleicht doch nur vorgenommen hatte, es zu tun. Faraday wischte sich mit der rechten Hand über das Gesicht. Nichts war zu ändern.

Er stützte den Kopf auf die Hand. Es klopfte: Sarah.

Ob er nicht käme.

»Doch. Wie spät ist es?«

Draußen war es längst dunkel.

»Zehn durch.«

»Gleich.«

Sarah nickte und verschwand wieder. Sein Blick strich über die Utensilien des Labors, eine Landschaft aus beseelten Geräten,

Kindern gleich, die mit unverständlicher Disziplin darauf warteten, seine Wünsche zu erfüllen. Dann stand er auf, warf sich seinen Mantel über und ging aus dem Haus. Theoretisch hätte Sarah ihn von oben die Straße hinunter Richtung Piccadilly laufen sehen können.

Er sog die Luft durch Nase und Mund in die Lungenflügel und freute sich über jeden zurückgelegten Meter. Sein Geist klarte an der frischen Luft etwas auf. Er dachte an den kommenden Tag, den er im Frieden seines Kellers verbringen würde, allein mit den Gasgesetzen, die ihm nie unberechtigte Vorwürfe machten, ihn nie zu etwas zwingen wollten, die einfach nur da waren, um sich ihm zu zeigen, jedes Mal wie zuvor und jedes Mal neu.

Er lachte.

Immer wenn er einen noch so kleinen Teil Leben überblickte, wenn er die Tage auseinanderhalten konnte und sich mit einer Übersicht von einer oder zwei Seiten im Tagebuch blättern oder schreiben sah, lief er schon Gefahr, in Hochstimmung zu geraten.

Auch wenn er mit Sarah zur Erholung in Brighton spazieren ging, überspülten ihn schnell angenehme Gefühle. Das letzte Mal war er enthusiastisch gewesen, als er aufs Meer blickte und die Meerluft atmete. Fast hätte die Begeisterung über das gemeinsame einfache Dahinschlendern und die Aussicht auf einige gute Tage ihn auf der Strandpromenade Freudensprünge machen lassen. Wie ein Clown. Warum eigentlich nicht? Nur ein gleichzeitig auftretender Drehschwindel und sein Respekt vor Sarah hielten ihn zurück. Aber dass jeder noch so vage Arbeitsplan in Begeisterung mündete, genoss er, wie damals im Brief an Abbott, als er jung genug war, um keine Grenze zu sehen. Nur größer als damals war das Hochgefühl jetzt, und brüchiger war es, abgründiger: Spontane Euphorie war auch eine Folge des Gifts.

Es hatte allem etwas an, nur seiner Liebe nicht. Als er zurück war und die Tür der *Royal Institution* aufschloss, wusste er nicht, ob eine Stunde vergangen war oder zwei. Aber dass seine Liebe ihn beim Eintreten in das Gebäude, beim Atmen seiner Luft umarmen würde, war sicher.

»Morgen«, dachte er plötzlich ganz klar. Morgen würde er die Gasgesetze sein lassen. Er würde den Brief von Thompson noch einmal lesen, und würde beweisen, was niemand für möglich hielt: dass Licht magnetisch war. Es würde eine Revolution sein, obwohl er so nicht dachte. Er wollte die Welt noch einmal berühren, ein letztes Mal, wollte sie endgültig verändern, vierundvierzig Jahre bevor Hermann und Jakob Einstein mit nichts als seinen Entdeckungen Schwabing, die Nachbarstadt Münchens, elektrisch beleuchteten, damit die Bürger jubelten und johlten, die Journalisten dichteten und die Politiker mit den Lampen um die Wette strahlten.

I
Aus dem Dunkel

1 James und Margaret Faraday

Im Sommer 1812 war Faraday einundzwanzig. Er war geküsst worden. London hatte er noch nie verlassen. Das Meer kannte er nur vom Hörensagen und von einem Ölgemälde, das im Hinterzimmer von Riebaus Buchbinderei hing, in der er es nach einem Jahr als Laufbursche bis zum Lehrling gebracht hatte.

Das Gemälde zeigte sechs oder sieben Segelschiffe auf einer um ein Pier tosenden Wassermasse, der ein Schiff, egal welcher Größe, sich nur hingeben konnte. Einmal, als er auf eine Anweisung wartete, hatte Faraday das Bild betrachtet und war mit den Augen an den gewaltigen Bewegungen von Himmel und Wasser entlanggefahren. Einer von Riebaus Kunden, der über dem Laden wohnende französische Maler Masquerier, kam dazu und meinte, das Bild sei nur eine Kopie.

»Ich habe das Original einmal gesehen. Im Atelier des Künstlers.« Es sei wirklich beeindruckend.

Faraday hatte überlegt.

»Hast du schon einmal von Turner gehört?«

Hatte Faraday nicht.

»Wirst du schon noch«, meinte Masquerier.

Faraday sah weiter das Bild an.

»Also, wichtig ist«, wiegelte Masquerier dann großartig ab, »dass es den Ort zeigt, an dem England sich täglich aufs Neue beweist.«

Faraday hatte nicht gefragt: Beweist? Er hatte den Mann nur fragend angesehen.

»Gegen seine vielen Feinde beweist«, sagte der, und er sagte es zufrieden.

Faraday wunderte sich über seine Zufriedenheit und war froh, hier zu sein und Männer wie ihn zu treffen und solche Dinge sagen zu hören. Er selbst hatte keine ihm bekannten persönlichen Feinde. Welche zu haben, war für ihn ein fremder Gedanke.

Mit dreizehn hatte er die Schule verlassen, um Geld zu verdienen. Das war ein Alter, in dem fast alle anderen Kinder die leise Hoffnung, einmal Lesen und Schreiben zu können, aufgegeben hatten und sich sagten, dass mit Lesen und Schreiben das Leben sowieso nur noch komplizierter geworden wäre als ohne. Das fand Faraday, zu dem Lesen und Schreiben von alleine gekommen waren, gar nicht. Dass er überhaupt auf eine Schule gegangen war, hatte mit der 1788er Dürre zu tun.

Die Ehe seiner Eltern war im abgelegenen Westmorland geschlossen worden wie die Ehen ihrer Eltern und Großeltern und Urgroßeltern. Sie hofften auf Gelingen, ließen einen anderen Gedanken nicht zu. In Outhgill besaßen sie eine Schmiede. Im wenige Meilen nördlich gelegenen Kirkby Stephen schickten sie sonntags in der Gemeinschaft der Sandemanier Bitten gegen die Decke des kleinen Gebetshauses, von wo sie hoffentlich den Weg in den Himmel fanden.

»Und dort«, so Margaret: »Erhörung.«

Das ging so, bis sich nach einem schönen Frühjahr die Dürre auf das Land setzte wie ein großes, nie gesehenes Tier, das Wochen und Monate ausharrte. Sie nahm James und Margaret Faraday ihre zwei an englisches Gras gewöhnten Rinder und eine Handvoll Schafe. Ein Tier nach dem anderen magerte ab und wurde schwach, fiel auf den braunen, staubigen Boden vor dem Haus und erhob die Rippen unter der schon blank gescheuerten Haut nicht mehr. Die restlichen Tiere wurden vorzeitig geschlachtet. Heu für Kutschpferde gab es meilenweit nicht, und so kamen keine mehr. Was James und Margaret dachten, sagte er: »Das geht vorbei.«

Sie dachten, sie würden sich wieder hocharbeiten, wenn der Regen käme, und der käme doch, er musste ja kommen, wie er immer gekommen war.

»Wir dürfen in unseren Gebeten nicht nachlassen«, sagte James, und Margaret meinte nichts anderes.

Die Natur war dagegen. Sie hatte Gefallen daran, einen Superlativ auf den anderen folgen zu lassen. Nach der Dürre erlebte das Königreich einen schlimmeren Winter, als je einer überliefert worden war. Wenn James Faraday vor die Schmiede trat, um nach Kundschaft zu spähen, mischte sich der beißende Frost in seinen Bronchien zu den üblichen Schmerzen in Gelenken, Kopf und Muskeln. Er konnte nicht sagen, ob der Biss der Kälte in den Lungenspitzen eine willkommene Ablenkung war oder eine zusätzliche Belastung, während weder aus Bullgill im Norden noch aus Aisgill im Süden je ein Wagen kam oder auch nur ein einzelnes Pferd, das möglicherweise ein Eisen hätte erneuert haben müssen.

Erst im Frühling wurde es ein wenig besser. Sie kauften ein neues Rind, nur um die Hälfte von ihm bald wieder zu verkaufen. Das Geld brauchte James dringend für Roheisen, Holz und Kohle, um die Baracke, in der er auf Kundschaft wartete, »überhaupt Schmiede nennen zu können«.

Im Sommer darauf geschah etwas Merkwürdiges: Immer häufiger passierten Soldaten und solche, die es werden wollten, das wie hingeworfen wirkende Ensemble aus drei Häusern. Überrascht, dann einander mit fragenden Mienen ansehend, warteten Faradays, wenn die einzelnen oder in kleinen Gruppen reitenden Gestalten von Norden die Straße herunterkamen, die sich durch die ockerfarbenen und in vielen Grüntönen daliegenden Hügel Westmorlands zog wie immer. Wenn die Männer nach Süden weiterritten, sahen sie ihnen ratlos hinterher. Über Monate, in winzigen, zufälligen, einzelnen Häppchen erfuhren James und Margaret, dass der König in Frankreich die Flucht vor jenen Bürgern ergriffen hatte, die trotz Hunger noch genug Kraft hatten, bis zum berühmtesten Gefängnis in Paris zu laufen, um es zu stürmen. Frankreich war doch weit weg, dachten sie.

»Damit der Franzose nicht hierherkommt«, erklärte ein zukünftiger Soldat lässig Tabak schnupfend auf James Faradays Frage, wohin er wolle und wieso der Aufmarsch.

Und ein anderer, mit einem stolzen Blick, meinte von seinem Schwarzen herunter: »Damit die Engländer nicht auf dieselbe Idee kommen.«

Immer waren sie Richtung London unterwegs, wo angeblich bereits eine Million Menschen lebten. Bis zum Winter wussten James und Margaret, dass auch solche französische Bürger bei der Erstürmung des Gefängnisses dabei gewesen waren, die satt gegessen auf ihren Pferden gekommen waren, dass das Gefängnis *Bastille* hieß und dass die satten Bürger genauso viel Angst vor dem Hunger der anderen gehabt hatten wie vor dem Hunger selbst.

Anderthalb Jahre ebbte der Strom der Reiter nicht ab, und nicht jeder, der in dieser Zeit einen Schmied brauchte, bezahlte ihn auch.

Jeden Tag spürten James und Margaret, wie sich seit der Dürre alles verändert hatte. Wenn sie in der Nacht die Kinder beruhigte, träumte er von den verendeten Tieren, die ihre kalt gewordenen Beine in die Luft hielten, dazu zu grinsen schienen und spöttische Laute von sich gaben, weil ihnen nichts mehr eine Anstrengung war. Er träumte von der ausgekühlten Feuerstelle seiner Werkstatt, von vorbeireitenden Horden schwarz maskierter Reiter, die nicht einmal mehr anhielten und immer schwerer bewaffnet waren. Irgendwann nahmen sie, bevor er aufwachte, Margaret mit.

Aber morgens, wenn das Licht zuverlässig über den Hügel kam, konnte er nur wieder Schmied sein und sein eigener Bauer. Wenn es nicht reichte, war es aus, und das konnte passieren. Was sollten sie darüber reden?

»Die Kinder müssen in eine Schule«, war Margarets Meinung. Auf dem Markt hatte sie von der Wasserspülung gehört, mit der man in London die Häuser auszustatten begann, auch wenn sie daran nicht denken wollte, die zu erwähnen sie nicht in Betracht zog und an die sie vielleicht auch gar nicht glaubte. Das war es nicht.

»Ja«, sagte James mit der kratzenden, langsamen Stimme und zwischen den Worten Luft holend: »Vielleicht gibt es in London mehr Arbeit. Bis London sind es ein paar Tage Fahrt, die uns kostet, was wir haben. Was, wenn in London nicht mehr, sondern weniger Arbeit ist?«

James hatte die Armen in London einmal gesehen, auch wenn das lange her war. Arm sein in London war schlimmer als arm sein in Outhgill, wo es keiner merkte. In London konnte er sich auch kein Rind halten. Was er konnte, war abwarten. Aus Abwarten wurde Ausharren. Ausharren hatte er neben dem Beten und dem Schmieden und dem Abwarten jetzt auch gelernt.

Im Winter neunzig schob sich Margaret eines Morgens mit dem Rücken an die Brust ihres Mannes, um sich zu wärmen und Trost zu holen und zu geben. Sie machten das oft so. In der Umarmung bemerkte James, dass ihre Brust sich zum dritten Mal füllte. Später am Tag sah er es auch. Er fing ihren Blick auf, schaute auf ihre Brüste und fragte freundlich: »Ja?«

Sie bestätigte, Freude huschte dabei über ihr Gesicht, dann sah sie wieder sehr ernst aus. In den folgenden Tagen sprachen beide kaum miteinander.

Es war Margaret, die darauf drang: »Lass uns nicht warten, bis auch dieses Kind in der Postkutsche bezahlen muss.« Es würde schon jetzt jeder mühselig auf dem Markt in Kirkby ausgehandelte Knochen nach dem Abschaben so oft ausgekocht, »dass wir uns den Geschmack einbilden«.

Sie beteten, beratschlagten, lasen in der Bibel nach und fanden den Rat, den sie suchten. Sie zogen nach London. James fand Arbeit. Michael wurde ein Stadtkind.

Zuerst wohnten sie in Newington südlich der Themse in zwei

Zimmern, und Michael ahnte nicht, dass die Stadt irgendwo aufhörte. Statt an den Fluss zu gehen, spielte er zwischen den Pferden im Innenhof ihres Blocks oder hörte sich Gespräche an, die sich um das Handwerk drehten und die Schwierigkeit, genug Geld zu verdienen.

Das verschwitzte, mit schwarzem Staub belegte und vom Schweiß verschmierte Gesicht seines Vaters stempelte Michaels Tage. Von der Tür der Schmiede aus beobachtete er manchmal die langsamen Bewegungen seines Vaters am Amboss, der weniger den schweren Hammer bewegte, als dass er von dem, was um ihn herum war, selber bewegt wurde: der Hitze, dem Krach, den Dämpfen und Gasen drinnen, der Kälte und Nässe draußen, dem Qualm der vielen Feuerstellen, die London unter einen Mantel aus Rauch legten, als benötigte es eine Zudecke. Man schmeckte den Qualm auf der Zunge, sah ihn schwarz beim Naseputzen und spürte ihn in den Lungen und im Hals kratzen. Von seinem Husten wurde James Faraday auch bewegt, von den Krämpfen in seinen Händen, die spätestens am Nachmittag einsetzten und manchmal auch schon am Morgen, wenn er den Tee trank.

Wenn er abends aus der Schmiede kam, hatte James Faraday den Blick immer schon auf den Boden gerichtet. Er hielt sich am Stuhl fest, wenn er die Schuhe und den Kittel auszog, er atmete auf eine Weise, die sich zwischen Stöhnen und Seufzen nicht entscheiden wollte, und an seinem Gesicht zerrten Schmerzen, vor denen Michael Respekt hatte, die ihm Angst machten und von denen er dennoch gern gewusst hätte, wie sie sich genau anfühlten und woher sie kamen.

Mit besorgten und über die Jahre immer skeptischeren Blicken beobachtete Margaret die stetig matteren, kraftloseren Bewegungen, mit denen sich ihr Mann am Waschbecken die Hände schrubbte. Wenn sein jüngster Sohn unbewusst in den Blick der Mutter einfiel, strich James ihm mit einer abgetrockneten Hand wortlos über den Kopf und hustete langsam dazu. Nachts, wenn nur Margaret es hörte, ließ er seine Kopfschmerzen in schwachen, seltsamen Lauten hinaus, ohne dass man es Klagen hätte nennen müssen. Mehr Härte gegen sich selbst forderte niemand von ihm. Alle beteten und hungerten.

Hatten sie keinen Hunger, dann brauchte eines der mittlerweile vier Kinder eine Jacke oder Schuhe oder am besten eine dieser warmen Hosen aus russischen Daunen, die sie bei anderen bestaunten und selber nie bekamen.

Der Sandemanier James Boyd hatte in den Jacob'schen Stallungen auf der anderen Seite der Themse, noch hinter dem Parlament, eine gut gehende Schmiede und ein Eisenwerk und bot James Arbeit an. Also zogen sie um. In direkter Nachbarschaft war die spanische Kapelle. Sie nahmen sich vor, »die Katholiken einfach zu ignorieren.«

Man hoffte auf glückliche Fügungen, vor allem auf niedrige Preise durch eine günstige Ernte im nächsten Jahr. Und mit den Jahren hoffte man immer häufiger auf das Wegbleiben eines Mannes aus Frankreich, den alle *Buonaparte* nannten.

Michael war immer kleiner als Gleichaltrige. Er konnte sich nicht vorstellen, über Politik zu reden und so ein schweigsamer, leidensfähiger, starker, kranker Mann wie sein Vater zu sein. Den Hund der Nachbarn beobachtete Michael ausgiebig, wie der einfach nur froh war, wenn er sich mit irgendwem ein paar Minuten balgen konnte. Oder die junge Katze: Sie streunte im Hof und schien über die nächste Mahlzeit und ihren Schlaf hinweg nichts zu fragen und vielleicht doch alles zu wissen oder nichts wissen zu wollen von Buonaparte, vom Hunger, der morgen kam, oder von der Plackerei. Mit dem Mut eines Kindes, das nicht viel wissen muss, wusste Michael, wenn er mit einem Stock Bilder in den Sand des Hofes malte und mit dem Fuß wieder verwischte, dass nichts so bleiben konnte. Außer dieser Einsicht.

Dank Margarets Sturheit, die sie mit einem Lächeln garnierte, bekamen alle Kinder Schulplätze. Michael fiel mit einem Sprachfehler auf und mit einem um eine Nummer zu großen Kopf. Margaret sagte zu ihrem Mann: »Er hat eine unmenschliche Intuition.« Der Sprachfehler betraf das *r*, das nicht rollen wollte, sondern rutschte, sodass sein Bruder Wobert Fawaday hieß. Eine Lehrerin gab Robert daher einen halben Penny und den Auftrag, einen Stock zu kaufen, mit dem er den Fehler aus seinem kleinen Bruder herausprügeln solle. Aber Robert hatte eine unverbildete Seele und warf den schlechten halben Penny auf dem Weg nach Hause über eine Mauer. Beim Abendbrot erzählte er den Vorfall in aller Ruhe, und aus der zweifellos sehr gut gemeinten Lebenshilfe wurde ein Schulwechsel der Brüder. Margaret Faraday hatte einen Gott, der ihr beistand, und dazu Prinzipien.

Mit Schreiben, Lesen und dem geringsten Denkbaren im Rechnen musste Michael auskommen. Er fand keinen Grund, sich zu beklagen, und würde auch sein Leben lang nach keinem suchen. Er ging arbeiten, als Laufbursche beim Buchbinder Riebau, dessen Laden nur eine gute Minute von der Schmiede entfernt in der Blandford Street lag.

»Riebau«, sagte James keuchend, »Riebau!«

Der Buchbinder war vor allem durch die Herausgabe der religiösen Traktate von Swedenborg und als Autor einer Denkschrift über Richard Brothers aufgefallen, der für seine Erleuchtungen berüchtigt war. Brothers hatte zum Beispiel verkündet, der Prinz der Hebräer zu sein und deshalb dem König nicht dienen zu können. Vielmehr gebühre ihm selbst die Krone! Seit Jahren saß er als politischer Irrer im Gefängnis.

»Riebau!«, sagte James empört und keuchend.

Margaret blieb warm und freundlich: »Er ist Buchbinder.«

Ein Jahr lang trug Michael die Zeitung des Tages von Abonnent zu Abonnent, die alle Zeitungssteuer sparen wollten oder mussten, und dieses Jahr mit den Zeitungen änderte alles. Es war nicht das Papier, das Michael liebte, und es waren nicht die Buchstaben oder die Druckerschwärze, die an den Fingern haften blieb und abends abgewaschen wurde. Er liebte nicht den Geruch der Zeitung oder ihr Rascheln oder wie man mit ihr dasaß oder mit ihr unter dem Arm ging oder gar das Geld, das die Leser Riebau zahlten, das die Zeitung an die Reporter zahlte oder das Riebau an ihn zahlte. Er liebte, was die Zeitung ihm zu geben vermochte: die Welt.

Michael las sie.

Jede Seite war wie Luftholen und an die Hand genommen werden. Jede Neuigkeit ein Versprechen, das eines Tages eingelöst werden konnte: auch ein Teil der Welt zu sein. Seit er Zeitungen austrug, brachte jeder Tag etwas aus der Zukunft, in der er selber einmal ankommen würde. Nelson zum Beispiel, wusste Michael bald, hatte mit vierzehn von einem Segelschiff aus das Packeis bei Spitzbergen gesehen. Später schlug er Frankreich am Nil und verpasste Buonaparte dabei nur um fünfzehn Minuten.

An seiner *Victory*, dem Schiff, mit dem er die französische Flotte im Mittelmeer zwang, sich zu stellen oder im Hafen zu bleiben, war zehn Jahre gebaut worden. Die Bordwände hatten eine Dicke von bis zu drei Fuß, und an Bord waren zweiundvierzigtausend Pfund Schießpulver, Dutzende Ochsen, Hunderte Schweine und tausend Hühner.

Besatzung: Achthundertfünfzig Mann.

Dazu kamen achtzehntausend Zitronen pro Ladung gegen den immer mitreisenden Skorbut. Zwei Jahre lang hatten sie, las Michael, keinen Fuß auf Land gesetzt. Die *Victory* war kein Schiff, sondern eine Maschine. Sie war, las er, ein Wunder, an dem Flauten, Handgriffe, Pflichterfüllung, Unterströmungen, Tagesabläufe und das Auspeitschen der Matrosen im Ganzen gemeinsam ihren Dienst taten, den Dienst an England.

Diese Maschine war ein Zeichen der neuen Zeit, wenn man der

Zeitung glaubte, und sie behauptete auch, manche verstünden weder die Maschine noch die Zeit. Zu denen wollte er nicht gehören.

Bevor sie zu den Franzosen überwechselten, hatten die Spanier zum Beispiel die Sache mit dem Skorbut und den Zitronen nicht geglaubt. Sie hatten die Engländer für ihre Zitronen ausgelacht. Riebau vermutete, »dass sie auf ihren schwimmenden Krankenhäusern noch immer nicht daran glauben, obwohl ihnen das Lachen unterm Wettsterben längst vergangen sein muss«.

Im Schlepptau der Franzosen waren sie jedenfalls keine brauchbaren Verbündeten, sondern, so amüsierten sich die Zeitungen, nur eine Belastung.

Nelson, las Michael, schlug die Dänen, weil er sich vor Kopenhagen den Anweisungen seines Kommandanten widersetzt hatte. Auch das war offenbar neu. Als Kommandant ließ er seinen Kapitänen in letzter Konsequenz freie Hand.

»Buonaparte«, hatte Nelson gesagt, »wird nicht satt zu kriegen sein.«

Aber auf See waren die Engländer im Vorteil, weil ihr Steinschlosszünder alle neunzig Sekunden feuern konnte, die Gegner mit den Zündschnüren nur alle fünf Minuten, und der englische Zündzeitpunkt fast genau bestimmbar war.

»Die Kontinentalen wissen nie«, erklärte Riebau, »wann ihr Schuss losgeht.«

Bei langsam aneinander vorbeidriftenden stummen hölzernen Ungeheuern voller Disziplin und in ihrem Blut schwimmenden, halb oder ganz zerrissenen Körpern war deshalb das Treffen eines Mastes, so das Bild, das Michael sich von den Franzosen machte, noch mehr reines Glück, als es unter böigem Wind, launischer Strömung, zitternden Händen, nassem Zündpulver und weichen Knien sowieso der Fall sein musste.

Nelson würde in Unterzahl sein, las er.

Wenn der Gegner endlich aus dem Hafen käme, wenn er sich

endlich traute. Aber neben den englischen Zündungen würden auch die englischen Seeleute exakt und genau und bis zum Ende tun, was man von ihnen erwartete. Keine Angst würde sie zurückhalten, und das Leben im Unterdeck, dachte Michael, erleichterte es ihnen: Leben konnte man das nicht nennen.

Er nahm alles zur Kenntnis. Es war aufwendig, ja. Es war entbehrungsreich und aufopferungsvoll und ehrenwert. – Aber wozu war es gut?

Es konnte kein Ende von etwas sein und kein Ziel. Nicht mal als Zweck fand er es akzeptabel. Es war doch nur dieselbe Not, die er schon kannte. Zu wenig an allem Lebensnotwendigen, zu viel vom Unwissen, wie es weitergehen mochte, totale Auslieferung an den Zufall, Sterben.

Das Handwerk der Seemänner schien ihm trotzig zu sein. Heldenhafter als verhungern war es schon, wenn man für England fiel, dachte er, wenn er auf dem Weg nach Hause mit einem Stock auf den Boden schlug, bis er brach. Aber war es statt eines Ausweges nicht nur der Wunsch nach einem möglichst pompösen Ende? Ein Aufstehen gegen das Elend war es nicht.

Wieso, fragte er sich, machten so viele mit?

Und was war mit ihm los, dass er das ganz anders sah?

Er las die Zeitungen nicht mehr. Er wollte normal sein. Und natürlich las er bald wieder weiter, absichtslos, gelangweilt und weil er hoffte, dass ihm etwas ins Auge fiel. Dann las er wieder gezielter und schließlich auch wieder gierig, wie am Anfang, irgendwo musste es etwas geben, das er richtig finden konnte.

Er stieß auf Humphry Davy: Der war auf keinem Schiff. Humphry Davy hatte einen Vortrag über die Zukunft gehalten. Hier in London, in der *Royal Institution*. Er hatte die Erfindung der Batterie als Alarmglocke der Experimentatoren in ganz Europa bezeichnet.

Experimentatoren? Ein schönes, unheimliches Wort.

Genau 1800 habe Alessandro Volta die Batterie erfunden, und das sei kein Zufall. 1800 klang rund und trotzdem offen, und mit der Batterie würde man die Gesetze der Wissenschaft besser studieren können: »Die Gesetze der Elektrizität!« Michael mochte auch dieses Wort sehr gern und sagte es auf seinen Wegen vor sich hin. Im Ohr spritzte es, und er wusste nicht, was es war.

Davy, las Michael in den Wochen danach Stück für Stück, war der Mann, der mit Lachgas experimentiert hatte. Wenn man es einatmete, ließen Schmerzen nach. Humphry Davy wollte es in der Medizin einsetzen, und, nicht genug, die *Royal Institution*, bei der Humphry Davy Professor war, hatte sich zur Verbesserung der Situation der Armen gegründet. Ein Jahr vor dem Ende des letzten Jahrhunderts. Das genügte.

Wenn Michael abends zu Bett ging, war jetzt Davy bei ihm. Davy war bei ihm, wenn er bei seiner Mutter saß, und vor allem war Davy bei ihm, wenn er seinen Vater husten und keuchen hörte und wenn sie beteten. Immer war Humphry Davy da, der die Welt anhalten und wieder neu anschubsen wollte.

Dann hielt Davy noch einen Vortrag. Einen, der sich in London auch unter den Nichtlesern herumsprach. Die *Times* berichtete: Wilde und gefährliche Theorien von zu ambitionierten und irregeführten Leuten würden, hatte Davy gesagt, zeitweilig der Literatur Schande bereiten. Aber »echte Philosophie« könne niemals gering geschätzt werden! Der Keim der Verbesserung sei, mancherorts noch unbemerkt, in die Menschen gesät! Der Frühling und das Wachstum würden früher oder später kommen, und selbst wenn es noch dauerte, kommen würden sie.

»Betrachten wir die zukünftigen Hoffnungen der Menschheit«, hatte Davy gesagt, »so dürfen wir uns auf einen Zustand der Gesellschaft freuen, in dem die verschiedenen Klassen mehr zu ihrer gegenseitigen Unterstützung beitragen, als es bislang der Fall ist.«

Normalerweise las Michael im Laufen. Jetzt setzte er sich auf eine Mauer. Er sah sich um, vergewisserte sich, dass er nicht auffiel. Dann vergaß er seine Umgebung.

»Dieser Zustand kommt schnell«, hatte Davy gesagt. Wissenschaftler und Handwerker würden sich täglich besser verstehen. Der Künstler, der früher noch gegen wissenschaftliche Prinzipien eingenommen gewesen sei, mache sich jetzt neue Prozesse zunutze, sobald sie die Arbeit erleichterten. Die ungleiche Verteilung von Eigentum und Arbeit, die Differenzen in Rang und Bedingung seien die Quellen der Energie eines zivilisierten Lebens, sogar der Grund für Veränderung und die Seele der Gesellschaft ...

»Wenn man bedenkt«, so Davy laut der Zeitung,»dass die Menschen in der Lage sind, aufgeklärter und glücklicher zu sein, dann kann man nur erwarten, dass die verschiedenen Teile der Gesellschaft vereint sein sollten mittels Wissen und nützlicher Kunst, als gleiche Kinder einer Bestimmung.«

Außerdem erwarte er, dass keine Energie nutzlos sei und keine Anstrengung mehr verschwendet!

War es möglich, fragte sich Michael, dass jemand so einfache Wahrheiten auch so einfach aussprach? Wieso sollte all das falsch sein und alles, was Nelson war und machte, was Buonaparte war und machte, richtig und folgerichtig? Dass, wie er kaum zu denken sich getraut hatte, falsch war, was Nelson und Buonaparte waren, das war also richtig. Oder konnte zumindest richtig sein, denn jemand, der ernst zu nehmen war, fand das auch.

Schließlich hatte Davy auch noch gesagt, man solle nicht zu weit nach vorne sehen und davon träumen, dass »Arbeit, Krankheit und gar der Tod ganz verschwinden«, aber durch Analogien einfacher Tatsachen ergebe sich bereits eine menschliche Entwicklung aus dem gegenwärtigen Zustand heraus, und, betrachte man einen vernünftigen Zeitraum,»so sieht man von einem schönen hellen Tag bereits den Sonnenaufgang!«

Michael nahm den Blick von der Zeitung. Er saß noch immer

auf der Mauer, sie war kühl, wie er jetzt bemerkte. Die Luft war feucht, und er schmeckte den Rauch. Seine Arme und Beine waren warm. Alles, er und die Mauer und die Häuser um ihn herum, sah aus wie vorher, und doch nicht wie vorher.

Eine alte Frau wendete den Blick von ihm ab, als Michael sie bemerkte. Sie hatte beobachtet, wie er den Kopf in das Blatt senkte. Vielleicht fragte sie sich, ob er wirklich lesen könne, oder ob er nur so tat. Jetzt fühlte sie sich ertappt, lächelte, drehte sich um und setzte sich langsam in Bewegung. Einen Fuß vor sich herschiebend, denn zum Anheben reichte ihre Kraft offenbar nicht aus, obwohl das Schieben noch anstrengender sein musste. Der Stock in ihrer Hand vergrößerte ihr Zittern ins Sichtbare. Es sah aus, als ob sie all ihre Kraft aufbrachte, um mit dem Stockende auf einen Punkt zu zielen, bevor sie den Stock darauf absetzte und ihr kleines Körpergewicht auf ihn stützte, um den anderen Fuß hinter sich herzuziehen und ihr Gewicht darauf zu verlagern, bevor sie den Stock wieder anhob, um zitternd von Neuem zu beginnen.

Beim Lesen hatte Michael sie nicht bemerkt, und viel fehlte nicht, dass er ihr jetzt hinterhergelaufen wäre und ihr von Davy erzählt hätte.

Er faltete die Zeitung zusammen. Nach einem Blick auf seine im Schlamm stehenden Stiefel und einem in den Himmel rannte er los, an der Frau vorbei.

Er war Laufbursche. Morgens holte er die Zeitungen beim Druckhaus ab und lief den ganzen Tag mit ihnen durch die Stadt, das war nicht schlecht oder ungesund. Er bekam dafür ein wenig Geld, das er zu Hause abgab. Er hatte vom Lachgas gehört. Ein eigenartiges Wort für ein wohl eigenartiges Ding. Sein Vater gehörte zu den Armen, und er selbst gehörte auch dazu. Vielleicht gehörte er aber schon weniger dazu als sein Vater, immerhin las er Zeitungen. Wer machte das schon?

Egal. In den Augen seines rennenden Körpers tanzte London,

Häuserzeilen flogen mit jedem Schritt und sprangen mit jedem Schritt auf, ohne zu zerbrechen. Er war leicht und schnell und beweglich. Einmal drehte er sich, um einem Zusammenstoß mit einem anderen Laufburschen auszuweichen, um seine Achse, die Zeitung an die Brust gedrückt, kam wieder auf, schnellte unter dem Ellbogen des anderen hindurch um die Ecke, die Beschimpfung, er solle aufpassen, im Rücken.

Alles hatte gerade erst angefangen.

In Londons Augen, dachte er, tanze ich.

Es würde sich herausfinden lassen, was genau Lachgas war. Wie genau es sein würde, es einzuatmen, und sogar, was es genau machte. Ob es seinem Vater helfen würde. Dann würde er, Faraday, wie sie ihn respektlos riefen, nicht mehr ohne das Wissen sein müssen, was Lachgas war, er würde mit dem Wissen sein. Vielleicht würde er sogar begreifen können, was Elektrizität war, die, so hatte er gelesen, tote Froschschenkel zum Zucken brachte. Er würde, wann immer er etwas Neues gelernt hatte, die Dinge anders ansehen können um sich herum. Sie würden weniger bedrohlich sein oder bedrohlicher, weil man lernte, wo welche Gefahren waren. Auch gut. Mit jeder Kleinigkeit, die er mehr wusste, die er mehr sah, die er verstand, würde aus dem Müssen das Können werden.

Im Laden fand er die Laufkundschaft Riebaus vor, wie immer. Sie war zahlreich, gut gelaunt. Sie war illuster. Sie diskutierte, ob Horatio Nelson die Witwe Lady Emma Hamilton heiraten dürfe.

»Er muss«, sagte ein Mann mit hellem Hut und weißen Koteletten, und die anderen lachten, während ein anderer vervollständigte, »sich erst einmal von Lady Nelson scheiden lassen.«

»Nur, dass sie sich niemals in einem Scheidungsgericht sehen lassen wird«, meinte ein dritter fröhlich.

Dann beugten sie sich über ein neues Buch, und Riebau entgingen nicht die wachen Augen seines Lehrlings, der auch dann nicht mitgelacht oder einen Kommentar abgegeben hätte, wenn er dazu drei Leben Zeit gehabt hätte. Ohne dass Margaret Faraday etwas hätte sagen müssen, ahnte Riebau, was in dem Jungen verborgen sein mochte, der auf seinen Wegen von Zeitungsleser zu Zeitungsleser gerne am Ufer der Themse sammelte, was immer ihm auffiel.

»Kannst Lehrling werden«, sagte Riebau, nachdem er seinen Laufburschen ins Hinterzimmer gebeten hatte und unter dem Bild des tosenden Wassers, auf dem England sich täglich gegen seine Feinde bewies, Platz genommen hatte.

Faraday atmete ein. Sieben Jahre Buchbinderei lagen vor ihm, der etwas wollte, als am 7. Oktober 1805 der Vertrag unterschrieben wurde. In Erwartung Faradays gewissenhafter Dienste, besagte der Vertrag, würde keine Ausbildungsgebühr gezahlt werden müssen.

2 Horatio Nelson

Mit den beiden anderen Lehrlingen stand Faraday im vorderen Raum von Riebaus Laden und hörte seinen Lehrherrn vor der Tür mit Kunden sprechen. Durch die mit Büchern teilweise zugestellte Fensterfront konnte Faraday sehen, wie sich die Hüte bewegten. Ihre Schatten fielen über die beiden Pressen auf den Boden und an der dem Fenster gegenüberliegenden Wand noch auf die unteren Reihen der Bücherregale. Mit der Tiefe des Raumes wurden die Schatten unschärfer, wie Faraday bemerkte.

Schneiden, pressen oder gar nähen durfte der Lehrling noch nicht. Mit Bürste und Daumen stäubte er grünes und zinnoberrotes Pigment auf den Schnitt eines Buches, das er schon oft und in vielen Formaten und Farben bestäubt hatte: *Die Verbesserung des Geistes* von Isaac Watts. Darin ging es um Atome und das Leere, um das Unendliche, das Unteilbare, das ungleich zu Messende in der Geometrie, kurz: um die Unvollkommenheit der menschlichen Kenntnisse. Und um den Umgang damit.

Faraday hatte es gelesen, langsam, dann schneller noch einmal, mit den Fingern die nächste Seite an der Ecke rechts oben immer schon haltend. Wenn er so hinten im Laden saß und sich konzentrierte und alles um sich herum vergaß.

Liebevoll drehte er das Buch jetzt, um nach dem oberen Schnitt den unteren zu bestäuben. Er stieß die Borsten in die Schale mit Pigment, hauptsächlich Quecksilber- und Cadmiumsalze. Mit Farbe unter manchem Fingernagel ging er vor dem Tisch in die Knie, strich mit dem Daumen über die Borsten und sprühte so Pigmentstaub auf das über die Tischkante ragende Buch.

»Nicht zu viel«, sagte Riebau, der sich von seinem Kunden verabschiedet hatte, wieder hereingekommen war und seinem Lehrling über die Schulter sah. Faraday nahm das Buch und stieß den Lederrand senkrecht auf dem Tisch auf, damit der überschüssige Staub abfiel. Er wiederholte das mit dem auf dem Kopf stehenden Buch und mit der Längsseite. Als er mit einem Stück Papier aus dem Verschnitt den Pigmentstaub vom Tisch wieder in die Schale schob, kam der neue Laufbursche in den Laden gestürmt. Er hielt eine Zeitung in der Hand und hatte die Augen weit aufgerissen.

»Nelson«, sagte er atemlos, blieb stehen und hielt die *London Gazette* hoch.

Alle starrten ihn an.

»Nelson«, sagte er noch mal stotternd, mit großen Augen, und alle starrten ihn weiter an, denn er hatte die Nachricht, auf die alle warteten. Seit Nelson die kombinierte Flotte der Spanier und Franzosen über den Atlantik und zurück gejagt hatte, warteten London und der Rest des Landes auf Neuigkeiten. Die kontinentale Presse schrieb: Er sei ihr in einem Abstand von erst vier, dann immer noch zwei Wochen hinterhergesegelt, nachdem sie ihm aus dem belagerten Hafen von Toulon entwischt war – bei Nebel! Eine Demütigung war das gewesen, aber nicht nur eine Demütigung. Buonaparte wollte Nelson abhängen und die französische Flotte in den Kanal fahren lassen.

»Zweiundsiebzig Stunden Kontrolle« des Seeweges seiner Grande Armée würden zum Übersetzen seiner einhundertsechzigtausend Mann reichen, von denen kaum einer lesen und schreiben konnte und die stattdessen den Tod im Feuer des Gegners um der Auszahlung ihrer Familien willen in Kauf nahmen. Zur Ehre Frankreichs! Nur die hoffnungsvolleren jungen Männer der Landbevölkerung hackten, so schrieben die Zeitungen, sich die schwache Hand ab, um nicht eingezogen zu werden. Für die anderen waren an der Kanalküste Tausende Prähme gebaut worden, flache Boote, die große Menschenmengen schnell und mit verkraftbaren Verlusten übersetzen konnten. Zu Land war der Kaiser unschlagbar.

Der Kanal aber war auch ohne Nelson zu dicht mit englischen Schiffen bewacht. Villeneuve, der französische Oberkommandierende, ließ seine gut dreißig von Westen heransegelnden Schiffe abdrehen. Er hatte Angst. Gegen den kaiserlichen Befehl ließ er in Cadiz ankern, und Nelsons Flotte wartete hinterm Horizont. Villeneuve bewegte sich in seiner Falle nicht. Buonaparte tobte.

Der seit einem Gefecht vor Teneriffa einarmige und einäugige Nelson war deshalb zu seiner Geliebten nach London gekommen, hatte sich öffentlich bejubeln lassen, war zwei Wochen später wieder auf dem Weg nach Cadiz gewesen, im Gepäck nichts als die Erwartung seines ganzen Landes, den Gegner endlich zu zerstören.

»Östlich von Frankreich formiert sich der Rest von Europa in der Hoffnung, England wird geschlagen«, meinte Riebau einmal zu Faraday, mit dem er gewöhnlich nicht über Politik sprach, was seine Anspannung verriet, »und Frankreich wird dann, weil es seine Truppen hier hat, seitlich verwundbar.« Er glaube zwar nicht, dass Buonaparte so dumm sei: »Aber auszuschließen ist es nicht.« Und als Buonaparte seine so oder so dem Tod geweihten Soldaten schnaubend aus Boulogne abzog, hielten das in London alle für einen Trick: Die Angst wuchs noch.

Österreich, hatte Faraday noch am 22. Oktober gelesen, verfügte über sechsunddreißigtausend neue Rekruten. Böhmen und Mähren hatte sechzigtausend eingezogen, in Ungarn waren zweiundvierzigtausend Mann frisch und zusätzlich unter Waffen.

Aber nur eine Woche später hatte die *Times* geschrieben, Österreich sei schon am 19. vernichtet worden, in der kleinen Stadt Ulm. Siebzig- bis achtzigtausend Männer gefallen. Angeblich. Keiner wisse Genaues. Die Armee der Österreicher, hunderttausend Mann stark, hatte es am nächsten Morgen ganz entschieden geheißen, »existiert nicht mehr«.

In der Buchbinderei war nichts anders als sonst, als Faraday mit eingezogenem Kopf, langen Armen und schleifendem Schritt zur

Arbeit kam. Riebau kaute ein kaum hörbares »Guten Morgen« heraus, die beiden anderen Jungen waren schon da und ließen nicht von ihrem Handwerk ab. Niemand wollte darüber sprechen. Im Laufe des Tages machte sich Faraday hart, arbeitete schneller, auf einem Gang genoss er den Regen auf der Stirn. Er lief sich die Wut aus dem Leib, war am Abend schneller mit allem fertig als sonst. Er hatte kaum mit jemandem gesprochen, nichts gegessen.

»Preußen zögert«, schrieben die Zeitungen am nächsten Morgen, sich mit fetten Lettern überbietend.

»Er wird wohl hierherkommen«, meinte am Abend Margaret: »früher oder später kommt er auch hierher.«

Als die Kerzen ein weiteres Mal gelöscht waren, war es Faraday eigenartig erschienen, ein Fenster im Zimmer zu haben, und er fand es nicht selbstverständlich, dass Glas im Fensterrahmen war, dass der Fensterflügel aufstand und dass Luft durch den Spalt wehte. Sie brachte die Geräusche der Stadt mit sich: ein heulender Hund, ein Betrunkener, seine schimpfende Frau, der Regen. Wie selbstverständlich war es noch, dass sein Bruder im anderen Bett lag und schlief?

Drei Tage vergingen so.

Dann hatten sie geschrieben, Nelson habe die kombinierte Flotte zerstört, es hieß: *angeblich*. Nichts war sicher. Noch gestern hatte es wieder geheißen, für nur fünfhundert tote Franzosen habe Buonaparte dreiundachtzigtausend Österreicher gefangen genommen. Dreiundachtzigtausend.

Aber jetzt – so wie der Laufbursche in Riebaus Tür stand, mit steifem Oberkörper, mit noch immer aufgerissenen Augen und noch immer heftig atmend, während alle anderen die Luft anhielten – war alles klar.

Endlich sagte er: »Nelson ist tot.«

Er wusste die letzten Dinge, die Kapitän Sykes berichtet hatte. Sykes war zeitgleich mit Leutnant Lapenotiere bei der Admiralität eingetroffen. Sie waren direkt von Trafalgar gekommen, einem Zipfel Europas draußen im Atlantik, vor dem Nelson die Franzosen und Spanier auf dem Weg ins Mittelmeer endlich hatte stellen können.

»Er hat unsere Flotte in zwei getrennten Linien auf die Franzosen zufahren lassen«, berichtete der Laufbursche atemlos. Ein Leser hatte es ihm beim Zurückgeben der Zeitung auf die Schnelle erklärt und ihn gemahnt, bloß diese Zeitung herumzutragen, so fix er es vermochte, und allen Nichtlesern zu erzählen, was er nun wusste: Auf dass er Gott und dem König gefalle!

»Mit dieser Formation seiner siebenundzwanzig Schiffe hat Nelson die Linie der dreiunddreißig gegnerischen durchtrennt«, berichtete er und machte dazu Bewegungen mit den Händen, die nicht zu seinen Erklärungen passten. Die Erklärungen waren besser.

Faraday las selbst in der Zeitung, die er dem Jungen abgenommen hatte, dass Nelson, wo Unterzahl war, auf kleinem Raum für kurze Zeit Überzahlen geschaffen hatte und damit genügend Zeit gewann, um sich die Schiffe nacheinander mit schneller Schussfolge vorzunehmen.

Und er hatte noch manchen kühnen, heroischen, die englische Seele beglückenden Satz gesagt. In den kommenden Tagen gelangten sie mit hundert Umständen in zahllosen Berichten und Gesprächen, die sich nur unwesentlich widersprachen, an Faradays Ohren. Mühelos setzte sich sein Vorstellungsvermögen in Gang. Teils geschah das, wenn er in der Werkstatt beschäftigt war und die mit Riebau redenden Kunden ihn nicht bemerkten. Teils las er die Neuigkeiten auch, wenn Riebau abends die ausgelesenen, zerfledderten und überholten Zeitungen vom Tag oder Vortag in die Ecke legte. Riebau ließ ihn spätabends im Hinterzimmer Versuche von Davy nachstellen, und manchmal durfte Faraday anschließend die alte Zeitung sogar mitnehmen. Er las sie dann nachts.

Kapitän Sykes, das teilte die *Times* am 7. Oktober, dem Tag nach der Ankunft der beiden Seemänner, pikiert mit, war gar nicht dabei gewesen. Er hatte Leutnant Lapenotiere bloß gesprochen, als der mit seinem bermudischen Schoner *Pickle* direkt vom Kampfplatz kam. Sykes wusste alles nur aus zweiter Hand. Die Presse und ganz London sortierten ihn sofort aus.

Den Erzählungen Lapenotieres und jenen über ihn hörte man allerorts atemlos zu. Auch im Vorraum Riebaus gab es kaum ein Gespräch, das sich nicht um ihn drehte. Faraday erfuhr, dass die *Pickle* das wendigste und zweitschnellste Schiff des Verbandes war. Zur Unterstützung dieser Eigenschaften war sie nur mäßig bewaffnet, und zuerst hatte sie Lieferdienste zu erledigen. Vor der Schlacht war sie zwischen dem marokkanischen Kap Spartel und Cadiz unterwegs gewesen, um Matrosen aufzulesen und zur Flotte zu bringen, Kranke abzuholen, Zitronen zu liefern.

An der Schlacht hatte Lapenotiere nicht teilgenommen, er hatte sie nur beobachtet. Nach dem Sieg fischte er hundertzwanzig oder hundertdreißig, schließlich und angeblich sogar hundertsechzig französische Seeleute aus dem kalten Wasser. Da sich seine Besatzung auf nur fünfunddreißig Mann belief, war das sehr riskant gewesen, sagten die einen, die anderen meinten: idiotisch, und die nächsten: heldenhaft. Angeblich hatten die Seeleute dabei aus der brennenden *L'Achille* eine unbekleidete Dame gerettet. Riebau lachte mit mehreren Herren darüber und war sicher, das sei »reine Dichtung«.

Kurz darauf hatte sie überall einen Namen und sehr viele Geschichten: *Jeannette*. Sie sollte die einzige Aufmunterung für die Seeleute gewesen sein. Riebau lachte, Faraday fühlte sich wie verlaufen.

Aber die Nachrichten rissen nicht ab. Am Tag nach der Schlacht war ein Sturm über den Schlachtplatz gekommen, manövrierunfähige Schiffe hatten sich von ihren Schwestern losgerissen oder waren aufgegeben worden. Faraday las: Als man sie am zweiten Tag wieder in den Schlepp genommen hatte, wurde Alarm gegeben, die geflüchteten Schiffe der Gegner kämen erneut aus dem Hafen. Vor Anker zu kämpfen war der logische Befehl, und Lapenotiere geriet hier, so wurde berichtet, immer ins Stocken und Schwitzen und zitterte. Ganz London wisse schon, wurde berichtet, dass man den Kriegshelden nicht darauf ansprechen sollte.

Der Alarm war zwar falsch gewesen. Dafür frischte der Sturm am dritten Tag wieder auf, und der für den toten Nelson kommandierende Collingwood hatte nun Befehl gegeben, die gekaperten französischen und spanischen Schiffe aufzugeben und sie in die Klippen treiben zu lassen. Entsetzen unter den Seeleuten, denn die Boote waren ihre untereinander aufzuteilende rechtmäßige Beute, ihr Kriegspreis! Mancher, der jetzt mittellos nach Hause hätte kommen müssen, statt seine Familie endlich von der Armut zu befreien, ging über Bord und nahm alles, was er an den Tagen zuvor gesehen hatte, mit in die Tiefe. Dabei wurde der Befehl, so zitierten die Berichte Lapenotiere, am Ende nur sehr unvollständig ausgeführt.

Am vierten Tag erst besserte sich das Wetter. Die Flotte konnte fünfzig oder sechzig Meilen auf den Atlantik hinaussegeln und befand sich endlich außer Gefahr.

Faraday hörte: Am fünften Tag wurde Lapenotiere mit dem Bericht nach London losgeschickt.

Die Gefangenen waren auf andere Schiffe verteilt worden. Danach brauchte die *Pickle* zwei Tage, um aus dem Golf von Cadiz herauszukommen. Am achten Tag nach der Schlacht, in London hatten alle weiterhin Angst, traf sie auf Sykes' *Nautilus*, die vor der portugiesischen Küste in der Nähe von Sagres patrouillierte. Auch Sykes hatte keine Ahnung, was ein paar Seemeilen südlich vor bereits einer Woche geschehen war. Er ließ sich alles erklären und segelte davon, nur um mit seiner *Nautilus* am neunten Tag an der

Seite der *Pickle* wieder aufzutauchen, was Lapenotiere verstand: Sykes lieferte ihm ein Rennen.

Lapenotiere ließ vier seiner sechs Kanonen über Bord werfen. Er ließ seine Männer tagelang bei voller Fahrt Wasser aus dem Vorpiek schöpfen, das über den Bug schwappte. Zwei krepierten an Erschöpfung und wurden über Bord geworfen.

Am dreizehnten Tag nach der Schlacht kamen die Scilly-Inseln in Sicht, am vierzehnten Tag tauchte backbords das Festland auf, und gegen Mittag ließ Lapenotiere sich an den Fischstrand von Falmouth rudern, wo er zur Umgehung von Zoll und Quarantäne durch ein Gebüsch kroch, die Landstraße entlang zum Ortsrand lief und eine Kutsche mietete, die ihn in anderthalb Tagen nach London brachte. Mitten in der Nacht und nur ein paar Schritte vor Sykes, der in Plymouth gelandet war, erreichte er den Windfang der Admiralität. Er ließ Lord Barham wecken. Später frühstückte er beim König, wo er nach dem hastig gegebenen Bericht beinahe am Tisch eingeschlafen wäre. Man gab ihm rechtzeitig ein Zimmer.

Die Freude über den Sieg erreichte Faraday nicht wie seine Umgebung. Es wurde Winter, bevor immer mehr Korrespondenten berichteten, Nelson habe sich vor der Schlacht von mehreren Kapitänen herzlich verabschiedet und jedem gesagt: »Wir sehen uns nicht mehr.«

Faraday widmete sich seiner Arbeit. Nelson war tot, Buonaparte lebte, was war daran so gut? Er beteiligte sich nicht an der Rätselei, was Nelson zu diesem Abschied bewogen haben mochte. Buonaparte zog mit seinen Hundert- oder Zweihunderttausend weiter plündernd durch Europa und redete von der Gleichheit. In ein paar Monaten würde er die russische Flotte kommandieren.

»Was liest du?«, wollte Faradays Lehrherr wissen, als einmal die Freunde gegangen waren, die alles erneut diskutiert hatten.

Ausdruckslos wie nie zuvor sah Faraday ihn an.

Riebau fragte ein zweites Mal, sodass Faraday Auskunft gab:

Davy hatte über Landwirtschaft gesprochen. Dass nichts dringender benötigt würde in der Landwirtschaft als Experimente, hatte er gesagt. Wissenschaftliche Experimente, in denen Bedingungen genau und detailliert festgehalten würden. So exakt diese Kunst in ihren Methoden würde, so schnell würde sie an Bedeutung gewinnen. Man würde herausfinden, was ein Inch mehr oder weniger an Regen über die Saison ausmache und was der Unterschied von ein paar Graden der Durchschnittstemperatur.

Riebau zeigte Interesse, das Faraday für nicht echt hielt oder das er nicht wahrhaben wollte. Vielleicht wollte er sich auch nicht stören lassen von einem, der im selben Ton über Landwirtschaft redete, in dem er eben noch über Lady Hamilton oder über tote Soldaten gesprochen hatte.

»Was der Boden zur Ernte beiträgt«, sagte er artig, »will Davy herausfinden und noch, was die Neigung des bebauten Landes für die Ernte der einen oder anderen Nutzpflanze bedeutet.«

Riebau lächelte und schnupfte Tabak.

»Es gibt zwar Vorbehalte, hat Davy gesagt«, berichtete Faraday, da Riebau ihn weiter erwartungsvoll ansah und sein Lehrherr war, »gegen die Philosophen der Chemie. Es gibt auch vage Spekulationen. Vor allem wenn man Praxis und Erfahrung hat, lehnt man schnell alle Versuche ab, die Landwirtschaft mit chemischen Methoden und philosophischen Betrachtungen zu verbessern. Technische Ausdrücke wie Sauerstoff, Wasserstoff, Kohlenstoff oder Stickstoff erwecken den Eindruck«, erzählte er Fahrt aufnehmend, »es ginge mehr um Worte als um Dinge.«

Riebau nickte, aber zu wohlwollend, fand Faraday, der sich nichts anmerken ließ: »Aber«, hatte Davy gesagt, »tatsächlich sieht man daran, wie notwendig die Etablierung akzeptierter Prinzipien der Chemie in der Landwirtschaft ist.« Wer immer über Landwirtschaft spreche, müsse sich auf diese Wissenschaft beziehen. Und natürlich, so Davy schließlich, wäre ein philosophischer Chemiker als Farmer vermutlich ein Ausfall: »Aber vermutlich wäre er doch wohl ein besserer Farmer als jemand, der genauso wenig Erfahrung in der Landwirtschaft hätte und auch nichts von der Chemie verstünde.«

Faraday nickte Riebau aus einem unklaren Impuls heraus zu, und der wiederholte die Geste, bevor er erfuhr, dass die Chemie, wann immer richtig angewendet, Vorteile ergeben würde. Dann stand Faraday auf, er fühlte in seinem Kopf das Blut zirkulieren oder stocken, er wusste es nicht. Mit einem Nicken verabschiedete er sich vom kaum reagierenden, verdutzten und vermutlich angetrunkenen Riebau und verließ die Buchbinderei.

Ein Luftzug fuhr Faraday draußen ins Gesicht. Er war kalt. Faraday ging nicht nach Hause, sondern auf vielen Umwegen zur Themse und kickte auf dem Weg mal einen Stein vor sich her, mal ein Stück Holz. Mal trat er aus Wut in die Luft. Dann sah er lange dem träge fließenden Wasser zu. Auf dem Rückweg traf er zufällig seinen älteren Bruder, der sich darüber sehr freute.

3 John Tatum

Bis zu seinem Tod hatte James Faraday den Kontakt zu seinen Kindern zu halten versucht, aber 1810 waren sie ihm nach eigenem Empfinden doch entglitten. Seinem Bruder Thomas schrieb er, schon lange keinen Tag mehr bei guter Gesundheit erlebt zu haben. Zwar fehle er selten ganz bei der Arbeit, könne aber auch kaum einmal einen Tag komplett durchstehen. Ohne Schmerzen zu sein erwartete er nicht mehr. Nur der Glaube, dass alles seinen Sinn habe, war ihm geblieben.

Er wolle es deshalb, schrieb er, *Ihm* überlassen, *Seiner* bestimmenden Hand, welche das souveräne Recht habe zu tun, was *Ihm* gut und richtig erscheine in den Armeen des Himmels wie unter den Bewohnern der Erde.

Sie waren im Jahr vorher in die nahe gelegene Weymouth Street gezogen. Am letzten Tag war Margaret bei ihm gewesen und nur für den Moment, in dem er losließ, kurz nach draußen gegangen, um Teewasser aufzusetzen. Später kamen die Kinder, setzten sich und weinten. Michael Faraday war neunzehn und würde ab jetzt zu dem Gefühl des Zerbrechlichen das des Zerbrochenen gesellen. Er war entschlossen, es nicht in den Vordergrund geraten zu lassen. Er glaubte ebenfalls, dass alles einen Sinn habe.

Nach der Arbeit ging er fast täglich zu seinem Freund Benjamin Abbott, der eine ausgiebige Schulbildung genossen hatte und als Prokurist arbeitete. Sie kannten sich von den naturphilosophischen Vorträgen des Silberschmieds John Tatum in der Dorset Street. Auf Zetteln, die in den Straßen aufgehängt waren, und auf Plakaten in den Fenstern der Geschäfte in der Nachbarschaft des Salisbury Court, unten an der Fleet Street, nur ein paar Minuten von der Kapelle der Sandemanier in Paul's Alley entfernt, hatte Faraday immer wieder von den Vorträgen gelesen. Es werde über Flüssigkeiten geredet, ließen die Ankündigungen ihn wissen, über Optik, Geologie, Mechanik, Chemie, über Astronomie und Meteorologie!

Diese Wörter arbeiteten in ihm, wenn er sie nicht sah, während der Arbeit, beim Nachhausegehen, auch beim Einschlafen. Verheißungen waren es, Versprechungen, Möglichkeiten des Übertritts. Deshalb traute er sich lange nicht. Beim Aufwachen, wenn er sich wiederfand, waren sie da: »Kommst du?«

Herzklopfen.

Verstimmung deswegen, Unterlegenheitsgefühle.

Unwillen gegen sich selbst.

»Na, komm schon.« Er? Doch nicht er. »Natürlich du.«

Ich?

… Es hörte nicht auf.

Wie sollte er kommen können? Es war kein Kommen, sondern ein Hingehen. Wenn er an den Ankündigungen vorbeiging, sahen sie ihn wie verbotene, immer zur Verfügung stehende Lustbarkeiten an. Sie würden nur durch Umarmung zu bannen sein. Dann durch Festhalten, durch mehr Umarmung und mehr Festhalten. Ein Zurück gab es nicht, das wusste er, schon bevor er jemals da gewesen war, gab es kein Zurück mehr.

Er hätte Mut gebraucht und Übermut, aber woher hätte er den nehmen sollen?

Was er dann hatte, war Glück. Eines Abends fragte Riebau: »Kennst du Tatum?«

»John Tatum?«

Kannte er, ja.

»Du warst schon da?«

Nein, war er nicht. Faraday sah zu Boden.

»Da solltest du einmal hingehen.«

Ja, hingehen, so einfach war das vielleicht. Nur, was er nicht sagen konnte: Er hatte kein Geld. Nicht dafür. Leistete er sich doch schon den Luxus der Ausbildung, statt Laufbursche zu bleiben und Geld nach Hause zu bringen: sieben Jahre lang. Nie, auch nicht wenn das Essen knapp war, hatten seine Geschwister oder seine Mutter eine Bemerkung dazu fallen lassen oder wären nur auf die Idee gekommen. Langsam ging Faraday an dem Tag nach Hause.

»Riebau empfiehlt Tatum«, sagte er beim Abendessen etwas tonlos, wie unkontrolliert, und schlürfte den zu heißen Tee, ohne ihn abkühlen zu lassen. Margaret stand auf, legte die Lichtschere weg, mit der sie hantiert hatte. Sie holte eine neue Kerze. Auch ohne Ausführung wusste sie, worum es ging. Sie war ja nicht blind.

Robert, der wie der Vater Schmied gelernt hatte und im Beruf arbeitete, verstand es nicht sofort: »Und?«

»Für nichts wird das nicht sein«, sagte Margaret freundlich, während sie das Hölzchen in die Säure tunkte und es entzündet an die neue Kerze hielt, bevor sie es mit einer schnellen Handbewegung in der Luft löschte.

Faraday schämte sich. Wie kam er bloß darauf, in so einen Vortrag gehen zu wollen? Er wollte abwiegeln, sich entschuldigen, er spürte, dass er rot geworden war, er verfluchte sich und fühlte Groll gegen Riebau in sich aufsteigen, der ihm dies hier eingebrockt hatte. Überhaupt alles mit der Wissenschaft. Riebau brachte ihn noch um den Verstand, wie alle um den Verstand gebracht waren in diesem Buchladen und an Größenwahn litten: das Schlimmste in den Augen des Herrn. Die Scham hing Faraday um den Hals. Weshalb sollte ausgerechnet er, Michael Faraday, der schon Buchbinder lernen durfte, statt sein Leben lang Laufbursche zu sein oder Schmied zu lernen und sich in einem beobachtbaren Tempo zu Tode zu arbeiten, unter Männern und Frauen von Rang in einen Vortrag über wissenschaftliche Erkenntnisse gehen? Das Allermeiste in Riebaus Laden war grober Unfug, manches davon gefährlich, aber jetzt war er selbst allem erlegen.

»Ich«, sagte er schnell, kam aber nicht weiter.

Robert fragte: »Wie viel?«

Es war eine Beleidigung, musste eine sein. Faraday brachte kein Wort über die Lippen. Er war zu weit gegangen.

Er solle es schon sagen, so Robert freundlich und mit Tempo, aber Faraday schämte sich weiter, sein Kopf hing tief über der Tischkante. Eine Passion neben Gott zu haben, wer durfte sich das leisten? Nicht das kleinste Recht dazu besaß er, ausgerechnet er.

»Jetzt sag.«

Robert war, wenn auch ungeduldig, freundlich. Etwas anderes als Freundlichkeit gab es in der Familie nicht. Deshalb war das kein Gradmesser. Faraday selbst würde jetzt sagen, dass er es nicht ernst gemeint habe, dass er nur von Riebaus Spinnereien berichten wollte.

»Ein Schilling«, sagte Robert: »oder?«

Woher auch immer er das wusste, es brauchte alle familiäre Intimität und seine ganze Leidenschaft, dass Faraday nickte. Er wollte ja dahin, dieser Wunsch glühte nicht einfach in ihm, er fraß ihn auf. Gab es einen Weg zur Erfüllung des Wunsches vor Gott?

War es Gott, der das wollte?

Robert reagierte nicht auf die Antwort. Kurz vor dem Schlafengehen aber, als sie allein waren, gab er seinem Bruder den Schilling. Die beiden umarmten sich lange, Faradays Schultern bebten. Er würde ihn zurückgeben, eines Tages. Alles würde er zurückgeben. Lange schlief er nicht ein, das Licht des Mondes zog im Lauf der Nacht einen hellen, vom Einfallswinkel verzogenen Abdruck des Fensterausschnittes über sein Bett.

Mit nur einigermaßen kontrollierter Erregung lief er am folgenden Montagabend durch die Straßen zum Haus von Tatum. Ängstlich betrat er den Flur: Natürlich würde man ihn belächeln.

Viele Frauen mit großen Hüten waren da.

Mit dem fünfzigsten Besucher, der kurz hinter Faraday anstand, wurde die Kasse geschlossen, denn mehr Personen hätten laut Gesetz eine »aufrührerische Versammlung« bedeutet. Auch freundliches oder energisches Bitten des einundfünfzigsten halfen nicht weiter, wie Faraday mit einem Ohr hörte, erleichtert, denn er hätte sich auch ohne einundfünfzigsten Besucher nicht gewundert, von einem Diener oder auch von Tatum höchstpersönlich wieder entfernt zu werden. Er hatte sich schon ohne den Schilling zurück auf der Straße gesehen, während andere Herrschaften Platz nahmen. Tatsächlich: Es musste etwas zu bedeuten haben, dass man ihn hier duldete.

»Sie kannten doch Levi?«, fragte eine Frau eine andere.

Die antwortete hektisch und unsicher: »Den Diamantenhändler? Wieso kannten?«

»Hat sich gestern, äh, vom Monument gestürzt.«

»Mein Gott.«

Die erste nickte.

»Hatte er denn ... gab es einen Grund?«

»Nicht bekannt. Um elf hat er noch Geschäfte gemacht, um zwölf ist er hinauf. Schon vorvorgestern war er dort und ist oben merkwürdig umhergelaufen. Er hätte fast einen Porter erschlagen, der ihm ausweichen musste.«

»Hören Sie auf«, bat die Frau, und schnell ging Faraday die Treppe hoch, wobei er die andere noch »acht Kinder« sagen hörte.

Der Vortrag fand im ersten Stock statt, und manche standen an den Fenstern. Andere saßen bereits. Männer sagten Dinge wie: »Cobbett sitzt im Gefängnis, weil er über das unrechtmäßige Auspeitschen der Soldaten geschrieben hat« und als Antwort darauf leise und unwirsch: »Nicht hier.«

War Cobbett nicht der Mann, der Masquerier als Spion Buonapartes bezeichnet hatte? Faraday wollte es lieber nicht wissen und setzte sich an den rechten Rand einer Stuhlreihe, indem er erst die Fingerspitzen, dann die Hand auf die Sitzfläche legte und sich anschließend mit umherschweifendem Blick niederließ. Er zog den Kopf ein, richtete seinen Blick auf das Papier, das er zum Mitschreiben zurechtlegte. Jedes Detail der *Encyclopædia Britannica* über Elektrizität, alle Erklärungen der Experimente aus Jane Marcets *Konversationen zur Chemie* lagen ihm wie kostbare Süßigkeiten auf der Zunge, die er hin und her wenden konnte, wie er wollte, sie hinterließen nur den Wunsch nach mehr.

Auf Tatums Tisch standen Gerätschaften und zwei Glasscheiben. Die Scheiben würden den Vortragenden vom Publikum trennen. An der Wand hingen einige Diagramme. Faraday konnte kaum erwarten zu erfahren, was sie darstellten, welche Größen sie miteinander in Verbindung bringen würden, um aus ihnen eine zu machen. Denn das waren sie, sobald ein Gesetz sie miteinander verband: ein Ding. Und hier war man auf dem Weg zum ganzen Gesetz, dem einen, wie der Herr es geschrieben hatte. Kein leichter Weg, der da lockte.

Zum Glück beobachtete ihn niemand. Abbott fiel ihm gleich auf, er saß nicht weit vor ihm, war ungefähr im selben Alter und schaute lebhaft um sich, mehr am Spektakel interessiert als Faraday.

»Wellesley«, sagte jemand, und alle drehten sich sofort zu ihm um, »wird auch Paris noch einnehmen.«

Jemand anderes antwortete brüsk: »Paris ist nicht Madrid, und Madrid muss er erst einmal bekommen. Eins nach dem anderen, würde ich empfehlen. Er zieht doch schon zwei Jahre planlos herum.«

»Er beschäftigt Buonaparte«, war die nicht weniger brüskierte Antwort, »Besseres kann er gar nicht tun.«

Ein Dritter: »Die Portugiesen werden kaum bis Paris mitgehen.«

»Die Portugiesen! Die braucht niemand. Die Portugiesen!«

Der Zweite wieder: »Paris ist vor allem viel näher.«

»Und die deutsche Legion, auf die ist Verlass?«

»Ach«, wusste der Erste ganz sicher, und der Dritte meinte skeptisch, dass ihm wohler wäre, der Spuk käme eines Tages zu einem Ende, was die anderen mit abwertenden Blicken beantworteten.

In dem Moment kam Tatum, ein kleiner, freundlicher Mann. Er hatte mitgehört, dachte Faraday, denn er begrüßte das Publikum mit lauter, selbstsicherer Stimme: »Schön, Sie hier zu treffen, in London, der größten und mächtigsten Stadt der Welt!«

Es wurde gelacht, einige applaudierten. Faraday war froh, nicht der Grund zu sein. Jetzt konnte er sich endlich dem Mitschreiben widmen und musste nicht tatenlos dasitzen.

Tatum sprach über Galvanismus und die Elektrizität von Froschschenkeln, wovon er zwei an eine Batterie anschloss, damit sie zuckten. Die Frau von Luigi Galvani habe das in ihrer Küche zufällig während der Zubereitung der Schenkel auf ihrem Küchentisch beobachtet, weil ihr Mann ausgerechnet direkt daneben einen Elektrisierapparat betrieb. Ohne irgendwie darauf zu achten, wohin die Funken flogen. Galvani, so Tatum, war sicher, dass Elektrizität zwischen Nerven und Muskeln erzeugt würde.

Sein Neffe Giovanni Aldini habe England bereist und in Newgate mit einer Batterie aus einhundertzwanzig Kupfer- und Zinkplatten Versuche an dem frisch exekutierten Mörder Forster unternommen, die wegen ihres Mutes legendär geworden waren. Als Aldini die Pole an dessen Ohren anschloss, habe sich ein Auge des Toten geöffnet und das Gesicht die schlimmsten Grimassen gezeigt. Schloss Aldini einen Pol an ein Ohr an, den anderen an den Mund, habe der Kiefer gebebt und seine Muskeln sich verkrampft, und alles habe sich noch fürchterlicher verdreht. Als Aldini schließlich einen Pol mit einem Ohr, den anderen mit dem, äh, Anus des Mörders verband, da habe der Leichnam die rechte Hand gehoben und eine Faust gemacht, während die Oberschenkel sich bewegt und schließlich die Beine im Ganzen gezuckt hätten.

»Diese Versuche sind«, sagte Tatum abschließend, »von einer Reihe von Professoren in Turin, Bologna und an der Salpêtrière in Paris bestätigt worden.«

Er machte eine lange Pause und sah sehr nachdenklich aus, bevor er hinzufügte, dass mancher das schon für Leben halte. Es würde aber von der *Royal Human Society* erst mal geprüft, wie bei Verrückung, Melancholie oder Gehirnschlägen die Elektrizität helfen könne und wie sich Ertrunkene oder Erstickte ins Leben zurückholen ließen, bei denen es lediglich an Lungentätigkeit fehle.

Die Rettung von vier jungen Männern, die in Woolwich ins Eis gebrochen waren, war jedenfalls nicht geglückt.

»Sie waren«, meinte Tatum, »wohl schon zu lange tot.«

Schließlich erzählte er, gerade Kunde aus Franken bekommen zu haben: »Das ist ein Landstrich in Deutschland, und zwar ein sehr interessanter Landstrich, kann ich Ihnen sagen!«

Es werde dort, erzählte er fröhlich, noch immer gegen den Wetterableiter opponiert: »Stellen Sie sich das vor: In einer fränkischen Gemeinde haben Bürger die Installation nachts von der Kirche gerissen!«

Im Auditorium wurde es lebhaft.

»Es sei, so sagen sie«, fuhr Tatum mit spitzer Stimme fort, »Gottes Wille, wenn der Blitz zur gerechten Strafe der Sünder einschlage!«

Es wurde unruhig. Nachbarn redeten miteinander. Faraday wünschte, es würde aufhören.

»Die Ableitung sei Lästerung«, sagte Tatum selbstsicher.

»Sehen Sie«, er hielt jetzt ein Heft hoch, ein schlecht gebundenes Buch, »ich habe eine Schrift aus Deutschland zugesandt bekommen, die uns hierüber berichtet.«

Er schrieb an die Tafel hinter ihm: *Deutschland,* wobei er nach der ersten Silbe die Kreide abbrach und neu ansetzen musste.

Dann referierte er die Geschichte des Wetterableiters nach der Schrift in wenigen Zügen: »Man muss das sehr ernst nehmen. Allgemein weiß man kaum noch, dass seit jeher nicht nur täglich Menschen im Gewitter erschlagen worden sind und Häuser abgebrannt.«

Tatum lief redend von der linken Seite des Raumes zur rechten und nahm den einen oder anderen ins Visier. Auch Faraday sah er kurz in die Augen, als er sagte: »Es sind auch immer wieder Kirchen in die Luft geflogen, wenn die Pfaffen das Schießpulver im Keller lagerten. 1769 gab es im italienischen Brescia Tote.«

Er kam jetzt hinter seinem Tisch hervor, stützte das Kinn auf die rechte Hand und den Ellbogen auf das Handgelenk des linken Armes vor dem Bauch, lehnte sich an den Tisch und sagte nachdenklich: »Dreitausend!«

Dabei freute er sich und steckte die Hände ineinander, während er sich dem Publikum näherte: »Dreitausend Tote. Aber als der Wetterableiter erfunden worden ist, hat es noch mehr als dreitausend Gegner gegeben!«

Er wolle nun etwas zeigen.

Er holte einen hölzernen, etwa sechzig Zentimeter hohen Hohlkörper hervor, den er als Turm bezeichnete. Er nässte ihn innen und außen mit Wasser, füllte einen Fingerbreit Weingeist hinein und legte einen Deckel lose auf das obere Ende. Dann öffnete er zwei Aussparungen, die er Fenster nannte, indem er jeweils eine Art Stopfen entfernte. Er kurbelte an seinem Elektrisiergerät und leitete einen Funken so auf den Turm, dass man den Funken durch den Raum fliegen sehen konnte.

Im Nu schrien die Frauen auf. Der Deckel war weggeflogen, der Turm stand in Flammen. Tatums Helfer, ein Junge, wie Faraday noch vor ein paar Jahren einer gewesen war und den er aus irgendwelchen Gründen gar nicht mochte, löschte den Brand mit einem Eimer Wasser. Der Turm dampfte, es roch nach verkohltem

Holz, das Wasser lief durch die Gänge und sickerte zwischen den Dielen in den Fußboden.

Tatum grinste. Er öffnete alle Fenster und ließ den Jungen mit einem großen Stück groben Tuchs einen Wirbel in der Luft herstellen, damit sie sich schnell austauschte und man den Vortragenden wieder sehen konnte. Im Publikum war erhebliche Unruhe entstanden.

»Schauen Sie«, sagte Tatum und steigerte die Unruhe, indem er erneut Weingeist in den Holzturm goss und die Elektrisiermaschine wieder in Betrieb nahm. Zwei Frauen verließen eilig die Versammlung, die Männer waren bemüht, sich nichts anmerken zu lassen. Bevor Tatum erneut einen Funken zog, montierte der Junge einen Eisendraht an dem Turm, den er wenig über den Rand hinausragen ließ und unten mit einem Kabel verband. Das Kabel hängte er aus dem Fenster, und dann lief er nach unten, um das untere Ende mit einem Spatenstich in der nassen Erde zu verbuddeln.

Während Tatum weiter Ladung erzeugte und erklärte, was der Junge tat, konnte man aufstehen und sich mit einem Blick aus dem Fenster vergewissern, was unten geschah. Faraday tat das, obwohl er keine Überraschung erwartete, und setzte sich wieder. Tatum stand währenddessen zufrieden mit hinter dem Rücken ineinandergreifenden Händen an seinem Tisch.

»Aufgepasst«, rief er und ließ erneut den Blitz in den Turm schlagen. Der suchte sich nach einem Weg von einigen Fuß gut sichtbar selbsttätig den Draht und verschwand dann vollständig darin. Sonst passierte nichts. Im Raum ließ die Spannung nach.

Tatum grinste, als er erzählte, dass viele Menschen anfangs geglaubt hätten, der Wetterableiter würde den Blitz und sein Unglück überhaupt erst erzeugen.

»Andere haben behauptet: Ernten würden ohne Blitz ausfallen. Und manche haben gesagt: Erdbeben würden ausgelöst.«

Er kam jetzt nah an die erste Stuhlreihe heran: »Es ist nichts davon in den letzten Jahrzehnten bestätigt worden. Weder gab es mehr Blitzeinschläge noch weniger Erträge der Bauern.« Sein Blick wanderte nach hinten: »Und schon gar nicht irgendwelche Erdbeben. Die großen Beben waren immer woanders, nicht beim Blitz. Es gibt da keinen Zusammenhang.«

Der Junge räumte den Holzturm weg, Tatum wandte sich wieder seinem Tisch zu, ging jetzt hinter ihn: »Wie auch sollte der Blitz, dessen Geschwindigkeit wir gesehen haben, ein Erdbeben in einigen Wochen, Monaten oder Jahren auslösen? Das ist kindisch. Aber in Deutschland glaubt man hier und da, das Weglassen des Wettergebets und des Wetterläutens bringe Unglück über die Gemeinde, weil sie Gottes Wille auf unstatthafte Weise von sich ablenken wolle.«

Einige lachten.

»Lachen Sie nicht«, sagte er mit erhobenem Zeigefinger, in seinem Blick, fand Faraday, blitzte Schalk auf. Die Kicherer verstummten augenblicklich. »Die vielen beim Wetterläuten erschlagenen Messner«, rief Tatum, »gute Männer und Frauen allesamt, die nur kraft ihres Mutes dem entgegentraten, was ihrer Gemeinde Schaden zufügte, sind Gegenbeweis genug. Was haben sie schon getan, dass ausgerechnet ihnen das Leben genommen wird?«

Schließlich, so führte er langsam aus und blickte von einem zum anderen, seien die Glocken nichts anderes als Wetterableiter, ein Metallkörper oben, ein nasses Seil unten, nichts als ein Kabel, mit dem man nach dem Blitz fische, als sage man: Komm her, nimm mich.

Er wolle dies beim nächsten Mal demonstrieren, aber schon jetzt sagen, und hier wurde er laut, und es klang zornig: »Gott gibt dem Menschen nicht die Einsicht, damit er sie unbenutzt lässt!«

Faraday hätte fast applaudiert, riss sich aber im letzten Augenblick zusammen. Man hörte nur den einen oder anderen Schuh über den Holzboden scharren, weil sich mancher aufsetzte.

»Im Gegenteil«, fuhr Tatum mit tiefer Stimme fort, »das Verständnis der Elektrizität des Wetters hat uns der Herr in die Hand gegeben, um die Herrlichkeit der Schöpfung erst recht zu erkennen!«

Der Applaus war nicht vollständig und er kam nicht schnell, sondern zögerlich, erst erstarb er sogar wieder, wurde dann erneut aufgenommen und verstärkte sich ein wenig, starb wieder. Faraday saß stumm auf seinem Stuhl.

Tatum ließ sich gar nicht beeindrucken: »Jeder Wetterableiter, der Leben schützt, ist der Wille des Herrn!«, rief er: »Gott selbst hat entschieden, die Menschen von der Tyrannei des Blitzes zu befreien, und ihnen das Werkzeug dafür in die Hand gegeben!«

Größerer Applaus, aber manche blieben stumm.

»Sich seinem Willen entgegenstellen, das soll tun, wer will! Aber wie der Herr den Menschen als Krone der Schöpfung schuf, so entwickelt er ihn fort.«

Hinter Faraday fragte eine Frau zu laut, wieso der Herr nicht einfach den Blitz abschaffen konnte. Sie wurde durch einen Zischlaut zum Schweigen gebracht.

»Wir haben zu danken«, sagte Tatum ernst und fügte in belustigtem Ton, geradezu bübisch und pointiert an, dass die »Baierische Regierung das nun verstanden hat. Sie hat das Wetterläuten«, er machte eine Pause, bevor er triumphierend schloss: »verboten«.

Abermals Applaus, größerer jetzt, dazu Gelächter.

»Mithilfe des Militärs setzt die Baierische Regierung das Verbot durch, es bewacht die Wetterableiter in aufsässigen Gemeinden. Nicht einmal Deutschland wird sich also wissenschaftlichen Erkenntnissen auf Dauer entziehen.«

Er erntete erneut Applaus, diesmal war er lang und laut und wirkte befreit. Einige standen auf. Tatum genoss das, und manches Gespräch ging in dem Lärm unter, wie Faraday feststellte und notierte. In seiner Reihe schüttelte ein Mann im Gespräch mit seiner

Frau vehement den Kopf und wollte offensichtlich sofort gehen. Faraday hatte viele Skizzen gemacht, die er hektisch einsammelte.

Kaum zu Hause, formulierte er die Erklärungen minutiös nach, machte nach den Skizzen und mithilfe seiner Erinnerungen saubere und liebevolle Zeichnungen, die detaillierter waren als die von Tatum.

Faraday schlief wenig in dieser Zeit, war morgens immer gleich klar und frisch im Kopf und sprang tatendurstig aus dem Bett. Nach ein paar Wochen band er ein kleines Buch, das er mit einer Widmung Riebau schenkte.

»In der Kunst der Höflichkeit bin ich nicht geübt«, schrieb er dem Mann, dem er so viel verdankte, »weshalb ich meiner Verpflichtung nur auf einfache Art nachkommen kann.« Er wolle sich erlauben, seinen Dank für die vielen Zuwendungen auf diese Weise auszusprechen.

Faraday war nicht etwa Autor geworden. Sein Wunsch war, Gott und seinem Werk zu dienen, so gut es ihm gegeben sein würde. Er musste es verstehen und, wie ein jeder Priester, anderen mitteilen.

Keinen der Vorträge verpasste er jetzt mehr, während Buonaparte in Dresden Feste feierte, und dann geschah auch das Wunder: Nach einem Vortrag war Faraday an den Tisch getreten, um eine Versuchsanordnung zum Magnetismus aus der Nähe zu sehen und abzuzeichnen, und Tatum hatte ihn in ein Gespräch verwickelt, bevor Faraday das überhaupt richtig bemerkte.

Faradays Ohren schienen zu glühen, ihm war schwindlig, und er sah nur noch zwei Dimensionen, Höhe und Breite, als er begriff, dass er mit dem Silberschmied in der Mitte des Raumes stand und vom noch zum größeren Teil anwesenden Publikum interessiert beobachtet wurde. An die Reihenfolge der Argumente, wie das Gespräch überhaupt begonnen hatte, konnte er sich im Nachhinein nicht erinnern, aber er fand sich mitten in seiner Erklärung wieder, Elektrizität bestehe »doch eher aus zwei Flüssigkeiten, denn aus einer«.

Sein angesammeltes Wissen trudelte wie eine losgerissene Schiffsladung im Sturm durch sein Hirn. Zufällig lösten sich Einzelheiten. Sie rollten wütend aus ihm heraus. Hatte er gerade »zwei Flüssigkeiten« gesagt? Offenbar hatte er das gesagt und hoffentlich doch nicht. Tatum vertrat ja die Partei der einen Flüssigkeit. Aber schon ging es weiter, er sollte selbst einmal vortragen. Hatte er geträumt? Hatten seine Gedanken sich verhaspelt und waren hereinkommende und abgehende Informationen übereinandergestolpert, hatte er denken und sprechen und hören nicht mehr voneinander trennen können? Oder hatte der Silberschmied ihm wirklich mit sanfter Stimme in aller Einfachheit angeboten, »doch selbst einmal vorzutragen«?

Er hatte.

Faraday legte die Arme eng an den Körper, als er zusagte, stotternd und mit sich überschlagenden Bezeugungen seines Dankes, von denen er, den Faden immer spätestens nach vier, fünf Worten verlierend, keine zu Ende ausführte. Niemanden außer sich selbst nahm er noch wahr. Er fror, und das besserte sich erst im Regen des Heimwegs, als er sich marschierend wiederfand, in großem Tempo nach Hause eilend.

Natürlich machte er sich, ohne zu warten oder an Schlaf zu denken, an die akribische Ausarbeitung einer Rede, welche die Bigotterie und den Geist der Parteinahme unter Philosophen, Politikern und Enthusiasten anklagen sollte. Jetzt, jetzt, jetzt – jetzt war der Moment, sich zu behaupten! Bald! Oder?

Zu seinem Glück ging ihm noch vor dem Termin die Luft aus. Als er vor den Leuten stand, die ihn zumeist freundlich und erwartungsvoll ansahen, nachdem Tatum ihn als junges Talent vorgestellt hatte, das vor Euphorie berste, wischte er die dunklen Gedanken weg, oder sie brachen in sich zusammen, und er demonstrierte nur, wie ein Funke durch einen Stapel Papier schlug, er legte an seinen Körper Spannung an, um Muskelzuckungen zu provozieren. Zu diesen Demonstrationen stürzten Erklärungen in einem Tempo aus seinem Mund, dass er selbst kaum folgen konnte und erstaunt war, nach wenigen Minuten fertig zu sein. Er sah ratlos ins Publikum. Er überlegte kurz, ging aber nicht so weit, die Selbstexperimente eines Alessandro Volta zu wiederholen, der auch Strom in seine Ohren geleitet hatte und auf seine Zunge. Faraday berichtete nur davon. Eine Demonstration sei überflüssig, erklärte er ein wenig gelassener, man würde schließlich nicht sehen können, was passierte.

»Und nur«, fügte er zum Schluss mit einem unbeabsichtigten Schuss Garstigkeit an, »was man sehen oder anfassen kann, zählt.« Er wurde richtig laut und hob sogar den Finger: »Nur, was überprüfbar ist: nur die Fakten!«

Tatum griff sofort ein. Er dankte dem »jungen Mann« warmherzig.

Das Publikum lockerte sich. Tatum wartete mit neuesten Erkenntnissen aus der Elektrochemie auf. Faraday, der jetzt abgespannt auf seinem Platz saß, brauchte eine halbe Stunde, bis er sich wieder auf etwas konzentrieren konnte. Er bemerkte, dass er nur wusste, was im Artikel der Enzyklopädie stand. Mehr nicht. Das meiste von dem, was Tatum erzählte, war ihm fremd. Noch auf dem Heimweg machte er deshalb einen Umweg über Riebau, der mit seinen Freunden im Buchladen saß und trank und darüber debattierte, dass Buonaparte heirate, nun österreichisch heirate, da der Zar die Hand seiner Tochter verweigert hatte.

Faraday stellte fest, dass der Artikel der Enzyklopädie aus dem Jahr 1797 stammte. Sein Wissen war überholt. Hatte Tatum nicht auch sehr milde gelächelt? Faraday wusste nicht, ob er sich das einbildete.

Mit dem Schulterklopfer und munteren Worten Riebaus, auch

mit dem in seiner Erinnerung schon verblassenden Zuspruch Tatums ging Faraday still nach Hause. Er verbrachte eine zerwühlte Nacht, in der er lange hin- und herrollte wie eine falsche Perle in der Schachtel, die er als Junge in der Hosentasche getragen hatte. Irgendwann kam der Schlaf. Am nächsten Morgen wachte er als jemand auf, der einen Anfang gemacht hatte. Es war ihm nicht gänzlich misslungen.

Er band Bücher. Man erzählte sich, Buonaparte sei in Flushing gesehen worden, von der holländischen Insel Cadsand kommend, und habe sich also zum ersten Mal dem Element anvertraut, das die Engländer seit seiner Flucht aus Ägypten dominierten. Die von englischen Geschossen im Vorjahr in der Hoffnung, bis Antwerpen und Paris marschieren zu können, zerstörten Hafenanlagen hatte er begutachtet. Man erinnerte sich noch lebhaft an die Proteste General Monnets bei Lord Chatham, aber auch an die hohen eigenen Verluste und den Rückzug. Von einem in der Nähe segelnden englischen Schiff habe man Buonaparte beobachten können, und die Reparaturen der Franzosen seien sicher bis zum Sommer, auf jeden Fall noch vor Jahresfrist abgeschlossen.

Buonapartes Urteilskraft blieb angeblich hinter seinen Ambitionen zurück während der zwei Jahre, in denen Faraday Tatums Vorträge besuchte und in denen Russland angeblich mit einer Stimme sprach: Alexander würde ermordet, hieß es, suchte er weiter Frieden.

Einer der Kunden und Freunde Riebaus, George Dance der Jüngere, hatte von Faradays Vortrag gehört. Dance der Ältere war Mitglied der *Royal Institution*. Der Jüngere wusste auch, dass Faraday seit sieben Jahren Unterricht in Sprechtechnik nahm, und Zeichenstunden bei Masquerier, dem Faraday die Schuhe putzte. Dance wusste, dass Faraday jeden Sonntag in den Gottesdienst der Sandemanier ging und seine Freunde bat, umstandslos seine Aussprache und Grammatik zu korrigieren, wo immer er Fehler machte.

In der für ihn typischen aufgekratzten Art zeigte Riebau an einem Winterabend Dance die Aufzeichnungen seines Lehrlings. Dance nahm das Buch langsam an sich, blätterte durch die Seiten und verweilte hier und da. Liebe war in diesen Seiten. Als er in Richtung des Lehrlings blickte, der sich an einem selbstgebauten Elektrisierer zu schaffen machte, hob Dance eine Augenbraue. Faraday merkte, dass sie über ihn sprachen und sah scheu zu ihnen hinüber. Alle anderen Angestellten und Lehrlinge waren längst zu Hause am Herdfeuer ihrer Familien, wo sie Suppe löffelten und, wie es üblich war, kaum das Nötige sprachen.

»Will er einmal in einen Vortrag von Humphry Davy gehen?«

Dance hatte das laut gefragt und Faraday dabei angesehen, aber der wusste nicht, ob er antworten sollte. Dieses Recht kam nur Riebau zu, der längst an die Stelle von James Faraday gerückt war. In Faradays wie eine Sonne aufsteigender Freude über die zum Greifen nahe Möglichkeit, Davy zu sehen, aalte sich die Angst, unverschämt zu sein. Tatum mochte diskutabel gewesen sein, ein Glücksfall, unverdient. Davy war definitiv zu viel. Faraday wurde rot, sein Mund war trocken, in den Magen wurde Bitteres geträufelt: Gleich würde jemand ein *Nein* sagen, würde lachen, weil es doch nicht ernst gemeint sein konnte. Die aufsteigende Wut darüber machte ihm noch mehr Angst. Sein Herzklopfen war von den beiden Männern, die ihn ansahen, trotz der Entfernung sicher zu hören. Wieder verschwand die dritte Dimension, er hätte nicht gut sagen können, wie weit die beiden von ihm weg waren, aber er war an diese Ausfälle schon gewöhnt. Fast fiel er nach vorne über. Wäre er aufgestanden, er hätte sich mit der flachen Hand an einer Wand festhalten müssen. Er starrte Dance und Riebau an und zitterte und wartete auf den kapitalen Fehler, den er jetzt machen würde.

»Aber sehr wohl«, hörte er seinen Lehrherrn aus der Ferne meinen, »möchte er das.«

Sie sahen ihn weiter an, erwartungsvoll.

Er glaubte, vorsichtig zu nicken.

»Gut«, sagte Dance, offenbar freundlich und ohne Herablassung.

Der Lehrling stand auf, wankte auf die beiden Männer zu und bedankte sich mit eisigem Blick. Riebau lächelte. Dance war irritiert, ging aber höflich über die kühle Bedankung weg. Faraday verabschiedete sich ebenso kalt.

Auf dem Weg nach Hause spülte frische Luft durch seinen Kopf, und die Straßen sahen anders aus als zuvor. Gelassener, abwartend, gutmütig schaukelten sie jetzt durch seine unsicheren Schritte. Die Menschen schienen ihn selbstverständlich zu grüßen. Er hätte gerne ein Geländer gehabt oder neben seiner Tasche noch irgendetwas anderes zum Anfassen. Mit überfließender Freude umarmte er seine Mutter und begann dabei erst zu bemerken, was los war.

4 Das Licht

»Davy wird nur noch vier Mal öffentlich sprechen«, erzählte Faraday seinem Freund Abbott, bei dem er am nächsten Sonntag nicht mehr als derselbe ankam. Abbott wusste schon, dass Davy geheiratet hatte, reich geheiratet und sich in Zukunft allein der Forschung und dem Reisen widmen wollte.

Vor Aufregung konnte Faraday kaum zuhören oder stillsitzen. Er lebte jetzt nicht mehr eingeschlossen im Moment, er fieberte auf einen kommenden hin.

Auf dem Rückweg fand er sich in einer Londoner Pfütze stehend wieder. Er habe über die Wärme nachgedacht, schrieb er noch am selben Abend an Abbott, welche die Tiere durch ihre Anstrengungen erzeugten, sei dann aber auf den Widerstand gestoßen, der bewegten Körpern von Flüssigkeiten entgegengebracht würde. Darüber hatten auch die Brüder Abbott gerade noch debattiert.

Dann, schrieb Faraday, habe er, mitten in den Überlegungen zu den Flüssigkeiten, seinen Körper vor »einem herzlichen, satten Gruß eines Abwasserrohrs in Acht nehmen müssen«.

Diese Wasserspülungen gaben ihm doch zu denken. Bis zur Blackfriars Bridge beschäftigte er sich deshalb mit Projektilen und Parabeln, und auf der Brücke fuhr der Wind in sein Gesicht. Die Neigung des Straßenpflasters war jetzt sein Thema, schiefe Ebenen, auf die der Wind traf und die Faraday hinauflief, bis er auf der anderen Seite der Brücke das tat, was man schlittern nannte! Und nun, natürlich – *lieber Abbott!* – stellte er Überlegungen über die Reibung an, zu denen er sofort, da er ja nun einmal das Thema im Kopf und in der Hand hatte, wenn nicht im Fuß, einige Experimente anstellte.

Geschwindigkeiten und Impulse fallender Körper kamen als Nächstes dran, sie trafen nicht nur seinen Geist, sondern auch Kopf, Ohren, Hände, Rücken und noch andere Körperteile, und obwohl er keine Apparatur dabeihatte, um genauere Messungen zu machen, war er sich doch sicher, dass es recht viele waren, so schnell wie sie seinen Mantel und andere Teile der Kleidung durchdrangen!

Das war in Holborn, und den Rest des Weges sah er nach oben, um keine Cirrus oder Cumulus, keine Stratus und schon gar keine Cirro-Cumulus oder Cirro-Stratus oder Nimbus zu verpassen, die über den Horizont kam.

Nur hoffte er jetzt – *lieber Ben!* –, den Freund nicht neidisch gemacht zu haben, denn so ein unangenehmes Gefühl wolle er in niemandes Brust wecken: »Ich habe ja auch nur den Gang genossen, und wäre er es nicht gewesen, der mich vom Vergnügen eurer Gesellschaft getrennt hat, so hätte ich diesen Gang selbst um des Wetters willen als gesegnet empfunden!«

Bis er am 29. Februar 1812 endlich in die kleine Albemarle Street biegen konnte, behielt er, den Kopf strikt in den Wolken, die Welt so in den Armen. Vor der *Royal Institution* sah er viele Männer mit hohen Hüten und junge Damen in hoch geschnürten Kleidern und mit Federn, Blumen oder Gebinden aus Stroh auf den Köpfen. Alle schienen sich zu kennen.

Ein Mann sagte zu einem anderen: »Barlow hat aber keinen großen Überblick.«

»Er hat vorzügliche Manieren«, antwortete jemand.

»Wells sagt jedenfalls, er würde die Welt nur von seinem Schreibtisch aus sehen und beurteilen.«

Ein dritter meinte, dass Lord Somers »ein echter Whig vom Land« sei: »Er macht nicht alles mit, was die selbsterklärten Whigs für Politik halten.«

»Dienen seine Söhne nicht in Spanien?« – Es war eine Frau, die das fragte, und jemand drehte sich zu dem Herrn mit den Whigs um, als Faraday um Entschuldigung bittend vorbeiging.

»Richtig«, hörte er noch sagen, musste dann vor den Stufen erneut warten. Zu viele Menschen, zu wenig Aufmerksamkeit für einen wie ihn.

Jene, die aus Kutschen stiegen, waren ausgesprochen vorsichtig, um möglichst wenig Straßendreck an Schuhe oder Kleider zu bekommen. Frauen hoben dezent, geziert und wichtig ihre Röcke mit einer Hand um wenige Zentimeter an, auch wenn sie direkt auf den Gehweg stiegen. An einen Wagen wurde vom Kutscher ein kleiner Holzsteg angelegt, dunkles, poliertes Hartholz mit einem Messingrand, das von der Stufe hinüberführte, obwohl ein normaler Schritt genügt hätte.

Man lächelte, grüßte vornehm, hob galant bekleidete Hände zum Kuss.

Faraday trug einen Frack, den er am kommenden Morgen, früh vor der Arbeit, wieder im Verleih abgeben würde. Der Hut war sein eigener, einen Stock hatte er sich gespart. Weil er beim Warten aus Verlegenheit auf die gegenüberliegende Straßenseite blickte und dann wieder zurück und aus weiterer Verlegenheit am Haus hoch, fiel ihm auf, dass die Reihe hoher, kräftiger und eng beieinanderstehender Säulen, mit denen die Front des Gebäudes versehen war, im Ungleichgewicht zur geringen Höhe des Hauses und vor allem zur geringen Breite der Straße stand. Die Fassade schien viel größer, als sie tatsächlich war, und das Missverhältnis war dasselbe wie jenes von Faradays Stand zu seinem Anliegen. Mit einer ihn bewegenden und ihm innewohnenden Kraft, die einen Ursprung haben musste, sagte er sich, dass er hier richtig war. Einmal im Gebäude, schritt er durch die Halle, und da niemand ihn ansprach, entspannte er sich.

Er war da.

An der Tür zum Vortragssaal sprang sein Gefühl in den Hals

und mit dem Blick auf die steilen Ränge zwischen Hals und Brust hin und her: Er war wirklich da. Es gab diesen Saal, die Sitzbänke für das Publikum, den Tisch mit Utensilien. Es gab zwei dicke Kabel, die durch den Boden in den Keller geführt waren, wo eine Batterie aus zweitausend Plattenpaaren stand, wie jedermann wusste. Es gab Glasflaschen in den verschiedensten Größen und Formen.

Ganz in der Nähe musste auch Davy sein, der mit Lachgas Schmerzen linderte und neue Wahrnehmungen ermöglichte, der mit den großen Dichtern umging, Southey und Coleridge verehrten ihn. Er verstand Unsichtbares und machte es anderen verständlich. Er betörte Frauen wie Männer. Er hatte sich auf heute Abend vorbereitet, um ihnen allen etwas darzubieten, das neu sein würde und das fortan unter ihnen bleiben würde. Er hatte allen viel zu geben.

Und Faraday war hier. In London, seiner Stadt. Er war nur eine Meile von seinem Buchladen entfernt. Was sollte denn Zufall daran sein, dass ausgerechnet er jetzt und hier war? Er wollte sich das nicht fragen, suchte sich einen Platz. Dann sah er auch George Dance, der bloß andeutend herübergrüßte, damit es erledigt war.

Davy kam, man muss sagen: Er rauschte herein.

Er sprach einfühlsam vom Sturm, der gestern in Plymouth nicht weniger als zwei Dutzend Personen auf vor Anker liegenden Schiffen verletzt oder das Leben gekostet hatte. Ein Seemann war im Hafen von Hamoaze auf dem Topmast der *Salvador del Mundo* gewesen, als er vom Blitz getötet wurde. Man gedachte der Toten.

Dann sprach Davy vom Licht. Er versandte Licht quer durch den Raum und spiegelte es. Standen mehrere Spiegel in bestimmten Winkeln zueinander, so verschwand das Licht auf dem Weg zwischen ihnen, statt sich immer weiter zu spiegeln.

»Rätselhaft«, sagte Davy, der umhersprang und Licht brach und über Wärme redete. Er spaltete Licht in einem Kristall in seine schönen Farben auf und warf sie an die Wand und strahlte. Er spaßte und war galant zu den Frauen, entschuldigte sich charmant bei den Männern dafür, zeigte, dass es einen Zusammenhang zwischen Licht und Wärme gab, denn eine schwarze Fläche wurde im Licht warm, eine weiße nicht, ein Spiegel schon gar nicht. Bei jeder abgegebenen Erklärung gab er selbst Wärme ab, ließ sich von der Plausibilität seiner Argumentationen begeistern und fragte gerne und oft: »Ist das nicht wunderbar?«

Schließlich sprach er über Sir Isaac Newton und seine Idee vom Licht: »Licht ist ein Strahl aus Teilchen.« Schließlich sei der Schatten scharfkantig, der Lichtstrahl also gerade wie Regen bei Windstille oder der Schuss aus dem Gewehr eines Scharfschützen. Alle dachten an den Franzosen, der Nelson getötet hatte, denn Scharfschützen hatte es vorher nicht gegeben. Davy fuhr unbeirrt und durchdringend damit fort, dass die Geschwindigkeit des Lichts nicht unendlich, sondern endlich sei, wie es nur für Körper gelte.

»Nur Huygens«, holte er dann mit sichtbarer Freude aus, »meinte schon immer etwas anderes.« Und man lebe nun in diesen Zeiten, in denen Widerspruch zu einer solchen Mode geworden sei, dass nicht mal Newton verschont bleibe: »Huygens hat jetzt viele neue Anhänger gefunden. Sie wenden zum Beispiel ein, dass besonders der gerade Strahl gegen Teilchen spreche, denn auf dem weiten Weg von der Sonne durch das Weltall und die Atmosphäre bis durchs Fenster hier auf diese Hand zu kommen, ohne an etwas zu stoßen«, Davy hatte die linke Hand erhoben, auf die er mit der rechten zeigte: »Das ist doch sehr unwahrscheinlich, oder?«

Er strahlte: »Vor allem, wenn sich jedes Lichtteilchen inmitten von vielen anderen parallel fliegenden Lichtteilchen befindet und die Kollision eines einzigen mit einem wie auch immer gearteten Gegenstand, einem Teilchen der Luft etwa oder einem anderen Lichtteilchen, sofort große Unordnung und mehr stiftet.«

So seien die Gegner Newtons der Meinung, die Lichtteilchen

müssten sich schon durch Abermillionen von Kollisionen immer auch in den Bereich bewegen, in dem aber nun mal Schatten sei.

»Plötzlich muss man also erklären«, sagte er strahlend, »woher der Schatten kommt!«

Die Anhänger von Huygens hätten nun erklärt, dass sehr schnelle, sehr kurze Wellen bei einem Objekt, das viel größer sei als die Länge der Welle, nie in den Schatten einträten. »Und es stimmt«, sagte er, »die Wasserwellen einer Ente kommen um ein Dampfboot nicht herum, die Wellen eines anderen Dampfbootes schon.« Licht müsse also wohl eine Welle sein und kein Teilchen, das niemals ewig geradeaus fliegen könne.

Um Faraday herum wurde es unruhig.

»Nur«, strahlte Davy tatsächlich noch mehr: »Was wissen wir schon über das Lichtteilchen? Schnell ist es. Gut. Aber wie klein? Und wie leicht?« Und wie sehr der Nebel Streulicht erzeuge, wüssten doch die Londoner auch zu gut.

Er freute sich über das aufkommende Gelächter, dämpfte es aber mit einer waagerecht ausgestreckten Hand schnell und stellte wieder vollständige Ruhe her: »Und wie war das noch mal unter Wolken?« Er ging zum Fenster und sah in den verhangenen Himmel. »Unter Wolken kann ich nicht mal den Sonnenstand ausmachen.«

Gelächter.

Newtons Gegner hätten nun trotzdem unbeirrt festgestellt, wie viel dafür spräche, dass Licht aus Wellen gemacht sei, ähnlich wie man sie vom Schall in der Luft, Wasser oder Metall kenne. Tatsächlich, und jetzt wurde er ganz ruhig und ernst, gebe es schon das eine oder andere gut klingende Argument: »Ein Haar zum Beispiel, Ladies and Gentlemen, ein Haar können Sie mit bloßem Auge sehr gut sehen.«

Er ging in den Mittelgang, stieg ein, zwei Stufen hoch und graste das Publikum nach Blickkontakten ab: »Aber einen Schatten … einen Schatten hat es nicht.« Er drehte und ging wieder hinunter und sagte sehr laut: »Was Sie auch anstellen mit Ihrer Lichtquelle, die natürlich nicht breiter sein darf als ein Haar, denn sonst leuchten Sie von links und rechts hinter das Haar«, er hatte sich wieder dem Publikum zugewandt: »Niemals bekommen Sie vom Haar einen geometrischen Schatten.«

Der erste Eindruck könne eben sehr täuschen, erklärte er langsam, ließ sich Zeit und setzte dann nach: »Hinter einem Haar sieht die Welt anders aus, sie ist nicht gerade.«

Er wolle beim nächsten Mal genauer zeigen, dass das dem Lichtteilchen gar nichts anhabe.

»Heute zeige ich Ihnen noch schnell etwas anderes, ebenfalls sehr, sehr Rätselhaftes, etwas sehr Einfaches und sehr, sehr Schönes.«

Er nahm einen durchsichtigen faustgroßen Quader, der unbeachtet auf dem Tisch gelegen hatte, und ließ ihn mit einem von ihm beschriebenen Zettel im Publikum herumgehen.

»Calcit«, erklärte er, »ein ganz besonderer Kristall.«

Auf dem Zettel stand LICHT, und man sah das Wort durch den Kristall doppelt: »Als ob es das Licht plötzlich zweimal geben könnte«, meinte er nun äußerst zufrieden: »Vielleicht ist es einmal ein Teilchen und einmal eine Welle, und sie mögen sich wie Katze und Hund? Aber nein, zwei Theorien können nicht gleichzeitig richtig sein«, begeisterte er sich und begeisterte damit das Publikum.

»Und Newton?«, fragte jemand unbeabsichtigt laut.

»Hat bislang noch immer Recht behalten«, sagte Davy sehr froh, und plötzlich hatte er sich verabschiedet und war weg.

War schon die Zeit um?

Faraday hatte alles mitgeschrieben, und was er nicht wissen konnte: Davy war das bereits an diesem Abend aufgefallen.

Auf der Treppe fragte ein Mann, was denn da schwinge bei der

Lichtwelle, die Luft könne es nicht sein, schließlich gehe es auch durchs Vakuum.

»Wie?«

Das Licht, meine er.

»Der Äther«, antwortete sein Begleiter, und Faraday, weil er leicht war und schnell auf der Treppe, hörte nur noch die Gegenfrage: »Der ... was?«

Unten sagte einer, der sich gerade eine Zigarre anzündete, kopfschüttelnd und belustigt: »Also, das glaube ich ganz bestimmt nicht ...«

Seine Frau überlegte, ob Huygens Franzose sei.

Ihr Mann war amüsiert: »Niederländer!«

5 Henri de la Roche

Zu Hause und in der Buchbinderei fertigte Faraday wieder akribische Aufzeichnungen an. Riebau war bereits jetzt sicher, ein Genie ausgebildet zu haben, und schrieb einen Aufsatz über ihn und seine *Entdeckung eines Genies*. Er sagte jedem, der es wissen wollte, und auch allen anderen, dass man von diesem Jungen noch hören werde. In ein paar Jahren. Spätestens.

Das änderte nichts daran, dass die Lehrzeit ablief. Faraday musste sich eine Anstellung suchen. Als Tutor bewarb er sich an einer Schule, die Stelle war öffentlich angeboten worden. Er wurde aber abgewiesen, und im selben Brief an Abbott, in dem er anfangs vor Begeisterung platzte, dem ersten aller Briefe, schloss er mit »einem Anfall von Verärgerung«, denn er habe keine Fähigkeiten in Mechanik, wisse nichts von der Mathematik, noch weniger von der Messtechnik. Hätte er doch bloß diese statt nur die anderen Wissenschaften studiert! Dann hätte er jetzt vielleicht eine Stelle, hier in London, mit fünf-, sechs-, sieben- oder gar achthundert Pfund im Jahr: »Ach, ach das Nichtkönnen!« Schließlich, weil das »Papier alle, die Feder abgenutzt« war, wünschte er seinem Freund »einen guten Tag«.

Was er fand, war eine Stelle als Buchbinder bei einem weiteren französischen Emigranten, Henri de la Roche. Dort bekam Faraday anderthalb Guineas pro Woche, aber mit dem Experimentieren war es aus. Kein Hinterzimmer, keine Verheißungen, keine Substanzen mehr, die Faraday mischte und kochte und mit Batteriestrom zerlegte. Keine Batterien mehr. Kein Rennen ans Fenster, wozu ihn schon die kleinste Verunreinigung der Luft immer zwang. Dafür ab und zu ein Wutausbruch vom »sehr passionierten« De la Roche.

Wochenlang fügte Faraday Bücher aus Papierstapeln zusammen, er siedete lustlos Leim, schnitt Leder und bastelte Prägevorrichtungen, mit einem Einfallsreichtum, handwerklichen Geschick und einer Hingabe, dass sein neuer Herr in Bewunderung verfiel. Bald bot De la Roche ihm sein gesamtes Erbe an, wenn er nur bliebe: »Da ich kein Kind habe, sollst du, wenn du bei mir bleibst, alles haben, was ich habe, wenn ich nicht mehr da bin.« – Besitzend würde er sein, vermögend: Faraday, Sohn des Grobschmiedes James Faraday aus Outhgill. Ein Ladenbesitzer, ein Buchhändler.

Es war nicht, was er wollte. Und De la Roche ahnte nicht: Es war für Faraday sogar indiskutabel.

»Handel ist ein Laster«, ließ er Abbott im flackernden Licht einer Öllampe mit gedämpfter und doch drängender Stimme wissen, »etwas Selbstsüchtiges, während der Dienst an der Wissenschaft liebenswürdig und aufgeschlossen macht.«

Der Handel war ihm »zuwider«.

Statt das Angebot anzunehmen, das ihn aus der Misere befreit hätte wie keinen anderen seines Alters, schrieb er einen Brief an Joseph Banks, den Präsidenten der *Royal Society*. Gott weiß, wie er darauf kam.

Faraday bat um eine Anstellung in der Wissenschaft, »wie niedrig auch immer«, selbst wenn er nur fürs Waschen und Schrubben der Flaschen zuständig sein würde.

Banks hatte Thomas Cook finanziert, war mit ihm um die halbe Welt gesegelt. Er hatte eine weltbekannte Botaniksammlung aufgebaut. Als Präsident der ältesten Wissenschaftlichen Gesellschaft der Welt war er ein Nachfolger Sir Isaac Newtons. Was Faraday nicht wusste: Banks war ein Despot.

Statt sich zu sorgen, was er da gemacht hatte, ging Faraday mehrmals zum Strand hinüber und fragte den Pförtner des Somerset House, ob eine Antwort vorliege. Zweimal negativ. Was ihn nicht abhielt, nach wenigen Tagen erneut zu fragen. Der Pförtner, der ihn jetzt schon kannte, stand schon von seinem Stuhl auf, als er ihn näher kommen sah, sodass Faraday erschrak. Plötzlich hielt er einen Umschlag in der Hand, was ihn freute, sorglos riss er ihn unter den aufmerksamen Augen des Pförtners auf, um nervös den Zettel auseinanderzufalten, auf dem stand: »Ihr Brief bedarf keiner Antwort.«

Er sah dem Pförtner abermals in die Augen, und jetzt war es dieser, der erschrak. Faraday wandte sich ruckartig von ihm und seinem Blick ab und lief unter stoßenden Schritten, mit nach vorne gelegtem Oberkörper zwei oder drei Stunden durch London. – Die *Royal Society*? Nicht einmal dem Pförtner würde er in diesem Leben ein zweites Mal begegnen können.

Dann ging er nach Hause, ging schlafen, ging am nächsten Morgen zu Arbeit. Er räumte die Werkstatt auf, De la Roche wunderte sich über seine Wortkargheit. Nachts fertigte er die vierte Version der Abschrift an, die Davys Vorträge zusammenfasste, illustrierte und ausformulierte. Er brachte sie zu Abbott, der sie durchsehen sollte.

Während Abbott das tat, schrieb Faraday ihm: »Was ist das Längste und das Kürzeste in der Welt, das Schnellste und Langsamste, das Teilbarste und das Ausgedehnteste, das am wenigsten Geschätzte und das am meisten Bedauerte, ohne das nichts getan werden kann? Das alles Kleine verschlingt und allem Leben und Geist gibt, was groß ist? Es ist das, guter Abbott, dessen Entbehrung meine Antwort auf deinen wunderbaren Brief verzögert hat, es ist, was der Schöpfer als so wertvoll erachtet, dass er uns Sterblichen niemals zwei auch noch so kleine Portionen auf einmal gewährt, und was mir jetzt, im Moment, endlich einmal zur Verfügung steht: Es ist Zeit.«

Er schrieb an Riebau, denn nun wollte er niemand Geringeren als Humphry Davy sprechen. Riebau bestellte ihn ein, und in seinem Laden traf er George Dance, der schon zu einem vergangenen Leben zu gehören schien, jenem, das Faraday jetzt nicht mehr führte und vielleicht, sehr wahrscheinlich sogar, nie wieder führen würde. Ungerührt empfahl Dance, die Mitschriften Davy übergeben zu lassen.

Faraday band sie in schweres Leder, prägte goldene Buchstaben darauf. Zu Hause legte er sie auf den Tisch. Dann sah er sie sich lange an.

Er würde Buchbinder sein.

Das war sein Aufstieg. Es war mehr, als jeder erwartet hatte, mehr als irgendwer erwarten konnte. Warum sollte es noch mehr geben, für ihn? Er würde De la Roches Erbe werden. Er würde zehn, zwanzig, dreißig Jahre lang Bücher binden, er würde Laufburschen einstellen und Lehrlinge, die heimlich rauchten und, sobald er wegsah, sich flache Witze erzählten und Papier stahlen, um Strichmännchen in sexuellen Stellungen zu zeichnen. Er würde im Hinterzimmer sein Geld zählen, hoffen, dass die Franzosen nicht kamen, und wenn im Vorraum jemand seinen Namen sagte, würde er unverzüglich aufstehen und freundlich sein. Er würde Kunden bedienen, ihnen Bücher empfehlen und die Zeitung lesen, denn er würde über Politik reden müssen. Er würde vor den Laden treten, und wenn eine Kutsche im Regen vorbeisprengte, würde er zurückweichen. Wenn er in den Laden käme, stünden da die Bücher und lagen und lehnten aneinander wie innige Freunde, die es mit ihm nicht gut gemeint hatten, die ihn nur einmal, als er jung war, auf den Arm genommen hatten, um den Rest seines Lebens darüber zu lachen. Er würde sie nicht mehr lieben können. Er wäre ein Hund.

»Im Moment bin ich«, schrieb er Abbott im Oktober, als ein verregneter Winter sich über den verregneten Sommer zu legen begann, »in einer so ernsthaften Stimmung, wie es nur irgendwie möglich sein kann.« Ohne Bedenken würde er »jedem Menschen die Wahrheit sagen, wenn sie auch noch so viel Abneigung erzeugte«.

Eigentlich sollte er in diesem Zustand nicht schreiben, meinte er, doch wisse er auch, dass der Freund sich die meiste Zeit mit ernsthaften Dingen beschäftige und alles Leichtfertige abweise.

»Umso dankbarer bin ich für den Platz, den ich in deiner Gedankenwelt einnehmen darf, wie es dein letzter Brief beim genauen Durchlesen zeigt, der auch die gute Meinung, die ich über dich habe, so erfreulich bestätigt.«

Tatsächlich habe er weniger Zeit als zuvor. Er sei sich sehr genau des schlechten Einflusses der Umstände bewusst, aber dankbar gegenüber wem immer Dankbarkeit dafür gebühre, dass er kein übermäßiger Genießer zufälliger Freuden sei, wie sie ihm als Menschen nahegelegt seien: »Ich meine die Gesundheit, die Sinneseindrücke oder verfügbare Zeit.«

Abbott solle ihn richtig verstehen: »Ich bin mir meiner Natur sehr bewusst«, schrieb er, ohne abzusetzen: »Sie ist böse, und ich fühle ihren starken Einfluss – ich weiß das –, aber ich finde, ich gleite ohnmächtig in einen Zustand von Göttlichkeit, und da solche Dinge nicht leichtgenommen werden dürfen, so will ich nicht fortfahren.«

Er werde, fuhr er stattdessen fort, einfach nur bestimmte Stunden aufsparen und sich keinen Vergnügungen hingeben, die dem eine schlechte Ehre erwiesen, dem er Ehre erweisen sollte. Er versuche zu sein, was die Welt gut nenne. Er erscheine moralisch und hoffe es zu sein, und doch betrachte er Moralität nur als einen »beklagenswert unzulänglichen Zustand«.

Froh sei er über die genauen Überlegungen seines Freundes zur Vorsicht bei neuen Bekanntschaften, und er habe keine Scheu zu sagen, dass »ich dich lange und genau geprüft habe, bevor die Zweifel in meiner Brust befriedigt waren, und ich nun glaube, dass sie alle zerstreut sind«.

Urteilsvermögen und guter Wille seien oft im Gegensatz, und zwar im starken Gegensatz zu Leidenschaft und Wünschen: »Dass wir niemals die ersteren für die letzteren aufgeben, ist der ernsthafte Wunsch deines Freundes.« Und was wirkliche Freundschaft ausmache, führte er dann aus: Sie sollte sich an den Regeln eines überlegenen Wesens orientieren.

Den Antwortbrief sollte er zusammen mit allen Briefen, die Abbott ihm je schrieb, vernichten. Die Aufzeichnungen zu Davy aber nahm er schließlich vom Tisch und brachte sie zur *Royal Institution*, wo er sie dem Pförtner übergab, der nichts von seinem Kollegen in der *Royal Society* wusste: Möge er sie, so bat er, bitte Professor Davy geben.

»Professor Davy.« Der Pförtner wollte sich nur vergewissern.

»Ja, Sir, bitte Professor Humphry Davy.«

»Natürlich.« Beide bedankten sich umständlich und sandten ihre freundlich gemeinten Gesten, ein gequältes Lächeln von Faraday, ein so wohlmeinendes wie irritiertes vom Pförtner, aneinander vorbei.

Das Frappierende war: Die Antwort brauchte nur einen Tag. Am 24. Dezember 1812 fuhr ein schwerer Wagen in der Weymouth Street vor und hielt an. Margaret Faraday sah wie viele ihrer Nachbarn aus dem Fenster, weil man am Geräusch erkannte, dass es keine normale Kutsche war. Diese hier war langsamer als gewohnt, sie quietschte nicht. Überall Messing. Der Kutscher arretierte die Bremse, sprang auf die Straße, vergewisserte sich noch einmal, dass dies die richtige Adresse war, indem er erneut und verwundert auf seinen Zettel sah und dann auf das Haus. Als er an der Tür stand und klopfen wollte, öffnete sie sich wie von allein, die Knöchel des Kutschers schwangen ins Leere, aus dem ein junges Gesicht auftauchte.

Faraday nahm den Brief nickend entgegen, der an P. Faraday adressiert war: »Ja«, er sei der Empfänger.

Der Kutscher empfahl sich.

Diesmal öffnete Faraday den Umschlag langsam und hielt für den Bruchteil einer Sekunde inne, denn ein Gefühl, das jetzt folgen konnte, war ihm schon bekannt.

»Mein Herr«, schrieb Professor Davy, der Held von ganz London, »ich bin weit davon entfernt, Ihr Vertrauen, das große Begeisterung, großes Erinnerungsvermögen und große Aufmerksamkeit beweist, zu missbilligen.«

Faraday beobachtete sich, wie er mit dem Briefbogen in der Hand ins Haus ging, einen Fuß traumwandlerisch voraus, wie er mit der Hand die Tür hinter sich schloss, wie er die Treppenstufen hochging, langsam, eine nach der anderen, ohne den Blick von den Zeilen zu nehmen. Mit der Hand am Treppenlauf entlangfahrend, las er: »Ich muss die Stadt verlassen und werde nicht vor Ende Januar zurückkehren: Dann treffe ich Sie gern, wann immer Sie es wünschen.«

In seinem Rücken blähte sich der Buchhandel wie eine Einbildung, in die der Wind fährt, denn der zweite Absatz lautete: »Es würde mich freuen, Ihnen zu Diensten sein zu können. Ich hoffe, es ist mir möglich.« Der Traum De la Roches war geplatzt.

Faraday kam in der Küche an, als er die Floskel las: »Ihr ergebener, bescheidener Diener, H. DAVY.«

Seine Mutter sah ihn fragend an, und Faraday gab ihr den Brief, den er in der Hand eines herunterhängenden Armes gehalten hatte, mit abwesendem Blick. Sie las ihn, lächelte, gab ihm den Brief zurück und wandte sich wieder ihrer Kochmaschine zu. Sie hatte es ja immer gewusst, und sie hatte es auch gemeint, wenn sie »mein Michael« sagte.

Sie aßen zu Abend, als ob nichts geschehen war.

6 Humphry Davy

Das zweite Mal kam der Kutscher früh im Februar. Buonaparte war am russischen Geist zerschellt. Die Grande Armée hatte eine Spur des Hungers, der Bakterien und blutigen Füße in Schnee, Eis und Matsch zwischen Moskau und der Memel gelegt, eine Straße aus Toten, die in Zigtausenden gezählt wurden. Jeder Zehnte hatte es zurück bis Paris geschafft. Täglich erschienen neue Berichte über die Niederlage des verkleidet in einer einzelnen Kutsche nach Paris geflohenen Kaisers und seine jetzt schwache Stellung.

Davy hatte in der Albemarle Street zwei Stühle an das große Fenster in der Vorhalle stellen lassen und gab sich unförmlich, aber kühl, als Faraday von einem Mann, den der Pförtner gerufen hatte, nach oben begleitet worden war. Davy trug eine Augenbinde, schon im Herbst hatte er sich ein Auge verletzt.

»Setzen Sie sich doch.«

Machte er.

»Sie haben viel Enthusiasmus, junger Mann.«

Ja. Na ja, das wusste er schon.

»Meinen Respekt habe ich Ihnen bereits bekundet.«

Zugegeben. Schadete denn eine Wiederholung unter vier Augen?

»Eine Stelle«, sagte er langsam und forschte in Faradays Gesicht, »da muss ich Ihnen sagen, so etwas gibt es gar nicht bei uns.«

Ach so.

»Mehr als meine Sympathie kann ich Ihnen deshalb gar nicht anbieten.«

Sympathie. Natürlich. Was hatte er sich auch gedacht? Eine Anstellung? Für ihn? Das musste eine Einbildung gewesen sein, da hatten wir es wieder. Irrige Vorstellungen, die ihn bei Riebau heimgesucht und verzogen hatten. Er würde natürlich auch ins

Gefängnis kommen, wie Richard Brothers, wäre nicht alles hier nur seine Einbildung. Die Stühle zum Beispiel, das Fenster, London da draußen. Alles seine Einbildung. England gab es nicht. Er war auch nie Buchbinderlehrling gewesen oder hatte einen Vortrag besucht oder einen Brief bekommen von dem Herrn, der ihm gegenübersaß.

Davy lächelte: »In den nächsten Jahren wird sich das auch nicht ändern. Leider.«

»Natürlich«, sagte Faraday, und Davy fügte an, dass er wünschte, es ändern zu können, es stehe aber nicht in seiner Macht. Faraday hatte genickt, er hatte auch, wenn er sich recht daran erinnerte, noch einmal »Ja« gesagt und »Ich verstehe«.

Aber weshalb hatte Davy die mangelnde Macht bedauert? Wer wollte hier schon arbeiten? Davy lächelte, und Faraday hörte ihn schon fragen, ob er, Faraday, sich nicht vielleicht besser aus dem Staub machen wolle.

»Mein lieber, junger, ahnungsloser Freund«, hörte Faraday ihn schon sagen, und sah ihn so feindselig an, dass Davy sich das sparte. Er lächelte aber zufrieden.

Faraday war schockiert, was dieser Mann sich auf die Entdeckung des Chlors einbildete, auf den Beweis, dass es ein Element war. Oder auf die Entdeckung des Natriums seinetwegen oder die des Kaliums. Oder auf die von Calcium, Magnesium, Strontium oder Barium, oder vielleicht auf die Copley-Medaille, auf seinen frischen Ritterschlag, seine Professur, die er arroganterweise und leichtfertig zurückgegeben hatte, um die *Institution* zu verlassen, um zu reisen, um ein Genießer zu werden, statt sich der *Institution* und ihren hohen Aufgaben zu widmen. Oder womöglich auf seine Frau, die er ganz neu hatte, dachte Faraday, als er auf der Straße war und lief, Lady Jane Apreece, jetzt Davy, und die farbigste Vogel in ganz London zu sein schien und sehr reich war und den Titel mitgebracht hatte, den er trug.

Faraday hatte das alles nicht nötig. Er würde es auch nie nötig haben. Oder war es doch nur sein Lächeln, auf das Davy sich so viel einbildete? Weil es kein Ende und also auch keinen Grund zu haben schien. Wieso lächelte dieser grobschlächtige Mann immer so?

Dass Faraday sich förmlich korrekt von Davy verabschiedet hatte, war reine englische Kunst. Davy lächelte, na schön, er war halt ein Lächler. So etwas gab es. Zum Glück hatte Faraday quasi gar nichts gesagt, er hatte keine Schwäche gezeigt.

Abends ging seine Mutter ihm aus dem Weg. Auch sein Bruder sprach nicht viel mit ihm. Am nächsten Morgen gab es gröbsten Streit mit De la Roche, weil Faraday einen Topf Pigment umstieß, und es fehlte nicht viel, dass der Buchbinder dem Buchhändler in gleicher Lautstärke geantwortet hätte. Dann wäre er seine Anstellung los gewesen.

Von der folgenden Woche an aber bestellte Davy seinen Jünger regelmäßig ein. Zum Briefeschreiben. Er selbst sah ja wegen der Verletzung schlecht und diktierte Faraday daher seine Korrespondenz. Wenn Faraday die Feder weggelegt hatte, dann suchte und korrigierte Davy die Fehler. Wenn er keine fand, was oft vorkam, schrieb er den Brief hier und da etwas um, wozu er die Zeilen von Faraday einfach durchstrich und in sehr schlechter Handschrift andere Worte oder Satzteile hinzufügte, ohne Hilfe zu benötigen. Einmal winkte er nach dem Durchlesen auch ab und knüllte das liebevoll beschriebene Papier einfach zusammen, um es in den Kamin zu werfen und Faraday, wenn auch nur sehr kurz, anzulächeln.

Es kam nicht wieder vor. Beim nächsten Mal wartete Davy, bis sein Schreiber unter zeitraubender Formulierung von Komplimenten, Danksagungen und Bezeugungen der Verehrung gegangen war, bevor er den misslungenen Brief verbrannte.

Bei De la Roche nahm Faraday sich für diese Stunden frei, unter

Protesten des Buchhändlers, die bald die Grenze des Akzeptablen überschritten. De la Roche brüllte, wenn Faraday mit dem Versprechen ging, die liegen gebliebene Arbeit nachts zu erledigen. De la Roche brüllte, dass er sein Angestellter sei. Hatte der Mann, der Buchhändler war, nichts vom großen Humphry Davy gehört? Dass der ein sich selbst schreibendes Buch war? Eines, das nie, niemals aus der Mode kommen würde? War es nicht die größte Ehre für einen Buchbinder, Hand anlegen zu dürfen, wie minimal und fehlerhaft auch immer?

Abbott hörte Gerüchte: Davy würde England verlassen. Er wolle in Paris die Goldmedaille annehmen, die ihm von Buonaparte vor dem Russlandfeldzug zugesprochen worden war, trotz des Krieges: »Oder gerade deswegen.« Dann wolle Davy angeblich reisen, Rom, Istanbul, ein paar Jahre seien veranschlagt. Istanbul war in Asien. Unsicher natürlich, ob er lebend zurückkäme, in Asien gab es jede Menge Krankheiten. Das war nicht London.

Das dritte Mal kam der Wagen Ende Februar in die Weymouth Street 18. Diesmal klopfte der Kutscher an der Tür, wieder war es abends, diesmal schon spät, und das Papier, das Faraday nun in der Hand hielt, bat um seinen Besuch in der *Institution* für den folgenden Morgen. Faraday gab sich ruhig.

Er erwachte früh. Es war noch dunkel und regnete. Er war nicht in seinem Bett, sondern vor einer Reihe dicker und für ihren Umfang nicht sehr hoher Säulen an das Rad eines Wagens gebunden worden, aufrecht stehend, die Handfesseln über dem Kopf befestigt, vor Publikum. Er war ausgepeitscht und, schlimmer noch, ausgelacht worden, er erinnerte sich daran. Er konnte die Füße bewegen, aber nicht weglaufen, zum Hinsetzen waren die Hände zu hoch angebunden, gerade stehen konnte er wegen der Achse in seinem Rücken nicht. Er hatte nichts als ein weißes Hemd an, das gerade über den Hintern reichte und seine Scham bedeckte, sie aber bei zu raschen Bewegungen oder einem Windstoß freigab oder wenn er versuchte, sich in das Seil zu hängen, um für einen Moment die Beine und den Rücken zu entlasten, die sich anfühlten, als habe jemand reinen Alkohol oder Säure hineingefüllt.

Das Publikum war gegangen und hatte ihn allein gelassen. Einer hatte sich beim Weggehen noch einmal halb umgedreht und gerufen, bis Montag werde man den Hochstapler nach Newgate schaffen, dann war, abgesehen vom Hall dieses Satzes in seinem Kopf, Ruhe gewesen. Jetzt schmeckte er den Regen, bis eine hohe Welle von Süden aus die Albemarle Street heraufkam und ihn mit dem Unrat wegspülte.

Das Wasser war nicht unangenehm, lauwarm, als er aufwachte, und im Strudel hatte sich der Knoten gelöst. Faraday rieb sich die Handfesseln, an denen keine Spuren waren. Der Geruch von nasser Erde hing im Zimmer. Der Versuch, sich mit der Nase zur Wand zu drehen und wieder einzuschlafen, misslang. Er war wach, als hätte er kalt geduscht.

Zwei Monate war es her, dass er Davy geschrieben und ihm seine Aufzeichnungen überlassen hatte.

Ohne seinen Bruder zu stören, stand er auf und ging in die Küche, wo er Tee kochte. Die Uhr war stehen geblieben. Er blätterte in einigen Büchern, konnte sich aber nicht konzentrieren, sodass er beschloss, trotz Regen einen Spaziergang zu machen.

Vier Stunden später war er Angestellter der *Institution*.

Davy, der zwar nicht mehr fest am Haus war, doch den Titel eines Honorarprofessors trug und als ehrenamtlicher Direktor des Labors und der Mineralischen Sammlung bestellt war, hatte ihn als Ersatz für den Laborhelfer Payne vorgeschlagen. Der hatte sich mit dem Instrumentenbauer gestritten und war dabei handgreiflich geworden. Man hatte Payne sowieso nicht gemocht, und als Nachfolger von Davys Bruder John hatte er nie gute Karten gehabt.

»Eine Prügelei wird nicht debattiert«, meinte Davy und sah Faraday lange ruhig an. Was Davy jetzt wieder wollte, fragte Faraday sich und versuchte, diesen Gedanken zu fressen. Davy mochte die Ungehaltenheit und noch mehr, dass Faraday nicht ahnte, wie sehr sie zu sehen war.

»Bleiben Sie bloß beim Buchbinderhandwerk«, sagte der Professor grinsend und ignorierte den verärgerten Blick seines Schülers: »Die Wissenschaft ist eine sehr raue Geliebte.«

Faraday brummte ein »Hm«, das zustimmend klingen sollte, aber lustlos war.

Das störte Davy überhaupt nicht: »Sie können sich ihr verschreiben, aber belohnen wird sie Sie kaum dafür.«

Mit feuerrotem Gesicht musste Faraday sich zusammenreißen: »Der Wissenschaftler«, brachte er hervor, »lernt dafür, die moralisch besseren Gefühle zu kultivieren.«

Davy konnte erstaunlicherweise noch sehr viel breiter lächeln, als er bis jetzt gezeigt hatte. Er platzte geradezu vor Freude: »Gut. Ich überlasse es Ihrer Erfahrung der kommenden Jahre, das zu beurteilen.«

Sehr freundlich, dachte Faraday und lehnte sich zurück, als sei alles, statt am Anfang, bereits vorbei. Davy hatte es geschafft: Der Spaziergang im Traum war vorbei. Alles war ihm egal. Er hätte genauso gut Schmied oder Kutscher sein können, lieber sogar, als sich hier herumkommandieren und sagen zu lassen, was er zu fühlen habe. Mit dem selbstsicheren, penetranten Lächeln hörte Davy aber keineswegs auf.

»Sie können Laborassistent werden«, sagte er langsam.

Faraday war im Moment, in dem er sein Ziel erreicht hatte, einer Empörung nahe, wie er sie kaum von sich kannte, und er wollte sie auch nicht kennen. Vielleicht würde Davy ihn nun in Ruhe lassen. Beim Blick aus dem Fenster hatte sich nichts verändert. London, die freigiebige Mutter, zeigte Gleichmut.

»Das musst du selbst wissen«, würde Margaret Faraday sagen,

nicht ohne Stolz. Riebau würde sagen, es sei nur ein logischer Schritt getan worden, ein erster Schritt. Einige langsam gesprochene Sätze später stand Faraday auf, die beiden Männer verabschiedeten sich in eine gemeinsame Zukunft.

Vor dem Haus sah Faraday in den Himmel. Dann bog er gleich rechts herum, ohne auf die Straße zu sehen. An der T-Mündung ging er wieder rechts, in die Grafton, dann links und rechts in die Clifford, ohne Ziel, und erst sechs bis sieben Hausecken weiter hielt er kurz an und überlegte, wohin er musste.

De la Roche schwieg als Antwort auf die Neuigkeit, und Faraday hätte sich nicht gewundert, wenn er tätlich angegriffen worden wäre: Dass dieser junge Bursche sein Erbe zurückweisen würde! Der Ladeninhaber aber drehte sich nur weg und hieß Faraday mit einer Handbewegung, das Geschäft zu verlassen. Auf den ausstehenden Lohn verzichtete Faraday. Er hatte längst überall verlauten lassen, »dort nicht bleiben zu können«.

7 Die Royal Institution

Detailliert verhandelte Faraday seinen Vertrag. Das Gehalt betrug im Ergebnis fünfundzwanzig Schillinge die Woche, er bezog zwei Räume unterm Dach. Sie hatten nur auf ihn gewartet. Seine Aufgabe war mit »oberstem Flaschenspüler« sehr gut umrissen, sodass sich die moralische Überlegenheit noch in Grenzen hielt. Aber er war im Paradies. Er würde eigene Experimente machen dürfen, wenn das Labor frei war.

Am ersten März betrat er morgens das Labor im Keller der *Institution*. Vorsichtig ging er zwischen den Tischen umher, auf denen Schalen, Gläser und Tröge standen. Hier glänzte silbrig eine Pfütze Quecksilber, dort wuchsen Kristalle aus einer Säure die Wände ihres Behältnisses empor. Eine Art Pfeife befand sich auf einem der Tische, Nebel stand in ihrem senkrechten gläsernen, nach oben offenen Rohr. Nichts fasste er an. Es roch nach Wissen und nach Wollen und nach Können. Die Luft schmeckte gut auf der Zunge, vielfältig, und würde jeden Tag Neues bringen. Er würde sich in diesem Keller nicht enttäuschen.

Einige Tage lang half er John Powell einen Vortrag vorzubereiten, in dem es um Rotationsbewegungen ging. Powell redete viel über Flachs, dass man ihn wohl auch in England anbauen könne und dann Russland Konkurrenz mache, es sei bald egal, wer da regierte.

An Abbott schrieb Faraday, er habe mit Davy Zucker aus einem Stück Roter Beete isoliert, warum auch immer. Sie probierten den Sprengstoff aus Chlor und Stickstoff erneut aus, der Davy schon einmal verletzt hatte, und es gab »mehrere kleine Explosionen«. Eine kostete Faraday einen halben Fingernagel, mit den Augen hatte er Glück, denn er trug eine Glasmaske.

Als Nächstes führten sie Chlorstickstoff auf »trockenes gekochtes Quecksilber«, schütteten noch mehr Quecksilber dazu, ließen es über Nacht darauf stehen, und am Morgen war es verschwunden. Am Grund fand sich korrodiertes Quecksilber, darüber Stickstoff, und als sie das Ganze wiederholten, steckte doch eine Glasscherbe in Faradays Augenlid.

Im Mai begann er einen Brief aus seinem Paradies an Abbott so: »Der Mönch verzichtet auf alle Genüsse und sogar auf einfache Dinge, nach denen seine Natur ruft, um den Körper zu züchtigen, um sinnliche Gier und weltlichen Appetit zu kasteien. – Der Geizhals macht genau dasselbe, aus gleich starken, aber sonst seiner Lieblingspassion diametral entgegengesetzten Gründen, und lässt jede Annehmlichkeit des Lebens ungenutzt. Nur ich habe ohne Grund das vernachlässigt, was eine meiner größten Freuden ist und was ich mit größtem Anstand genießen darf – bis eben wie das Licht des elektrischen Blitzes der Gedanke an Abbott durch meine Seele schlug.«

Er hatte keinen eigentlichen Grund für seinen Brief. Nachdem er sich nach Abbotts verletztem rechten Daumen und Zeigefinger erkundigt hatte, nach der Feststellung, dass auch das nicht für das Ausbleiben von Abbotts Korrespondenz herhalten könne, fügte er mit einer Handschrift, deren Krakeligkeit dem Seegang der Gefühle in nichts nachstand, an: »Ich hatte früher mit einem Brief von dir gerechnet.«

Von seinen beiden Räumen konnte er zum Hotel Jacques hinübersehen, wo ein Fest stattfand und von wo die Musik herüberwehte. Er rannte bei jedem neuen Stück ans Fenster, um den Instrumenten zu lauschen, den Stimmen des Fagotts, der Violinen, der Klarinetten, Trompeten und dem Serpent. Er konnte nicht aufhören damit.

Anfang Juni berichtet er von gewaltigem, dumpfem Kopfschmerz. Er wolle ihn beiseitewischen mit einem Brief. Er habe schon lange ein Thema im Kopf, das nun förmlich »herausbreche« aus ihm. Es fällt das Wort *Konfusion*.

Er referiert über Vortragstechnik und Vortragsräume und hält frische Luft für eines der wichtigsten Elemente. Oft fühle er sich eingeengt zwischen den vielen Leuten und wünsche sich die Vorlesung am Ende, um herauszukommen, an die Luft ...

London hatte er noch immer kaum verlassen. Zwölf Meilen waren das Weiteste gewesen, soweit seine Erinnerung ihn nicht täuschte. Das war eine Distanz, die sich so plötzlich wie radikal verändern sollte: Viel frische Luft lag vor ihm.

»Ich weiß, dass Sie gerne mitfahren möchten«, stellte sein Gönner drei Tage vor der Abreise nach Paris, Italien und Asien beiläufig fest. Davon konnte zwar keine Rede sein. Er wollte vielmehr im Labor arbeiten, gerne allein. Aber sagen konnte er das nicht.

»Mein Diener hat abgesagt. Seine Frau droht mit Scheidung, behauptet er jedenfalls, ich glaube, er fürchtet sich vor ... na ja, wir sollten das nicht beurteilen.«

Wieder dieses Lächeln!

»Wir fahren am siebzehnten, das wissen Sie? Überübermorgen. Sie bekommen Ihre Stellung hier anschließend zurück, nehme ich an.«

»Meine Mutter«, wollte Faraday sagen, aber Davy stand auf, sehr zufrieden mit sich, und schlug seinem neuen, überqualifizierten und augenblicklich noch stummen Diener freundschaftlich auf den Oberarm. Jetzt war er Diener. Der Tag des Dieners, so viel war gewiss, begann mit dem Nachttopf des Herrn. Da gab es, auch wenn es sich um zwei Chemiker handelte, nichts zu diskutieren. Davy hatte ja gesagt, die Geliebte sei rau. Verlass war also auf ihn. In Paris werde er einen Ersatz für den Diener finden, sagte Davy und: grinste.

Drei Jahre sollte die Reise dauern, und drei verbleibende Tage kämpfte Faraday darum, seine Abneigung nicht gegen die Neugier gewinnen zu lassen, die ihn beim Gedanken an das Meer und die Berge anbetete mitzugehen : »Berge und Meer«, sagte er sich laut, wenn er Sir und Lady dachte, und sagte ganz ruhig vor sich hin: »Das Meer und die Berge.«

Auch dieses Willensspiel gewann er. Dann verabschiedete er sich bei seiner Mutter, und selbstverständlich bewahrten beide beinahe die Fassung.

8 Europa

Die frische Luft tat ihm noch sehr viel besser, als er oder sonst jemand ahnen konnte. Er saß oben beim Kutscher, den Elementen ausgesetzt und mit freiem Blick auf die Schöpfung. Im Wagen die Herrschaften und Fräulein Meek, Lady Davys Dienerin, die alle zusammen nicht halb so viel sahen wie er. Am 15. Oktober 1813 erreichten sie Plymouth.

Es sei nicht sehr als sein Verdienst anzusehen, schrieb Faraday in sein Reisejournal, dass schon auf dem Weg von London sich alle seine Ideen über die Natur der Erdoberfläche verändert hätten.

Schneller als das Sehorgan es hätte beobachten können, habe sich die Landschaft verändert, ihre »bergige Natur« habe öfter, als das Auge folgen konnte, neue Formation und Objekte hervorgebracht. Seine Erwartungen an die Reise waren immens gestiegen.

Die Kutsche wurde zerlegt und auf einem kleinen Boot verstaut. Beim Geldumtausch gab es Schwierigkeiten, denn der Jude wartete auf den Sonnenuntergang, und seine Frau ließ herabgelassene Jalousien nicht gelten.

Schließlich segelten sie. Faraday an Deck, die anderen in der Kabine. Er entging so jeder Seekrankheit. Nachts beobachtete er Wasserwände, leuchtende Punkte und Körper darin.

In Morlaix erreichten sie Feindesland. Sie mussten einen halben Tag warten, bis ein Offizier kam, der die Einreiseerlaubnis überprüfte, die von Buonaparte persönlich erteilt worden war. Als sie das Boot verlassen durften, wurden sie durchsucht. Nach Hause schreiben war nicht gestattet. Ohne jedes gute Gefühl sah Faraday das Boot ablegen und zurück nach England fahren.

Im Ort gab es ein kleines Hotel, ein ausgesprochen armseliges Haus. Pferde und Schweine, alles, was laufen konnte, benutzte den

Haupteingang. Das Essen war ungenießbar und wurde dann doch genossen.

Auf dem Weg nach Paris mussten sie nach dem Sturz eines Pferdes eine Weile pausieren, um Schäden an der Kutsche zu reparieren. Faraday entdeckte zu seinem Entzücken ein Glühwürmchen, das er zerlegte, ohne gleich zu Erkenntnissen zu kommen. Seine Bewunderung erregten die Schweine, weil sie den Pferden eine oder zwei Meilen lang vorausrannten. Zuerst glaubte er gar nicht, dass es sich um ein Schwein handelte, da es sich vom englischen Schwein sehr unterschied. Erst bei der zweiten Kreatur dieser Art konnte er sich entschließen zu glauben, dass es sich »um ein reguläres Tier und nicht eine besondere Laune der Natur« handelte. Alle französischen Schweine waren am Ende, stellte er fest, gleich.

In Paris war er unglücklich. Er musste sich einen Pass machen lassen, in einem »enormen Haus am Fluss, mit einer unendlichen Zahl von Büros«, in dem er nur gegen Bezahlung die Information erhielt, in welches Zimmer er müsse. Zwanzig Sachbearbeiter mit riesigen Büchern vor sich stellten die Papiere aus, auf die viele Leute warteten. Als Engländer hier aufzufallen, war das Mindeste.

In den Büchern war er nicht zu finden. Französisch konnte er nicht. Aber schließlich und mithilfe eines übersetzenden Amerikaners bekam er, »rundes Kinn, brauner Bart, großer Mund und große Nase«, seinen Pass ausgehändigt.

Sie blieben bis zum Ende des Jahres. Einmal kam André-Marie Ampère mit zwei Kollegen und einem Glas vorbei, in dem sich schwarze Flocken befanden. Im Gegenlicht schimmerten sie violett, und über der Flamme, so Ampère, »verdampft es, ohne erst flüssig zu werden«. Ob Davy nicht schauen wolle, was er dazu meine. Woher sie die Substanz hatten? Das wollten sie nicht sagen.

»Ist doch viel spannender, wenn Sie gar nichts wissen«, meinte Ampère.

Davy schwieg und beachtete statt des Glases nur seinen Kollegen. Seit zwei Jahren, so Ampère, versuche er, etwas darüber herauszubekommen.

Und sein Kollege Nicolas Clément vervollständigte: »Wenn Sie nichts wissen, haben Sie es vielleicht einfacher.«

Davys Geste sagte ohne Worte, welcher Unsinn diese Vermutung in seinen Augen war.

»Man findet es im Süden in großen Mengen. Woher es kommt, ist unbekannt.«

Davy sah von einem zum anderen, dann lächelte er Faraday an.

»Es gibt genug davon«, sagte er, sich wieder Ampère zuwendend, »oder?«

Der bestätigte, irritiert von der bloßen Wiederholung.

Clément: »Gay-Lussac hat nichts gefunden.«

Faraday zuckte bei dem Namen zusammen. Joseph-Louis Gay-Lussac hatte mit Alexander von Humboldt Sauerstoff und Wasserstoff im Verhältnis eins zu zwei zu Wasser verbrannt. Davy hielt ihn für den größten Chemiker der Franzosen, zweifellos ein Rivale nicht erst seit dem Streit um die Priorität bei den Alkalimetallen. Davy hatte nicht gezuckt.

Dann holte Ampère einen kleinen Brenner heraus, eine Blechschale und erwärmte die Substanz, die sofort in einen tiefvioletten Rauch aufging.

»Hübsch«, meinte Davy, ohne zu lächeln.

Alle husteten. Faraday wurde gebeten, die Fenster zu öffnen.

»Sie wollen nicht sagen, woher es stammt.«

Ampère blickte Clément an, dann den zweiten Kollegen, Charles Bernard Desormes. Unbehagen machte sich breit.

Davy zu Ampère: »Kommen Sie.«

Ampère: »Es ist Krieg.«

»Aber doch nicht zwischen uns, mein Freund.«

Ampère sah zu Clément, der mit den Schultern zuckte, dann zu Desormes, der seinem Blick standhielt.

»Ein Abfallprodukt beim Verarbeiten von Seetang.«

Als ob das nichts bedeutete, hatte er das gesagt, und als ob er plötzlich nicht mehr verstünde, weshalb das ein Geheimnis sein sollte.

Davy lächelte sein entwaffnendes, provozierendes, selbstsicheres und zufriedenes Lächeln, und Faraday freute sich zum ersten Mal darüber: Seine Seele jubelte. Die Franzosen sahen zum Boden und aus dem Fenster, kratzten sich an der Stirn, holten Luft, versuchten möglichst entspannt und wie unter Freunden zu wirken.

»Lassen Sie mir das Glas hier, und geben Sie mir ein paar Tage. Dann beraten wir uns.«

Davy klang wie ein Oberbefehlshaber, aber die Franzosen machten, was er wollte. Gut sichtbar fühlten sie sich unwohl, als sie einer nach dem anderen das Hôtel des Princes wieder verließen.

Kaum dass die Franzosen auf der Straße zu sehen waren, bekam Faraday Anweisungen. Sie schütteten Ammonium über die Flocken, und es bildete sich ein schwarzes Pulver, das sie trockneten. Bei kleinster Erhitzung explodierte es: Schießpulver.

Davy amüsierte das sehr. Ein Junge des Hotels erschien an der Tür und wollte durch den Rauch wissen, ob die Herrschaften gesund seien.

»Selten ist es uns«, gab Davy sehr laut zurück, »besser gegangen.« Er scheuchte den Jungen fort.

Nach zwei weiteren intensiven Wochen mit Versuchen im Hotelzimmer und im Labor des Kollegen Chevreul nannte Davy die Substanz Jod. Sie war nicht weiter zerlegbar und hatte viel mit Chlor gemein. Davy sandte einen Artikel, den Faraday aus dem nicht als Handschrift zu bezeichnenden Gekritzel und Geschmiere Davys hergestellt hatte, mithilfe einer Mittelsperson nach England, damit die *Royal Institution* ihn schnell verlas und veröffentlichte: »Über die Eigenschaften des *Jod*.«

Die kurze Freundschaft mit Ampère und den Kollegen, beim

großartigen Empfang Davys im *Institut de France* noch gefeiert, war beendet.

Gay-Lussac, der die Substanz nach seinen Angaben ebenfalls schon Jod genannt hatte, erklärte Ampère den Krieg, wie sie später hörten, denn Jod konnte schlecht zweimal entdeckt werden.

Faraday schlenderte jetzt viel durch Paris und hielt seine allgemeine Abneigung gegen die Franzosen fest: Sie hatten keinerlei Begriff von Ehre oder Scham in ihren Geschäften. Der Kunde fragte immer zweimal nach dem Preis, und wenn er die Hälfte anbot, akzeptierte der Verkäufer. Auf die Kritik des unfairen Handels erwiderte er nur, dass der Käufer sich den höheren Preis schon hätte leisten können.

Einen Diener hatte es keinen gegeben in Paris, er hätte ja sowieso nicht auf den Bock der Kutsche gepasst, und im Wagen hätte Lady Davy den ungehobelten Sohn eines Schmieds nicht mal auf dem Weg zum Südpol geduldet.

Vor Abfahrt der daher unverändert kleinen Reisegruppe mischte sich Faraday unter Tausende, die an den Tuilerien warteten, um den Kaiser auf dem Weg zum Senat zu sehen. Mitte Dezember war es inzwischen, und unter einer großen Hermelinrobe »beinahe versteckt« kam der Eroberer, nachdem unzählige Reiter und Kutschen vorbeidefiliert waren, in einer Ecke seines Wagens sitzend, einen übergroßen Strauß Federn halb im Gesicht, der an seinem samtenen Hut steckte. Faraday war durchgeregnet, aber nicht zu weit weg, um zu erkennen, dass Buonaparte eine dunkle Miene machte. Kein Wunder, wusste er doch besser als der junge, sich selbst als nichts als ein Wissenschaftler verstehende Beobachter, dass seine Zeit abgelaufen war. Pompös der Wagen, vierzehn Diener umgaben den Eroberer, der ohne Akklamation seiner Bürger, ohne jeden Kommentar des stummen Volkes, selbst still und bis auf die Eisen der Pferde geräuschlos wie eine ungewisse Erscheinung am Himmel vorüberzog.

Auf dem Rückweg über Montmartre machte Faraday eine Skizze vom optischen Telegraphen, der einer Nachricht aus dem zweihundert Kilometer entfernten Lille erlaubte, über die Kette der zirka zehn Kilometer voneinander entfernten Stationen in sechs Minuten Paris zu erreichen. Dazu mussten sich alle auf ihrem Posten befinden, und es durfte keinen Nebel geben.

Was niemand wusste: In der anderen Richtung hatte Wellesley, der mittlerweile Lord Wellington hieß, mit seinen Einheiten Spanien unter Kontrolle gebracht und schickte sich an, Frankreich zu betreten.

Bevor Faraday als Spion hätte verhaftet werden können, war die Kutsche Richtung Montpellier unterwegs, eine lange Reise, an deren Ende Faraday fast den von den Alliierten befreiten Papst zu sehen bekommen hätte. Rutschend, kletternd und schlitternd überquerte die Gesellschaft die Alpen, mithilfe von sechzig Männern, die brusthoch im Schnee versanken, um die Kutsche in Teilen und die Damen in zwei Sänften über den Pass zu tragen. In Genua ging Faraday in die Oper und sah, wie man nach einer Arie zum Applaus des Publikums Papierschnipsel und Tauben aus der Höhe ins Parkett warf, wobei einige der Vögel zu Tode kamen.

Auf der Überfahrt nach Lerici gerieten sie in Seenot, und Lady Davy verstummte ausnahmsweise einmal, was laut Faraday die Lebensgefahr mehr als wettmachte. In Florenz verbrannten Faraday und Davy eine Handvoll Edelsteine mithilfe des durch eine Linse fokussierten Sonnenlichts, um zu zeigen, dass sie aus nichts als Kohlenstoff bestanden. Sie machten sich über die Italiener lustig, die das Sonnenlicht scheuten, und holten sich Sonnenbrände. In Rom feierten sie Karneval, und Faraday schloss sich in seinem Kostüm aus Versehen einem Beerdigungszug an. Sie fuhren auf der von Räubern belagerten Straße nach Neapel und erstiegen den Vesuv, atmeten lustvoll seine Gase ein, brieten Spiegeleier auf erkaltender Lava, tranken den vom Bergführer mitgebrachten Rotwein und sangen »God save the King« in den Golf von Neapel hinab, im Rücken das Feuer des Berges und den Rauch, der »im Sternenlicht eine Straße gen Himmel« bildete.

Buonaparte verlor eine monströse Schlacht bei Leipzig, zeigte trotz Unterzahl nochmals Geschick gegen den von Spanien anrückenden Wellington und seine englischen Truppen, verlor dann weiter, wollte zugunsten seines Sohnes abdanken, versuchte sich umzubringen, unterzeichnete schließlich die Kapitulation und wurde nach Elba gebracht.

Lady Davy, die außer Formalitäten und Rang nichts akzeptierte, hasste und verachtete den jungen Faraday. Sie glühte vor Eifersucht und wurde nicht minder glühend zurückgehasst.

Rom fand Faraday beeindruckend: Das Kolosseum stand für die Antike wie St. Peter für die Moderne. Das Kolosseum sei allerdings eine Ruine, und das sei in der Tat auch ganz Rom inklusive der Römer. Ganz unbegreiflich blieb ihm, »wie eine so kühne und streitbare Rasse, die den halben Globus erobert hat, in diese modernen, müßigen und verweichlichten Italiener degenerieren konnte«.

Abbott fragte, wie die italienischen Frauen seien, auch so hübsch wie die englischen? Dass sie schmutzig seien, schrieb Faraday begeistert zurück: »Schamlos und hässlich, und daher mit den englischen nicht zu vergleichen.«

Sie trafen Alessandro Volta, einen gesunden, alten Mann mit dem roten Ordensband und sehr freier Rede. Sie fuhren nach Genf, wo sie bei der von Faraday innig verehrten Jane Marcet, deren *Konversationen zur Chemie* ihn einst initiiert hatten, dinierten und Lady Davy in feinster englischer Artikulation darauf bestand, dass Faraday bei den Bediensteten in der Küche aß. Lady Davy überlebte überraschenderweise die Reise. Faraday wurde nicht gehenkt.

Sie fuhren durch Deutschland, nach Venedig und wieder Richtung Rom, wo Faraday das Betteln als das Geburtsrecht der Italiener erkannte. In Florenz stellte er fest, dass die Frauen viel und breitbeinig auf den Pferden saßen. In der Toskana sah er, wie ein Mann für das Bewerfen von Soldaten mit Dreck bestraft wurde, indem man ihm die Hände hinter dem Rücken fesselte und ihn dann an ihnen mittels eines Galgens in die Höhe zog. Dreimal geschah das, vorsichtig, da es sich um kein großes Verbrechen handelte. In anderen Fällen breche man dem Täter die Schultern und mehr, erfuhr Faraday, und kurz darauf hörte er, dass der Papst diese Art der Bestrafung wegen Grausamkeit jetzt verboten hatte.

In Rom sah Faraday, wie Lichtstrahlen eine Eisennadel magnetisierten, und fand das auf die schönste Weise der Welt rätselhaft: Licht und Magnetismus waren zusammen weniger als zwei grundverschiedene Sachen und zugleich mehr.

Buonaparte floh von Elba und sammelte auf dem Weg nach Paris genug militärisches Gerät und Soldaten ein, um triumphal anzukommen. Alles bereitete sich auf neuen Krieg vor. Statt nach Konstantinopel fuhren die Davys mit ihren Dienern Meek und Faraday auf dem kürzesten Weg, über den Brenner und Brüssel, zurück nach London, worüber der Letztgenannte viel mehr als sehr froh war.

II
Strom und Leben

1 Frankenstein

»Meine sehr liebe Mutter«, begann Faraday am 16. April 1815 in zügiger Handschrift, »mit nicht kleiner Freude schreibe ich dir meinen letzten Brief aus einem fremden Land, und ich hoffe, du hörst mit gleicher Freude, dass ich nur drei Tage von England entfernt bin.«
Englischen Boden würde er betreten, noch bevor sie den Brief zu lesen bekäme. Noch musste er zwar vorsichtig sein, er glaubte es selbst nicht wirklich, bis er das Schiff bestieg, denn so schnell sich die Reisepläne zuletzt geändert hatten, so schnell konnten sie es wieder tun. »Ich weiß nicht einmal genau«, schrieb er für diesen Fall nach Hause, »weshalb wir so plötzlich heimkehren, dennoch bin ich froh, morgen nach Ostende zu fahren, um ein Boot nach Deal zu nehmen und dann, da sei ganz sicher, nicht kriechend in die Weymouth Street zu kommen, um folgen zu lassen, was ich mir tausendmal ausgemalt habe, oder, um genau zu sein, erfolglos versucht habe, mir auszumalen: wie es ist, dich wiederzusehen.« Es war der »kürzeste und süßeste Brief«, den er ihr je geschrieben hatte.
Mehr als sie hielt, hatte er sich von der Reise versprochen. Schon im November, als er noch von mehreren bevorstehenden Reisejahren ausging, hatte er Abbott aus Rom wissen lassen, dass es wohl töricht gewesen sei, jene zu verlassen, die er liebte und die auch ihn liebten, für diese Zeit, die zwar unbestimmt war, aber doch lang. Und sich jederzeit in die Ewigkeit ausdehnen konnte. »Und was sind schon«, beschwerte er sich, »die prahlerischen Gründe dieser Reise gewesen?«
Wissen natürlich.
»Aber welches Wissen? Wissen der Welt, der Menschen, der Le-

bensarten, der Bücher und Sprachen. Alles Dinge, die an sich nicht zu überschätzen sind und mir doch nur jeden Tag zeigen, dass sie nur für die niedrigsten Absichten verwendet werden. Wie degradierend ist es, zu lernen, und dann doch nur auf einer Stufe zu stehen mit Schurken und Halunken? Wie abstoßend, zu verstehen, dass nur Schliche und Täuschung um einen herum sind?«

Die Kenntnis der Welt, meinte er, öffne einem nur die Augen für die Korruptheit und dafür, wie gemein die Leidenschaften der Menschen seien. Er fühlte sich nicht weiser als zuvor, im Gegenteil. Ernüchtert war er, und das tägliche Gerenne zum Postamt, auf dem monatelang kein Brief auf ihn wartete, brachte ihn um den Verstand. Vierzig Tage brauchte jede Post, ob frankiert bis Florenz oder Calais. Er hoffte, dass seine Briefe ihre Ziele erreichten. Die Chancen stiegen seines Wissens nach, wenn ein Teil des Portos vom Empfänger beglichen wurde, was Abbott, so fügte er gleich hinzu, hoffentlich nichts ausmachte. Die Schulden hatte er immer gehofft, bald tilgen zu können.

Jetzt dachte er über die Überquerung des Kanals hinaus nur noch bis zur Ankunft. Undeutlich stellte er sich vor, wieder Buchbinder zu sein, und fand das so gut oder schlecht wie alles beliebige andere, das sich ihm bieten würde. Er war sich ja keineswegs sicher, die frühere Stelle in der *Institution* wieder zu bekommen. Er wusste auch nicht, ob er sich darum bemühen sollte.

Jeder sah seinem Mantel an, welche Mengen an Wind, Regen und Sonne er hinter sich hatte, Faradays Gesicht war gebräunt wie nie zuvor und nie wieder danach. So fiel er seiner Mutter in die Arme, die bloß »mein Michael« sagte und ihn lange festhielt. Er sagte gar nichts, einfach, weil er lange keine Luft bekam.

Nachdem dann am Küchentisch alles erzählt war, was er zu greifen bekam, nachdem er ein paar Tage später alles auch mit Abbott besprochen hatte, machte ihm die *Institution* das Angebot, in seine Position und die beiden Zimmer unterm Dach zurückzukehren.

»Soll ich annehmen?«, fragte er die Mutter, die nicht extra antworten musste, sondern ihm nur einen entschiedenen, liebevollen Blick zurückgab. Wie »im Krieg« gab Faraday sich gar im Streit um die Räume, die besetzt waren und erst geräumt werden mussten.

Da saß er also nach anderthalb Jahren frischer Luft wieder in der Albemarle Street. Auf der Reise war er schon »bei exzellenter Gesundheit« gewesen. So gut wie nie zuvor war sie, und nie wieder in seinem Leben würde sie so sein. Mit weniger Illusionen als das erste Mal saß er da, mit der Ansicht, dass man über negative Dinge mit etwas Abstand milder urteilt als im Moment der Erfahrung, mit der Überzeugung, dass Menschen einen Weg nur gehen, wenn er mit Blumen bestreut ist. Er hatte die Gewissheit, dass die Möglichkeiten, im Leben etwas auszurichten, äußerst begrenzt waren. Vorsichtig entwickelte er auch ein Gefühl dafür, wie leicht es möglich war, im Leben nichts von dem zu erreichen, was man angestrebt und sich ausgemalt hatte, bevor man gezwungen wurde, zurückzusehen. Sein Glück war der Alltag. Dass die Zeit stetig weiterlief. Dass er arbeitete.

Wellington war jetzt Herzog.

Marschall Blücher, ein Mann mit ausladender Stirn und der Neigung zu agieren, bevor es nötig war, hatte sich den Zunamen »Vorwärts« eingehandelt, der im preußischen Heer wie in der englischen Führung mit mehr Furcht als Ehrfurcht ausgesprochen wurde und mit einer Menge von dem, was in der Truppe unabdingbar war: Galgenhumor der ganz trockenen Sorte.

Aus verschiedenen Richtungen bewegten sich Herzog Wellington und Marschall »Vorwärts« Blücher mit ihren Armeen dem noch unverändert kleinen und giftigen und längst mit einem Kugelbauch versehenen Buonaparte durch den Matsch Europas entgegen, während die Davys in italienischer Wesensart vollkommen aufgegangen zu sein schienen. Sie lebten ihre Emotionen vor so vielen Leuten aus, dass in allen Kreisen der Gesellschaft Einzelheiten debattiert wurden. Jane Davys Cousin zufolge verhielten sie sich wie Katze und Hund, und Faraday dachte: Wie Lichtteilchen und Lichtwelle. Auch da war keine Harmonie in Sicht. Jane Davy sagte man nach, Vorbild für die auf neue Art selbstbewusste Heldin *Corinne* gewesen zu sein, eines beliebten, in Italien spielenden Romans der Madame de Staël. Viele glaubten das, viele nicht. Davys Bruder meinte in einem Brief an einen Freund, es wäre für beide besser gewesen, sie hätten sich nie getroffen.

Im Nirgendwo der Wiesen und Wälder und wenigen Hügel, wie sie östlich von Paris unter den immer gleichen Regenwolken immer gleich aussahen, campierte Wellington, nahe dem nie gehörten Dorf Waterloo. Er wartete. Dann kamen die Franzosen und sondierten das Gelände. Es regnete viel in der Nacht, und die Franzosen warteten auch, zum Glück aller anderen. Die Wiese sollte noch ein wenig abtrocknen, bevor man sich ans Sterben machte und an die Wette, wer unterlag. Als die Schlacht, in deren Mitte ein Pachthof mit der Gastwirtschaft *Belle Alliance* lag, schon eine Weile lief, schlecht lief für England, wünschte Wellington, »es werde Nacht oder die Preußen kämen«.

Prompt kamen sie.

Während Wellington unablässig hin- und herpreschte und seine Leute motivierte, sortierte und dirigierte, schaute Buonaparte im Sattel seines Schimmels von einer Anhöhe aus zu. Er hielt die Zeit für das große Element zwischen Masse und Kraft, und Wellington glaubte, »dass Buonaparte etwas sieht, das ich nicht sehe«.

Dann ritt der Franzose zum letzten Mal einen Hügel hinunter in eine Schlacht, und alle hielten den Atem an: Mit seinem Pferd bildete er eine so galante Einheit, dass er zur Verblüffung der anderen das Fernrohr am Auge behalten konnte.

Vier Tage später erfuhr London von seiner letzten Niederlage. Am 22. Juni wurden um zehn Uhr morgens die Kanonen des Towers gefeuert. Die Menschen strömten in die Parks und feierten, Börsenkurse stiegen, obwohl kaum jemand im Saal blieb. Öffentlich und privat wurden Feuerwerke gezündet, sie erhellten die Nacht. Stimmen, die in Buonaparte noch einmal auch etwas Besonderes sehen wollten, eine Begabung für Höheres, einen, der Europa vorangebracht hätte, gingen unter. Davy wollte sofort zurück nach Rom und Neapel und bot Faraday an, mitzukommen. Faraday hätte auch abgelehnt, wenn Lady Jane Davy nicht dabei gewesen wäre.

Er zog sich in das Labor im Keller zurück. Er wurde die rechte Hand von Professor Brande, der nicht so flamboyant und eloquent war wie Davy und dessen Experimente niemals fehlschlugen.

Davy reiste. Mal war er in Schottland, dann in der Toskana. Er sandte Steine, Gase und Flüssigkeiten zur Analyse. Er ließ Faraday Briefe zukommen, die er kopieren und versenden, Artikel, die er prüfen, ausformulieren, illustrieren und einreichen und korrigieren musste. Davy beauftragte ihn mit Besorgungen in der Stadt, die von der Beschaffung toter Fliegen zum Angeln über Tee bis zur Bestellung von anzufertigenden Geräten reichten, die Davy zum Experimentieren benötigte.

Offiziell war Faraday Assistent und Kommissar der Apparate und der Mineralogischen Sammlung. In den Publikationen erhielt er regelmäßig Danksagungen für seine »sehr fähige Assistenz«. Er führte das Laborbuch, betreute das Journal der *Institution* und nahm kommerzielle Aufträge für chemische Analysen an. Davy, der schon am Tag nach ihrer Rückkehr die Berufung zu einem der Manager der *Royal Institution* ohne unnötiges Zieren angenommen hatte, ließ erfreut als Gerücht herumgehen, was Faraday in Paris noch entgangen war: Buonaparte habe sich schon sehr enttäuscht gezeigt, welch schlechte Meinung von den französischen Kollegen Davy zur Schau gestellt habe. Im Keller versuchte Faraday, seine Ideale am Leben zu halten, während es im Parterre darüber viel Gelächter gab und noch mehr Zufriedenheit.

Abends ging Faraday in diesem ersten einer Reihe sehr kalter Sommer manchmal an die Themse, wenn er Zeit dazu fand. Oft war das nicht. Beim Blick auf das langsam fließende Wasser träumte er, wie er auf der Reise beim Blick von der Kutsche in die Landschaft geträumt hatte. Immerhin hatte er eine Arbeit, die nicht schlecht war, die jeder andere gern gehabt und gemacht und beherrscht hätte. Aber was, wenn das alles war?

Doch das war es nicht: Im Herbst 1815 rauschte Davy ins Labor, mit einem Stapel Papiere unter dem Arm und dem Befehl, sofort alles beiseite zu legen. Auf dem großen Tisch in der Mitte des Raumes breitete Davy eine Zeichnung aus. In Sheriff Hill hatte es, das ließ er Faraday dabei wissen, eine weitere Explosion in einer Kohlenmine gegeben. Zwar gab es »nur elf Tote«, aber oben auf dem großen Papier standen in Davys Handschrift noch andere Namen: »Newbottle siebenundfünfzig« zum Beispiel. Seafield, Hebburn und Percy Main waren ohne Zahl. In Brandling Main hatten zweiundneunzig Männer und Jungen ihr Leben verloren.

Unter Tage trugen die Arbeiter beim Abstieg in den Stollen einen Singvogel im Käfig vor sich her, an einem langen Stab, oder sie schoben ihn beim Kriechen voran. Bei Sauerstoffknappheit starb er zwar schneller als ein Mensch, aber den Umschlagpunkt, an dem das Gemisch aus Methan und dem, was man dort unten Luft nannte, so viel Brennbares enthielt, dass die Kerzen es zünden konnten, zeigte der Vogel nicht an.

»Wir müssen diese Leben retten.«

Mehr sagte Davy nicht, als er diverse verschlossene Glasröhrchen aus der Tasche holte, Luftproben aus Stollen, die er selbst genommen hatte oder die ihm zugesandt worden waren.

Sie machten sich sofort an die Arbeit. Für zwei Wochen vergaßen sie, wie man Hunger oder Schlaf buchstabierte. Brande musste seine Vorlesungen alleine vorbereiten. Davy und Faraday fanden heraus, bei welchen Temperaturen welche Gemische von Methan und Sauerstoff sich entzündeten, wie andere Anteile der staubigen Luft dies beschleunigten oder bremsten und mit welcher Geschwindigkeit sich die Flamme in welchen Gefäßen ausbreitete: die Abhängigkeit von Radius und Länge und Luftzug.

Irgendwann kam Davy auf die Idee, statt einer Kerze das aus der Kohle entweichende Methan selbst zur Beleuchtung zu nehmen. Sein großer Gönner habe auf dem Vesuv vielleicht zu viel Zeit in der Sonne zugebracht, dachte Faraday, oder, noch wahrscheinlicher, er hatte wieder angefangen, Lachgas zu inhalieren. Er sagte natürlich nichts, und am Ende war er der Überraschte, denn eine Hülle aus Metallgaze kühlte alle Verbrennungsprodukte so ab, dass eine Flamme im Innern »sich nicht nach außen kommunizierte«. Mit etwas Übung konnte man an der Flamme den Grad der Gefahr ablesen.

Man habe das Monster besiegt, sagte der Ingenieur John Buddle bei der Vorstellung der Davy-Lampe in den Minenfeldern von Newcastle, das heißt, nicht genau in der Mine selbst, sondern beim Empfang im Queen's Hotel der Stadt. Davy, als er sich bedankte, führte aus, wie er mittels Analogie und Experiment, die »seit je Wissenschaft machten, wo zuvor Mysterien gewesen« seien, die Lösung fand. Behauptungen, Davy habe die Idee gestohlen, kamen schnell auf. Noch schneller wurden sie abgewehrt.

Zwei kleine Arbeiten zu Details der Lampe publizierte Faraday unter seinem Namen. Zuvor war ein Papier über toskanischen Ätzkalk, den Davy ihm nach London bringen ließ, als seine erste eigene Arbeit erschienen. Aber das war nicht halb so wichtig wie die Tatsache, dass er wieder an etwas glaubte.

Mit unheimlicher Energie stürzte er sich nun in sein Londoner Leben, das die *City Philosophical Society* war. Sie hatte sich um John Tatum und die Vorträge in der Dorset Street herum gebildet.

Faraday hielt Vorträge, wurde Mitglied. Mit Professor Brande zusammen fand er heraus, dass Quecksilber in Chlor brennt, und in seinem Notizbuch machte er nach dem System des deutschen Mönchs Feinaigle Gedächtnisübungen mit Symbolen in Quadraten: Hocker, Fahne, Haus. Sonne, Kanone, Ähre, Schubkarre. Zinne, drei Nüsse, Hacke. Dazwischen Krone, Brunnen, Harfe. Alle Quadrate hatten Nummern und waren in geometrische Anordnungen eingeteilt, die ein System bildeten. Isaac Watts hatte in der *Verbesserung des Geistes* dargelegt, dass besonders schöpferische Menschen sich oft schlecht erinnerten.

Im März 1816 schrieb er Abbott: »Ich hämmerte mit der Frage, ob du den letzten Brief geschrieben hast oder ich, tagelang auf mein Gehirn ein.« Er konnte weder die eine noch die andere Möglichkeit bestätigen. Als er sich entschlossen hatte, selbst zuletzt geschrieben zu haben und demnach nicht an der Reihe zu sein, machte ihn das lange Schweigen des Freundes doch wieder unsicher, sodass er sich zu einem Brief hinsetzte: »Ich habe auch ein Kästchen verlegt«, schrieb er, »oder verloren, ich suche es nun.« Es sei nicht besonders groß und eher für wertvolle Dinge gemacht als für sinnloses Zeug. Obwohl ein unachtsamer Beobachter es nicht weiter bemerken würde, ein aufmerksamer würde doch wohl seinen Wert erkennen. Es sei handwerklich schön gemacht, man habe eher Wert auf die feinen Ausschmückungen gelegt als auf eine bunte und gleich auffallende Form. Die genaue Natur des Materials sei kaum jemandem bekannt, aber die Eigenschaften seien schon bemerkenswert, denn die prinzipiell feste, opake Form sei teils auch transparent oder gar flüssig, die Gravitation kleiner als die von Wasser, es sei nicht kristallisierbar, durch Hitze löse es sich in brennbare Gase, Öl, Wasser, Kohle, Erden und Salze auf. Im natürlichen Zustand verbreite es einen angenehmen Geruch, der alle einschließe, die ihm nahe kämen, und im Innern sei, wie in einem gut gefüllten Laborbuch, alles, was eigenartig und wertvoll genug dafür war. Dem Finder wolle er gern eine Belohnung zahlen ...

In das Notizbuch, das unter den Mitgliedern der *City Philosophical Society* herumging, schrieb er zwischen eine Tabelle der spezifischen Gewichte von Platin bis Chrom und eine dreiseitige Umrechnungstabelle der englischen und französischen Einheiten von Länge, Fläche, Kapazität und Gewichte ein Gedicht. Wie immer war das Thema am Rande der Seite senkrecht angegeben. Es handelte sich um *Liebe*:

Welch Pest und Plage befällt den menschlichen Leib?
Und welchen Fluch bringt meistens ein Weib?
– Die Liebe

Welch Kraft stört des Mannes klaren Verstand?
Und was enttäuscht den eignen süßen Tand?
Was kommt daher in trügerischem Kleid,
Und macht zum Narr, wer eben noch war gescheit?
– Die Liebe

Was lässt den besten Freund bald Gegner sein?
Wessen Versprechen treten niemals ein?
Was fasst kein Kopf, sei er noch so intelligent,
auch wenn es selbst der dümmste kennt?
– Die Liebe

Was treibt des Irren heißes Verlangen an,
dem jeder Esel leicht widerstehen kann?
Was scheut der Kluge jetzt und immerdar,
auch wenn es ewig in der Welt schon war?

Auch unter der letzten Zeile fand sich die Antwort. Durch einen waagerechten Strich war das nächste Thema abgegrenzt, das er wieder senkrecht an den Rand schrieb: *Wunder*. Das Wunder sei eine Pause im Argumentieren, ein plötzliches Innehalten des mentalen Fortschritts, das nur so lange anhalte, wie das Verständnis sich auf eine einzelne fixe Idee konzentriere. Das Wunder sei zu Ende, wenn das Verständnis genug Kraft habe, das Objekt in seine Teile zu zerlegen und von der ersten Erscheinung bis zur letzten Konsequenz zu bezeichnen.

Davy machte ihn mit Abia Colburn bekannt, dem Vater eines mathematischen Wunderkindes: Zerah. Der Junge verfügte über ein Gedächtnis wie kein zweiter. Vater Colburn und sein dreizehnjähriger, rothaariger, Französisch, Deutsch und Latein sprechender Sohn waren Amerikaner. Sie tingelten durch England. Der Sohn gab seine Rechenkünste vor Publikum zum Besten, und nach einem Gespräch und einer Vorführung war Faraday, um es vorsichtig zu sagen, beeindruckt. Sie multiplizierten 642 mit 539, nahmen 2731 zur dritten Potenz und zerlegten 76426 in Faktoren. Ohne selbst richtig erklären zu können, welche Tabellen und Methoden er benutzte, war Colburn immer Größenordnungen schneller. Faraday fühlte sich wie ein Gehbehinderter, dem der größte lebende Bergsteiger wohlwollend zeigt, wie man besonders elegant auf den Gipfel kommt: Niemals selbst beherrschen zu können, was ihm demonstriert wurde, war etwas vollkommen Neues. Präzise und extrem langsam entfaltete dieses Erlebnis seine Wirkung. Es sollte sehr fruchtbar sein.

Einen Monat verbrachte Faraday mit John Huxtable, einem Freund aus wissenschaftlichen Diskussionen, in Devon. Seiner Mutter schrieb Faraday von da, es gehe ihm an der Luft viel besser, er habe viel mehr Kraft, und die in London in letzter Zeit schlecht verheilenden Narben seien nun kaum noch zu sehen.

Das Landleben gefiel ihm, die Leute waren freundlich. Einmal begleitete ihn ein Mädchen auf einer Wanderung, um mit ihren Ortskenntnissen zu dienen. Sie sprach nur Walisisch, und doch hatte sich auf der gemeinsamen Wanderung zu einem Wasserfall ein Einverständnis eingestellt, das er bislang nicht gekannt hatte: Sie immer voran, plappernd, er hinter ihr her, zwischen Zweigen, Büschen, Ästen und auf sehr interessante Weise an Blättern abperlenden und dann in sich schwingenden, auf diversen Parabeln fallenden Wassertropfen. Sie zersprangen kein bisschen weniger interessant auf verschiedenen Oberflächen in verschiedener Weise zu wiederum kleineren Tropfen auf ihren Flugbahnen.

Ohne weiter Parabeln analysieren zu müssen, sah Faraday den kleinen Körper seiner Führerin interessant gehen und zum Teil, ja, ansatzweise wippen, um Biegungen des Weges verschwinden und zum Glück wieder auftauchen, wenn er folgte. Manchmal hielt sie an, sie war barfuß und zeigte ihm, der keineswegs barfuß war, wo er hintreten konnte und wo nicht, und dann ging sie schon wieder weiter, ein Bündel aus Beweglichkeit und aufgeregtem Frohsinn. Gezogen wurde Faraday von etwas Unbekanntem, er wurde nicht einfach geführt, wie er bald feststellte, sondern gezogen von einer Kraft, gegen welche die Gravitation ein Witz blöder Jungs war.

Am Ziel war »das Mädchen« hinter dem Wasserfall verschwunden, der über einen Vorsprung der Felswand fiel und unter sich einen trockenen Platz bot. Sie hatte Faraday gerufen, dass er auch kommen solle. Dann war sie gleich weggelaufen, kaum dass er unter dem rauschenden Wasser stand und abzuschätzen versuchte, wie hoch der Fall war. Durch den glatten Wasserfilm konnte Faraday jedes Blatt der Bäume auf der anderen Seite gut erkennen. Dann war sie wiedergekommen, Erdbeeren in der flachen Hand. Bei der Übergabe musste er seine Hand aufhalten, sie hielt sein Handgelenk fest. Das gefiel ihm. Es regte ihn auf.

Sie watete in den Fluss und zeigte ihm, wo er, der wenig größer war, mit einem Schritt trockenen Fußes hinkam, um einen Blick stromabwärts zu werfen. Dass er genau das gerade gewollt hatte: Das hatte sie gespürt! Zurück am Wasserfall gab er ihr einen Schilling für »das Vergnügen«. Beide freuten sich. Sie bedankte sich mit einem Knicks.

Auf dem Rückweg sammelte sie weiter Erdbeeren und achtete darauf, ihm die Zweige der Brombeersträucher aus dem Weg zu räumen. Im Dorf wünschten sie sich eine gute Nacht: War er nicht, dachte er, mit der Natur im Einklang, wenn er ihre Impulse spürte und genoss? War er nicht dann ein Mann, sagte er sich, von der Natur selbst geformt, mit höchster Würde und Perfektion seiner Rasse, wenn auch nicht im gleichen Moment ganz höchste Kultiviertheit der Kunst? Nie hatte er sich ehrbarer gesehen als im Zusammensein mit diesem unverstellten Mädchen, das seine Gefühle so einfach gezeigt hatte.

Sie hinterließ eine Leerstelle.

»Aber ich soll doch«, schrieb er seiner Mutter, »ganz bestimmt nur in der Stadt leben.«

Und genau das tat er. In der Dorset Street gab er jetzt ganze Vorlesungen. Er sprach über Materie, Gravitation, Elektrizität. Im Ganzen siebzehn Vorträge von 1816 bis 1819. Er ging zur Vorlesung der Rhetorik von Benjamin Smart in der *Institution* und fasste sie auf hundertdreiunddreißig Seiten akkurat zusammen. Er beschäftigte sich nach der Belüftung jetzt mit Aussprache, Gestik, Vokabular, Beleuchtung und jeder Kleinigkeit, die mit dem Vortrag und der Vermittlung wissenschaftlicher Erkenntnis in Zusammenhang stand, wenn auch in noch so kleinem. Vor Augen hatte er den Saal der Albemarle Street mit seinen steilen Rängen. Er galt als bester Vortragender in der Dorset Street, die nach Erlass des Gesetzes gegen umstürzlerische Versammlungen geschlossen und wegen Harmlosigkeit bald wieder geöffnet wurde.

Sein *Buch der Allgemeinplätze* wuchs wie bei anderen die Familie. Zum Beispiel notierte er Anagramme:

Telegraph – Great Help
No more stars – Astronomers
Democratical – comical trade
Revolution – to love ruin
Old England – golden land
Radical reform – rare mad frolic
Universal suffrage – guess a fearful ruin
Monarch – march on
Predestinarians – rats in deep rains

Andere ließ er probiert:

Buonaparte – bear not up
Mathematics – he sticts mama
Misanthrope – spare him out
Enthusiastically – Saint Lucy heals it

Was Liebe sei? Eine Privatangelegenheit, die außer den Betroffenen jeder öffentlich machen möchte. Unter dem Stichwort *Amüsement* fragt er: Wann bist du am Erträglichsten? Antwort: Wenn ich ad infinitum nachsinne.

Er genoss seinen langsam steigenden Ruf. Er war Humphry Davys Assistent, war mit ihm in Europa gewesen. Er hatte Buonaparte persönlich gesehen, der mittlerweile auf St. Helena von Hundertschaften bewacht wurde und behauptete, langsam vergiftet zu werden. Das interessierte Faraday nicht.

Er notierte: »Körper agieren nicht dort, wo sie nicht sind. Frage: Ist es nicht genau umgekehrt? Agieren nicht alle Körper, wo sie nicht sind, und agiert einer, wo er ist?« Auf wütende und zarte Weise wollte er alles selbst denken, inklusive Newton und Apfel und Erde. Zärtlichkeit und Wut in Einklang zu bringen, war notwendig, aber nicht leicht.

Er unterhielt sich mit dem Landschaftsmaler Robert Cocking, der mit Fallschirmen experimentierte und eines Tages aus einem Ballonkorb springen wollte, weil er glaubte, die Luft sei träge genug, ihn so zu bremsen, dass er sanft auf der Erde aufsetzte. Manche lachten oder schüttelten, wenn Cocking wegsah, den Kopf. Faraday wendete die Idee lange, wollte das Gewicht der Luft unter einem Fallschirm abschätzen und ihre Eigenschaften beim Strömen, die Abwesenheit jeglicher Mathematik in seinem Kopf verfluchte er. Er schlug dem Maler vor, entsprechende Versuche von einer Anhöhe oder einem Turm zu machen, dabei warnte er seinen Freund auch vor der Höhe eines Ballonfluges, die man nicht simulieren könne.

Er las Ossian und Byron und Shakespeare. Er schrieb mit sich überschlagendem Spaß seitenlange Alliterationen und einsilbige Prosa. Er bewies, dass zwei gleich vier war, quod erat demonstrandum, und unterschrieb mit *Straw, Beries and Crime*. Indem er nichts durch nichts teilte, bewies er, dass eins gleich zwei war. Mit Abbott diskutierte er über einen deutschen Adligen, der von einem Chemiker sein eigenes Blut und das eines Arbeiters hatte untersuchen lassen, in der Hoffnung, einen Unterschied zu sehen. Das Resultat: negativ.

Cocking sprang vor aller Freund und Feind Augen aus einem Ballon, nachdem er Faraday und anderen versichert hatte, nach Versuchen und Berechnungen sei seine maximale Geschwindigkeit die eines freien Falls aus zwei Fuß Höhe. Auf Faradays Bedenken nach der Stabilität und Sicherheit antwortete Cocking überzeugt, für alles sei vorgesorgt, und Faraday wollte ihn nicht weiter in seiner Konzentration stören. Beim Sprung öffnete sich der Fallschirm nicht richtig, er verhakte sich vielleicht beim Absprung kurz am Ballonkorb oder war in sich verdreht und verhaspelt gewesen, so wurde hinterher in der Zeitung spekuliert, nachdem seine Beobachter Cocking ungebremst auf dem Boden hatten aufschlagen sehen. Faraday verwahrte sich gegen eine Mitschuld. Cockings Frau bekam vom Königshaus Geld.

Es gab immer mehr Stimmen, die glaubten, alles Leben sei Elektrizität. Der Chemiker Andrew Ure hatte die Versuche Aldinis wieder aufgenommen, diesmal mit zweihundertsiebzig Platten und dem Mörder Clydesdale in Glasgow, den man an die Batterie anschloss, nachdem er eine Stunde am Galgen gehangen hatte. Strom, vom Rückenmark zum Ischias geschickt, kontrahierte in dem Mann alle Muskeln und erzeugte ein gewaltiges Schaudern wie bei Kälte. Nach einigem Probieren fand Ure schließlich die richtigen Stellen, um eine vollständige Atmung in Gang zu setzen: Das Zwerchfell und sein Nerv. Der Brustkasten hob und senkte sich mit der Bewegung des Zwerchfells, und die Bauchdecke tat dasselbe gegenläufig. Es gab Applaus unter den Herrschaften. Hüte wurden gelüftet und geschwenkt.

»Da viele wissenschaftliche Herren anwesend waren«, soll Ure später gesagt haben, gelte es »als das vielleicht bemerkenswerteste Ergebnis, das je mit einem philosophischen Apparat erzielt worden ist«.

Allerdings verließen die meisten Herren den Ort schnellstens, als Ure den Strom vom Augennerv zur Ferse schickte und der Körper sich in Gebärden und Mimik wand, die niemand je gesehen, die kein Theaterregisseur je ersonnen hatte. Bei einem Zeugen führten sie zur Ohmacht, bei den übrigen noch Verbliebenen zu Erbrechen. Das war 1818, und schon zwei Jahre zuvor hatte die einundzwanzigjährige Mary Shelley mit ihrem Mann Percey und Lord Byron den total verregneten Sommer am Genfer See verbracht. Byron, gerade noch in den Salons vergöttert, war aus London geflohen, wo die Liebe zu seiner Schwester bekannt geworden war. Eine für die Welt übliche Kettenreaktion hatte den Poeten zu einer Person gemacht, von deren Vorzügen plötzlich niemand mehr Notiz nahm, von deren Abgründen nun jeder gern sprach.

Keine Gesellschaft mehr, in der es nicht umso schicker gewesen wäre, sich von ihm abzuwenden und dabei angewidert zu tun, je ergebener man ihm vorher zu Füßen gelegen hatte. Seine gerade zur Welt gekommene Tochter Ada, die später den Nachnamen Lovelace bekommen sollte, hatte er nur einmal zu sehen bekommen, und dabei sollte es auch bleiben. Während die geliebte Schwester sich zu Hause mit seiner Frau anfreundete, tauschte Byron mit den Shelleys in der Schweiz Gespenstergeschichten aus, und schließlich schrieb Mary ungestört von den wichtigen Dichtern ein Buch mit dem Untertitel *Der moderne Prometheus*. Auf dem Weg zur Mahnung vor dem menschlichen Übermut, Gott spielen zu wollen, in dem man selbst Leben stiftete, ließ es keinen denkbaren Schrecken aus und berücksichtigte auch jeden undenkbaren. Unter dem Haupttitel *Frankenstein* wurde es jetzt veröffentlicht: Anonym. Der zarten jungen Frau hätte sowieso niemand zugetraut und noch weniger zutrauen wollen, so plastisch über die Gefühle eines gottlosen Monsters schreiben zu können.

Nicht nur Abbott behauptete, Viktor Frankenstein sei nach dem Bild Davys geschaffen.

2 Trägheit und Bewegung

Dass die Hoffnung auf eine Veränderung so schnell in Angst vor ihr umschlagen konnte, wunderte Faraday. Er glaubte, dass es sich nur um den Überraschungseffekt des neuen Gedankens handelte, der das Buch interessant machte. Er würde verpuffen, und Innehalten dieser Art oder die Forderung danach oder Angst an sich beschäftigten ihn gar nicht. Im Gegenteil. Ihm ging nach wie vor alles zu langsam, viel zu langsam. Angst hatte er nur vor dem Stillstand, den er nicht für Gottes Wille hielt. Gott selbst war doch sowieso nichts Erreichbares.

Deshalb hielt Faraday lieber einen Vortrag über die Trägheit nicht nur der Materie, sondern über die Trägheit des Geistes, des Herzens, des Verstandes und der Seele: über die »mentale Apathie!« Sie alle, die Philosophen der Dorset Street, gehe die an. Der Mensch sei, so trug er vor, »ein besseres Tier, das von Natur aus fortschrittlich« und »im Übergang« sei, aber dennoch in der großen Mehrheit passiv. Er fragte: »Warum?« Er sagte, der Schöpfer habe dem Menschen das Beste mitgegeben, sein Ziel sei die Perfektion. »Wie ein Punkt am Horizont« sei sie nur zu weit weg: »Wir nähern uns, aber die Entfernung ist viel größer als unsere Vorstellung von ihr.«

Dass der Mensch auf dem Weg zur Perfektion Wissen und noch mehr Wissen benötigte, brauchte er vor den Freunden nicht erst zu sagen. Aber dass »der Philosoph ein Mann sein sollte«, führte er aus, »der jedem Vorschlag gut zuhört und immer selbst urteilt«. Dass er »sich nicht von Äußerem beeindrucken lassen, keine Lieblingshypothese haben, keiner Schule angehören und in der Lehre keinem Meister folgen soll.«

Dass er nicht Personen respektieren solle, sondern Fakten. Dass die Wahrheit sein Ziel sei. Dass er, wenn sich zu diesen Qualitäten der Fleiß geselle, tatsächlich hoffen möge, »Eintritt in den Tempel der Natur zu bekommen«.

Ohne den Hauch eines Zweifels und eher mit dem Luftholen desjenigen, der noch viel zu sagen hat, sodass die Freunde, auch Tatum, unbewusst tiefer in die Stühle rutschten, sagte er: »Der Mensch liebt seine eigene Meinung so sehr, dass er sie eher auf unfestem Grunde baut, als im Zweifel zu verharren.« Die Notwendigkeit, auf bestimmte und individuelle Beispiele zu verweisen, um die eigene Meinung zu illustrieren, führe zu Gewohnheiten des Geistes, die immer partielle, verzerrte Ergebnisse produzierten. Diese Gewohnheiten seien es, die unterschiedliche Meinungen zu jedem Thema erzeugten, obwohl die moralische und die natürliche Welt sich immer und allen gleich und ganz zeigten: »Wir können halt nicht immer alle Eigenschaften, Eigenarten und Relationen ganz und zugleich überblicken, stattdessen sind wir selbst in verschiedenen Zuständen und bringen verschiedene Temperamente mit und wollen schnell eine Meinung bilden: Deshalb unterscheidet sich eine Beurteilung nicht nur von der anderen, sondern oft auch von der Wahrheit!«

Skeptizismus und allmähliche Verallgemeinerung allein seien hilfreich, weil die Kraft des menschlichen Geistes auf das Erkennen der Details beschränkt sei, und das einzig Sichere, das Einzige, dem man vertrauen könne, die Fakten seien. In der Naturphilosophie gebe es jedoch eine Größe von fundamentaler Bedeutung, die so unauffällig sei, dass man Jahrhunderte nichts von ihr geahnt habe: »Die Trägheit.«

Dieses Wort traf im Raum jeden. Die Trägheit, von Newton entdeckt, formuliert, vertreten, in die Welt gebracht, hatte die Auffassung aller Mechanik restlos verändert. Von Faraday unbemerkt setzten sich jetzt einige wieder auf.

»Jedes und alles«, erinnerte er noch einmal an das Konzept der

Trägheit, »will bleiben, wie es ist. Jeder Körper bleibt in Ruhe oder bleibt in Bewegung, solange keine neue Kraft auf ihn wirkt, auch der Apfel, der die Hand des Werfers verlassen hat, fliegt weiter, solange ihn keine neue Kraft bremst. Und das«, so seine Schlussfolgerung, die er nicht kühn, sondern schlicht sonnenklar fand: »gilt nicht nur für die Materie, sondern auch für den Geist!«

Alle beobachteten ihn, gespannt, was als Nächstes käme. Er fuhr durch seinen Bart, ging schnell hin und her, Blick nach unten gerichtet.

»Denn was«, rief er dann, »sind denn Gewohnheiten?«

Die, die er ansah, sahen stumm zurück.

»Und was«, fragte er laut, »ist ein Vorurteil?«

Er ließ einer etwaigen, wenn auch unwahrscheinlichen und sowieso unerwünschten Antwort genug Zeit, bevor er »Nichts als Trägheit!« rief. »Sie hält jeden neuen Einfluss auf und stärkt jeden alten!«

Diese Übereinstimmung von Newtons Naturgesetz der Materie und dem Geist sei, gab er lakonisch zu, »komisch«. Aber sie stimme offenbar, sofern, ja, wenn ein in Bewegung geratener Geist tatsächlich auch in Bewegung bleibe.

Er fragte seine Zuhörer, ob er das beweisen solle, und sagte, diesmal bevor jemand hätte antworten können, für ihn nämlich sei das offensichtlich so: »Denn war der Dummkopf je gewillt, sich in Bewegung zu setzen? War der Tölpel je bereit, seine Dummheit aufzugeben, um die Welt zu verstehen?« Wie der Schäfer Magnus sitze er doch lieber auf seinem kargen Stein, sein Versuch, sich fortzubewegen, sei mühsam und fruchtlos, er werde von einer Kraft festgehalten, auf die er keinen Einfluss ausübe.

»Und der aktive Geist?«, fragte er, seine Zuhörer einen nach dem anderen fixierend, als seien sie die Tölpel: »Welches intellektuelle Wesen lässt sich denn aufhalten? Jeder neue Gedanke, jede Einsicht ist genug Lohn für die Anstrengung des Weges, und die

Zukunft«, er hielt die Stimme kurz an, und als er in der Stille bemerkte, dass er fast geschrien hatte, ging er etwas herunter mit dem Ton, er wirkte jetzt erschöpft, wenngleich auch zufrieden, als er schloss: »ist pures Glück.«

Jeder spürte, dass nur die Vorrede zu Ende war. Faraday fuhr ruhiger fort, manchmal breche zwar Müdigkeit und Chaos ins Denken. Aber dann gehe es wieder mit doppelter Energie weiter: »Eitelkeit, Ambitionen, Stolz helfen Grenzen zu überwinden.« Er wolle nicht die Mathematik bemühen, wie sie bei Körpern in Ruhe und in Bewegung angewandt werde, ihm reichten Worte: Der Geist in Ruhe heiße Apathie, der in Bewegung hingegen Streben.

»Warum nur«, fragte er die stillen Freunde, wo sie sich doch zusammengetan hätten, um vorwärtszukommen, »warum nur«, und hier hielt er keineswegs inne, »sind wir so hilflos in der Sache und so arm an Bedeutung?« Es müsse wohl »die Apathie ihre Flügel über uns ausgebreitet haben, dieser Agent der Ignoranz, der uns in Schmerzlosigkeit taucht!« Seine Macht stehe allen ihren Anstrengungen gegenüber und, unterstützt durch ihre eigene Bequemlichkeit, triumphiere er über ihren Verstand, gieße gar Hohn über jedes Bemühen: »Wie kann es sein«, wollte er wissen, »dass ein so begabtes Wesen wie der Mensch, ausgewählt für so große Dinge, ruhig zusieht, wie sein Anliegen verkümmert und seine Kraft versiegt?« Ob es denn sein könne, dass Zersetzung und Bewusstsein in einer Brust wohnten: »Oder hat die Selbstgefälligkeit längst gewonnen und nimmt allen Platz ein?«

Sie, wie sie hier zusammen seien, hätten jedenfalls alles, um Großes zu leisten. Punkt.

Sie täten es jedoch nicht.

Komma.

Fleiß und Eifer und Streben seien der Grundzustand des Menschen, der ihn vom Tier unterscheide und vorwärtsbringe in jeder Generation. Er sei sicher, jeder seiner Zuhörer habe schon gedacht, was er nun ausführlich und vielleicht zu lang vorgetragen habe, aber wenn es Kritik gebe, so wolle er sie hören.

Es kam keine.

Er regte abschließend an, die Frage zu beantworten, warum es so viel mehr Trägheit als Bewegung in der intellektuellen Welt gebe, wo es in der materiellen doch umgekehrt sei, und dies war der einzige Vortrag in der Geschichte der Dorset Street, der je ohne jeden Applaus und ohne dass eine Frage gestellt worden wäre zu Ende ging.

Faraday nahm das als Zeichen des Respekts. Kein Zweifel plagte ihn neben der Wut. Abbott saß erschöpft und perplex auf seinem Platz und überlegte, ob er zustimmen oder ähnlich aggressiv dagegenhalten oder sich einfach aus seiner Trägheit erheben und sich einen neuen Freund suchen sollte. Faraday aber sprühte noch einige Stunden vor Enthusiasmus, als sei auch der bloße Elektrizität. Jedenfalls lud er Abbott schnell wieder auf, und alles blieb erst mal beim Alten.

3 Sarah Barnard

Die Sonntage verbrachte Faraday mit seiner Mutter in der Gemeinde. Das waren die Stunden, in denen das Denken endete und das Herz in einer düsteren Stimmung aufgehoben wurde. Mit der Apathie hatte die Religion nichts zu tun, denn Religion und Philosophie waren unabhängig: Die Religion war nicht, so hatte er vor seiner Gesellschaft gesagt, wie die Philosophie kritisierbar. Sonntags spürte Faraday die Wut über seine Ohnmacht umso stärker, und wie sie ein Ziel suchte.

Tagsüber analysierte er Stahllegierungen, es war einer der häufigen Aufträge der *Royal Society*. Er beschäftigte ihn drei Jahre lang. Als Sohn eines Schmieds fand er das angemessen, und noch angemessener fanden es Brande und Davy. Das Labor organisierte er auf die praktischste Ausrichtung hin, alles war gut und übersichtlich sortiert, die wichtigsten Utensilien in greifbarer Reichweite vom Tisch. Er bemerkte, dass Quecksilber bei Zimmertemperatur verdampfte und eine Goldfolie amalgamierte. Immer war ein Geruch im Raum, der vom letzten Experiment stammte. Es roch nach Chlor oder Eisen oder Schwefel oder Öl und Benzin und Petroleum. Der schwere Geruch ging erst weg, wenn ein neues Experiment gemacht wurde und neue Gerüche sich über die alten legten.

Sonntags sah einmal die Schwester seines Freundes Edward Barnard, der Mitglied der *City Philosophical Society* war, Faraday in die Augen und erblickte offenbar etwas darin. Er erschrak. Er fühlte sich erkannt, neu erkannt: fremd.

Halbwegs vergaß er es wieder, versuchte das zumindest, aber in der Woche darauf wiederholte es sich. Ein Blick, als kennte sie ihn aus einem anderen, sträflicherweise vergessenen Leben.

Konnte das sein?

Konnte er erkannt werden, wie seine Mutter ihn oder er selbst sich nicht kannte? Er wagte nicht den Versuch, alle Regungen, die dieser Blick in ihm auslöste, zu benennen, und wischte die Sache in seinem Kopf so gut weg, wie er konnte.

Er konnte es gut.

Plötzlich starb Abbotts Mutter. Faraday hatte sie alle bei guter Gesundheit gewähnt, fragten sie einander doch in jedem Brief danach. Obwohl Abbott genug Trost in sich hatte und auf die Gefahr hin, nur Gefühle aufzurühren, bot Faraday ihm seine Trauer und sein Beileid an: Beim Gedanken an seine eigene schwache Konstitution, die schon vergangene Zeit und das wahrscheinliche nahe Ende aller irdischen Dinge spüre er keine wirkliche Unruhe: »Man ist nur in einem anderen Land.« Und solange das Philosophieren und Moralisieren die Dinge nicht ändere, würde die Welt über das Gerede und alles andere halt auch nur lachen. Meinte er.

Davy wollte, dass Faraday ein paar reife Trauben einer Eberesche aus dem Kensington Garden holte und analysierte. Der irische Chemiker Michael Donovan behauptete, Sorbinsäure aus ihnen gewonnen zu haben. Dabei müsse es, so Davy, Apfelsäure sein: Faraday sei ein besserer Chemiker als Mister Donovan. Er fand Apfelsäure.

Er begann schlecht zu schlafen, wachte nach zwei Stunden auf, lag mal eine, mal zwei, mal drei Stunden wach, schlief erst im Morgengrauen wieder ein, musste dann zerschlagen ins Labor. Das kam, variierte in der Stärke, blieb da.

Am Sonntag traf er die komplette Familie Barnard vor dem Gottesdienst. Sarah stand an der Seite ihres Bruders vor dem Haus, in dem die Gemeinde einen Raum hatte, in der Sonne, ihre Eltern mit dem kleineren Bruder George einen Schritt dahinter. Sie lächelte, nickte ihm freundlich zu.

Guten Tag, Frau Barnard. Guten Tag, Herr Barnard. Guten Tag, Frau Faraday.

»Guten Tag«, sagte Sarah.
»Guten Tag«, stellte er sich vor, »Michael.«
»Ich weiß.«
Sie lächelte vorsichtig, aber das war es nicht. Edward nahm ihn kumpelhaft in den Arm. Alle gingen hinein, setzten sich, schlugen die Blicke nieder. Sarah tat das nicht, ohne sich nach ihm umgeschaut und schnell wieder abgewendet zu haben, nachdem ihr Blick den seinen getroffen hatte, der nichts sagte, gar nichts. Das Reden und Rascheln, die Geräusche von zweihundert Menschen, die sich zurechtsetzten und ihre Bibeln an der vom Ältesten genannten Stelle aufschlugen, ließen nach. Alle warteten auf den Vortrag, der, sobald es ganz still war, klagend begann. Eine halbe Stunde später bewegte er sich auf eine Steigerung zu. Die Gemeinde ergab sich in den Mahlstrom der Traurigkeit und bedingungslosen Hingabe, die hier im Saal Einigkeit schufen. Keinen aus der Gemeinde störte die kühle, feuchte Luft der schmucklosen Halle.

Margaret Faraday bemerkte mehr als ihr Sohn selbst, dass er abgelenkt und unruhig war. Sie freute das. Elizabeth, die ältere der Töchter, hatte in der Gemeinde geheiratet, Robert ebenfalls. So sollte es sein. Zusammen sangen sie Psalmen, wie sie es auf ewig tun würden. Dann folgten die Ermahnungen, die der Älteste ausgearbeitet hatte. Bei der Fußwaschung vermieden Sarah Barnard und Michael Faraday direkten Kontakt.

Nach drei Stunden fanden sich alle Gemeindemitglieder im Nebenraum zum gemeinsamen Essen ein. Edward Barnard tauchte neben Faraday auf, legte ihm eine Hand auf die Schulter. Sie tauschten einen brüderlichen, kaum von ihnen selbst wahrgenommenen Blick, setzten sich gemeinsam und aßen erst ganz wortlos, dann tauchten sie wortkarg Brot in die Suppe, ohne dass Faraday sich später genau hätte erinnern können, was sie gesprochen hatten. Die gerade gehörten Ermahnungen und Appelle lagen wie eine Decke auf ihnen. Gegenständliches wie Frankreich, Gesundheit, Krankheit oder Wetter, schlecht gehende Geschäfte oder Armut existierten hier nicht. Hier waren sie nur, was strengste Forderung Robert Sandemans war: eins. Keine Meinungsverschiedenheit würde jemals die Gemeinde belasten.

Als nach dem Essen Sarah neben ihm auftauchte, versagte Faraday die Stimme. Keinem blieb das verborgen. Dabei hatte sie in ihrer auffallenden Freundlichkeit nur vorschlagen wollen, den Nachtisch zu holen. Dass es ihn gab, war eine Ausnahme.

Erbost über sich selbst ging Faraday nach draußen, um vor der Nachmittagspredigt noch an der Luft zu sein, die er wieder nötiger hatte in letzter Zeit. Seine Mutter gesellte sich zu ihm, als er überlegte, wieso ihm Sarah nicht vorher aufgefallen war. Sie hatte doch immer schon hier gewesen sein müssen. Auf der Straße stritten sich zwei Jungen um einen Ball, versöhnten sich, stritten wieder und beachteten die beiden Sandemanier nicht.

Es hatte zu regnen angefangen. Ein schmutziger, magerer Hund streunte vorüber, wollte sich Faradays Fuß nähern und wurde mit einer raschen Bewegung verscheucht. Mit eingezogenem Kopf und Schwanz trottete er, aufmerksam um sich schauend und mit federndem Rumpf, weiter. Nach einigen Minuten sagte Margaret: »Gehen wir rein.«

Faraday hatte gerade das zuvor angewinkelt an der Wand stehende rechte Bein wieder auf den Boden gesetzt und den Oberkörper von der Wand abgestoßen, als er möglichst lässig fragte: »Kennst du Sarah Barnard schon länger?«

»Sie hat das Glaubenbekenntnis abgelegt«, sagte Margaret. Das war etwas, das sie sich selbst bislang nicht zugetraut hatte, und auch Faraday hatte es bislang nicht getan. Kurz bevor beide sich umwandten, um zurück ins Haus zu gehen, trafen sich ihre Blicke.

Die Barnards hatten sich schon gesetzt, als sie in den Gemeinderaum kamen, um weitere drei Stunden Predigt und Gesang zu zelebrieren, nach der Kollekte das Abendmahl einzunehmen und einander den heiligen Kuss zu geben, der die Einigkeit aller im Herrn und die Vergebung der Sünden bestätigte. Sarah Barnards Aufregung funkelte in ihren Augen und sprang unruhig dem Moment entgegen, den Kuss mit Michael Faraday auszutauschen. Sie war neugierig auf diesen rätselhaften Mann, der verschlossen wirkte, dessen Blick aber heller strahlte als andere.

Mit der Neugier ging es ihm nicht anders, sonst schon. Das Unkalkulierbare verunsicherte ihn. Der Versuch, sich nichts anmerken zu lassen, forderte ihn ganz, und wie deutlich Sarah und Margaret dies spürten, nahm er nicht wahr. Schnell verabschiedete er sich, um vom Gemeindehaus direkt zu Abbott zu gehen und über Metalle und Gase zu sprechen, über Reaktionen, Farben, Gerüche und die Moral.

Als er spät die Tür in der Albemarle Street aufschloss, um durch das große stille Haus in die Zimmer unterm Dach zu steigen, war etwas mit ihm, das er nicht kannte. Nicht so jedenfalls. Das walisische Mädchen hatte einen Platz vorbereitet, den Sarah Barnard ungefragt einnahm. Er schlief nicht besser.

Am nächsten Tag kamen die Freunde in der Dorset Street zusammen. Edward bestellte ihm einen Gruß seiner Schwester, und das ganz zwanglos, in einem günstigen Moment, so nebenbei. Faraday tat, als gebe das zu keiner großen Regung Anlass, er ließ einfach und ebenso freundlich zurückgrüßen.

Er korrespondierte mit Davy, schrieb einen Artikel über die Phonetik einer Flamme in einer Röhre, der in der *Literarischen Gazette* herauskam, er korrespondierte mit dem französischen Wissenschaftler Charles-Gaspard de la Rive, der dies bei seinem Besuch in London gewünscht hatte. Auf dem Dach der *Institution* installierte Faraday einen Blitzableiter, den er durch den Kamin führte, ohne die Wand dabei zu berühren, und im Keller an eine

Leidener Batterie anschloss. Nächtelang saß er dort unten, bis endlich ein Blitz einschlug und die Batterie auflud.

Schon Galvani hatte Blitze durch Froschschenkel in seinen Brunnen geleitet: Große Sache, wenn man Blitze einfinge und statt Muskeln von toten Fröschen künstliche Muskeln bauen könnte, die Arbeit verrichteten, zum Beispiel in den Bergwerken. Die Arbeiter könnten dann Vorträge hören über den Fortgang der Naturphilosophie, wie es ursprünglich, zur Zeit Buonapartes, das Ziel der *Institution* gewesen war.

»Eine interessante Sache«, schrieb er mit flatterndem Herzen dem Chirurgen William Flexman nach Devon, der ihn auf die Idee mit der Leidener Flasche gebracht und gefragt hatte, ob es gefährlich sei. »Es funktioniert und sollte weiter beobachtet werden. Nur fackeln Sie Ihr Haus nicht ab, und bringen Sie sich nicht selbst um dabei.«

Wenn er jetzt am Fenster stand in seiner kleinen Wohnung der *Institution*, waren die Dächer seines London kleiner geworden. Als sähe er sie aus einem Wagen im Wegfahren noch einmal an. Oder als führen sie von ihm weg und ließen ihn zurück und riefen ihm noch zu, er solle sich beeilen. Er verwandelte sich, etwas verwandelte ihn, und er konnte Fehler begehen, das Leben würde dann ohne ihn weitergehen. Zeit anhalten, das wäre eine Lösung gewesen. Wenn er hinunterging ins Labor, war Sarahs helle Stimme in seinem Ohr, im Kopf, im Herz und in den Knien. Ihr Bild war vor seinen Augen, ohne dass er, der Meister im analytischen Beschreiben, sie oder ihre Stimme hätte einem Freund darstellen können in ihren Eigenarten: Weich und entschieden? Die Stimme einer Neunzehnjährigen. Ihre Locken. Zum Glück musste er nicht darüber reden, und erst nach einer Stunde Labor vergaß er sie, wenn er eine Messreihe notierend glücklich war. Er vergaß Sarah Barnard dann ganz und gar.

Abends, die beiden ungeheizten Zimmer unterm Dach betretend, die auf ihn gewartet hatten, deren Dielen knarrten, weil den ganzen Tag niemand auf ihnen gelaufen war, war Sarah wieder da. Sie war da, wenn er allein über seinen Kartoffeln saß, wenn er noch las, wenn er zu Abbott auf dem Weg war und wenn er von Abbott zurückkam. Selbst in den Vorträgen der *City Philosophical Society* war sie da. Einmal wurde er von Abbott angesprochen und musste feststellen, die Gesellschaft um sich herum vergessen zu haben, so vergessen zu haben, wie er damals als Laufbursche die Welt um sich vergessen hatte, als er auf der Mauer sitzend in der Zeitung von Davy und der Wissenschaft erfuhr.

Gehen lassen war für Faraday keine Option. Arbeit war jetzt gut für ihn. Vor dem Sonntag fürchtete er sich, und er sehnte ihn herbei.

Am Sonntag fand er es mehr als gut, seine Mutter neben sich zu haben und die Geschwister. Er lächelte alle an, nickte im Kreis herum, vielleicht würde sie ihn kaum beachten, nicht mehr als andere, wahrscheinlich hatte er sich ja nur eingebildet, sie habe ihn anders angesehen als andere. Vermutlich sah sie alle so an, mit schlichter Freundlichkeit und mit diesen grünen Augen, die anders waren, anderes sahen als er. Sie gaben ihm das Gefühl, dass er eigentlich nichts sah. Das ärgerte ihn.

Faradays trafen vor den Barnards ein. Sarah saß trotzdem einige Reihen weiter vorne, ihre Haare zusammengenommen, ihr Ohr frei. Wie sie ihren Hals beugte, um in die Bibel zu sehen, wie ihr die zusammengebundenen Haare in den Nacken fielen, wie sie aufstand und sang. Beim Einatmen hoben sich ihre Schultern, Silbe um Silbe, Zeile um Zeile senkten sie sich langsam. Und wie sie betete, eins mit sich und mit allem.

Er war ratlos. Als die Familien sich in der Pause begrüßten, redete er wie in eine Halle hinein, deren Größe er nicht überblicken konnte, aus der kein Geräusch zurückkam, er sah angestrengt um sich. Auf Sarah wirkte er, gestand sie am Abend ihrer

Mutter, kühl. Wenn nicht, ehrlich gesagt, hochmütig. Es musste sich doch, meinte sie, an irgendeiner Stelle ein Irrtum eingeschlichen haben.

Bei Faraday hinterließ der Irrtum, den er sofort bemerkt hatte, einen Schmerz, der nicht nur beim Blick über die Dächer, wenn er die Bildung der Wolken und der Rauchsäulen studierte, spürbar war. Sarah war von der Leerstelle aufgestanden und gegangen und hatte sie kälter und leerer zurückgelassen, als vorstellbar war. Und ihn. Ein kalter, dunkler, gut gefüllter Brunnen war übrig, in den er seinen Kopf hätte tauchen mögen. Dabei war der Wunsch zu verschwinden, in ihr, doch seltsam, wenn nicht beschämend.

Sollte es das sein, was er wollte? Er fragte Abbott um seine Meinung, der gern und lebhaft in manches Detail ging, und Faraday wusste, er würde nicht noch einmal in seinem Leben darüber reden. Er schlief noch später ein und wachte noch früher auf und schlief nicht mehr ein. Nicht nur er selbst nahm seine Reizbarkeit wahr.

In der *Institution* bekam er den Auftrag, Wasser zu untersuchen. Er sollte Papier analysieren und Farbstoffe, Rost und Wein. Für den Sohn eines Schmieds waren das ehrenvolle Aufgaben, wie er fand, und wie Brande und Davy erst recht meinten. Er stürzte sich derart in die Arbeit, versenkte sich und verschwand im Labor, dass es sogar an ihm selbst gemessen wie Übereifer aussah. Es unterliefen ihm untypische Fehler. Er verschüttete Säuren, ließ Gläser fallen und vergaß Termine. Er vergaß zu essen und Briefe zu schreiben. Klein und schmächtig, wie er schon war, magerte er ab. Manchmal, wenn Brande ihn ansprach, war er so abwesend, dass er nicht reagierte oder um Verzeihung bat, der Professor möge sich bitte wiederholen. Davy, als er ausnahmsweise einmal da war, grinste.

Faraday entschied, das Problem halte ihn nur auf, solange es ungelöst war. Er beschloss sich von Gott führen zu lassen, er sei es, der entscheiden würde, was geschehen sollte, schon am folgenden Sonntag.

Gut vorbereitet traf er auf Sarah Barnard und schaffte es, beim Essen ein wenig mit ihr zu reden. Er stotterte nicht, konnte aber auch nicht verhindern, immer auf ihre Handgelenke zu starren, auf die Adern und Sehnen, wie sie in die Handflächen liefen, die er am liebsten geküsst und an seine Schläfen gedrückt hätte, auf ihre Schlüsselbeine, auf ihre Knöchel und die Füße, wie sie in den Schuhen steckten, während sie mit ihm redete. Er maß die Proportionen ihrer Arme und Beine zu ihrem Rumpf, fand das Verhältnis der Oberarme zu den Unterarmen heraus. Es war, wie es aussah, nicht besser denkbar. Er sah, wie Sarah aufstand, mit der einen Hand den Rock dabei glatt strich und die andere vor den Unterleib hielt, während sie sich auf der Suche nach ihrer Mutter umsah, eine Hand jetzt in der Luft, dann vor dem Mund, als müsse sie sich zusammenreißen, nicht einfach nach ihr zu rufen.

Skandalös, wie ihn jede kleine Geste gefangen nahm. Er schämte sich dafür, ihr so nahe sein zu wollen. Was für eine Zumutung er war, und welche Zumutung, wie er auf das Spiel ihrer Kaumuskeln achtete, auf die Art, wie sich der Mund spitzte, auf den Lauf ihrer Nase von vorne, von der Seite und im Halbprofil, wieder auf ihre Schlüsselbeine, die er zwar eben schon beobachtet, doch offensichtlich nicht richtig und vollständig begriffen hatte. Wie die Sehnen und Adern in ihre Handgelenke liefen, sie hatte sich wieder gesetzt, die Hände lagen ineinander auf ihrem Schoß. Er wollte sie nicht berühren. Ansehen genügte. Jahrelang ansehen. Mehr brauchte er zum Leben gar nicht. Wieso hatte er das nicht gewusst, wie konnte das überhaupt sein? Er atmete aus.

Er sah, als sie den Kopf wieder zum ihm gewendet hatte, auf den Kragen ihrer Bluse, die Blässe ihrer Haut, wie sie jetzt unsicher lächelte und aufstand und wegging und dabei die Bewegung durch ihren kleinen Körper floss. Dazu ihre sanft reibende Stimme in seinem Ohr: Alles an ihr war reine Selbstverständlichkeit. Er fand sie perfekt und rätselhaft. Sie brachte ihn aus der Fassung. Der letzte gegenständliche, animalische Gedanke war eine Beschmutzung. Er versagte ihn sich. Das machte nichts besser. Abends schlief er nach Stunden erst ein. Er begann Alkohol zu trinken, was ihm nicht zuträglich war. Morgens um vier kam er ruckhaft zu sich: Sarah. Dann beobachtete er lange die Sterne im Fenster und hörte wieder der bald erwachenden Stadt zu, wie er es auch in der Weymouth Street immer getan hatte, wenn er nicht schlief und wusste, er konnte nichts ändern. Dass er nicht aß, schwächte ihn.

Oft ging er seufzend um fünf ins Labor und begann das Tagwerk, weil nur das ihm Ruhe gab. Ganz werden, die Zerrissenheit loswerden, die ihn wohl seit dem Tod seines Vaters bestimmt hatte, das ging nur mit ihr. Er wusste das treppauf, treppab. Wenn es gehen würde. Würde es gehen? Er gewöhnte sich Mittagspausen an, in denen er im Haus nach oben stieg, sich entkleidete, ins Bett legte, und mit einem Tuch über den Augen zehn Minuten Schlaf bekam. Wenn er richtiges Glück hatte, schaffte er eine halbe Stunde. Danach waren die Nerven für kurze Zeit besser, vor allem die Augennerven schienen dauerhaft gereizt, als habe jemand Sand hinter die Augäpfel gerieben, immer öfter kniff er sie zusammen oder legte die Hand auf, um sie für einen Moment zu verschatten und das Hirn vom Strom der Bilder zu entlasten.

Oft fasste er sich auf Höhe des Atlas an den Hinterkopf, auch da in den Nervenbahnen, zwischen Bandscheiben und Halswirbeln, in den Arterien und Venen: Sand. In den Hirnhäuten hatte Unkraut Wurzeln geschlagen, er bemerkte es nicht. Die Gedanken verloren an Tiefe, brachen gern ab, setzten woanders neu an, sprangen wieder zurück. Er bemerkte es nicht. Womit auch? Er stemmte sich automatisch dagegen, natürlich, feuerte sich an, sagte sich: Jetzt reiß dich zusammen. Brande ermunterte ihn zu Pausen, die er nicht machte.

Die Sonntage kamen und gingen, einmal saß er mit Sarah sogar allein am Tisch und wusste nicht, welches Signal er senden sollte. Eingesperrte Vögel flatterten durch den Kopf, konnten ihre Flügel nicht ausbreiten, protestierten jeder für sich: ein Geschrei. In der Woche darauf kam er mit einem Plan, er wollte einen Ausflug nach Greenwich machen. Sarah fehlte erkältet. Jeden Tag sandte er nun einen Burschen zur Familie Barnard, der Erkundigungen einzog und Genesungswünsche ausrichtete. Er ließ Zitronen bringen und lag auf seinem Bett, als wäre er der Kranke. Die Pocken waren es nicht, berichtete der Bursche, eine Lungenentzündung wurde es auch nicht, es blieb offensichtlich bei einer Erkältung.

Flexman schrieb zurück, auch er habe den Blitz in der Leidener Flasche einfangen können, ohne sein Haus dabei niederzubrennen. Faraday nahm es wie von Ferne wahr.

Sarah überlebte. Jemand wollte Licht aus Strom gemacht haben, Faraday vergaß, wer es war. Er schrieb De la Rive, das Experiment mit Quecksilber wiederholt zu haben. Er sei aber nicht sicher, ob ihm das korrekt gelungen sei, und fürchte außerdem, kein wirkliches Recht zu besitzen, die Zeit des sehr geschätzten Kollegen mit einem Brief zu verschwenden. Zumal er selbst neben einem zufällig gefundenen Verfahren zur Herstellung von Plumbago nichts Neues zu bieten habe. Er beschrieb das Verfahren.

Nach Sarahs Genesung schlug Edward einen Ausflug nach Greenwich für den kommenden Samstag vor. Endlich brauchte niemand mehr etwas zu verheimlichen.

Faraday ließ sich von seiner Freude einschüchtern. Er lief Gefahr, dachte er, die Freude kindisch zu zeigen. Aber die Möglichkeit gab Sarah ihm nicht: Sie war mehr als kühl. Sie benahm sich, als sei der Ausflug eine lästige Pflichtveranstaltung.

Vielleicht, dachte er, war sie noch geschwächt? Zu viert, auch die jüngere Schwester Mary Reid war dabei, wanderten sie über die Brücke auf die Südseite der Themse und die Anhöhe hinauf, von der sie auf London sahen.

Faraday bekam Auskunft: »Nein, mir geht es wieder gut.« Dazu sah sie in die Ferne und legte kein Gefühl in die Stimme, sondern war froh, den Satz beendet zu haben.

Er musste wohl doch nur fantasiert haben, als er glaubte, ihre Zuneigung zu besitzen. Wie war er bloß darauf gekommen? Weshalb lief sie mit ihm auf den Hügel? Er war schon bereit, alles aufzugeben, sich zu entschuldigen. Seine Fantasie, sagte er sich, hatte beschlossen, sich über ihn lustig zu machen. Sie bleckte ihm die Zähne entgegen, sagte jetzt: Du! Du bist zu viel.

Gleich würde Sarah es ihm selbst sagen. Sie würde meinen, dass sein Ort das Labor im Keller war und dass es ihm doch genügen sollte. Wie kam er darauf, dass jemand und ausgerechnet Sarah Barnard dieses Leben oder überhaupt eines mit ihm teilen wollte? Und ein anderes gab es sowieso nicht.

Sie hatten den höchsten Punkt des Hügels erreicht, drehten sich um und sahen auf das rauchende London. Oder musste er einfach die richtigen Worte jetzt finden oder nie? Vor den anderen? Sein Hirn war in der Lage, ihn keinen klaren Gedanken fassen und seine Hände dazu zittern zu lassen. Dass die anderen überhaupt dabei waren, natürlich bemerkte er es jetzt erst, war das Zeichen von Sarahs Ablehnung. Sie würde ihn gleich bitten, auf seine Werbung in Zukunft zu verzichten: Genau dafür war sie hier, und dafür waren die anderen dabei.

Plötzlich zog sie eine Abschrift aus der Manteltasche: »Damit ich es nicht vorlesen muss.«

In einer fremden Handschrift las er: *Welch Pest und Plage befällt den menschlichen Leib? / Und welchen Fluch bringt meistens ein Weib?*

Er schwieg.

»Das ist deines, oder?«
Das stimmte.
Er nickte.
Und nichts stimmte mehr.
Edward meldete sich: »Ich bin meiner Schwester diese Wahrheit schuldig. Und du bist sie ihr auch schuldig.«
Faraday nickte erneut und wusste nun, was Scham war. Er hatte das Gedicht vergessen gehabt. Er hatte es geschrieben, und er hatte es so ernst gemeint wie alles, was er je gemacht hatte. Immer meinte er alles ernst. Das musste niemand sagen.
Er müsse darüber nachdenken, sagte er leise und mit kratzender Stimme: »Nichts, was ich jetzt sofort entgegne, macht es besser.«
Sie gab ihm die Hand, bevor er sich umdrehte, allein den Hügel hinunterlief, Richtung Themse, die träge und unbeeindruckt ihr Wasser um die Kurven führte, als sei genau das ihr Spaß.
Sarahs Blick im Rücken drehte er sich nicht noch einmal um. Das Wissen um ihren Blick war bitterer, beißender, dunkler, aushöhlender als der Zettel von Banks, den der Pförtner der *Royal Society* ihm in die Hand gedrückt hatte. Wie damals war jetzt die Bewerbung unverschämt, hochmütig gewesen, aber dieses Mal lag der Grund für die Ablehnung auf berechtigte Weise ganz in seiner Person. Und noch hatte er ihren Blick im Rücken. Falls sie Mitleid empfand, half ihm das nicht, aber das war nicht einmal wahrscheinlich. Leise begann es zu regnen. Die Haare klebten ihm auf der Stirn. Es gab nichts mehr zu sagen. An Sarahs Stelle hätte er genauso gehandelt, und die Nacht war die erste ganz ohne Schlaf.
Am folgenden Tag schrieb er:

Du zitiertest gestern den Reim, den einmal
Ich eitel und stolz zu Papier gebracht,
Mit kalter Brust, das Herz voller Qual,
Gegen der Liebe freundliche Macht.

Klag an, und ich beuge mich deinem Gericht:
Auch wenn mein Geständnis mir Strafe auflegt.
Seh ich meine Tat doch in düsterem Licht.
Glaub mir, dass sich längst anderer Geist in mir regt.

Und selbst unsre Gesetze verweigern galant
dass der Täter sich selbst zu beschuldigen hat
seinem Fehltritt zum Trotz reichen sie ihm die Hand
und erlauben ihm Reue für seine Tat.

Ein nobles Prinzip! Drum nicht lange verhehlt:
Ich wünsch es für mich. Und vom Advokat
dich zum Freund. Wo ich einmal gefehlt,
führe mich hilfreich auf besseren Pfad.

M. F.

Er gab es ihr am Sonntag, das erste Gedicht, das für sie geschrieben wurde. Eine Woche wartete er, eine Woche, die kein Ende nehmen wollte. Am folgenden Sonntag ging sie wieder zaghaft freundlich mit ihm um.

»Danke«, sagte sie, lächelte geschmeichelt und selbstsicher.

Er war jetzt noch vorsichtiger und unsicherer als zuvor. Wochenlang. Ausharren konnte er. Das sagte er sich.

Treppab und treppauf in der Albemarle Street, wochen-, monatelang. Tage im Keller, Nächte unterm Dach. Er schrieb einen Artikel über das Verbrennen von Edelsteinen, einen über das Auflösen von Silber in Ammoniak. Davy versuchte ihn nach Neapel zu locken, wo eine Anstellung auf Faraday warte.

Vergeblich.

Die Korrespondenz mit Abbott, in dessen Familie niemand wirklich gesund war und wo fast nur noch von Krankheiten gesprochen wurde, kam fast zum Erliegen. Von Dritten musste Faraday hören, Abbott beschwere sich: Der alte Freund ziehe neue Freundschaften vor. Faraday wehrte sich offensiv. Das Arbeitspensum sei zu hoch.

Eine Versicherung engagierte ihn in einer Brandsache als Gutachter vor Gericht. Die Gegner engagierten Davy und Brande. Faraday arbeitete präzise und ausführlich und ließ auch den Einfluss von Quecksilber während des Kochens von Öl bei sechshundert Grad Celsius nicht außer Acht. Er hatte mehr Material beigebracht als nötig, seine Partei gewann unabhängig von dem Gutachten aus formalen Gründen.

In Spanien, hörte Faraday, war die Revolution ausgebrochen. Entweder fünfzehn- oder dreiundzwanzigtausend Mann waren beteiligt. Die Gerüchte stellten sich als wahr heraus. In Cadiz hatte es sieben Tote gegeben, nicht viel für eine Revolution.

Der Ire Edward Bransfield, der mit achtzehn Jahren zwangsweise in die *Royal Navy* eingezogen worden war, hatte als Kommandant einer Brigg vom chilenischen Valparaíso aus eine Insel vor dem Neuland erreicht, das kurz zuvor von einem Esten in russischen Diensten erstmals gesichtet worden war und dem man den vorläufigen Namen *Antarktis* gegeben hatte. Faraday hörte, dass Bransfield die von einem Gletscher bedeckte und von Robben und Pinguinen bewohnte Insel im Namen von Georg dem Dritten in Besitz genommen hatte. Der König war aber am Tag zuvor gestorben. Endlich erhielt der Prinzregent, der schon seit fast zehn Jahren kommissarisch im Amt war, die Krone als Georg der Vierte.

Faraday hörte, dass Bransfield als Erster das neue Festland erkundete, und er las, dass der amerikanische Senat mit einem Verhältnis von beinahe zwei zu einer Stimme entschied, der Kongress der Vereinigten Staaten habe kein Recht, Missouri für die Zulassung zur Union die Sklaverei zu verbieten. Er hörte noch, aber registrierte nicht mehr, dass das Repräsentantenhaus weiterdiskutierte, und es wurde Juli, bis er es endlich nicht mehr aushielt und sein Herz in Sarah Barnards Hände legte.

»Du kennst mich«, schrieb er, »so gut wie ich mich selbst oder besser. Du kennst meine Vorurteile von früher, meine Gedanken von heute. Du kennst meine Schwächen, meine Eitelkeit, mein Wesen im Ganzen. Du hast mich von einem falschen Weg geholt, lass mich hoffen, dass Du auch andere Fehler noch korrigierst. Wieder und wieder versuche ich, was ich fühle, zu sagen, aber das kann ich nicht. Lass mich aber wenigstens behaupten, dass ich nicht der Selbstbezogene bin, der Deine Zuneigung nur zum eigenen Vorteil erwerben möchte. Wie auch immer ich zu Deinem Glück beitragen kann, sei es durch Fleiß oder Abwesenheit, es soll geschehen. Aber strafe mich nicht für den Wunsch, mehr als ein Freund zu sein, indem Du mich zu weniger als dem machst. Kannst Du mich nicht zu mehr machen, so lass mir, was ich habe, und hör mich an.«

Sarah zeigte diesen Brief ihrem Vater, der wie sein Sohn und sein Vater Edward hieß und der nur lachte und der Auffassung war, dass »die Liebe selbst aus Philosophen noch Dummköpfe macht«.

Sarah amüsierte das für einen Moment. Wenn sie allein war, half es aber nicht weiter bei der Frage, ob sie sich binden wollte an einen Mann, der jede Achtung verdiente und den sie sehr mochte, dessen Temperament sie fürchtete und dessen Leidenschaft sie, wie sie ihrer Schwester Mary Reid sagte, ganz bestimmt nicht erwidern könne.

Faraday als nervös zu bezeichnen wäre stark untertrieben gewesen. Sarahs Bruder ließ sich als Freund in der Albemarle Street sehen. Er berichtete im Dachzimmer, Faraday hörte sich seine lange, langsame und Pointen strikt vermeidende Erzählung der Vorgänge im Haus Barnard an. Sie hätte nach der komplizierten Erklärung einer doch eigentlich einfachen Situation mit einem guten, schönen, richtigen letzten Satz beendet werden müssen, der alle Zweifel beseitigen würde.

Edward sagte aber abschließend gepresst: »Vater hat die Mädchen für ein paar Wochen nach Ramsgate geschickt.«

Faraday hätte aufstehen können, um festzustellen: Ramsgate. Er stand aber wortlos auf, ging ein bisschen im Zimmer herum. Dann stellte er trocken fest: »Für ein paar Wochen.«

»Das ist sicher gut«, meinte Edward mit oder ohne Bedacht, »wenn sie in ein paar Wochen weiß«, er stockte instinktiv, fügte noch auslaufend an: »ob sie ...«

Weiter kam er nicht, und er musste es auch nicht. Obwohl es für Faraday sicher gut gewesen wäre, wenn das Wort »heiraten« noch gefallen wäre, zumal hier in seinen Wohnräumen. Es blieb Edward aber auf der Zunge liegen. Faraday wollte es nicht hören, sei es aus ungenauem Aberglauben oder weil er dessen Gewicht scheute. Für einen Liebeskranken, der kaum über den Tag kommt, ohne irgendeine Neuigkeit von seiner Geliebten, genügten die Ausführungen und Erklärungen des Bruders in all ihren Windungen und Komplikationen als Last.

Aber einem, der seit Monaten selbst vom täglichen Beweis, dass noch nicht alles ganz verloren ist, nur träumen kann und der sich mit heißen, zitternden, direkt am Herznerven hängenden Händen und Knien von Sonntag zu Sonntag log, ohne genau zu wissen, wie lange er noch so in sich würde hausen können, gaben die »paar Wochen« den Rest.

Faradays Welt bestand zwar auch sonst in Detailreichtum und möglichst filigranen Denkfiguren, aber umso besser wusste er, dass es am Ende immer nur eine zu respektierende Wahrheit gab und nichts zu diskutieren. Ein Weg voller Bedenken war selten ein gutes Zeichen.

»Ein paar Wochen lang«, stellte Faraday noch einmal fest.

»Das stehst du durch«, war Edward beim Gehen fest überzeugt, als Faraday ihn wortlos durch die Halle begleitete und die Tür aufschloss, ihm zunickte und fragte, wann sie denn führen.

»Heute morgen sind sie gefahren«, konnte Edward nur sagen, und Faraday nickte, ehe er wieder abschloss und die steile Treppe um alle ihre Kurven hochstieg, in sein Zimmer ging und ans Fenster.

Er musste sich nicht anstrengen für die Vorstellung, wie sie in den »paar Wochen« mit ihrer Schwester auf das Meer sah und an der Promenade auf- und abging. Wie sie hier einen Blick einfing und dort zwei. Faraday war nie in Ramsgate gewesen, er kannte die Strände aus Frankreich und Italien. Alle machten Urlaub an solchen Orten, alle waren fröhlicher als in der Stadt, freundlicher, atmeten gute Luft, ließen die Sonne auf die Augenlider, Wangen, Stirn und Unterarme wirken und legten sich insgesamt einen ausgeschlafenen, unangestrengten Gesichtsausdruck zu. Sie sahen gesund aus. Im Sand streiften sie die Schuhe ab, setzten sich, streckten die Beine aus, schlossen die Augen und lächelten und träumten. Die Herren rauchten imposante Zigarren und redeten einfaches, lässiges, gefälliges Zeug. Am Horizont zogen herrliche Segelschiffe vorbei. Die französische Küste war manchmal zu sehen und schürte die Reiselust. Beim Dinner saßen alle in der Pension und hatten sich viel Lustiges und Lauschiges und Gescheites zu erzählen, über Erosion zum Beispiel, die Versandung des Kanals und ob die Kreidefelsen standhalten oder weggewaschen würden wie die Küste oberhalb der Themsemündung.

Nichts fehlte in Ramsgate in den paar Wochen, in denen die Schwestern nicht in die Kirche kommen würden.

»Ein paar Wochen«, sagte er ein weiteres Mal.

Er fühlte sich wie frisch amputiert.

Nach dieser schlaflosen Nacht zog er sich an, packte ein paar Sachen und ging hinunter zum Botolph-Kai, direkt hinter der Brücke. Es war Sonntag. Die Stadt schlief unter den freundlichen ersten Sonnenstrahlen, der Qualm war nicht so dicht wie sonst,

Faraday kniff die Augen zusammen. Er hatte Glück, denn das nächste Dampfboot ging um neun.

Obwohl die Maschine noch gar nicht lief, ließ der Kapitän ihn gleich an Bord. In einer windgeschützten, sonnigen Ecke an Deck legte Faraday sich auf eine Bank und schaffte es nicht, seine Gedanken lange in eine Richtung zu lenken. Es war in einem Sinne jetzt alles egal, denn er fuhr als Angeklagter, der um ein vorgezogenes Urteil bittet und den negativen Ausgang des Verfahrens für die Abkürzung in Kauf nimmt. Hauptsache, nicht untätig sein. Das Wiedersehen mit seiner Richterin konnte er sich nicht ausmalen. Falls er sich in ihren Augen unmöglich benahm, hatte sie recht. Er würde nichts entgegnen können. Er wusste nicht einmal, wo sie logierte.

Das Schiff legte ab, und noch bevor sie die *West India Docks* passierten, war er eingeschlafen. Schon im Sommer zuvor war ihm aufgefallen, dass er an der frischen Luft besser schlief. Als er wieder zu sich kam, hatten sie die halbe Strecke hinter sich, die Luft war hier sauber. Eine alte Dame forderte ihn mit gespielter Empörung auf, Platz für andere auf der Bank zu machen.

Er ging auf dem Deck zweimal im Kreis, sie fuhren die Themse gegen die hereinkommende Flut hinunter. Möwen setzten sich auf Reling und Aufbau. Tumult und Erschöpfung in Faradays Kopf ließen nach, sie machten einer zielgerichteten Spannung Platz, von der er nicht wusste, wie lange sie auszuhalten war. Diese Fahrt hätte er schon unternehmen sollen, als sein Leben noch intakt war und es niemanden in Ramsgate gab, der ihn kannte. Er hätte Sarah und Edward zum Beispiel einen Ausflug dorthin vorschlagen können – hätte!

Jetzt brauchte er einen Plan. Er sollte, bevor sie um Thanet herum waren, einen Entschluss gefasst haben, was er sagen würde. Schließlich war es nicht unmöglich, schon am Kai aufeinanderzutreffen. Lord Byron zu zitieren kam nicht in Frage, seit dem

Skandal nicht und schon gar nicht mehr seit den Versen über die Gouvernante seiner Frau. Faraday hätte jetzt sowieso nichts richtig auswendig gewusst, wie er verwundert feststellte. Ein Byron war er ja auch nicht, und Sarah Barnard war sicher auch auf keinen Byron aus. Alles, was er noch hatte, waren ein bisschen Zeit bis zur Ankunft, sein Glaube und seine Ehrlichkeit: Wenn das Leben nichts als eine große, andauernde und andauernd verlängerte Niederlage sein sollte, dann war es bestimmt nicht ausgerechnet seine Aufgabe und sein Vermögen, dies zu ändern. Er müsste es ertragen.

Das Boot nahm während der Fahrt nur so viele neue Gäste auf, wie zuvor von Bord gegangen waren. Faraday hatte noch nie über die Gabe des Weghörens verfügt und hatte jetzt keine Kraft, das erneut zu bedauern.

Zwei Handlungsreisende besprachen die Auktionen in der Pall Mall. »Ich habe bei den chinesischen Vasen aus Bronze eine glückliche Hand gehabt«, ließ der eine wissen. Der andere hatte in Stühle aus Ebenholz und Elfenbein, Porzellan und eine Serie von zwölf Miniatur-Porträts der Stuarts, die aus den Händen der Olivers stammten, investiert. Ein dritter kam hinzu und begann über Höfe und Anliegen im Norden zu reden, bei denen sich die Investition seiner Meinung nach lohnte, da die landwirtschaftlichen Erträge künftig weit höhere Steigerungen erführen, als allgemein bekannt sei: Das Wissen, meinte er, explodiere geradezu: »Lange dauert das nicht mehr.« Ein Ehepaar redete über ein Buch, das die Geschichte Grönlands behandelte, es war aus dem Deutschen übersetzt worden und jetzt erschienen.

Den sandigen Teil der Themse hatten sie fast hinter sich, das Wasser war etwas klarer geworden, aber immer noch als dreckig anzusehen. Schon lange atmeten sie Meerluft. Schließlich erreichten sie die Mündung, und man musste sich festhalten. Sie drehten südwärts. Die französische Küste kam in Sicht, dann steuerbords die Häuserfront von Ramsgate.

Lange blieb er sitzen und sah auf die Promenade, bevor er an Land ging. Ein Junge nahm ihm die Tasche ab und bot ein Zimmer an. Faraday ließ sich in eine kleine Wirtschaft bringen, die nur ein paar Straßen vom Wasser entfernt war. Auf die Frage, wie lange er bleibe, sagte er, ohne zu überlegen: »Eine Woche.«

Er hatte Brande einen Zettel auf den großen Tisch des Labors gelegt, wegen seiner Kopfschmerzen benötige er dringend ein wenig Erholung und hoffe, sich die Abwesenheit von maximal sieben Tagen erlauben zu können. Gelogen war das nicht. Brande war sicher froh, dass sein Helfer vernünftig wurde.

Nach einigen Vorbereitungen, die er bei einem Tee verbrachte, konnte er das Zimmer ansehen, das er akzeptierte, obwohl es feucht war. Den Jungen schickte er los, im Ort zu erkunden, wo Mrs. Barnard und Mrs. Reid logierten. Nach einer Stunde kam er mit dem Ergebnis zurück. Er hatte es geschickt angestellt, die Damen wussten nichts von der Erkundung. So konnte er gleich wieder losgehen, in der Hand eine Nachricht vom Naturphilosophen Michael Faraday, den hier kein Mensch kannte, denn Philosophen gab es hier nicht, an Sarah Barnard: »Verehrte, liebe Sarah, sieh es mir nach, dass ich auch gekommen bin. Wenn es Dir möglich ist, so lasse mich wissen, wo ich Dich morgen treffen kann. Dein bescheidener Diener, Michael.«

Der Junge war bald mit der nur mündlich übermittelten Nachricht zurück, sie werde ihn morgen wissen lassen, ob sie Zeit habe. Natürlich fragte Faraday den Jungen nicht, ob sie erfreut gewesen sei oder empört oder bloß schockiert und ratlos. Je unhaltbarer seine Situation wurde, desto einfacher war sie zu ertragen. Er fand sogar zwei oder drei Stunden Schlaf.

Sarah Barnard hatte Zeit. Das erfuhr er beim Frühstück. Sie freue sich, ihn um zehn Uhr auf der Promenade zu sehen, am Eingang zum Ausleger. Das hieß noch gar nichts.

Das Licht war auch in der Nebenstraße schon hell, wie immer

an der See, und es schmerzte nicht ganz so sehr wie am Tag zuvor noch die Sonne in London. Die Luft war warm und voller Salz und Fischgeruch und Vogelkreischen.

Sarah freute sich, ihn zu sehen.

»Du bist mir nachgereist.« Sie war fröhlich und sehr zufrieden. Er lächelte vorsichtig und befürchtete, blöde zu wirken.

»Du meinst es wirklich ernst.«

Zum ersten Mal standen sie sich mit nichts anderem als der einen Frage gegenüber. Sie waren endlich einmal allein. Würde sie mit dem Blick auf das Wasser entscheiden, jetzt den Schritt in ihr Leben zu tun? Mit ihm Jahrzehnte zu wohnen, falls sie Jahrzehnte leben sollte. Ihn an die Stelle ihrer vertrauten Schwester zu setzen, ihn im Schlaf atmen zu hören, auf seine Regungen und Gerüche, Krankheiten und Launen einzugehen, seinen Bart wachsen zu sehen, sich an ihn zu schmiegen, ob sie sich das vorstellen konnte: Das fragte er sich.

Kinder zu bekommen: Das fragte sie sich.

Alt zu werden versuchen, gemeinsam.

Und wenn nicht mit ihm, mit wem dann? Ein Sandemanier würde diese Entscheidung niemals wieder neu überdenken, zwei würden es schon gar nicht tun. Das sprach für ihn. Es war so leicht, jetzt einfach in die Sommerluft hinein Ja zu sagen, sie spürte, wie die Rädchen ineinanderfallen wollten, um ein Getriebe zu bilden und endlich die Welt wieder rotieren zu lassen: Vielleicht!

Sie badete in seinem Antrag. Lange beobachtete sie zwei Möwen, die im Wind spielten, dann die Fischer, die ihren Fang auf dem Sand sortierten und von einem Volk mordlustiger Vögel umgeben waren, die sich auf jede weggeworfene Innerei stürzten, als sei es die letzte. Auch Faraday spürte, wie nah das *Ja* jetzt war. Er beobachtete sie unbefangener als zuvor. Vielleicht war alles eine Einbildung, die sich auflösen konnte? Wer würde das entscheiden? Feuchtigkeit legte sich auf ihr Gesicht, sie schloss die Augen und drehte sich in den Wind, wie es jeder an der See macht, und sie war niemandem und nichts, was er gekannt hätte, ähnlich.

»Ich werde mit meiner Schwester einen Spaziergang machen«, sagte sie und strich in ihrem Verehrer damit eine angerissene Saite an. Entsetzen huschte über seine Züge, seine Hände zitterten. Auch seine Stimme stand nicht fest, obwohl er einfach »Ja« sagte.

Schnell und unbeabsichtigt barsch fragte sie: »Wir treffen uns hier nach dem Tee?«

Er nickte und verabschiedete sich, ging mit den Händen in den Jackentaschen unbeabsichtigt rasch nach Norden die Promenade hoch. Sie drehte nach Süden, von da war sie gekommen. Sie hatte ein bisschen Mitleid mit ihm, barsch hatte sie nicht sein wollen. Aber dass er so ängstlich war, konnte sie nicht wissen. Das Mitleid lenkte sie von sich selbst ab. Es nahm ihr die Angst.

Als sie um die Biegung der Promenade herum und sicher war, dass er sie nicht mehr sehen konnte, sollte er sich umdrehen, stieg Respekt in ihr auf: »Er spielt wirklich ich oder nichts.« In den paar Minuten unter dem Thanetschen Himmel, den der berühmte Maler Turner als den lieblichsten in ganz Europa bezeichnet hatte, war Faraday ihr vertrauter geworden, nein: überhaupt ein klein wenig vertraut.

Faraday wusste in seinem oberen Teil von Ramsgate nicht so genau, ob er sich noch kannte. Er fragte es sich auch nicht. Trotz der Sonne und obwohl er noch zwei Tassen Tee trank, bevor er den Ort zu besichtigen begann, fröstelte er. Das ihm unbekannte Ramsgate war der Ort seines Schicksals geworden. Es enttäuschte ihn. Die ärmlichen Behausungen der Fischer mit ihrer Lieblosigkeit, der ganze Ort, fand er, bestand aus zerissenen Netzen, aus löchrigen und verfaulten, auf der Seite vor Häusern liegenden Ruderbooten und Fisch, der in alte Zeitungen eingerollt war, auf deren Datum niemand etwas gab. Von der Pest auf Mallorca und der Revolution der Neapolitaner, die in London mit den Zeitungen in

Händen diskutiert wurden, erfuhr hier niemand mit Absicht. Ohne es zu wissen, konnten sich die Leute aus Ramsgate andere Orte nicht vorstellen und genauso wenig eine andere Zeit. Sie kamen gar nicht auf die Idee.

Er entschloss sich zu einem langen Spaziergang am Wasser. Zeit vergeuden. Nachdem er aufgehört hatte, in jeder zweiten Gestalt, die ihm mit Begleitung entgegenkam, Sarah und ihre Schwester zu vermuten und, wenn sie näher kamen, enttäuscht zu werden, begann er sich für die Wellen zu interessieren, die auf den flachen Strand schlugen. Dass sie Rillen in den Sand warfen, wunderte ihn nicht. Dass aber diese Rillen in sehr engem Abstand zueinander lagen, während die Wellen auf ihnen wie mit langem Arm über den Strand leckten, passte, fand er, nicht dazu. Der Strand war hier sehr flach, das Wasser stand manchmal fast.

Er zog die Schuhe aus, strich den Sand auf einer Fläche von der Größe eines Handtuchs mit dem Fuß glatt und wartete. Es dauerte, aber dann fand er die Rillen erneut genauso eng in den Sand gezeichnet. Diese langen Wasserwellen machten diese engen Sandrillen. Lange sah er in den Himmel. Schließlich schlich er zurück. Die Luft tat ihm gut, das merkte er, aber umso klarer wurde ihm, wie viel Kraft ihm fehlte. Hunger hatte er nicht. Er trug der Wirtin zu ihrer Verwunderung auf, ihn zum Tee zu wecken, aber Schlaf gab es keinen für ihn.

Sarah kam gut gelaunt. Auch Mary habe »ihre Freude an dem Verehrer, der Aufregung in die Reise brachte«, wie Sarah ihm ausrichten sollte. Die Schwestern hatten ihren Spaziergang zur St. Lawrence Church im hinteren Teil Ramsgates gemacht, und, was Faraday nicht wissen sollte, beim Gang über den Friedhof waren sie schon zu dem Schluss gekommen, dass es schlechtere Lose gab als die Albemarle Street mit ihren Vorträgen, den andauernden Neuigkeiten, Leuten wie Davy und den vielen Freunden des Hauses, unter denen auch Ärzte waren. Dass Michael als die personifizierte Zuverlässigkeit galt, war auch unter Beachtung seines angestrengten Perfektionstriebes noch ein Pluspunkt. Sarah mochte ihn, darauf kam sie immer wieder zurück. Sie war noch immer neugierig darauf, was ihn wirklich ausmachte und wie er wäre, wenn man ihn besser kannte.

»Eigentlich«, hatte ihre Schwester schließlich ausgesprochen, was beide dachten, »gibt es so viel nicht zu überlegen.«

Sarah hatte nicht geantwortet, und nichts davon sagte sie jetzt. Nicht ahnend, wie ausgehöhlt der Mann ihretwegen war und wie wenig Gewalt er über sich selbst hatte, blieb sie vor ihm stehen und sah ihn nur an.

»Gehen wir ein wenig …«

Sie nickte.

»Hast du Ramsgate schon gesehen?« Sie lachte vorsichtig in den Wind und noch mehr in sein Herzklopfen, das sich nicht bremsen ließ.

»Ja, ein bisschen«, hörte er sich sagen, »aber das reicht auch.«

Es gefiel ihm nicht? Sarah war nur verwundert.

»Ärmlich«, sagte Faraday, »ganz arm. Hier ist gar nichts in Bewegung.«

Sie schlug die Richtung vor, in die er schon am Vormittag gegangen war, vom Ort weg. Er nickte. Hände in den Taschen und mit dem Blick auf den Boden setzte er sich in Bewegung. Er starrte wieder auf die Rillen im Sand.

So schlimm finde sie es nicht – Sarah sagte das nach ein paar Minuten, die sie still gegangen waren und in denen das schon am Morgen aufgekommene Mitgefühl für ihn die aufgeregte Freude, die sie eben noch in sich hatte, wieder in den Hintergrund gedrängt hatte. Sie wollte hier doch ein paar Wochen verbringen und sich das nicht schlechtreden lassen.

»Was?«

»Ramsgate.«

Das Wort tat ihm im Ohr weh, »Rams-gate«. Es klang wie »nicht sein« oder »weg sein« oder »nicht ich«.

Er nickte nur.

»Ich mag das hier.«

Und nach einer halben Minute: »Die einfachen Leute.«

»Ich weiß gar nicht«, meinte er, den Blick weiter auf den Boden, meist auf die Schuhspitzen und manchmal auf den Saum des Wassers gerichtet, »wie an einem solchen Ort sich jemals etwas verändern soll.«

Am Rand jeder Wasserzunge, die erst den Sand hoch-, dann zurück ins Meer lief und eine dünne Wasserschicht zurückließ, die sehr schnell und gleichmäßig in den Sand sickerte wie in einen Schwamm, bildete sich eine kleine Schaumlippe.

Sarah schwieg, nicht verärgert, nur irritiert.

»Hier denkt niemand daran«, sagte er barsch, »sich zu verbessern.«

Und weil sie stumm blieb: »Abends noch am Leben zu sein, reicht den Leuten schon.«

Wie jeder in der Gemeinde wusste auch Sarah Barnard um die Armut, aus der die Familie Faraday gekommen war. Margaret hatte sonntags manchmal davon erzählt, allerdings mit einer Fröhlichkeit, als ob sie von einem Säugling sprach, den sie gegen alle Prognosen durchgebracht hatte und der gerade heiratete.

Was sollen sie auch sonst machen, dachte Sarah vorwurfslos, versuchte ihn aber abzulenken: »Von der Klippe da oben sieht man weit. Wenn das Wetter günstig ist, haben sie mir gesagt, kann man sogar die Kirchtürme der Franzosen sehen.«

Er dachte nur kurz an seinen Kollegen De la Rive, genauer: an die Korrespondenz mit ihm, denn Faraday berichtigte, die Klippen seien ja ausgesprochen klein und die Sicht hänge gewiss nicht von der kleinen Anhöhe ab: »Von hier unten ist es bei guter Sicht nicht anders als von solch einer kleinen Klippe.«

Vor Augen hatte er den Vesuv und die Alpen und überlegte, wie er sie mit den Klippen vergleichen sollte, als er bemerkte, dass Sarah sich gegen etwas sperrte. Intuitiv hielt er inne.

Sie waren jetzt eine Dreiviertelstunde unterwegs. Der Sand war von Kieselsteinen und Geröll abgelöst worden, die Wellen brachen und zerlegten sich in viele kleine Spritzer. Vor ihnen lag die Pegwell Bucht, ein Rand aus abbrechender Kreide, zwei andere Schichten darüber, oben wenig grüner Bewuchs.

»Da ist Cliff's End«, hätte Sarah sagen und geradeaus auf ein paar Häuser zeigen können, die sie bereits am Vortag von hier aus gesehen hatte. Sie hielt aber nur ihren Hut fest, der Wind hatte zugenommen, während sie zügig über die Steine ging und jede Synchronisation mit seinem Gang verweigerte.

Auch er schwieg jetzt.

Er schwieg von den toskanischen Hügeln und der toskanischen Vegetation, vom Schnee auf dem Tenda-Pass und vom Lavastrom in der Campagna und der Kuppel von St. Peter.

Bevor sie Cliff's End erreichten, waren sie auf den größer werdenden Steinen voreinander hergeklettert und gerutscht und gestolpert. Er war froh um die Beschäftigung gewesen. Als sie wieder Sand unter den Füßen hatten, liefen sie lose nebeneinander her, genau wie die Fremden, die sie einander waren. Mal beschleunigte Sarah den Schritt, um mit dem Fuß einen im Sand liegenden Gegenstand wegzukicken, ein anderes Mal verlangsamte sie ihn und beugte sich nach einer Muschel, damit er sie überholte und sie ihn anschauen konnte. Sie mochte die Art, wie er ging, hätte gerne gewusst, was er sich fragte.

Ob er der Situation gewachsen war, ob er glaubte, das Herz gewinnen zu können, das er umwarb? Oder ob er nur den Beweis suchte, er könne es nicht?

Vor dem Nachbarort holte sie ihn ein, drehte sich plötzlich zu ihm, sie hatten lange nichts gesprochen, und fragte, was er vorhabe.

Er zuckte, die Hände in den Manteltaschen, mit den Schultern, was nicht auf Liebe stieß bei ihr, sagte dann schnell: »Magst du den Ort ansehen?«

Sie stimmte zu, ohne dass er besondere Ab- oder Zuneigung hätte ausmachen können. Dass sie ihn einfach jetzt umarmte: Wieso konnte er das wünschen?

»Vermisst du deine Arbeit?«

»Das wäre töricht.« Er versuchte freundlich zu wirken. Er begann von Freunden zu sprechen, zu deren engsten auf jeden Fall ihr Bruder zähle, wie wichtig sie für ihn bei all der Arbeit im Labor seien, und von seinem Zuhause, seiner Mutter, seinem Bruder, den Schwestern, die er in der *Institution* vermisse.

Sie lächelte einmal, und wenn er wollte, konnte er daraus die belustigte Frage lesen, ob sie sich vielleicht doch nicht irrte und die normale Person in ihm entdeckt hatte, die er so sehr zu zeigen verweigerte. Er wollte. Aber vielleicht belächelte sie ihn auch bloß, wie man ein Kind belächelt, das etwas Lustiges, Banales, Naives gesagt hat.

Er, der sich doch nie im Leben hatte zurückhalten lassen, nicht von Joseph Banks, nicht von seinem Sprachfehler, der fehlenden Schulbildung und Mathematik und nicht von Jane Davy, er traute sich nicht, ihre Hand zu nehmen? Ihr Bruder hatte Faraday als stürmischen Menschen beschrieben. Das musste auf alle Fälle ein Irrtum sein. Nur sein Brief ... lieber Gott!

Bei Einbruch der Dunkelheit erst erreichten sie Ramsgate, ohne noch mal unten am Wasser gelaufen zu sein.

»Ich melde mich morgen«, sagte sie zu ihm. Und zu Mary, die vor Neugier platzte: »Ich bin müde, lass uns schlafen.«

Weder Faraday noch Sarahs Schwester fanden leicht in den Schlaf.

Zum Frühstück kam der Junge gelaufen, ob Faraday morgen Zeit habe für Mrs. Barnard.

»Morgen?«

»Das lässt die Dame fragen.« Er wurde rot.

»Sage ihr, dass ich selbstverständlich und sehr gerne morgen für sie Zeit habe.«

Das Liegen auf dem Bett, gleiches Gehen am gleichen Strand, allein. Zeit – die hatte er zuletzt vor der Lehre gehabt, als Laufbursche, oder als Schüler an den Nachmittagen. Zu viel Zeit, das war neu. Wie brachte man einen Tag herum? Ein Buch hatte er nicht dabei, und er hätte sich auch schlecht auf eines konzentrieren können. Die Schaumlippen am Strand, Größe der Bläschen in Abhängigkeit von der Höhe der Welle oder von ihrer Geschwindigkeit. Das Rillenstudium. Mit welcher Frequenz leckten die Wellen den Strand? Er machte Notizen.

Allein essen. Auf morgen warten. Und dann? Endlich wurde es dunkel. In dem kleinen Zimmer konnte er vor sich selbst so tun, als schlafe er. Dass neben dem Sauerstoff eine große Mahlzeit geholfen hätte, seinem Körper mehr Energie zu geben, konnte er nicht wissen. Er hätte sie sich hineinquälen müssen.

Dass er weiter Gewicht verlor, das fiel auch ihr am nächsten Tag auf und machte sie vorsichtig. Er hatte eine Mühle entdeckt und angenommen, Sarah könnte sich dafür interessieren. Sie ging mit, aber das Beobachten der Mühlräder, wie sie im Beisein des glücklichen Müllers Körner zerrieben und alles einstaubten, lockerte die Stimmung nicht. Am Abend ließ Faraday sich in seinem Zimmer in den Sessel fallen, die Glieder schlaff.

»Ich wünschte«, notierte er später, »dass Erinnerung und Gefühl mich verließen und ich ins Nichts hinübergleiten könnte.«

Aufstehen, um unten zum Abendessen zu erscheinen, kostete Überwindung. Aber dann überkamen ihn der Stolz und die Gewissheit, dass er noch seinen Glauben hatte, der ihn nie verlassen würde. Sarah hatte abermals gesagt, er könne sie übermorgen wieder treffen. Danach würde er abreisen müssen. Immerhin hatte sie warm dazu gelächelt, und der freie Tag verging mit der Analyse dieses Lächelns. Wieder und wieder rief er es auf, um sich daran festzuhalten. Er bemühte jede kleine Regung vor und nach dem Lächeln, an die er sich zu erinnern meinte, stellte sie in Frage, war es nur eine Art Höflichkeit gewesen oder gar Erleichterung, dass die Zeit um war, oder war es ernst, nein, sie hatte doch in dem Moment gelächelt, in dem sie vom nächsten Treffen auf der Promenade sprach. Aber warum dann erst übermorgen?

Er fing wieder von vorne an, bis sich alles auflöste, auch das Lächeln, weil er nicht mehr zwischen der Erinnerung und der Erinnerung an die vielen Erinnerungen unterscheiden konnte, und alles eine Einbildung geworden und das Lächeln verschwunden war.

Sie fuhren nach Dover. Sarah gab sich gelöster, vielleicht weil er am Tag darauf Ramsgate verließ? Auch Faraday war lockerer, die Anspannung würde bald vorbei sein, Freude oder Trauer würden ihn nach Hause begleiten. Unbemerkt hatte die viele frische Luft ihm gutgetan, zu seiner Überraschung hatte er auch nicht schlecht geschlafen. Dass sie sich schon lang entschieden hatte, wusste er nicht und zuckte, als sie einmal lachte, zusammen.

Im Rückblick schrieb der Held: »Die Szenerie war sehr schön, viel schöner als alles, was ich bis dahin entlang der Kreideküste gesehen habe. Die Klippen stiegen wie Berge zu immensen Höhen vor uns auf, nicht exakt rechwinklig, mit der flachen, kargen Oberfläche um Thanet, dafür mit steilen und hervorragenden Abhängen, Gipfel und Grate ragten in die Luft, die Seiten wunderschön gebrochen, roh und erhaben und vielfältig, mit luxuriöser Vegetation, sogar Bäume hielten sich in den Falten und Spalten. Am Fuße der glitzernde Ozean, vom frischen, erfrischenden Wind zum Leben erweckt, vom Licht der Sonne entflammt. Auf seiner Oberfläche tanzten Boote aller Art in den weißen Wellen, bahnten sich gegen den scheinbaren Widerstand des Wassers ihren Weg. Links lag Dover mit dem Hafen und Schiffen, gleichzeitig beschützt und bedroht von den Hügeln ringsum, auf der anderen Seite deutete sich das weiße Kliff Frankreichs hinter Dunst und Schatten an. Das Ganze war überwältigend, der Geist erlag einem Gedanken nach dem anderen und wurde beinahe heilig, wenn das Auge den Bogen der Klippe entlangwanderte, wo man Shakespeares Geist direkt am Abgrund sitzen zu sehen meinte, absorbiert von der Größe des Bildes. Die Imagination flüsterte, dass all dies, Borke, Stein und Boje, der große Jux, den wir Sterbliche erwecken, nur wieder in Sterblichkeit enden kann.«

Mitten hinein, als er mit der rechten Hand etwas in der Ferne zeigte und in den Wind rief, hatte Sarah seine linke Hand genommen und in seine Begeisterung genickt, ohne ihn genau verstehen zu können, und nach einem Aussetzer, begleitet von einem wilden, überirdischen Gesichtsausdruck, hatte sein Herz wieder zu schlagen begonnen: in sein neues Leben hinein.

Hoffnung hatte er keine gehabt, obwohl er den Tag über dann doch voller Energie, mit dreimal so viel Energie wie sonst gewesen war. Als sie gegen Abend zu versiegen drohte und er fürchtete, nie wieder so glücklich sein zu können, rettete Sarah Barnard ihren Verehrer mit dem *Ja*, nachdem er beim Tee endlich die Frage mit einer Träne in einem Auge über die Lippen gebracht hatte. Aufrichtig schilderte sie ihm ihre Ängste. Und doch würde sie ihn tatsächlich ertragen wollen.

»Wie sehr«, jubelte er, »hatten doch die Stärke und der Ernst der Anziehung meine Urteilskraft angegriffen!«

Er verlängerte noch um einen Tag, den sie gemeinsam in Manston und im Glück verbrachten. Dann nahm Faraday ein frühes Boot zurück nach London, das ihm noch imposanter erschien und dabei noch vertrauter als sonst: die Häusermassen, die Werften auf beiden Seiten, als sie Woolwich passiert hatten, die sich immer dichter an den Ufern drängenden Schiffe, Tausende mussten es sein, die nur einen schmalen Korridor frei ließen, in dem die

Dampfer aneinander vorbeirauschten. Was hatte er doch ein Glück von Gott zugewiesen bekommen, hier leben zu dürfen.

Er eilte in die Paternoster Road, um der Familie Barnard Briefe der Schwestern und Neuigkeiten zu überbringen und sich zu empfehlen.

»Seit ich die Woche mit Dir verbracht habe«, schrieb er seiner zukünftigen Frau, »beweist mir jeder Moment aufs Neue, welche Macht Du über mich hast. Einst konnte ich mir nicht vorstellen, dass ein Mann von solch ungeteilten, intensiven Gefühlen geleitet wird; nun glaube ich, dass noch nie ein Mann so gefühlt haben kann oder fühlt, wie ich es tue.« Sie möge es ihm bitte sagen, sobald ihre Ängste zurückkehrten, dann suche er nach dem Gegenmittel. Er war sicher, es finden zu können. Sie möge auch seine Briefe lesen oder umschreiben, sie möge alles tun, um ihre Ängste zu vertreiben. Und Mary Reid werde er niemals zurückgeben können, was sie an Hilfe geleistet und an Zuneigung gezeigt habe. Er werde versuchen, es ihrer Schwester, es Sarah zu geben.

Jetzt würde er sich wieder ganz seiner Arbeit zuwenden können.

Er arbeitete wie früher. Brande war froh, ihn so zu sehen. Er erzählte, dass man in Paris einen Preis für die beste Übersicht über die Optik an einen Wellentheoretiker vergeben hatte: »Poisson hat der Jury vorgesessen und sich lustig gemacht über die Abhandlung, wie er sich immer über den Äther lustig gemacht hat. Er meinte, wenn sie richtig wäre, dann würde in der Mitte des Schattens einer runden Scheibe ein heller Fleck sein.«

»Und?«

»Arago war auch in der Jury. Er hat nachgesehen. Erst in der Bibliothek, der Fleck war schon früher bekannt gewesen, dann hat er es selbst geprüft: Es war nicht nur der Fleck da, wenn man die richtigen Dimensionen nimmt bei der Lichtquelle und der Scheibe, sondern noch viele schöne runde Kreise um ihn herum.«

Brande überschlug sich vor Freude: »Er heißt jetzt Poisson'scher Fleck.«

Alle Grundlagen der Wellenüberlagerungen stammten von Davys Freund Thomas Young, den seit zwanzig Jahren kaum jemand beachtet hatte. Er hatte auch eine gute Erklärung für den doppelt brechenden Calcit, den Davy damals gezeigt hatte, als Faraday das erste Mal zuhören durfte: Young hatte erkannt, dass Lichtwellen anders als Schallwellen waren. Schall stauchte sein Medium, die Luft, in der Richtung seiner Ausbreitung: longitudinal. Licht dagegen war wie Wellen auf der Wasseroberfläche oder die Schwingung auf einer Saite, auf der die Auslenkung quer zur Ausbreitungsrichtung war: transversal. Wenn diese Querbewegung nur in einer Ebene stattfand, die Saite also nicht rundherum schwang, sondern nur auf und nieder, sprach man von Polarisation. Der Calcit nun brach zwei senkrecht aufeinander stehende Polarisationen unterschiedlich stark und zerlegte so einen Lichtstrahl in zwei. Daher das doppelte Bild.

»Gar keine kleine Leistung von Young«, sagte Brande, »gar nicht.«

Für Newton, dachte Faraday, wurde es eng, auch wenn er bislang tatsächlich immer noch eine Erklärung geliefert hatte, wenn man ihn nur so genau las wie die Sandemanier am Sonntag ihre Bibel.

»Helligkeit im Schatten kann man mit Anziehungskräften für das Lichtteilchen an den Rändern des Objekts vielleicht noch erklären«, meinte Brande auch, »beim Haar mag das angehen, aber den größten Fleck in der Mitte hinter einer Scheibe und die Ringe bekommt man nur bei Wellen, wo sich laut Young zwei Wellenberge addieren und ein Berg und ein Tal auslöschen. Komisch nur, dass die Franzosen uns auf unsere eigene englische Theorie bringen müssen.«

»Ja«, entgegnete Faraday nachdenklich und dachte: »Komisch.«

Jetzt würde es sich an der Brechung beweisen müssen: Newton brauchte das Licht in dichteren Medien wie Glas und Wasser schneller als in Luft, Young brauchte es langsamer.

Davy schickte Grüße und allerhand Anweisungen aus Rokeby, Newcastle, Howick und Harwood House. Aus Market Harborough schrieb er, dass die zukünftige Ehefrau seines ehemaligen Reisedieners wahrscheinlich einziehen dürfe in die *Institution*.

Faraday schrieb ihr einen Katalog von Fragen, die sich um Übertreibungen und Liebesbeweise drehten, die er erbringen wollte: »Kann ich oder kann die Wahrheit mehr sagen, als dass für diese Welt ich Dein bin?«

Einen Monat später meinte er, es sei erstaunlich, wie sehr die Verfassung des Körpers die Kräfte des Geistes beeinflusse: »Ich habe den ganzen Morgen an den vergnügten und interessanten Brief gedacht, den ich Dir heute Abend schicken wollte, und nun bin ich so müde und habe noch so viel zu tun, dass meine Gedanken taumeln und um das Bild von Dir laufen, ohne eigene Kraft zu haben, anzuhalten und das Bild zu bewundern. Ich möchte Dir tausend schöne und, glaube mir, innige Dinge sagen, aber ich bin kein Meister der Worte für diese Dinge, und wo ich grüble und an Dich denke, schwimmen Chloride, Verfahren, Öl, Davy, Stahl, Miszellaneen, Quecksilber und fünfzig andere berufliche Fantastereien durch meine Sinne und treiben mich tiefer und tiefer in meine verlegene Dummheit.«

Sarah Barnard und Michael Faraday heirateten kurz nach dem plötzlichen Tod von Benjamin Abbotts Bruder Robert ohne jede Großartigkeit im Juni 1821. Einen Monat später gab Faraday überraschend sein Glaubensbekenntnis ab. Es war, meinte er, eine Sache »nur zwischen meinem Gott und mir«.

4 Die erste Erfüllung

Davy, mittlerweile Baronet Sir Humphry und Träger der Rumford-Medaille, war im Herbst vor der Hochzeit gerade aus Europa zurück, als eine Entdeckung des Latein schreibenden Dänen Hans Christian Ørsted die Runde machte, nachdem sein Artikel ins Englische übersetzt worden war. Ørsted hatte bei einer Demonstration entdeckt, dass die Kompassnadel auf elektrischen Strom reagiert.

Er hatte wie nachfolgend alle anderen versucht, mögliche Störungen auszuschalten, die diesen allgemein als widersinnig, von ihm aber als nicht unplausibel empfundenen Effekt hervorgerufen haben konnten. Das schulte nur, wie der Effekt am besten zu zeigen war, und in dem niedrigen Tempo, in dem sich die Kenntnis von ihm durch Europa schlich, verfestigte sich die Gewissheit um ihn. Laut Ampère hatten alle halt dem viel zu einflussreichen Charles Coulomb geglaubt, Elektrizität und Magnetismus seien zwei verschiedene Flüssigkeiten, die sich nicht durchdrangen.

»Falsch geglaubt«, kommentierte Davy.

Coulomb kannte fließende Elektrizität nicht gut genug, dachte Faraday, sagte es aber nicht.

Zusammen bauten sie die Anordnung nach Ørsteds Skizze auf, während Davy von Joseph Banks' Beerdigung erzählte und dass Banks über vierzig Jahre Präsident der *Royal Society* gewesen war. Als ob Faraday das nicht wüsste.

Er nickte, behielt die Bewerbung und den Zettel, den Banks ihm geschrieben hatte, auch jetzt für sich, verband die Kabel mit der Batterie. Die Magnetnadel stellte sich im rechten Winkel zum Draht. Wiederholt kabelten sie den Strom an und ab, positionierten die Nadel rechts vom Kabel, dann links, hielten den Kompass an verschiedene Stellen auf einem imaginären Kreis, der um die Achse des Kabels verlief, nach oben und unten, mit immer demselben Ergebnis. Sie polten den Strom um, die Nadel drehte sich nun andersherum senkrecht zum Draht. Sie stellten den Strom ab, die Nadel schmiegte sich wieder ins Magnetfeld der Erde. Jetzt erst grinsten die beiden Männer.

Davy fand »lustig«, was sie sahen.

Faraday nickte und wunderte sich, dass nie jemand vorher auf diese Idee gekommen war. Ørsted hatte, was man sah, den Konflikt der Elektrizität mit dem Magnetismus genannt und glaubte, dass auch Hitze und Licht aus solchen Konflikten stammten. Darüber konnte man später noch reden oder nachdenken. Elektrizität und Magnetismus waren erst mal wesentlich weniger als zwei völlig verschiedene Dinge und wesentlich mehr als zwei nichts voneinander Wissende. Man konnte den Versuch jederzeit an jedem Ort wiederholen. Er war eine Revolution.

»Sie wollen Dr. Wollaston zum Präsidenten machen«, meinte Davy dazu, den Faraday reden ließ.

»Banks hat das so gewollt, weil Wollaston ernst genug wäre.«

Kurzer Blick des Lehrlings zum Meister.

Dr. William Hyde Wollaston, dachte Faraday.

»Ich war ihm zu lebhaft«, plauderte Davy. Er lachte und sah Faraday über die Schulter, der eine Skizze ins Laborbuch malte.

»Angeblich.«

Faraday überlegte, was er sagen konnte.

»Nur, dass Wollaston gar nicht will«, kam Davy ihm zuvor.

Faraday schrieb die Ergebnisse neben die Skizze: Geometrie der Nadel, Länge des Drahtes, Abstand zwischen Draht und Nadel, Stromstärke, Größe der Batterie, die Uhrzeit, das Datum. Dann schrieb er: Bewölkt.

»Er selbst findet sich zu langsam.«

Davy redete zum ersten Mal so mit Faraday, als frage er ihn

nach seiner Meinung, mit Unsicherheit und dem Wunsch nach Zustimmung. Im nächsten Moment würde er ihn wieder wie einen Diener behandeln, obwohl die französischen Kollegen längst auf Augenhöhe mit Faraday kommunizierten. Das eine wie das andere hatte Davy nicht bemerkt, und Faraday war nicht so, dass er sich an Gesprächen über Karrieren beteiligt hätte.

»Jetzt redet man laut darüber, dass kaum noch Arbeiten aus Oxford und Cambridge kommen und jede kleine Gesellschaft ihre eigene Publikation herausgibt.«

Faraday schlug das Laborbuch zu und sah seinen Gönner so freundlich an, wie es ihm möglich war.

»Wollaston will sich doch langsam zur Ruhe setzen«, führte Davy die Debatte zu ihrem einseitigen Ende, und Faraday, der davon nichts wusste, begann den Tisch aufzuräumen. Anschließend gingen sie auseinander, ohne noch einmal über das Experiment geredet zu haben.

Faraday war immer froh, wenn er sich nach einem Stück Arbeit erholen konnte. Er legte sich gern hin und verschattete die Augen.

Sarahs Anwesenheit half ihm. Er hörte sie in der Küche, wenn sie mit Töpfen hantierte und den Tisch deckte. Er roch das Essen, das er nicht mehr allein zubereiten musste, das machte sie jetzt. Beide liebten Fleisch und Wein, und manchmal gönnten sie sich etwas. Sie wussten, wie es in den Arbeitervierteln aussah und zuging, zumindest ahnten sie es. Sarah hatte sich angewöhnt, beim Einschlafen mit der Hand den Bund seiner Hose zu greifen, als wollte sie sicher sein, ihn in der Nacht nicht zu verlieren, die sie durchschwammen wie Treibholz einen Fluss. Sie war es jetzt, die in ihm verschwunden war, und niemand wäre je auf die Idee gekommen, das anders zu denken: Ihr genügte seine Schlaflosigkeit, die sie seiner Arbeit zuordnete, und sie sah es als ausreichend an, das »Kissen seines Geistes zu sein«.

Samstags brachte er sie zu ihrer Familie, in der er ein »vollständiges Mitglied« zu werden sich bemühte. Dass die Magnetnadel, ließ er nicht ab zu denken, sich ausgerechnet rechtwinklig stellte: kurios. So kurios, dass man hätte platzen können. Wo war der Trick, der zeigte, dass nichts Ungewöhnliches daran war, sondern nur Folgerichtiges? Man musste es anders denken als bis jetzt, wenn man es komisch fand, dass sie sich rechtwinklig stellte und nicht parallel. Etwas daran musste man anders denken. Rechtwinklig war ja richtig, das hatte Gott so gewählt.

Monatelang widmeten sich Davy und Wollaston dem Konflikt. In Berlin zerschlug sich Humboldt den Kopf daran oder versuchte es. Aus Leipzig sandte Ludwig Wilhelm Gilbert die *Annalen der Physik*, die voller Erkenntnisse zum Magnetismus der Elektrizität seien, welche die Engländer, so Gilbert mit mittelmäßig verhohlenem Unwillen, leider konsequent ignorierten. Faraday bedankte sich und gelobte Besserung. Zum Deutschlernen sei er leider zu alt.

Als Bestätigung der Weltlogik, wie er sie seit dem Lesen der Rede Davys in der *Times* kannte, nahm er den Tod Buonapartes in englischer Gefangenschaft zur Kenntnis: »Er war seit Mitte März krank gewesen, zwei Wochen ernstlich, Anfang Mai ist er gestorben«, erzählte Wollaston am 4. Juli mit dem Finger in der Westentasche eingehakt morgens im Flur vor dem Vortragssaal, wo er, als Faraday zur ersten Pause aus dem Keller kam, mit Davy zusammenstand.

»Das Fett auf seinem Bauch hatte eine Stärke von eineinviertel Inch«, wusste Davy amüsiert, »auf seinen Lippen hat ein Lächeln gelegen, das sich der wachhabende Offizier schöner nicht vorstellen konnte.«

Der Magen, schrieben die Zeitungen, sei vom Krebs fast vollständig zerstört gewesen und die Leber so groß und nah am Magen, dass man sie bei der Obduktion habe wegschneiden müssen. Mehrfach habe Buonaparte seine große Zufriedenheit über den

Aufenthaltsort und seine Behandlung zum Ausdruck gebracht, hieß es, während andere von einem abgemagerten ehemaligen Eroberer berichteten, der den Tod habe kommen spüren, wie er ihn schon bei seinem Vater hatte mit ansehen müssen.

Er hatte sich die Uniform des Feldmarschalls anlegen lassen, Stiefel und Sporen hatten nicht gefehlt, um auf dem letzten Bett die Passion noch einmal zur Schau zu tragen, bevor er erstarrte.

»Das spart England im Jahr vierhunderttausend«, sagte Davy besonders liebevoll, und an den Straßenecken fielen noch einige Bemerkungen über Buonapartes Charakter, seine Intelligenz und was er mit ihr gemacht habe.

Faraday hatte sein Laborbuch zu führen begonnen. Bis zum Sommer 1821 war er mit chemischen Aufgaben beschäftigt und mit dem Ignorieren des Unkrauts in seinem Kopf, in das sich erste Triebe größerer Pflanzen gemischt hatten. Sie wuchsen, ohne nach Erlaubnis zu fragen. Er empfand es als normal, dauernd seine Gedanken sortieren und Umwege gehen zu müssen und davon erschöpft zu sein. Er kannte ja nichts anderes.

Die Tretpfade von gestern und vorgestern waren heute zugewuchert, gehen konnte man im Garten der Gedanken kaum noch, es war eher ein Klettern. Neue Eindrücke sackten nur langsam, schrittweise in sein Bewusstsein, als müssten sie erst immer wieder an den Gabelungen seines wilden Geistes anstehen, bevor sie weiterdurften. Dass er auch die Treppen in der *Institution* langsamer ging, im Rhythmus eines zwar instinktiv aber umso penibler Haushaltenden, bemerkte er auch nicht: Alles, was schleichend sich ändert, erscheint stabil. Vor allem, wenn man das wünscht. Und Faraday wünschte. Er wollte ans Ziel.

Im Sommer bat Richard Phillips um einen Bericht über den Elektromagnetismus, wie er mittlerweile genannt wurde. Phillips war ein alter Freund aus der Dorset Street und mittlerweile Herausgeber der *Annals of Philosophy*, wo er sich einen Überblick über den Stand der Forschung dargestellt wünschte. Ampère hatte Bewegung in die Debatte gebracht, indem er feststellte, dass ein zur Spule gewickelter Draht sich wie ein Magnet verhielt, wenn Strom floss. Das hieß: Die Spule war ein Magnet. Zwei Spulen verhielten sich dementsprechend wie zwei Magnete, und, noch einfacher, auch zwei Drähte taten das. Wollaston meinte deshalb, dass der Strom im geraden Draht sich auf einer Spirale bewegte.

Strom, dachte Faraday, auf einer Spirale.

Hielt man die Ørsted'sche Magnetnadel fest, dann musste der Draht ausweichen, also: sich ausrichten. Alle fragten sich, wie er das wohl tat, wie diese seltsame Kraft aussah. Dazu musste man den Draht parallel zum Magneten stellen. Wollaston hatte, meist allein, manchmal mit Davy, Versuche dazu gemacht. Sie hatten die Kraft auf den Draht wirken gesehen. Sobald Strom floss, hatte er sich, nicht ganz gerade und rund, wie handgemachte Drähte eben waren, gewunden und bewegt, und einmal hatte es ausgesehen, als drehte er sich am liebsten um sich selbst und würde nur von den Zuleitungen der Batterie daran gehindert. Das jedenfalls reimte sich Faraday zusammen, der einmal zufällig ein halbes Gespräch zwischen Davy und Wollaston vor dem Labor mitgehört hatte.

»Das würde«, meinte Wollaston damals, »Sinn ergeben.«

Interessant war das, und die Londoner Buchmacher schlossen Wetten darauf ab, dass Wollaston das Rätsel bald lösen würde.

Aber wenn Faraday, ohne den Draht vor Augen zu haben, darüber nachdachte, dann war eine Rotation um die eigene Achse irgendwo im Raum neben dem Magneten eines: verdammt ungelenk. Wie sollte eine Kraft aussehen, die von einem Stabmagneten senkrecht in den Raum greift wie eine Hand oder wie zwei Finger, die einen Draht um seine eigene Achse drehen? Eine Kraft war immer noch etwas Gerades, Effizientes, Schönes.

Die Eisenspäne fielen schließlich auch in einem symmetrischen Bild auf geraden Linien um den Magneten herum. Was bedeuteten sie? Das Kraftfeld des Magneten griff aus ihm heraus, war keineswegs auf den Körper des Magneten beschränkt.

»Wie soll das Magnetfeld wissen, wo rechts und links vom Draht ist, damit es nach Wollaston richtig herum dreht?«, fragte er Sarah, die lächelte und die Wollaston mochte und sehr, sehr ernst nahm.

»Woher weiß das Magnetfeld, dass es vor oder hinter dem Draht ist?«

Sarah lächelte, wie früher Margaret gelächelt hatte.

»Oder umgekehrt: Woher weiß der Draht, was vor und was hinter dem Draht ist? Woher weiß der Draht, wie herum er die Magnetnadel drehen möchte?«

Sarah tischte auf.

»So was gibt es sonst nirgends.«

Sie aßen.

»Wir wissen wirklich gar nichts darüber.«

Nach dem Essen ging Faraday, was total unüblich war, spazieren. Hände in den Manteltaschen, Fußspitzen abwechselnd in den Kegel gestoßen, den man beim Versuch, möglichst wenig seiner Umgebung beim Laufen wahrzunehmen, nicht zu sehen verhindern kann. Auf der Blackfriars Bridge blieb er stehen, legte die Hände auf das Geländer und sah Richtung Westen, hinter dem Horizont waren Ramsgate und Dover, dann sah er hinunter, unter ihm stand die trübe, dreckige Brühe der Themse, dann drehte er sich um, sah nach Osten und stützte die Ellbogen auf das Geländer hinter sich. Er sah nach oben. Vor dem Himmel mischten sich Rauch und Wolken, die sich wie launisch trennten oder neu ineinanderschoben und sich wieder verbanden, immer so, wie er es gerade nicht erwartete. Er hatte Herzklopfen und konnte die Euphorie in seinem Kopf nicht gutheißen. Es ging nur um die Bewegung des Drahtes, viele Möglichkeiten gab es nicht, und das Herzklopfen war zu nichts gut. Mit Trauer dachte er an seinen Vater, mit Nachsicht an De la Roche, neutral an Sir Humphry und nicht ohne Rachlust an Lady Davy. Das mochte er nicht.

Er wusste, dass es etwas zu verstehen gab, etwas zu sehen, das noch niemand gesehen hatte, obwohl es immer da war, immer schon da gewesen war und immer bleiben würde und vermutlich auch leicht zu sehen war. Er wusste, dass es Lust hatte, sich ihm zu zeigen, ausgerechnet ihm: Er glaubte das. Wäre er bloß nicht so aufgeregt! Er müsste sich würdig erweisen, natürlich wusste gerade er das sehr gut. Er würde in Ruhe schauen müssen, sich dem Neuen hingeben müssen, ganz von sich absehen dabei, sich zur Verfügung stellen, um zu empfangen. Es würde einfach sein, simpel, man würde sich später an den Kopf schlagen wollen, dass man es nicht vorher gesehen hatte. Es würde von einer Simplizität sein, die gefangen nehmen würde. Er war erschöpft, alles im Kopf war Lärm, und er beschloss, erst am nächsten Tag wieder darüber nachzudenken.

Auf dem Weg unten am Fluss entlang, unterhalb der Stadt, fiel ihm noch einmal neu ein, dass es leichter sein würde, dem Draht Bewegungsfreiheit zu geben, als dem Magneten. Ja, das hatte er schon gedacht, aber jetzt war es ein gewohnter Gedanke, der nicht mehr hinterfragt werden musste, sondern auf den nächsten wartete, auf den, der danach kam. Faraday wollte Ørsted vergessen, weil Ørsteds Versuch zu kompliziert war und ihn ablenkte. Man musste eine Apparatur bauen, die dem Draht genau jene Bewegungsfreiheit gab, die Gott ihm zugewiesen hatte, wenn der Strom angestellt wurde. Man musste ihm freie Hand lassen.

»Wie«, fragte er in den Wind, »zieht das Magnetfeld an der Nadel, wenn sie sich schon im rechten Winkel gestellt hat?«

Antwort: »Gar nicht.«

»Und wie am Draht?«

Antwort: »Gar nicht. Es zieht ja nur am *Strom* im Draht, denn ohne Strom passiert nichts.«

Ein paar Meter weiter blieb er stehen: So weit waren Davy und Wollaston auch schon gewesen, aber es machte nichts, die Schritte noch einmal zu gehen, langsam und achtsam. Er drehte um, ging wieder Richtung Blackfriars Bridge, jetzt dem späten Tageslicht entgegen. Er mochte den Geruch des Flusses trotz des Drecks und mochte auch, wenn der Wind darüberfuhr und die Wasseroberfläche kräuselte. Vor Augen hatte er das Kabel und den Magneten, und er wollte Ordnung in die Welt bringen. Ampères mathematische Betrachtungen drückte er beiseite, er verstand sie nicht. Was geschähe mit einem zum Halbkreis gebogenen Draht, der über dem aufrecht stehenden Magneten positioniert würde? Das wäre immerhin etwas symmetrischer. Seine Gedanken stocherten in der Leere zwischen den wenigen Fakten herum und fanden keinen Halt. Das war vollkommen normal für ihn. Er ging nach Hause, legte sich hin und schlief mit Kabel und Magnet und Sarahs Hand am Hosenbund ein.

Am nächsten Morgen kam Sarahs kleiner Bruder George, der vierzehn war, um mit ihm Zeit im Labor zu verbringen. Einen Halbkreis hatte er wieder verworfen, der Strom flösse ja bezüglich des Magneten in zwei Richtungen. Er hatte überlegt, ob er einen metallischen Hut bauen sollte, den er über den Magneten stülpte und mit Strom versorgte, aber dann könnte ein Querstrom fließen, ohne dass der Hut sich bewegen musste.

»Coulomb hat immer gesagt«, berichtete Faraday seinem jungen Schwager, »dass Magnetismus und Elektrizität sich nicht durchdringen. Jetzt fragen wir uns, wie sie sich durchdringen.«

»Und?«

»Irgendwo muss eine Brücke sein.«

George überlegte, wie so eine Brücke aussehen konnte, sie war sicher nicht so wie eine der Brücken über die Themse, aber andere kannte er nicht. Er wollte nicht stören und atmete flach, als Faraday einen sehr dünnen Draht in die Hand nahm und versuchte, die

Drehung zu sehen, die Wollaston annahm. Er hängte den Draht, an dessen Ende er einen Haken mit einem Hut befestigt hatte, auf eine Spitze, sodass er sich drehen konnte. Die Aufhängung war weit genug vom Magneten weg, um keine Störungen zu erzeugen. Unten ragte er in das Quecksilberbad, das den Stromfluss ermöglichte und in dem der Magnet stand.

Es gab die Drehung jedoch nicht, Faraday sah nur, dass am Draht gezogen wurde. Wie gezogen wurde, sah er nicht gut. Das Hütchen hakte auf der Spitze, oder die Batterieleistung war nicht stabil. Er schmirgelte die Spitze, das Hütchen drehte sich leichter. Aber der Draht war auch nicht gerade genug. Er baute den Draht aus, um ihn erneut glatt zu streichen, was nicht gut genug gelang. Umständlich versuchte er ihn mit einem Gewicht glatt zu ziehen, dann erhitzte er ihn dafür, bevor er zufrieden war und die Apparatur wieder zusammenbaute. Unter Strom sahen sie jetzt kaum noch einen Willen zur Bewegung.

Also andersherum: Nicht gerade, sondern auf kontrollierte Weise ungerade musste der Draht sein, um sein Geheimnis zu verraten. Faraday drückte eine Beule in den Draht, eine Delle. Die könnte ihm anzeigen, in welche Richtung das Magnetfeld zog! Er stellte den Strom an, und statt sich um sich selbst rotieren zu wollen, drehte der Draht in eine Richtung, bis sich die Delle tangential zum Kreis um den Magneten stellte. So blieb er stehen: Er zeigte exakt senkrecht von den Linien weg, welche die Eisenspäne des Magneten bildeten.

Konnte das sein?

George hörte seinen Schwager Laute von sich geben und sah ihn das Vorgehen an verschiedenen Stellen des Magnetfeldes wiederholen, indem er den Halter mit der oberen drehbaren Aufhängung unten im Quecksilberbad verschob. Immer dasselbe Ergebnis. Natürlich. Der Magnet hatte keine ausgewählten Seiten, die einzige Auswahlrichtung war die Richtung des Stroms, sie legte alles andere fest. Er polte um, die Kraft zeigte in die entgegengesetzte Richtung. Er variierte den Abstand zum Magneten: keine Änderung.

Faraday ließ sich auf dem Hocker nieder und sah den Magneten lange an. »Was wäre, wenn Draht und Magnet sich durchdrängen?«, fragte er seinen Schwager. Der sah ihn erwartungsvoll an.

»Wenn der Magnet im Zentrum des Drahtes wäre?«

George wollte nicht mit den Schultern zucken.

»Ja«, sagte Faraday langsam überlegend. »Ja, ja.«

Er stand auf und ging schnell um den Tisch herum.

»Dann dreht er sich um sich selbst.«

Das hatte in seinen Augen nichts Ungelenkes. Alles wäre zwar noch immer überraschend, aber auch symmetrisch und schön. Aber wie baute man so was? Es war ja wieder das Rohr oder der Hut, in den man den Magneten stellte, wie er schon in Erwägung gezogen und wieder verworfen hatte. Aber man musste den Querstrom verhindern. Nun war es nur noch ein Schritt: Wenn der Draht einen größeren Durchmesser hätte als der Magnet?

»Wir haben es«, sagte Faraday. »Wir nehmen nur einen Teil davon.«

George, der ganz nah bei ihm stand, freute sich einfach mit, und fragte: »Wovon?«

»Vom dicken Draht nur einen äußeren Teil«, erklärte sein Schwager, »als ob wir ein Stück herausgeschnitten hätten.«

Er nahm schon die Schale und schüttete noch mehr Quecksilber hinein. Er stellte einen Magneten aufrecht in die Flüssigkeit und baute aus ein paar herumliegenden Dingen eine Vorrichtung, die es dem Draht erlaubte, unten im Quecksilberbad mit Strom versorgt zu sein und sich um den Magneten herum zu bewegen. Er stellte den Strom an, und der Draht machte genau, was er erwartet hatte: Er rotierte mit gleichmäßiger Geschwindigkeit um den Magneten herum.

Faraday fasste seinen Schwager an den Händen und tanzte mit ihm um den Tisch. Was sie sahen, war mitnichten ein Konflikt.

Dann stellte er den Strom ab, machte eine Skizze der ersten aus elektrischem Strom hergestellten kontinuierlichen mechanischen Bewegung. Eine Skizze des Elektromotors. Es war die Entdeckung des Zusammenhangs zwischen Magnetismus und Elektrizität, im Laborbuch schrieb er darunter: »Sehr zufriedenstellend, aber ein besserer Apparat muss her.«

Er klappte das Buch zu und fragte George, ob er Lust habe, ins Theater zu gehen.

»Astley's«, sagte George, der kaum wusste, wie ihm geschah.

Eine Stunde später saßen beide in der ersten Reihe und atmeten die Ausdünstungen von nassen Sägespänen und schwitzenden Pferden. Nach ein paar Kunststücken kam *Die geheime Mine* zur Aufführung, in der ein junger Prinz der Hindus vom persischen Militär entführt wurde. Als er zum Mann herangereift war, drängte sein Volk ihn zur Rückkehr. Sie seien die Gläubigen und besäßen die Höhle der Rubine. Der Prinz wollte jedoch zunächst Zemira, die Tochter des persischen Herrschers für sich gewinnen. Der bot dem Prinzen die höchsten Ehren, wenn er nur die Höhle der Rubine fände. Der Prinz lehnte den Verrat seines Volkes ab, woraufhin der Herrscher nicht zögerte, ihm für das Geheimnis die Hand seiner Tochter anzubieten.

Natürlich gab der Prinz einen falschen Ort für die Mine an, heiratete Zemira, und noch während der Hochzeit flog der Betrug auf. Der Tumult, bei dem nicht mit Schwarzpulver gespart wurde, endete nach der Flucht in einer Schlacht in der Mine, in der die Perser vernichtend geschlagen wurden. Das Paar war glücklich vereint.

Georges Augen leuchteten. Neben der Länge der Bärte, welche die Länge der Schwerter übertraf, und den gefütterten russischen Hosen, die in Persien kaum gebraucht werden dürften, so ein

Mann mit Notizblock zu seinen Nachbarn auf beiden Seiten und laut genug, dass er auch in den Reihen vor und hinter ihm noch gehört wurde, waren die Pferde die tollste Sensation. Sie liefen mit und ohne Hindernisse sauber und ohne jeden Fehltritt im Kreis, als seien sie von unsichtbarer Kraft gelenkt.

Auf dem Rückweg kaufte Faraday seinem Schwager ein Eis.

Hitze, Licht, Strom, Magnetismus, dachte Faraday: Heute haben wir den ersten Schritt machen dürfen.

George ging still neben ihm her.

Und wenn man nicht nur Bewegung aus Strom herstellen kann, sondern auch Strom aus Bewegung, dachte er, als sie an einer Kreuzung anhielten und er den Jungen in seinem Glück beobachtete, man könnte Windmühlen oder Wasserräder bauen und Strom ernten. Damit würde man Apparate betreiben, die den Menschen die Plackerei besser abnahmen als jede der von niemandem bezahlbaren Dampfmaschinen.

»Was?«, fragte George.

Offenbar hatte Faraday vor sich hingesprochen.

»Nichts.«

Er brachte George in die Paternoster Road und eilte umgehend nach Hause, wo er dessen Schwester vorfand und sie innig küsste, ohne es, um ein Mindestes zu sagen, dabei zu belassen.

III
Die Musik des Lichts

1 Plagiat

Den folgenden Tag begann Faraday, wie er den letzten beendet hatte, und Sarah nahm das wohlwollend zur Kenntnis. Anschließend verschwand er im Labor und arbeitete an der Verfeinerung seiner Apparatur. Er wechselte Magnet und Draht aus: Auf Quecksilber schwimmend rotierte der Magnet um den fixierten, von Strom durchflossenen Draht.

»Es scheint keine Anziehung des Stroms von einem der beiden Pole zu geben«, notierte er, »es gibt nur die zirkuläre Bewegung.«

Nachdem er das Laborbuch zugeklappt hatte, setzte er sich auf einen Schemel und starrte lange auf den Tisch mit den Geräten. Ein Arm lag kraftlos auf der Werkbank, der andere hing herab. Müde und abgeschlagen vor Glück beobachtete Faraday sich, er war angespannt vor Angst und wusste nicht, was er nun tun würde. Die Entdeckung musste in die Welt und nicht nur sein kleines Leben verändern.

Dann fasste er sein Herz an der Hand und unternahm einen Spaziergang zum Haus von William Hyde Wollaston. Seine Überlegungen hatte Wollaston nicht publik gemacht. Faraday würde in der Nacht seinen Artikel zu schreiben anfangen und wollte Wollaston um Erlaubnis fragen, die Vorarbeiten zu referieren. Natürlich würde Faraday von seiner Entdeckung nichts erzählen. Er konnte später sagen, die Lösung nach dem Gespräch gefunden zu haben. Natürlich war er unsicher, als er klopfte. Natürlich würde er sofort alles erzählen, wenn Wollaston ihm nur irgendeine Frage stellte. Alles würde aus ihm herausplatzen. Und dann? War er der Assistent, der Flaschenwegräumer und Aufsucher von Setzfehlern im Artikel, dem man seinen vorzüglichen Einsatz noch vorzüglicher dankte.

Niemand hätte Grund anzunehmen, er sei der Entdecker. Er klopfte an der Tür, fast so laut wie sein Herz in seinem Hals klopfte, und wer immer ihm jetzt aufmachte, würde den Puls in der Schlagader sehen. Er wartete. Klopfte erneut. Niemand machte auf. Wollaston war nicht da. Er war verreist.

Faraday entschied sich, den hoch über ihm stehenden Kollegen, der noch nicht wissen konnte, dass Faraday neuerdings überhaupt ein Kollege war, nicht zu zitieren. Er konnte ihn nicht zitieren, denn er hatte nur ein halbes Gespräch mitgehört, zufällig. Wollaston hatte entschieden, nichts davon zu publizieren. Und warten konnte Faraday auch nicht: In ganz Europa saßen Forscher seit einem Jahr an den Magneten und fummelten Drähte in aberwitzige Positionen. Es waren nicht irgendwelche Forscher, sondern die größten und ehrgeizigsten, und Ampère sprach längst von einer Rotation, hatte sie nur nicht gesehen. Dabei war die richtige Bewegung so leicht zu finden, dass man sich an die Stirn fasste, wenn man sie sah.

Sie war simpel, symmetrisch, natürlich, ökonomisch. Weil sie bestechend war, sah sie zwingend aus. Man hielt sie, hatte man sie einmal gesehen, sogar für logisch. Der Herr musste alle Güte zusammengenommen und sich einen Schuss Humor erlaubt haben: Seht her, Kinder, ein Karussell, nur für euch, bitte schön, ihr könnt damit ab jetzt Räder drehen! Rückwärts betrachtet hätte jeder sie sofort finden können, und anders als rückwärts konnte man es jetzt nicht mehr betrachten, da gab die Zeit kein Pardon.

Davy, der nach dem Verzicht Wollastons mit wenigen Gegenstimmen zum Präsidenten der *Royal Society* gewählt worden war, befand sich ebenfalls nicht in der Stadt. Warten war keine Möglichkeit, aber dies doch ein Konflikt.

»Also gut«, sagte er sich, aus Versehen laut.

Den Artikel gab Faraday seinem gelegentlichen Handlanger, einem rothaarigen Jungen von sechzehn Jahren mit Sommersprossen und Sprachfehler, der das Labor säuberte, wenn Faraday es einmal zuließ. Der Junge brachte den Artikel in die Redaktion. Dann ging Faraday mit den Skizzen und der kleinsten Batterie, die er hatte, zu seinem Freund und Instrumentenmacher Newman.

Newman wusste nichts über Elektromagnetismus, sah Faraday, der die Erklärung der Apparatur zu ihrem Ende gebracht hatte, aber mit vorgeneigtem Kopf und zusammengezogener Kopfhaut an, als ob er eine Brille trüge, über die er lugen müsste. Ganz ruhig wartete Faraday, bis die Ohren des Freundes wieder an die richtige Stelle gerutscht waren, grinste dann und fasste ihn an der Schulter.

»Wenn du mir fünf Stück bauen kannst?«

Newman brummte kurz. Er hatte nichts gegen Aufträge.

»Je kleiner, desto besser.« Er machte mit Daumen und Zeigefinger ein Maß in die Luft.

Newman nickte: »Bis gestern?«

Da wolle er nicht widersprechen, sagte Faraday.

»Für jedes Mal, wo du nachfragen lässt, dauert es einen Tag länger.«

»Hab ich verstanden.«

»Und ganz umsonst kann ich es auch nicht machen«, sagte Newman nachdenklich, »obwohl ich nichts lieber tun würde.«

Sie gaben sich die Hände, dann scheuchte Newman seinen Philosophen aus der Werkstatt.

Faraday wartete. Es kamen einige Briefe. Richard Phillips bedankte sich für den Übersichtsartikel, der genau wie gewünscht sei. Er hoffte, seinen Freund nicht über Gebühr in Anspruch genommen zu haben, und werde seinen Namen geheim halten, solange Faraday das wünsche, und ihn öffentlich machen, sobald er es gestatte: »Je eher, je besser für den Bericht.«

Faraday beließ es beim Kürzel *M.*, denn es stand ihm gewiss nicht zu, den Obergelehrten zu geben und dabei André-Marie Ampère zu kritisieren.

An De la Rive schrieb er selbst, sich für einen Brief des Franzosen bedankend: »Es schmeichelt mir und es ermutigt mich sehr, dass Sie eine so gute Meinung über die kleinen Beiträge haben, die ich für die Wissenschaft leisten konnte.« Das bezog sich auf die Chloride des Kohlenstoffs. Dann ging Faraday auf den Tadel De la Rives ein, die Engländer würden Ampères Experimente zum Elektromagnetismus nicht genügend würdigen, indem er seine Entdeckung schilderte, die Ampère widerlegte. Schließlich betonte er, den Versuch Ampères zum Erdmagnetfeld wiederholt und bestätigt zu haben, er sei in London von einigen großen Männern bis dahin bezweifelt worden.

Davy bat aus Westmorland, wo Faraday nie gewesen war und wohin er auch nicht wollte, die Diener in der Grosvenor Street möchten die Teppiche in Schlaf- und Wohnzimmer herunternehmen und das Bett gut lüften. Er wollte in der ersten Oktoberwoche in London sein. Zudem benötigte er Zinn und Glasröhrchen mit Platin- und Eisendrähten, deren Form er aufgemalt und deren Masse er angegeben hatte. Er habe einige Experimente völlig neuer Art durchzuführen. Er hatte »völlig neuer Art« unterstrichen, und er verabschiedete sich als »Freund und Gönner« mit »der Erwartung, eine neue Substanz vorzufinden«, wenn er ins Labor zurückkehrte.

Auch Brande schrieb. Er bat Faraday in freundlichen Worten, sich um die Versendung von Satzfahnen vor Kurzem geschriebener Artikel einiger verdienter Mitglieder der *Institution* zu kümmern. Außerdem möge er Fincher bitten, die Vorlesung für Dienstag, den 9. Oktober anzukündigen: »Je eher, desto besser.«

Eine Woche später schickte Faraday die Glasröhrchen mit Magnet, Quecksilbersee und Rotationsdraht, die Newman ihm mit viel Liebe gebaut hatte, nach Frankreich und einen auch nach Deutschland, wo beileibe nicht nur Friedrich Wilhelm Joseph Schelling mit besonderer Inbrunst an die Einheit der Natur glaubte. Die Anleitung war einfach: Das Ding aufrecht hinstellen, beide Kabel an eine Batterie anschließen, egal, wie herum. Er verkniff sich, »dann bitte staunen« dazuzuschreiben.

Der Artikel erschien am 1. Oktober. Faraday erwartete Glückwünsche von Kollegen und saß in seinem Labor, unfähig, sich auf etwas zu konzentrieren. Aber niemand kam.

»Ich denke«, sagte er beiläufig zu Sarah beim Abendessen, »morgen wird der eine oder andere kommen.«

Aber es kam niemand am folgenden Tag und auch nicht am Tag darauf.

Am dritten Tag sah Faraday Brande im Flur, der sichtlich nervös wurde und nur andeutungsweise grüßte, um schnell in seinem Büro zu verschwinden.

Einmal war Davy im Haus, Faraday hörte ihn durch die offene Tür des Labors mit Brande reden, der Ton war ernst. Davy kam nicht hinunter zu ihm, erst nach Stunden traute Faraday sich hinauf, eine Mischung aus Neugier, Ängstlichkeit und unguter Ungeduld trieb ihn. Keiner der Kollegen war mehr im Haus. Vielleicht hatte man es noch nicht überall gelesen? Vielleicht überprüften andere das Experiment erst voller Unglauben. Oder konnte er einen Fehler gemacht haben?

Herzrasen setzte ein. Welchen Fehler konnte er bloß gemacht haben? Gab es im Labor ein magnetisches Feld, von dem er nichts wusste? Aber bei Newman in der Werkstatt hatten die Glasröhrchen auch hübsch funktioniert. Zittrig wiederholte er alles noch einmal, suchte Störungen, fand keine. Er ging mit einem Röhrchen von Newman und der kleinsten Batterie, die er hatte, auf die Straße, ohne die Blicke der Nachbarn zu bemerken. Er rannte die Treppe hoch in die Wohnung unterm Dach, immer rotierte der Draht wie beim ersten Mal. Er lief bis Hampstead, um auf dem Hügel zu sehen, dass der Draht unbeeindruckt rotierte. Er hatte nie etwas anderes gewollt.

»Die werden sich melden«, sagte Sarah abends mit banger Stimme.

Der vierte und der fünfte Tag gingen herum. Weder Davy noch Brande noch sonst jemand ließ sich sehen. Auch der Schlaf hatte sich wieder davongemacht. In den Nächten lauschte er Sarahs Atem und den Geräuschen im Haus. Von den Holzbalken über dem Bett kannte Faraday trotz seines schlechten Gedächtnisses jede Faser, den Lauf der Maserung hätte er mit verbundenen Augen aufmalen können.

Das meiste, was Brande ihm erklärte, als Faraday am sechsten Tag um eine Unterredung bat, hatte er sich in den Wellen der Selbstzweifel, die längst zur Springflut der Selbstanklage in den Stimmen der anderen geworden waren, schon erschlossen: Er habe Wollaston nicht zitiert, der die Rotation vorhergesagt habe. Er habe Davy nicht gedankt für seine Anleitung und Förderung seit jenen Tagen bei De la Roche über die Europareise bis hin zum Hier und Jetzt: seinem Leben in der *Institution*. Er hätte sich nicht einmal ohne Erlaubnis mit dem Thema beschäftigen sollen, während Wollaston so nah an der Lösung war. Übersetzt: Er war ein Schmarotzer, der sich an den Leistungen der anderen bereicherte und keine Dankbarkeit zeigte für die Förderung, ohne die er heute noch viel mehr ein Niemand wäre, als er es zu diesem Zeitpunkt noch immer war. Er hatte alle vor den Kopf gestoßen, die nichts als ihn gefördert hatten. Niemand sprach es aus, alle dachten es: Er war genau, wie man sich jemanden seines Standes vorstellte. Seiner Förderung, seiner Anstellung und seiner Kollegen nicht würdig. Er war, wie jeder Kritiker es immer gewusst hatte. Man würde nicht noch einmal einen von der Straße nehmen.

»Ich bin sehr enttäuscht«, sagte Davy im Büro der *Royal Society*, als er Faraday nach weiteren zehn Tagen Wartezeit empfing. Davy drehte seinem ehemaligen Diener den Rücken zu und sah aus dem Fenster, als er das sagte. Beide hatten Bilder aus Paris,

Marseille, Florenz, Rom, Neapel, München vor Augen, wie Faraday morgens klopfte, mit gesenktem Blick hereinkam und den Nachttopf abholte. Diktatorisch ging Davy die Punkte durch. Faraday hörte zu.

»Es war Rücksicht«, meinte er dann ruhig, »dass ich bei einem ganz neuen Befund ohne Rücksprache weder Sie noch Dr. Wollaston namentlich erwähnte. Ich hatte kein Recht, unpublizierte Gedanken zu referieren oder Sie ohne Erlaubnis als Förderer in einer Sache in Anspruch zu nehmen, von der Sie keine Kenntnis hatten.«

»So neu ist der Befund keineswegs, wie Sie ihn darstellen.« Davy spielte mit einer Zigarre. »Wir hätten die Rotation auch gefunden. Es gab bei der Apparatur einen kleinen Fehler. Ich war ja dabei. Die Rotation aber hatten wir.«

Welchen Fehler: Das zu fragen, wäre keine gute Idee gewesen.

»Ich konnte nicht ahnen, dass Wollaston nach sieben Monaten erneut an dem Thema arbeiten wollte.«

»Er hat nie aufgehört«, sagte Davy trocken: »Niemand hat je aufgehört damit.«

»Wenn Sie es anders sehen, als ich es tue«, sagte Faraday, »möchte ich mich entschuldigen.«

Er meinte, bei Davy ein Nicken gesehen zu haben. Auch ein Zittern der Hände oder ein unterdrücktes Beben des Oberkörpers glaubte Faraday wahrzunehmen, bevor sie in keine gemeinsame Zukunft auseinandergingen. Davy wandte ihm beim Öffnen und Schließen der Tür wieder den Rücken zu, sodass ein Wort des Abschiedes, das man hätte freundlich sagen können, nicht fallen konnte. Schließlich war Faraday froh, draußen zu sein. Er hatte sein Gesicht gezeigt, hatte seine Meinung zusammen mit einer Entschuldigung vorgebracht, obwohl sie nicht begründet war.

Er schrieb an Wollaston, bat um ein Gespräch.

Wollaston schrieb zurück: »Sie haben eine falsche Vorstellung über die Stärke meiner Gefühle bezüglich des von Ihnen vorgebrachten Punktes. Die Meinung anderer über Ihr Verhalten ist Ihr Problem, nicht meines. Und wenn Sie sich selbst vom inkorrekten Benutzen der Vorschläge anderer freisprechen können, dann sollten Sie sich nicht zu viel sorgen.« Ein Gespräch bot er trotzdem an, Faraday solle am folgenden Morgen zwischen zehn und halb elf kommen, wenn er es wünsche, denn noch vor elf müsse er aus dem Haus.

Faraday kehrte, nicht ahnend, wie lange das Thema am Leben bleiben würde, binnen einiger Tage zu einem normalen Schlaf zurück. Im Dezember verfeinerte er seinen Apparat und konnte den Magneten weglassen: Der Draht rotierte auch um das Erdmagnetfeld.

2 Humphry Davy

Nachdem sein ehemaliger Reisediener, den er einst von der Straße aufgelesen hatte, gegangen war, blieb Humphry Davy am Fenster stehen.

In der *Royal Society* gab es nicht wenige, die gegen die jahrzehntealte Vetternwirtschaft des Tyrannen Banks endlich vorgehen wollten. Aufnahmen neuer Mitglieder und andere Zuwendungen und Privilegien sollten nur noch streng nach wissenschaftlicher Qualifikation vergeben werden. Ihre Hoffnung war Davy. Andere, deren Hoffnung ebenfalls Davy war, wollten alles so belassen. Die rechte Hand Sir Humphrys war den einen, der Sohn des Grobschmieds James Faraday den anderen ein Dorn im Auge, obwohl James Faraday fraglos ein guter Mann gewesen sein mochte.

»Außerdem«, dachte Davy, »hätte er uns zitieren müssen. Der letzte kleine Schritt war nicht so wichtig.«

Aber dass diese ganze Elektrodynamik ihn auch nie wirklich angezogen hatte, dachte er auch. Sie hatte keine Farbe, roch nicht, man konnte sie nicht anzünden, schmelzen oder komprimieren. Und von den Flüssigkeiten, von denen die Elektriker immer sprachen, hatte noch nie jemand wirklich etwas gesehen. Dafür ging sie scheinbar mit jedem ins Bett. Sogar mit der Hilfskraft. Na schön, dann sollte der Faraday jetzt eben sein eigenes Spielzeug haben! Er selbst, beschloss er, wollte nichts mehr mit ihr zu tun haben, mit der Elektrodynamik.

Nach der Freisprechung durch Wollaston konnte Faraday die freundlichen bis enthusiastischen Briefe aus Frankreich genießen: Hachette schrieb, Gay-Lussac schrieb, De la Rive schrieb. Ampère gab eine Demonstration an der Pariser Akademie, ließ Faradays Artikel ins Französische übersetzen und veröffentlichen. Im Januar sandte Ampère, dessen Theorie widerlegt und dessen wissenschaftliche Gefühle nicht im Geringsten beleidigt worden waren, einen freundschaftlichen Brief. Er enthielt weitere, von Ampère mittlerweile entdeckte Details.

Selbstverständlich kam schnell wieder der Alltag zum Zug, und das war die *Institution*. Ihre Finanzen standen nicht gut, seit Davy nicht mehr vortrug. Brande gab sich Mühe, aber es zählte nur das Ergebnis. Einmal fiel er wegen Krankheit aus, Faraday musste einspringen. Im Halbrund des Saales, die steilen drei Ränge vor sich halb gefüllt mit Menschen voller Erwartungen und etwas Skepsis, was der vergleichsweise junge, vergleichsweise unbekannte, ziemlich kleine Mann, der hier sonst die Apparate betreute, wohl können mochte, fühlte er sich sauwohl. Die jahrelangen Vorbereitungen auf diesen Moment zahlten sich aus. Er sprach und demonstrierte und schrieb an die Tafel, er zeigte mit dem Zeigestock, machte Pausen, sagte nicht ein einziges Mal *Äh*, und spielend sprang er von einer Erklärung in eine nächste, die feiner war, detaillierter, und von da wieder in die nächste, bis ein Sachverhalt so weit auseinandergefaltet war, dass jeder, der es wollte, ein Gefühl für die Vorgänge der Natur bekam. Nichts Dämonisches blieb an ihr hängen, wenn Faraday über sie sprach.

Im Keller experimentierte er mit Plumbago, mit der Zyangruppe und mit Chlor: Er entdeckte, dass man Chlor mit Hitze und Druck verflüssigen konnte. Für den Artikel setzte Davy durch, dass er als Initiator genannt wurde, der das Ergebnis vorausgesehen habe. Später bemerkten beide: Das Verfahren war schon 1805 beschrieben worden.

Davy, dessen Führungsstil nicht viel Applaus erhielt, schrieb im Herbst an seinen Bruder, dass er die für die Jahreszeit schon üblich gewordenen Probleme mit Magen und Darm habe und Schmerzen in Händen und Füßen: »Kann das die Gicht sein«, fragte er den Arzt, »oder kommt das vom Magen?« Sachte ahnte er, dass der helle Tag, von dem er vor zwanzig Jahren gesprochen hatte, über den Sonnenaufgang noch nicht hinausgekommen war. Nicht mal den späten Vormittag würde er selbst erleben. Das machte ihn nervös. Die Zukunft war statt einer langen Straße durch sich wandelnde Landschaft jetzt eine sich im Nebel abzeichnende Klippe, die er nur noch nicht erreicht hatte. Er wurde langsamer. Entschlüsse fielen ihm nicht mehr zu, wie früher die anbetenden Blicke. Er rang sie sich jetzt ab und war dann selten mit ihnen zufrieden.

Von der Admiralität erhielt die *Royal Society* den Auftrag, nach besserem Kupfer zu suchen, mit dem man die Schiffe beplanken konnte. Das aktuell verwendete Material korrodierte zu schnell. Davy fand eine Lösung. Aufmontierte Eisenbarren oder Zink konnten die Korrosion stoppen: galvanisch. Es korrodiere dann das Eisen oder das Zink. Die Admiralität setzte den Vorschlag sofort um, aber die Schiffe kamen schon nach kurzen Ausflügen vollkommen unbrauchbar zurück. Seegras, Muscheln, Kletten und Ranken wuchsen schneller, als man fahren konnte. Seepocken und Krebse ließen sich auch nicht zweimal bitten. Das Kupfer korrodierte tatsächlich nicht mehr, aber die Schiffe waren zu schwer und zu langsam. Nur ein paar Tage nachdem die *Royal Society* den Bericht über die erfolgreiche Technik der Davy'schen Protektoren herausgegeben hatte, erließ die Admiralität den Befehl, die Aufsätze umgehend von den Schiffsrümpfen zu entfernen.

»Die gelehrten Experimente des Professors«, schrieb die *Times*, müssten als Misserfolg gewertet werden, »so wertvoll sie für die Wissenschaft auch sein mögen und so angenehm sie für den Professor waren, der auf Kosten des Staates einen hübschen Sommerausflug an die Nordsee und ans Baltische Meer unternahm.«

Keine Rede von Faradays Beteiligung oder gar der Sicherheitslampe, die in Vergessenheit geraten war. Wie viele Leben hatte sie denn gerettet? Keiner wusste es. Vielleicht lag das an der immer größeren Zahl Arbeiter, die in immer tiefere Minen geschickt wurden. Vielleicht starben sogar mehr als weniger, genaue Zahlen gab es nicht, möglicherweise scherte sich kaum jemand um die richtige Anwendung der Lampe, weshalb auch immer. Jedenfalls hatte das Sterben nicht aufgehört.

Davy antwortete, und er tat es maximal ungeschickt: »Es ist falsch«, gellte er in seinem Schreiben, von dem er annahm, dass die *Times* es nicht anderswo lesen wollte, sondern nur bei sich selbst: »dass die Admiralität einen Auftrag gab, den Grund für das Korrodieren der Kupferplanken zu finden.« Es sei falsch, dass die Schiffe mit Würmern befallen zurückgekommen seien. »Es ist falsch«, fuhr er fort, »dass in meinen Experimenten Fehler gemacht worden sind.« Und es war noch weit mehr falsch: Vor allem und zuletzt sei falsch, dass er auf Kosten der Allgemeinheit einen Ausflug gemacht habe, vielmehr habe er auf eigene Kosten einen Ausflug gemacht. Dabei sei sogar falsch, dass er einen schönen Ausflug gemacht habe, denn der Ausflug nach Schweden, Dänemark und Holstein sei fürchterlich gewesen. Er wünschte dem Autor der Ungenauigkeiten und des bösen Willens nicht weniger als eine solche Schiffsfahrt, wenn er denn anfällig für Seekrankheit sei.

Keine Erwähnung seines Anlandens in Kiel, das er seiner Frau als hübsch beschrieb und hügeliger und waldiger als andere dänische Städte. Keine Erwähnung der Weiterreise nach Hamburgh, das er »eine ordentliche, geschäftige und kommerzielle Stadt von der Größe Bristols« nannte, die leider nur von nordischen Menschen bewohnt sei.

Keine Rede auch vom Treffen mit Schumacher, dem Astronomen der dänischen Krone in Altona, und dass er dort hörte, Gauß vermesse in Bremen gerade das letzte Dreieck des Königreichs Hanover. Davy hatte seinen Dampfer dorthingeschickt und selbst die Kutsche Schumachers genommen, um zwei Tage in Bremen zu bleiben, in denen Gauß ihm erklärte, dass eine Kugeloberfläche schon ein gekrümmter Raum sei: »Ein zweidimensionaler, allerdings sehr simpler gekrümmter Raum, denn man kann immer noch den kürzesten Abstand zwischen zwei Punkten angeben.« Das sei auf der Erdoberfläche leider gar nicht so: »Leider, leider.«

»Diese drei Männer«, hatte Davy an Lady Jane geschrieben und Schumacher, Gauß und dessen Freund Olbers gemeint, »waren liebenswert, von sehr hohem moralischem Stand und erfüllten mich mit dem Stolz, an einem intellektuellen Streben in diesem Land teilzuhaben, das weniger Rang und Unterscheidung kennt, als man es in Frankreich oder England gewohnt ist.« Sie – die drei – seien, hatte Davy geschrieben: »voller Freizügigkeit«.

Nichts von all dem wusste die *Times* und druckte den wütenden Brief »mit Bedauern für den Autor«, der, wenn seine Passion ihn nicht vollkommen und restlos blende, einsehen müsse, dass die Sprache, welche er verwende, weder seiner Position angemessen, noch geeignet sei, seine Adressaten zu überzeugen. Nach dem ermüdenden Zerlegen und Aussortieren der Argumente gab die Zeitung zu, angenommen zu haben, der Professor habe eine angenehme Reise gehabt, wie sie Philosophen allgemein bei so ehrenwerten Anlässen zu haben pflegten: »Wenn er tatsächlich«, kam sie zum Schluss, »einen unangenehmen Reiseverlauf hatte, so wünschen wir ihm für die nächste philosophische Reise besseres Wetter wie generell ein besseres Gemüt.«

»Wäre Krieg«, sagte ein Kunde von Riebau mit der Zeitung in der Hand zu seiner Frau: »wegen diesem Professor Davy verlöre die Krone ihn.« Er hatte es im Observer, dessen Abonnent er auch war, so gelesen, und sie nickte zustimmend und widmete sich ohne falschen Stich wieder ihrer Handstickerei.

Faraday nahm den Vorgang mit Unwillen zur Kenntnis, verdrängte ihn jedoch wie schlechtes Wetter, an dem man nichts ändern konnte. Dann vergaß er es, wie mittlerweile so vieles, was an seinem Zentralorgan abprallte oder in dessen Urwald verräumt oder weggeworfen und überwuchert wurde, um nie wiedergefunden zu werden. Er musste immer nach vorne sehen, das war anstrengend genug.

Gegenüber André-Marie Ampère bedauerte er, nicht früher auf den Brief geantwortet zu haben, den der Franzose ihm voll Bedauern darüber geschrieben hatte, ihm nicht früher geantwortet zu haben. Außerdem hatte Ampère sich um einen Brief gesorgt, den Faraday an Dr. Brewster in Edinburgh hatte weiterleiten sollen, und nun wies Faraday auf sein schlechtes Gedächtnis hin: Er könne nicht sagen, ob er jenen Brief zusammen mit diesem bekommen habe, der ihm selber galt, er wisse nicht, ob er ihn gleich weitergeleitet und vergessen oder ihn vielleicht nie gesehen habe. Gerne wollte Faraday vom großen Ampère erfahren, was aus dem Brief geworden sei. Aber auch das vergaß er bald.

Freitags las er in der Albemarle Street vor Publikum. Die Einnahmen des Hauses, dem er sich noch mehr verpflichtet fühlte, als dass er es als seines betrachtete, stiegen wieder. Davy ließ sich doch noch einmal mit der Elektrodynamik ein, wenn auch nur für wenig mehr als eine giftige Bemerkung zu Faradays »genialer Entdeckung«. Dann schlug Phillips Faraday zur Wahl in die *Royal Society* vor.

»Sie verzichten«, verlangte Davy mit hochrotem Kopf und zusammengebissenen Zähnen auf den Stufen zwischen den dicken kurzen Säulen der Albemarle Street von seinem ehemaligen Reisediener, als er ihn dort zufällig traf. Die Aussprache seines Lehrers und ehemaligen Vorbildes war als Sprühregen in Faradays Gesicht angekommen, zudem stand er in Davys neuerdings sehr unangenehmem Atem, als er erwiderte, er könne sich nicht von der Liste der Kandidaten nehmen: »Ich habe mich ja nicht selbst eingetragen.«

Er solle, so Davy erbost, seine Förderer dazu bringen, den Antrag zurückzuziehen.

»Das«, sagte Faraday trocken, »machen sie nicht.« Unter den zwei Dutzend war auch Dr. Wollaston.

»Dann werde ich«, zischte Davy, »als Präsident den Antrag zu Fall bringen.«

Der Kandidat entgegnete, Sir Humphry würde gewiss tun, was für die Gesellschaft das Beste sei. Faraday empfahl sich korrekt, es sei denn, er war immer noch der Diener des Nachttopfs.

Seine Sache betrieb er diesmal aber selbst. So traf er sich mit Henry Warburton, dem anderen Gegner seiner Kandidatur, und veröffentlichte einen Bericht über den zeitlichen Ablauf des Rotationsexperimentes. Er lüftete das Geheimnis um den Autor der Übersicht über den Elektromagnetismus, *M.* Er überzeugte Warburton, kein Plagiator zu sein. Warburton zog seine Bedenken zurück und unterstützte Faraday, nachdem noch einige Briefe gewechselt worden waren. In geheimer Abstimmung und mit einer Gegenstimme wurde der Sohn des Grobschmiedes James Faraday zum Mitglied der *Royal Society* gewählt. Er habe es, sagte er, »gewollt und dafür bezahlt«.

Das Verhältnis zu Davy sollte nie wieder dasselbe sein. Nie wieder sollte auch das Verhältnis von Davy zu sich selbst sein wie zuvor, und das zum Londoner Leben war sowieso gestört. Er spürte seine Kraft schwinden und schwinden und weigerte sich, sie mit dem Willen oder gar den Möglichkeiten gleichzusetzen. Davy war sechsundvierzig. Menschen in seiner Umgebung herrschte er an. Er, der Superlativ der Jugend, die luftgleiche Intelligenz, die leichte, lächelnde Hand, er, der aus nichts als Energie, aus Witz und Aufmerksamkeit und Eleganz bestanden hatte, wollte Unangenehmes durch reine Ablehnung erledigen. Er sah viel aus dem Fenster und wusste nicht, weshalb und wozu schon wieder ein Tag um war, eine Woche, ein halbes Jahr. Sklavisch dachte er an Neapel, an den Blick auf den Vesuv und jenen vom Vesuv hinunter in den Golf. Durch den Winter schleppte er sich, nur dessen Ende vor Augen. Schreiben machte außerordentliche Mühe: »War das der Kopf oder die Hände oder die Verbindung zwischen beiden?« Seiner ebenfalls kranken Mutter versprach er den Sommer lang, sie besuchen zu kommen. Sie starb im Herbst, ohne ihn gesehen oder gesprochen, seine Stimme noch einmal gehört, seine Hand noch einmal in ihrer gehabt oder seinen Blick noch ein letztes Mal auf sich ruhen gespürt zu haben. Den präsidialen Vorsitz der Jahreshauptversammlung seiner *Royal Society* absolvierte er gebeugt, zitternd, stotternd, fahrig und fürchterlich schlecht gelaunt. Seine verbliebenen Freunde glaubten, jede nächste Anstrengung würde einen Hirnschlag zur Folge haben. Die Presse hielt man von ihm fern. Zum Abendessen erschien er nicht, und wenige Wochen danach war es so weit: Die rechte Hand und das rechte Bein gehorchten nicht mehr. Die Ärzte empfahlen, warum auch immer, die Londoner Gesellschaft schleunigst zu verlassen.

Mit seinem Bruder John reiste er bei bissigem Winterwetter und mit immer häufigeren Herzschmerzen auf den Kontinent, an Paris ohne Halt vorbei.

»Der Sonne entgegen«, sagte er kraftlos, in mehrere Mäntel und Schals gewickelt, und lächelte orientierungslos seinen Bruder an, der versuchte, die Fassung zu bewahren.

Oft blieben sie in Fahrrinnen stecken, und der Kutscher hatte halbe Tage zu tun, während Sir Humphry neben dem Wagen im Frost döste. Wenn er im Fahren einschlief, träumte er von Hunden, von einer Horde bellender, sabbernder neapolitanischer Straßenköter, die seine Vorlesung stürmten, Apparate und Glasschalen umwarfen, ihn am Arm packten und schon auf das Publikum losgingen. Einmal brach in diesem Moment die Achse des Wagens, und der Professor rammte seinen Kopf an den Haltebügel. John versorgte liebevoll die Wunde, die viele Wochen lang nicht heilen wollte, während Lord Byron als griechischer Revolutionär nach einer Infektion in Fieberschüben und einer Schweißlache starb und Faraday in London in der für seine Lebenseinstellung noch immer typischen Art der Exklamation in ein Notizbuch schrieb: »Mache aus Magnetismus Strom!«

Dass er das zu gleichen Teilen um des nutzvollen Stroms und um des Verstehens willen tun musste, war keine Frage. Dass auch Licht mit Strom und Magnetismus zu tun hatte, wusste er zwar aus Rom, aber vor allem, weil es anders sowieso nicht sein konnte. Er zweifelte nicht an der Schöpfung und auch nicht an Gottes Bereitschaft, sie zu zeigen. Nur »ob ich die Vereinigung noch selbst sehen darf«, war die Frage, die ihn beschäftigte.

3 Harmonien

Noch mit der Unterstützung von Davy zum Labordirektor der *Institution* ernannt, war Faraday auch Sekretär des *Athenaeum Clubs*, der sich der wissenschaftlichen und literarischen Intelligenz verschrieben hatte. Eine Zeitverschwendung, fand er und trat schnell zurück. Ewig untersuchte er für die *Royal Society* Glas. Der Versuch, bei der Herstellung von hochwertigem, farbneutralem Glas die Deutschen, die neuerdings die besten Linsen machten, wieder abzulösen, war ein Auftrag, der Geld brachte. Alle fanden es eine angemessene Arbeit. Niemand hatte überlegt, wie lange es dauern konnte, kaum Ergebnisse zutage zu fördern, und allgemein war man erstaunt, als Faraday nach sechs Jahren des Probierens keinen Wutausbruch scheute, auch schriftlich nicht, wenn er nur darauf angesprochen wurde.

Davy war nicht mehr bis Neapel gekommen. Den ersten Winter hatte er in Norditalien, den Sommer in Bayern, Baden und Mainz verbracht, allein, da sein Bruder auf Korfu zu arbeiten hatte. An seine Frau schrieb er, er hoffe, sie sei bei guter Gesundheit. Er selbst sei offenbar am Ende angelangt und: »Kämst du, so hülfe es, aber zumuten möchte ich es dir nicht.«

Im Herbst schaffte er es zurück bis London, wo er alle mit den Worten begrüßte: »Hier bin ich, das ist der Rest von mir.«

Binnen weniger Tage sprach er jeden, der jemals zum Nervensystem publiziert oder sich sonst wie auf dem Gebiet hervorgetan hatte. Als hätten sie sich abgesprochen, sagten alle dasselbe: »Mach Pause. Noch mindestens ein Jahr.«

»Was mich angeht«, ließ er im Winter seinen Freund Poole wissen, »ich will nicht leben, wenn Gott nicht noch etwas Nützliches in der Wissenschaft mit mir vorhat.«

Er hatte es nicht. Sir Humphry fuhr erneut nach Italien und kam noch einmal bis Rom. Dort erhielt er die Nachricht, dass Wollaston ebenfalls gelähmt sei, erlitt eine zweite Attacke und schrieb:

Der Seele dunkle Hütte, zerfallend und bald eingekracht,
Lässt neues Licht herein, durch Ritzen, die die Zeit gemacht.

Sein Bruder kam aus Griechenland, Lady Davy aus England, Wollaston starb. Die Davys fuhren zusammen nach Genf, wo sie die Nachricht erhielten, dass auch Thomas Young gestorben war. Davy erlitt eine dritte Attacke und wurde in Genf großartig beerdigt.

Faraday ließ kein schlechtes Wort auf ihn kommen und kein Ziel aus dem Auge, schon gar nicht, als sein eigenes Ringen mit der Gesundheit für jeden sichtbar wurde.

»Ich sollte«, schrieb er an Charles William Pasley, der ihn nach Woolwich holen wollte, um dort an der *Royal Military Academy* Vorlesungen zu halten, »das Angebot annehmen, schon weil ich dann öfters an der frischen Luft wäre.« Woolwich lag vor den Toren der Stadt, und er fragte nach der Bezahlung, nach den Pflichten und dem Umfang der Vorlesungen, die er wohl halten würde, wenn er denn wüsste, wie sie bezahlt würden und er nur den Umfang kennte.

Schon im Sommer davor, 1828, hatte er mehr als zwei Monate außerhalb Londons verbracht und Phillips geschrieben, es gehe ihm dort viel besser, die nervösen Kopfschmerzen und das Schwächegefühl seien beinahe verschwunden, wenn auch das Gedächtnis nicht besser, nein, vielmehr, dass müsse er gestehen, schlechter werde.

In Gesellschaften ging er nicht mehr, »wegen der Unpässlichkeit einerseits und dem daraus entstandenen Zeitmangel andererseits«.

Auch von Pasley verabschiedete er sich auf einen Monat oder auch fünf Wochen, die er auf dem Land verbringen wollte. Die Professur in Woolwich nahm er jedoch nach dem Sommer an, es sollte die einzige bleiben, die er je akzeptierte. Schon im ersten Winter meldete er sich mehrfach krank, im März klagte er über Kraftlosigkeit und schwache Nerven. Er wolle Ruhe, die aber könne ihm kein Arzt geben. Auch Woolwich habe ihm nicht guttun können, alle möglichen Erkrankungen hätten Besitz von ihm genommen: »Ich habe«, schrieb er, »keinen Mut zu irgendwas.«

Sein Laborbuch widersprach ihm, es kondensierte die Geschichte von Arbeit und Konzentration, die er in besseren Tagen immer wieder erkämpfen konnte. Stetig nahm auch seine Korrespondenz an Umfang zu, die Korrespondenten wurden prominenter. Mit George Barnard, der Maler geworden war und noch regelmäßig in die Albemarle Street kam, bastelte er Rosskastanien an Fäden, um Conkers zu spielen. Immer schlug Faraday alle, dann fuhren sie mit dem Fahrrad um den Block und winkten den staunenden Nachbarn zu, die automatisch annahmen, er habe das Gefährt vor ein paar Minuten selbst erfunden. Sonntags morgens radelte er gerne nach Hampstead hinauf, zumindest im Sommer, und schnell sprach sich das in London herum. Manchmal ruderten sie alle flussaufwärts und nahmen ein Dinner mit, das sie unterwegs zubereiteten. Den Vesuv brauchte er nicht. Seine Nichte Margery Reid verbrachte manchen Nachmittag im Labor, still in der Ecke sitzend, und wurde, wenn sie es nicht mehr aushielt, mit einem Stück Kalium unterhalten, das Faraday mit glücklichen Augen in eine gläserne Schale mit Wasser warf, wo es sich entzündete und eine lila Wolke hinterließ, die in Schlieren hinabsank. Einmal machten sie in der Nähe von Ramsgate Urlaub.

Sarah hatte von der Cholera gelesen, die in Indien immer mehr Tote forderte, Faraday hatte auf die Erzählung kaum reagiert.

Aus Paris berichtete Jean Nicolas Pierre Hachette von der Julirevolution: Studenten, die am Stadtrand lebten und sich an der École Polytechnique dem Studium der Mathematik widmeten, der Physik und Chemie, die von Faradays Entdeckungen so bereichert worden seien, hätten sich den bewaffneten Gruppen angeschlossen, einer sei jeweils als Anführer gewählt worden. So seien sie in die Stadt marschiert: »Wenn nur Vernunft über all die Vorurteile triumphieren könnte, die der Perfektionierung der Gesellschaft im Weg stehen!« Philosophen, Künstler und Arbeiter stünden in Frankreich zusammen, und er empfinde auch für Faraday und seine Landsleute, die sich der Wissenschaft widmeten, die größte Wertschätzung und Dankbarkeit. Ampère schloss sich an. Charles der Zehnte dankte ab und zog wieder nach Edinburgh.

Auch im Südosten Russlands brach die Cholera aus, verbreitete sich rasant, stagnierte dann, sogar in Moskau fielen die Todesraten. Erst 1831 gab es »dreißigtausend Infektionen in der Armee«, wie Sarah am Abendtisch unruhig berichtete. Sie war noch immer ohne Kind. Die Russen konnten wegen der Cholera den polnischen Aufstand nicht niederschlagen. Und auch unter den Polen, die aufgegebene Posten der Russen übernahmen, grassierte jetzt die Seuche. Die Berichterstatter korrigierten die Zahlen meist noch im selben Brief: »Nein, es waren doch nicht zwölf Soldaten, die seit gestern Abend erkrankten, sondern siebenundzwanzig. Gestorben sind davon bis jetzt nicht fünf, sondern neun.« Ein jeder mit spitzer Nase, die aus dem entwässerten Rest seines Gesichtes stach wie die letzte Empörung.

Nach Polen könne man von Dover aus ja wirklich nicht hinübersehen, meinte Faraday, »und die Bestimmungen der Quarantäne für Schiffe aus Indien sind streng.« Anders wollte er es nicht denken.

»Da sie von den Dämpfen übertragen wird«, fürchtete Sarah, »kann man sie vielleicht gar nicht aufhalten.«

Faraday glaubte das nicht und wandte sich schnell der Akustik zu.

»Wheatstone hat uns eingeladen«, freute er sich für sich und für Sarah, die sich wunderte. Er ging ja nie in Gesellschaften, und sie hatte sich daran gewöhnt.
»Er hat ein Konzert organisiert.«
»Wheatstone.« Sie machte sich lustig.
»Es ist ein Experiment.«
Darauf wäre sie von alleine nie gekommen, sagte sie und behielt für sich, dass sie auch gern mal wieder in ein ganz normales Konzert gegangen wäre. Aber man nimmt in bestimmten Situationen, was man kriegt, selbst wenn diese ein Leben dauern, und als sie am Samstag drauf gut gekleidet aufbrachen, freute sie sich. Kuhlau und Weber standen auf dem Programm.

Das Haus lag im Osten der Stadt, was überraschte, und dann stellte sich heraus, es war eine Art Lagerhalle. Als sie den großen flachen Raum im Parterre betraten, erklärte sich das. Man hatte die Bestuhlung auf ein nach hinten ansteigendes Podest gestellt, vor dem eine Unzahl Holzplatten waagerecht aufgestellt waren. Jede von ihnen trug auf einem Kärtchen aus Pappe die Bezeichnung eines Instrumentes. Die Faradays gingen näher hin. Sand war auf jede Platte gestreut. Und jede von ihnen war mit einer straff gespannten Schnur verbunden, die senkrecht nach oben und durch die Decke führte. Sarah sah ihren Mann an, enttäuscht und ratlos.

»Die Musiker sind oben«, sagte er äußerst zufrieden, »wir werden die Musik nicht hören, sondern sehen.«

Die Enttäuschung milderte das gar nicht, was ihrem Mann entging. Wheatstone kam, sodass sie keine Gelegenheit zum Protest hatte. Er begrüßte beide mit überschießender Freude. Dann erklärte er den Aufbau und strich hier und dort mit einem Holz die dünne Schicht Sand auf einer der Platten liebevoll glatt. Anschließend klatschte er in die Hände und hielt eine ungelenke, sehr kurze, stotternde Einführung für das Publikum, bei der er errötete und schließlich sehr froh war, sie beendet zu haben.

»Er macht das nicht gerne«, sagte Faraday.
Sarah wusste nicht, was er meinte.
»Vor Leuten sprechen.«
Sarah nickte aus Höflichkeit oder aus Überforderung oder automatisch und presste die Lippen zusammen, die Musik setzte auch schon ein. Zu ihrem Glück hörte man doch reichlich Töne, wenn auch mehr die tiefen als die hohen. Vor allem aber sah man, wie sich auf den Platten die Vibrationen in Muster übersetzten, die sich je nach Ton in den Sand schrieben und veränderten. Faraday war so glücklich, wie Sarah das von ihm kannte, aber neu war die Deutlichkeit, mit der sie das Gefühl verspürte, ein Kind neben sich sitzen zu haben. Es war nicht unangenehm. Sie lächelte ihn an, sodass er glaubte, sie freue sich. Er dachte daran, wie sie es damals in Ramsgate in der Mühle nicht hatte tun können und dann beim Ja-wort nachholte. Alles war gut, dachte sie, irgendwie. Was sollte sie anderes denken, in einer Lagerhalle sitzend und Kuhlau zwar nicht richtig hörend, aber richtig sehend. Einmal riss eine Schnur, und auf der Platte blieb das zuletzt gezeigte Muster stehen, bis Wheatstone zwischen zwei Stücken den Schaden reparierte.

Auf dem Rückweg erklärte Faraday seiner Frau voller Enthusiasmus, was sie gesehen hatten, bis sie sanft sagte: »Michael, ich war auch dabei und habe es selbst gesehen.« Dazu nahm sie, ob sie es bemerkte oder nicht, seine Hand fester in ihre.

»Manchmal sahen die Figuren aus wie Eisblumen«, fand sie in die Stille hinein, und Faraday gab ihr sofort Recht: »Weil auch die natürlich aus Kreisen und Radialen zusammengesetzt sind, den beiden voneinander unabhängigen Grundrichtungen der Fläche.«

Von senkrechten Schnittlinien durchtrennte Kreise hatten sie am häufigsten gesehen.

»Ich dachte, eine Fläche besteht aus Breite und Tiefe.«

»Ist dasselbe, immer zwei Richtungen, die senkrecht zueinander sind, egal welche.«

Sie dachte nicht daran, weiterzufragen, dazu war die Sache zu unwichtig: »Auf jeden Fall sind es Harmonien.«

»Was?«

»Die Töne wie die Bilder.«

Er nickte, sie bogen gerade vom Piccadilly in die Albemarle Street ein, und er hatte die Eisenspäne vor Augen, die Kreise und Ovale bildeten, konkave und konvexe Linien. Unterm Dach angekommen bereitete sie einen Tee zu, während Faraday aus dem Fenster sah, als ein Wagen aus dem östlichen Teil der Stafford Street einbog und langsam näher kam. Die Straße war mittlerweile gepflastert worden. Der Wagen hatte Bierfässer geladen, auf denen Regenwasser stand. Durch die regelmäßigen Schläge des Pflasters auf die Eisenfelgen bildeten sich Ringwellen, die das Licht der Gaslampen reflektierten. Sie glichen nicht nur den einfachsten Figuren von Wheatstone. In der Mitte liefen die Wellenberge aufeinander zu, dort spritzte immer wieder eine kleine Fontäne auf.

»Die Ringe«, fand Faraday still, »sind die Bahn, auf der sich der Draht mittels Strom im Magnetfeld bewegt.« Es waren Linien, dachte er, der Kraft. Radiale waren keine zu sehen.

Der Tee war fertig, und ohne viel Aufhebens zu machen, tranken die beiden Verschworenen ihn gemeinsam, bevor sie friedlich zu Bett gingen und in der erneuerten Überzeugung gut schliefen, mit der Welt sei etwas grundsätzlich in Ordnung.

4 Die zweite Erfüllung

Im Keller war Faraday weit davon entfernt, keinen Mut zu irgendwas zu haben. Der Keller war sein Fenster zur Welt, seiner Welt. Er war froh, dass es ein Keller war. Er stellte Platten auf, die er mit Sandkörnern bestreute, dann mit Bärlappsporen, die weniger träge waren. Er baute Wannen, in die er Wasser und Sand füllte oder Eiweiß. Er kaufte einen Geigenbogen. Von Februar bis in den Juli strich er damit Platten aus Holz und Blech an und ließ die Natur ihre Muster machen. Er wechselte zu Glasplatten, schüttete Milch darauf, stellte eine Kerze darunter und hielt ein Stück dünnes Papier darüber.

Unterm Dach legte er sich ins Bett, ein Tuch über den Augen, und hoffte etwas zu sehen oder einzuschlafen und aufzuwachen und plötzlich etwas zu wissen.

Wieder im Keller, hüpfte er um die Platten herum oder stürzte zu seinem Laborbuch: »Sie sind schön, wenn sie einfach sind.« Während er schrieb, erklärte er seinem Helfer Anderson: »Und die komplexen sind ebenso schön.«

Anderson stimmte zu.

Er tupfte einen Wassertropfen von unten an eine Glasplatte: Strich man sie mit dem Bogen an, verteilte sich das Wasser flacher an der Platte, statt sich noch mehr zu sammeln und abzutropfen. Kehrte wieder Ruhe in das Glas, sammelte sich der Tropfen durch Gravitation wie zuvor. Mit Öl wiederholt fand er, dass der Tropfen sich zu einer Linse verbreitete. Eiweiß war noch klarer, von oben auf die Platte geschüttet schoss es gar in kleinen Fontänen hoch, wenn der Ton laut genug wurde. Hielt Anderson sich schon die Ohren zu, bildete es Eischaum.

»Die Vorstellung von hin- und hergehenden Wellen«, hielt Faraday als zweiundzwanzigsten Punkt der Reihe fest, »gewinnt in meiner Vorstellung Raum.«

Er schickte Anderson los, die Arbeiten von Robert Brown zu kopieren: Ein schottischer Botaniker, der vor Kurzem unter seinem Mikroskop entdeckt hatte, dass Pollen in Wasser zitterten, sich ständig bewegten. War alles ständig in Bewegung und Vibration, stießen Teilchen einander an und transportierten Wellen? Vielleicht war Ruhe nur eine Form von Ignoranz, jedenfalls war Wärme offenbar Vibration.

Quecksilber, Terpentin, Tinte und Alkohol schüttete er in die Wannen. Das Laborbuch lernte die Muster als wunderbar, hübsch und zufriedenstellend kennen. Magnesium, Rost, rotes Blei eigneten sich nicht. Er füllte ein Einweckglas mit Wasser und rieb mit feuchtem Finger über den Rand, dass ein Ton entstand, die Wellenbilder fand er »sehr gut«.

Klagen schrieb er keine nieder, nur die Feststellung, die Arbeit strenge ihn an, er benötige Pausen. Im Juni ließ er Phillips wissen, das Gedächtnis werde von Tag zu Tag schlechter. Faraday war vierzig Jahre alt. Einladungen beantwortete er nun immer mit der Bemerkung, er sei kein sozialer Mensch, und: »Niemals diniere ich außer Haus.«

Sarah fand es überhaupt nicht komisch, dass er den seit Langem geplanten Urlaub in Hastings verschieben wollte. Am Nachmittag war er mit der Idee plötzlich oben in der Wohnung erschienen. Sie hatte gerade die Sachen zu packen begonnen, für den nächsten Morgen waren Plätze in der frühen Kutsche von Charing Cross nicht nur reserviert, sondern auch schon bezahlt. Sie machte es ihm aber ganz einfach, denn »darüber«, gab sie ihm zur Kenntnis, »diskutiere ich nicht«.

Dunst lag über London, als die Faradays das Haus verließen, und da die Sonne noch nicht aufgegangen war, brach sich nur der rote Anteil ihres Lichts bis in die Stadt. Anderson war extra in der

Frühe gekommen, um beim Tragen zu helfen und gute Erholung zu wünschen. Er solle im Keller alles so lassen, wie es war, bestimmte Faraday: »Bitte nichts anfassen.«

Wie immer stieg er auf den Kutschbock, das hatte sich seit der Europareise nicht verändert. Als sie die ersten Wiesen erreichten, war das Licht voll entfaltet, nun war oben nur noch Blau, das Rot ging rechts und links am Erdball vorbei ins Universum. Wann der nächste Moment käme, in dem er etwas gezeigt bekäme, fragte Faraday sich. Dieses Mal war er nicht aufgeregt, oder nicht so wie beim ersten Mal. Er wollte den Moment als Genießer nehmen, wenn er denn käme. Seine Hand lag auf der Ledertasche mit dem Labortagebuch, das vor Beobachtungen platzte.

Der Eintrag vom 19. April war besonders: Auf dem Rückweg von Woolwich abends um zehn hatte Faraday ein Polarlicht gesehen. »Es kann keinen Zweifel darüber geben«, sagte seine Handschrift und meinte den Einfluss des Lichtes auf das Erdmagnetfeld. Während der Erscheinung war Faraday flugs bei Samuel Hunter Christie eingekehrt, dem zweiten Mathematiker der Akademie. Er besaß eine Magnetnadel, die, solange das Licht sich am Himmel zeigte, eine Abweichung von über zwanzig Grad aufwies und beim Erlöschen des Lichtes wieder in die Ausgangslage zurückgekehrt war. Zwanzig Grad konnten kein Messfehler sein, zum Zweifeln blieb kein Grund.

»Licht ist magnetisch«, sagte er im Schaukeln und Stoßen der Kutsche immer wieder still vor sich hin und wartete, dass ein Widerspruch aus einem Winkel seines Geistes herausgeschüttelt würde. Es kam keiner. Er wartete, dass sein Verstand ihn auslachte. Er lachte nicht. Ein Teil des großen Ganzen war Licht, genau wie er und der Kutscher und die beiden gutmütigen, ungebürsteten, dampfenden Pferde, auf die er zufrieden blickte, auch wenn sie kein Magnetfeld beeinflussten. Jedenfalls nicht messbar. Noch nicht messbar jedenfalls.

Aus dem Augenwinkel betrachtete er den Kutscher, der sich über die Zügel, die Deichsel, die Radlager, Speichen, Felgen, die Aufhängung, über die Eisen und das Wohlergehen der Pferde hinaus keine Gedanken zu machen schien. Für ihn war es auch selbstverständlich, dass alles hier nach immer gleichen Gesetzen funktionierte, selbstverständlicher als für Faraday sogar. Von Eisenspänen wusste der Kutscher garantiert nichts, aber was wollten die Späne ihm, Faraday, sagen, wenn sie sich in regelmäßige Bilder um den Magneten fügten? Die einfachste Annahme war, dass dahinter Wellen steckten. Anzunehmen, dass keine Wellen hinter den geometrischen Figuren steckten, wäre aufwendig. Nicht nur Davy hätte ihn für verrückt erklärt.

Die Stöße der Kutsche waren angenehm. Er hatte in den zurückliegenden zehn Jahren Licht mit Strom zu beeinflussen und Strom aus Licht zu gewinnen versucht, indem er es auf eine Kupferplatte fallen ließ: Mal das ganze Spektrum, mal einzelne Farben, mal die Platte an der Luft, mal unter Säure haltend. Hätte er statt Säure elektrische Spannung genommen, man hätte Albert Einstein kaum vom Studium der Physik abgeraten. Der Zufall zeigte sich aber selbstverliebt, er nahm sich Zeit: Sechs Jahre lagen allein zwischen diesen beiden erfolglosen Versuchen. Vor drei Monaten hatte Faraday versucht, Strom aus Hitze zu machen: negativ. Hitze machte oft Licht, wenn Metall glühte oder ein Funke durch die Luft schlug.

Sehr unübersichtlich.

In Hastings redete Faraday wenig und wirkte nicht unfroh. Punkt einhundertsechsundvierzig im Laborbuch kam auf die Rillen im Sand zurück, die seinem Geist schon einmal Asyl gewährt hatten, damals ein improvisiertes, diesmal ein fruchtbares, vielleicht, weil alles in seinem Leben darauf hinauslief: »Sie stammen vom Wind«, fand er nun heraus, »der auf das Wasser bläst, wenn es flach auf dem Sand steht. Die Rillen im Sand sind klein, aber leicht zu finden, sobald man nach ihnen sucht. Sie sind zur Windrichtung immer parallel, die Wellen, ein Kräuseln, das auf der Oberfläche von links nach rechts und von rechts nach links läuft, ist gut zu sehen, wenn die Sonne auf das Wasser scheint.«

Und?

Im Hotelzimmer versuchte er, sie mit einer Wanne zu reproduzieren, konnte aber den Wind nicht gut genug nachahmen. Nachts hörte Sarah ihn atmen, spürte, wie er sich umdrehte, und sah ihm nach, wenn er aufstand. Sie hörte, wenn er Wasser trank und aus dem Fenster schaute und seufzte, wenn er sich wieder hinlegte, in der Hoffnung, eine Stunde Schlaf zu bekommen. Sie schlief selbst schlecht, wegen der Unruhe, aber auch aus Sorge. Am Tage versuchte sie, ihn zum Abschalten zu bewegen: sinnlos. Sein Geist eine Fliege hinter Glas, dann wieder ein Raubtier in Gefangenschaft, das ahnte, nicht Gewalt, nur Schläue bringt es hier raus. Disziplin. Er musste sich nur die Wut, die zu jeder Tageszeit und jeden Monat stärker in seinem Rücken stand, zur Verbündeten machen, er musste sie in Zärtlichkeit verwandeln, nur …

Mal half langes Blicken auf das Wasser. Der Gleichmut der Wellen war majestätisch: wenn man das so sehen wollte. Mal verschärfte langes Blicken auf das Wasser den Tonus seines Geistes auch, und wovon der neben frischer Luft und möglichst gutem Schlaf noch abhängig war, konnte Faraday nicht ausmachen. Er wollte über Wellen nachdenken. Maßlos strengte ihn mittlerweile an, bei jeder einfachen Entscheidung, sei es für ein Abendessen oder gegen einen Spaziergang, um viele Ecken denken zu müssen.

Oft sagte Sarah: »Wir machen das so.«

Oder: »So machen wir das.«

Im August war er zurück in seinem Keller. Im Laborbuch begann er elektromagnetische Versuche wieder ab einem Punkt eins zu notieren. Im September schrieb er Phillips, er habe etwas Besonderes gefunden, könne aber noch nicht sagen, was: »Zu gefährlich. Am Ende habe ich statt eines Fisches vielleicht doch nur Unkraut am Haken.«

Das war übertrieben, stark übertrieben, und seine Fröhlichkeit im angeschlagenen Zustand echt und verräterisch. Am 29. August wusste das Tagebuch: »Ein Stromwelle beim An- und Abklemmen der Batterie. Welle offenbar kurz und schnell.«

Er hatte das Bild der Sandrillen übersetzt: Als Wasser diente ein Eisenring, um den auf einem Abschnitt eine Spule gewickelt war. Als Wind nahm er ein Magnetfeld, das er mit Strom in der Spule erzeugte. Als Sand diente ein zweiter Draht, auch er zur Spule und abschnittsweise um den Eisenring gewickelt, auf der gegenüberliegenden Seite.

Was du dir nicht erfliegen kannst, musst du dir erhinken.

Schickte er Strom in die erste Spule, war das, wie den Wind anzustellen: Der Draht, der jetzt ein Magnet war, magnetisierte den Eisenring, als sei er das Wasser, und aus dem zweiten Draht, als sei er der Sand, kam ein Strompuls heraus. Klemmte er die Batterie ab, erhielt er einen zweiten Puls, der in die andere Richtung lief.

»Hm.«

Brauen zusammengekniffen, Zeigefinger am Mund, kleiner Finger und Ringfinger kratzten die Kopfhaut, Zeigefinger und Daumen zwickten ins Ohrläppchen: Das war doch anders als bei Wind, Welle, Wasser und Sand. Aber das war ja auch nur eine Idee gewesen. Er sprach laut mit sich selbst, hellen Schmerz in der Herzgegend.

Er hielt ein Stück Papier über die flach auf den Tisch gelegte Anordnung und streute Eisenspäne darauf, um das Feld zu sehen. Er sah vier Pole, an jedem Ende jeder Spule einen. Das Magnetfeld der einen Wicklung bewirkte einen Strom in der anderen, der ein Magnetfeld bewirkte: Das war klar gewesen. Oder? Es war mehr als nur gut, die Pole und Linien mit eigenen Augen zu sehen.

Er überlegte, wie eine Wanne beschaffen sein müsste und wie

ihre Füllung, um so ein Wellenbild zu erzeugen. Und wieso die Welle nur so kurz war und so schnell.

Beim Abendessen redete er nicht, was Sarah keineswegs störte. Dass er sie nicht küsste, hatte nichts zu sagen.

»Sie haben was gegen die Cholera gefunden«, erzählte sie mit dem Rücken zu ihm: »Statt Kalomel benutzen sie jetzt salpetrige Säure, eine Unze Pfefferminzwasser und vierzig Tropfen Opium.«

»Kalomel?«

»Quecksilberhornerz.«

Er sagte nichts dazu. Er hatte nicht hingehört. Er rannte hinter einem Strom her, der in seinem Kopf kreiste und schneller war als er, eine Idee, die er nur kurz gesehen, aber nicht erkannt hatte und kriegen wollte, bevor sie verschwand. Hatte er nicht schon auf der Treppe damit angefangen? Was, wozu war es noch mal gewesen?

»Man gibt es alle vier Stunden in dünnem Haferschleim oder einem Brei aus Sago oder Maniok«, hörte er Sarah sagen. »Warme trockene Tücher auf den Bauch, Flaschen mit warmem Wasser an die Füße.«

Er hätte es nicht wiederholen können.

»Dann striktes Alkoholverbot, bis es vorbei ist.«

Er sah sie an, skeptisch, als kennte er sie nur von Ferne. Das hier war sie aber.

»Dann striktes Alkoholverbot, bis es vorbei ist.«

»Was vorbei ist?«

»Die Cholera.« Sie seufzte. »Ein Schiffsarzt hat damit über zweihundertsechzig Fälle kuriert. Innerhalb von fünfzig Stunden. Kein Toter.«

»Ein Chirurg?«

Ihr Blick sagte Ja.

»Wo denn?«

Sie hatte den Namen vergessen: »Die *Shark*. Oder *Dolphin*. Oder so.«

»Wann denn?«

»Fünfundzwanzig.«

Cholera? Er musste den Anschluss wiederfinden, zum Teufel. Sie meinte eine Jahreszahl: »Achtzehnhundertfünfundzwanzig«, wiederholte sie, weil er nichts kapierte. Seine Gleichgültigkeit verstand sie überhaupt nicht, und sie billigte sie auch nicht.

»Wird sie nicht auch über die Kalbshäute übertragen?«, fragte er zu seiner Verwunderung, er musste das gelesen haben, vor Tagen oder Wochen oder vielleicht heute Morgen erst, hatte er heute Morgen Zeitung gelesen?

Woher wusste er das?

Sie sah ihn an, als redete er Unfug wie ein Kind, sagte: »Kalbshäute.«

»Die nicht unter die Quarantäne fallen.«

Ihr Blick strafend. Hatte sie selbst ihm gerade eben erst von den Kalbshäuten erzählt, oder gestern oder vorgestern, hatten sie eben darüber geredet, sie beide, eben, vor einer halben Minute? Oder gestern oder vorgestern?

Sie sagte: »Doch, die auch.«

Glück gehabt. In den uferlosen Raum fragte er: »Was?«

»Unter Quarantäne. Die Reeder haben ziemlich getobt.«

»Wegen der Quarantäne?«

»Wegen der Nachrede, es gebe keine oder sie hielten sie nicht.«

Faraday war jetzt an die Kochstelle gekommen und küsste Sarah, was beiläufig war und Bedeutung hatte.

»Die Angst davor ist so groß, weil man nach kurzer Zeit nicht mehr weiß, wer man ist.«

Das hatte er so noch nicht gehört.

»Einer war sicher, dass er tot ist«, Sarah schmeckte auf einem Holzlöffel eine Soße ab, deren Geruch längst den Raum erfüllte, was er jetzt bemerkte, als er gleichzeitig den Geschmack auf der Zunge hatte, obwohl nicht er, sondern sie es war, die probierte.

»Als man ihn fragte, wieso er das glaube, hat er von sich in der dritten Person gesprochen und gefragt, wieso er glaube, dass er lebe, wenn er nichts fühle.«

Faraday sah auf die Kartoffeln im Kochtopf. Anderson klopfte an die Tür, manchmal aß er mit. Faraday öffnete ihm stumm.

»Er war ganz blau im Gesicht, fast schon schwarz.«

Faraday war zurück am Herd, wendete den Blick von den Kartoffeln nicht ab.

»Keine Angst, Fleisch kommt auch auf den Tisch.«

Er nickte, setzte sich wieder, ohne zu wissen, was er neuerdings gegen Kartoffeln hatte. Anderson begrüßte Sarah und setzte sich über Eck.

»Sie wandert zwanzig Meilen am Tag«, sagte Faraday matt und gereizt, was die anderen hätten bemerken können.

»Wesentlich weniger als Napoleon in seinen besten Zeiten«, wusste Anderson, ohne eingeführt werden zu müssen, worum es ging.

Faraday störte die Bezeichnung »beste Zeiten«, er sagte aber: »Sie ist auch wesentlich weniger wählerisch.«

»Also wird sie kommen?« Sarah hatte sich zu den beiden Männern umgedreht.

Die beiden blickten sie nur an. Sarah musste die Frage wiederholen. Sie wollte eine Meinung haben.

»Die Katholiken«, so Anderson schnippisch, »sind der Meinung, sie kommt.«

Sarah setzte ein fragendes Gesicht auf, aus Höflichkeit, wie Faraday wusste, denn über das Thema hatten sie schon gesprochen.

»Sie meinen«, wurde Anderson deshalb explizit, »es stünde in keines Menschen Macht, die Cholera aufzuhalten. Allein Gebete könnten …«

Faraday gefiel das überhaupt nicht: »Das meinen nicht nur die Katholiken.« Erst letzte Woche hatte er nach dem Freitagsvortrag einen Arzt aus dem Norden sagen hören, Katholizismus sei ein elektrisches Problem im Kopf, das man eines Tages würde beheben können.

»Glauben Sie denn eher an den Menschen als Überträger oder an die atmosphärische Theorie?«

Das wisse er nicht, sagte Faraday bloß.

»Aber was glauben Sie denn?«

Faraday sagte, in diesem Fall glaube er gar nichts, und wenn er etwas glaubte, so wäre das von keiner Bedeutung.

Anderson verstand ihn nicht: »Wieso?«

»Weil ich nichts darüber weiß«, Faraday war mehr als unwirsch: »Ums Glauben geht es dabei nicht.«

Sarah hatte zum Glück das Essen fertig.

»In Polen und Deutschland«, fügte Faraday ruhiger an, weil er keine noch schlechtere Stimmung entstehen lassen wollte, »versuchen sie mit bestimmten Anzügen, die Seuche anzuhalten. Hier gewachste, da ungewachste. Nur funktioniert es nicht. Niemand hat sie bis jetzt aufgehalten.«

Den Gedankengang von vorhin hatte er jetzt vollständig verloren, er musste aufpassen, nicht wütend zu werden. Sarah kannte ihn gut, wenn er die Geduld verlor, und darauf steuerte er zu.

»Also glauben Sie an atmosphärische Störung?«

»Nein.« Er selbst wusste auch, wie nah die Wut schon war, die immer bei ihm stand, sich manchmal an ihn lehnte oder das Rückgrat hochkroch, um ihn von hinten zu umarmen.

»In Russland sind es Reisende oder Matrosen, die krank in eine Stadt kommen, dann breitet sie sich aus«, plapperte Anderson. »Nur dass nicht jeder sie bekommt. In mancher Familie einer, in anderen alle.« Anderson machte ein fragendes Gesicht.

»In Riga erkranken die mit dem Fortschaffen der Leichen Beschäftigten sehr selten bis gar nicht«, sagte Sarah beiläufig. Sie suchte nach einem Ausweg, fand keinen.

»In Berlin«, meinte Anderson, »tritt sie auf, wo die Häuser eng beieinanderstehen und die Luft nicht abzieht, während sie an den Plätzen, wo die Luft besser ist, bis jetzt nicht war.«

Faraday zuckte mit den Schultern, was die Enttäuschung bei Anderson nicht verkleinerte. Sarah bemerkte sehr wohl, dass ihr Mann schnaufte vor Wut. Es gebe schließlich Leute, führte Anderson an, die behaupteten, die Cholera würde in wenigen Jahren die Menschheit besiegen: »Meistens Katholiken.«

»Ich weiß darüber nichts«, herrschte Faraday ihn jetzt an.

Sarah schickte ihm einen sehr schnellen mahnenden, besänftigenden Blick, hatte schon die Teller gefüllt und sich gesetzt, die Hände gefaltet, sodass Faraday unfreundlich ein kurzes Gebet sprechen konnte. Er mochte sich so nicht und würde Anderson so schnell nicht mehr nach oben bitten.

Es wäre nicht das erste Mal gewesen, dass Faraday ihn angebrüllt hätte, aber das wusste außer den beiden Männern niemand. Auch nicht Sarah. Nach dem Essen verabschiedete sich der Helfer bis zum nächsten Morgen mit Danksagungen, die Faraday kalt entgegennahm. Er musste sich morgen konzentrieren, er brauchte auch gute Laune, um weiterzukommen, und Zuversicht, denn aus den kurzen Wellen wurde er nicht schlau. Er setzte sich wieder und schluckte einen Fluch hinunter, den er früher in der Schmiede alle paar Minuten von den Kollegen seines Vaters vernommen hatte und von dem man nicht glauben soll, er hätte ihn jemals vergessen. Sosehr er sich auch anstrengte.

Wo waren sie jetzt? Er musste warten, dass diese Wellen der Aufregung abklangen, aber das taten sie nicht. Immer redeten Menschen sinnlose Dinge durcheinander, verschwendeten Energie auf einen Gegenstand, dem sie sich dann doch nicht zuwandten, und wussten eigentlich nie, wovon sie redeten. Aber das wussten sie auch nicht. Sarah legte ihre Hand auf seine, das genügte ihr im Moment. Es machte die nächsten Minuten erträglicher.

Am Morgen gab Faraday seinem Helfer für ein paar Tage frei. Er fühle sich nicht wohl und wolle lieber allein und langsam arbeiten. Anderson nahm es zur Kenntnis, er gab sich Mühe, nicht gekränkt zu sein.

»Ich schicke nach Ihnen, wenn ich Sie brauche.«

»Sehr wohl.« Bis Woolwich hatte Anderson einen langen Spaziergang vor sich, auf dem er überlegen konnte, was Faraday verärgert haben mochte, der die Tür hinter ihm schloss, seinen Handlanger vergaß und die beiden Spulen vom Vortag ineinanderwickelte. Den Stromstoß machte das kräftiger, sonst änderte es nichts: »Sehr gut!«

Er ließ den Eisenkern weg, was ebenfalls nichts änderte: »Noch besser.« Dann saß er wieder mit hängenden Armen da, ratlos, beglückt, hier unten allein zu sein. Er wünschte nicht mehr, als in dieser Stille und Abgeschiedenheit Gottes Natur zu Diensten zu stehen, die so gütig war, ausgerechnet hier in Honigmilch zu baden und als kleine Aufmerksamkeit für seine Mühe und Artigkeit ab und zu eine bislang geheime Stelle zu entblößen. Wellen. Magneten. Linien und Felder. Plötzlich stand er auf und nahm ein Stück Eisen, wickelte einen Draht darum zur Spule, und wenn er das Eisen mit einem Magneten berührte, also magnetisierte, sah er wieder die kurze Stromwelle durch den Draht gehen!

Punkt dreiunddreißig: Er hatte »zweifellos Strom aus Magnetismus gemacht«. Er war am Ziel. Fast am Ziel, vielleicht nicht ganz. Vielleicht war das Ziel nah. Vielleicht war es unerreichbar wie der Mond, das konnte man nie wissen. Er blieb ganz ruhig in diesem Zustand, hielt die Spannung, schöner konnte es vielleicht nicht werden, oder es würde vielleicht nicht schöner. Wochenlang blieb es so, es waren Wochen, in denen Anderson sich wunderte, einmal ließ er fragen, ob alles zum Besten sei.

Das war es.

Sarah bemerkte seine Entrücktheit, freute sich für ihn mit. Er bemerkte das kaum. Er schlief gar nicht mal so schlecht, auch wenn er täglich früher aufstand und hinunterging. Wurde er immer langsamer? Sie war sich nicht sicher. Er wollte permanenten Strom aus einem permanenten Magnetfeld herausholen. Permanent wollte er damit Geräte antreiben, Maschinen, die sich ausdauernd abplacken würden, weil Ausdauer nicht ihr Problem war. Die ohne zu murren arbeiteten, ohne krank zu werden, garstig und alt, ohne Gicht und Rheuma zu kriegen und Hirnschläge und den Wunsch, dass alles vorbei war. Sie würden nichts als Leistung bringen und den Mangel abschaffen. Sie würden nicht länger Leben verplempern.

Er saß vor dem Tisch mit den Spulen und dämmerte vor sich hin, ab und zu tauchte die Frage auf: »Wie?« Und manchmal wusste er nicht, was gemeint war, hatte vergessen, was er wollte, und nicht bemerkt, wie die Kerzen abgebrannt und erloschen waren und kleine Rauchsäulen hatten aufsteigen lassen, die sich in größter Gelassenheit auflösten und nur Geruch hinterließen, den er hasste, der ihn wütend machte. Hatte er geschlafen? Manchmal ging er sogar spazieren.

Im November verließ er die Stadt für zehn Tage wegen Erschöpfung. Die Cholera hatte auf der Passage von Liverpool nach Dublin erstmals aufgemuckt, ein Mann erkrankte an Bord, überlebte jedoch, im Gegensatz zu seiner Dubliner Pflegerin. Dann hatte die Seuche in Glasgow und Revel ihr Gesicht gezeigt und ihre Seele weiter verborgen gehalten.

Sarah und Faraday waren in Brighton. Auch danach war er vorsichtig und schon bei Punkt zweihundertsiebenundzwanzig der neuen Messreihe, als er erstmals von einer Maschine sprach, einer neuen. Es war Dezember geworden, die Cholera war an der Ostküste des Königreiches gelandet, und Faraday hatte bereits in der *Royal Society* über das Neue vorgetragen, das er gefunden hatte: die Induktion.

In Sunderland starben von einer Familie Vater, Sohn und Großvater, eine weitere Verwandte starb im Krankenhaus, und ihre letzte Krankenschwester, die ihre Patientin nie lebend gesehen hatte, war nur eine Stunde später selbst erkrankt und am Folgetag jenseits der Hoffnung. Keinem hatte wiederholter, massiver Aderlass oder eines der zur Verfügung stehenden Brech- und Abführmittel helfen können. Auch die Wasseraufnahme zu begrenzen, war wirkungslos.

Vielleicht war die Seuche doch ansteckend, denn ein Schiff war gerade aus Hamburgh angekommen, wo am Tag zuvor die Cholera festgestellt worden war.

Die nächsten Toten gab es in Deptford und Newcastle, und man nahm anhand der zusammengetragenen Zahlen – Opfer pro Tausend pro Tag seit Ausbruch – wahr, dass die Cholera bei ihrer Ausbreitung nach Westen milder wurde. Vielleicht hatte es doch mit der Atmosphäre zu tun. Hoffentlich, dachte Faraday wie alle anderen, stimmten die Zahlen halbwegs.

An den Straßenecken boten Händler todsichere Pillen an. Ärzte stellten todsichere Injektionen zur Vorbeugung, leider nicht ganz billig. Sie wurden nur noch *Quacks* genannt, diese Ärzte.

»Wickelt man Draht zu einer Spule und schiebt einen Magneten hindurch«, wusste Faraday mittlerweile, »so kommt aus der Spule Strom: Die Änderung des Magnetfeldes ist die entscheidende Größe.« Er unterstrich *Änderung*, streute Eisenspäne auf Papier, fuhr am Magneten entlang oder drehte den Strom einer Spule hoch und runter: Die Linien bewegten sich.

»Der Draht muss die Kraftlinien des Magneten, in die sich die Eisenspäne legen, kreuzen: Dann gibt es Strom.«

Oft holte Sarah ihn aus dem Labor, wenn er das Ende des Tages zu verpassen schien. Sie klopfte dann, und er kam unter Entschuldigungen und Fragen, wie spät es denn sei.

»Zehn durch.«

Oben fragte sie, was er gemacht habe, und er zuckte mit den Schultern. Dann fragte sie nicht mehr und sah ihn zitternd die Hände schrubben, hörte ihn seufzen und sich an den Tisch setzen, die Hände an den Kopf legen und müde atmen. Sie fragte sich, wie diese Schmerzen sich wohl anfühlen mochten und wie die Erschöpfung, von der er immer sprach. Sie fühlte mit und hatte Angst, es genauer zu erfahren.

»Das Leben«, war Faraday sicher, und er blickte seine Frau mit großer Müdigkeit an, oder war es Milde oder Glück, so mit ihr sprechen zu können, »ändert sich von Grund auf.«

Dass es zum Guten sein würde, stellten sie nicht infrage, während täglich die Choleraopfer aufgelistet wurden: Hundertachtundneunzig in Sunderland, hundertsieben in Newcastle, dreiundsechzig in Gateshead, neun in North Shields und Tynemouth, keines in North Shields und Westoe, vierzehn in Mouthon-Le-Spring, vier in Haddington. Die Seuche schien sich in bestimmten Straßen niederzulassen, aber die Ärzte kamen trotzdem nur einmal am Tag. Zu selten, fand man allerorts.

Es wurden Choleraärzte eingestellt.

Edinburgh, dessen Häuser wie die in Paris fünf oder sechs Stockwerke hatten, dessen Straßen oft so eng waren, dass man aus dem Fenster des einen Hauses in das des anderen steigen konnte, zwischen denen die Luft niemals abzog, wo es kaum fließendes Wasser oder einen Abtritt gab und von dessen Bewohnern sich die Londoner erzählten, sie nähmen ihre Pferde über Nacht mit hinein, wurde in den ersten Januartagen erreicht. Charles der Zehnte beantragte einen Pass für seine Heimat, und am selben Tag wurde ein junger, unbekannter und kerngesunder englischer Studienabbrecher namens Charles Robert Darwin vor Teneriffa nicht von Bord der *Beagle* gelassen. Wegen der Cholera sollte er erst mal zehn Tage Quarantäne einhalten.

Deshalb beschloss der Kapitän FitzRoy, gleich zu den Kapverden weiterzusegeln. Nur von Weitem konnte Darwin deshalb den Vulkankegel El Teide gleichzeitig im Wasser, in der Sonne und der Zeit liegen sehen. In aller Gelassenheit schien der Berg eine Andeutung davon geben zu wollen, was die Natur zu sein vermochte. Auf halber Höhe zierte ihn ein schmales, waagerecht in der Welt liegendes Wolkenband, oben trug er großflächig Schnee. Das reflektierte Licht schmerzte in den Augen des neugierigen Mannes, und vor der schieren Existenz fühlte er sich gleichzeitig klein und unbedeutend wie groß und geküsst: Das war nicht zu entscheiden. Offenbar war er hier, offensichtlich war er Teil eines Ganzen.

»Unmöglich«, dachte er überwältigt und außer sich vor Enttäuschung, nicht an Land gehen zu können, »dass dies nur Verschwendung sein soll.«

In aller Ruhe wechselte das Licht, und die Nacht ließ Minute für Minute mehr Sterne über dem Riesen sehen. Der junge Mann auf der nach Süden davonsegelnden *Beagle* verstummte.

In Edinburgh atmete nicht nur eine Frau namens Frances Clerk Maxwell auf, als bekannt wurde, dass die Seuche sich nicht weiter ausbreitete. Sie war fast vierzig, schwanger und hatte ihr erstes Kind, eine Tochter, begraben müssen. Nur wenige Tage später, am 13. Februar, die englischen Toten hatten sich auf über tausend addiert, hatte die Cholera aber wieder in der anderen Richtung Strecke gemacht und sich unweit von Woolwich in Rotherhithe und Limehouse im Londoner Osten niedergelassen.

Das erste Opfer, hieß es, habe kurz vor seinem Ende kältere Hände gehabt als danach. Man stritt darüber, ob es die Cholera war, bis man sich einigte: Es war die Cholera. An Aufhalten dachte niemand mehr in der Millionenstadt. Dass hier gerade das Zeitalter der Dampfmaschine zu Ende gegangen war, ahnte niemand, und Faraday erwog auch dieses Mal keine Sekunde, ein Patent anzumelden.

»Ich habe alles da«, sagte Sarah beim Frühstück, weil ihr am

Abend das Thema zu riskant gewesen war:»Opium, Pfefferminze, salpetrige Säure.«

Ob die Konzentration stimme, wollte Faraday wissen, wie sie zu sein habe, ob man das überhaupt wisse?

»Ja. Erst haben sie mir Salpetersäure gegeben.«

Ob sie Angst habe.

»Du nicht?«

Er glaube nicht, dass es sehr viele Opfer geben würde:»In Sunderland und Edinburgh haben es auch nur Einzelne bekommen. Genau wie hier.«

Sarah weinte.

»Man muss versuchen, möglichst kühl zu denken.«

Sie drehte sich mit bebenden Schultern weg.

»Haben wir sauberes Wasser für die Pfefferminze?«

»Wieso?« Immerhin hörte sie auf zu weinen, sah ihn wieder an.

Er zuckte mit den Schultern, und nachdem sie noch eine Weile dagesessen hatten, die Hände auf dem Tisch ineinandergelegt, die Köpfe leer, ging er in den Keller, wo er so hektisch daran arbeitete, die Induktion in größere Stromerzeugung umzusetzen, als sei er bedroht. Sogar Nachrichten eines aufkommenden Streits um die Priorität bei der Induktion lenkten ihn nicht wirklich ab. Seine Ergebnisse waren von Paris aus nach Italien gelangt und von dort ohne seinen Namen wieder zurück nach London. Auf die Franzosen war doch kein Verlass gewesen. Ein scharfer Brief an die falsch berichtende *Literary Gazette* musste zur Klarstellung reichen, und ansonsten wollte er die Vorgänge einfach verachten und nie wieder ein Wort mit einem Kollegen reden.

Lieber suchte er eine Stromquelle. Mit einer Kupferscheibe bastelte er so lange herum, bis der erste Dynamo fertig war und der Strom nur in eine Richtung floss. Es war aber so wenig, dass damit nicht mal ein Froschschenkel zuckte. Die Stromquelle sollte außerdem überall sofort einsatzfähig sein. Überall war das Erdmagnetfeld. Musste man darin einen Leiter nur bewegen, um Strom aus ihm herauszuholen? Ein langes Kabel schwang er wie ein Springseil, erhielt aber sehr, sehr wenig Strom auf diese Weise. Auf den Premierminister Robert Peel, der unangemeldet in der *Institution* erschien, wirkte er, ganz vorsichtig gesagt, wie ein Zauberer.

Wozu das gut sei, fragte Peel lächelnd.

Das wisse er nicht, gab Faraday mittelmäßig gelaunt zur Antwort: »Ich wette aber, die Regierung besteuert es bald.«

Peel verabschiedete sich trocken.

Faraday wollte die Rotation der Erde in ihrem eigenen Magnetfeld nutzen und legte ein vierhundertachtzig Fuß langes Kupferkabel als Schleife in den Brunnen von Kensington Garden. Erlaubnis gab die Hoheit. Die Enden schloss er über zwei kleine Tassen mit Quecksilber an ein Galvanometer an. Es zeigte einen Strom, der aber aus der Voltaik der verschiedenen Metalle stammte, wie sich nach einigem Rumprobieren mit dem Quecksilber herausstellte. Deshalb warf er eine neunhundertsechzig Fuß lange Schleife von der Waterloo Bridge zur Hälfte in die Themse, in der Hoffnung, viel Strom zu ernten, wenn die Flut hereinkam und der Wasserspiegel wie eine sich bewegende Linse das Erdmagnetfeld in der Schleife führte. Es reichte nicht. Den Plan, ein Kabel in den Kanal zwischen Dover und Calais zu legen oder, besser noch, ein Kabel um den Erdball herumzuwickeln, verschob er auf später.

Bis zum Freitagsvortrag musste er den Dynamo so verbessern, dass er Funken schlagen und Froschschenkel zucken lassen konnte. Wie es ihm gelang, er wusste es nicht mehr genau, hinter ihm war immer schon Dunkelheit, aber er musste es nicht genau wissen, das Ergebnis genügte.

In Edinburgh brachte Frances Clerk Maxwell einen gesunden Jungen zur Welt: James.

5 Leere

Im Sommer demonstrierte Faraday die elektrolytische Zerlegung einer Säure statt mit einer Batterie mit dem Strom aus seinem Dynamo, während die Cholera Hauptgesprächsthema Londons war. Sie behinderte den Handel nicht nur, sie brachte ihn quasi zum Erliegen, denn jedes Boot musste in Quarantäne. Bei der Fahrt von Dover nach Calais waren mindestens drei Tage Vorschrift, und Schiffe aus manch anderer Stadt mussten zehn Tage warten statt wie bislang fünf. Die Opferzahlen in London waren aber gering geblieben, Dutzende starben, wo man Tausende befürchtet hatte.

Nicht wenige Londoner erbosten sich jetzt über die Vorsichtsmaßnahmen, die vom einst wegen des Gelbfiebers gegründeten Gesundheitsdirektorium beschlossen worden waren. Man bat allgemein doch zu prüfen, ob die Bezahlung manches Mediziners von der Cholera abhänge, und falls dies bejaht werden müsse, ob die Patrone und ihre Zahlungsempfänger nicht ein Interesse daran haben könnten, eine Cholerapanik so lange aufrechtzuerhalten, wie die Bevölkerung bei jeder Art von Krankheit bereit sei, an die Cholera zu glauben.

»Nein«, hörte man freitags auf den Gängen der *Institution*, auf der Straße oder beim Dinner gebildete Leute sagen, »der medizinische Stand ist in diesem Land und vor allem in London in den drei Monaten dieses Humbugs restlos dem System des Scharlatanismus verfallen. Die Wahrheit und das Gemeinwohl sind seine Opfer.«

Und »Ja«, wurde in der Regel geantwortet, »wenn es so weitergeht, wird jedes Viertel seinen Choleradoktor für ein Dutzend Guineas am Tag haben.«

Die Schifffahrt auf der Themse war mehr als übersichtlich geworden, und der Handel war zur fast vollständigen Ruhe gekommen. Händler vom Land kamen kaum noch in die Stadt.

»Sie wissen nicht mal, ob es asiatische Cholera ist«, hieß es, »oder spastische.«

Viele glaubten, die ganze Krankheit sei erfunden und es handle sich eigentlich um die Ruhr. Trotzdem war man am Ende des Jahres ratlos, weil die Lebenserwartung sank, von Mitte dreißig auf unter dreißig. In Bethnal Green wohnten die am schlechtesten bezahlten Arbeiter, die Diebe und Opfer der Prostitution. Oft teilten sich fünf oder sechs Menschen ein Bett, und die Iren, die das ganze Jahr barfuß liefen, schliefen auf nackten Kellerböden. Ihre Schweine hielten sie, wenn kein Platz für einen Stall da war, in den Häusern, in denen es meist keine Türen gab, aber auch keine Möbel, die man hätte stehlen können. Abfall und Asche lagen vor den Eingängen, wo sich die darübergeschütteten schmutzigen Abwässer in stinkenden Pfützen sammelten. Der Hunger regierte, und dank des vom Pferdekot verursachten Sommerdurchfalls, dank Cholera, Typhus, Tuberkulose, Scharlachfieber und weiß Gott was, denn oft wurde als Todesursache »Visitation Gottes« angegeben, lag die Lebenserwartung in Bethnal Green bei sechzehn Jahren.

Auf dem Land erreichte man in manchen Orten siebenundfünfzig Jahre. »Vielleicht«, sagten die auf ihr Latein stolzen Ärzte, »weil man auf dem Land eine natürliche Vakzination erhält.«

Auf Nachfrage, auf die sie es angelegt hatten, erklärten sie den Segen der Durchseuchung mit Kuhpocken und dass sie scheinbar nicht nur vor allen Pockensorten, sondern auch vor anderen Krankheiten schützte. Andere meinten, die Injektionen mit dem Sekret aus den Geschwüren der Kühe hätten erst für die heillosen Epidemien gesorgt, die immer mehr und unübersichtlicher würden.

»Das ist kriminell«, hieß es.

Es werde die Menschheit vernichten.

Manche behaupteten, dass die besseren Teile der Gesellschaft mehr über die Antarktis und das Erdmagnetfeld wüssten als über Bethnal Green, während Faraday versuchte, sich auf etwas zu konzentrieren, das ihm Fortschritt versprach, Fortschritt durch Verstehen und die damit zusammenhängende Verbesserung des Geistes. Er vermutete, dass die Diffusion der magnetischen Kraft Zeit benötigte. Zeit, wie auch der Schöpfer sie benötigt hat, um die Welt zu schaffen, wie die Wasserwelle sie benötigte, um das Ufer zu erreichen, und er selbst für jeden Gedanken, der zu einem Abschluss kommen sollte. Wie das Sonnenlicht sie benötigt, London und den Rest der Welt zu erhellen. Kein Anhänger Newtons hätte ihm zugestimmt, denn Kräfte waren nach Newton immer schon am Platz, sie zerrten immer schon am Apfel und rissen ihn ab, sobald die Kraft des Stiels nachließ, und niemals hätte Faraday laut gesagt, er glaube, die Eisenspäne stellten das Licht dar, ohne das es kein Leben gab und dessen Geschwindigkeit endlich war und nicht unendlich.

Aber er hatte diese Idee in einem verschlossenen Briefumschlag bei John George Children in der *Royal Society* hinterlegt, auf die mangelnde Zeit hinweisend, die ihm in der *Institution* zum weiteren Experimentieren im Moment blieb.

»Höchstwahrscheinlich«, hatte er geschrieben, sei die Theorie der Vibration, wie man sie von einer Wasseroberfläche oder dem Schall kenne, »auch zutreffend für das Licht«. Und für Elektrizität. Er wolle das experimentell verifizieren, sobald er Zeit habe, er wollte also, was andere sich nicht trauten: Newton, der keine Zeit zur Ausbreitung einer Kraft vorgesehen hatte, stürzen. Und eben nicht um des Stürzens, sondern um der Wahrheit willen. Bloß wusste er nicht, ob seine Kraft dafür noch reichte.

Sein Freund John Frederick William Herschel schickte ihm den Arzt Dr. Robinson zu Besuch. Er war ihm von Dr. Ferguson empfohlen worden, dem Generalinspektor der Militärhospitäler und

Arzt am Hofe. Gleichgültig ließ Faraday ihn ein und zeigte ihm das Labor. Sie sprachen ein wenig über Galvanismus, und Faradays Laune besserte sich, als er dem Mann die Induktion zeigte.

»Sehr schön«, sagte der wenig interessiert und ließ seinen Blick durch den Raum gleiten. Faraday befremdete das. Dies war sein Labor.

»Wissen Sie, ich bin auf Toxine spezialisiert.«

Ohne jedes Verständnis sah Faraday ihn an.

»Unter anderem.«

Der Mann beobachtete die zitternden Hände seines Gastgebers, der sich fühlte, als starre der Mann ihm unversehens in den Schritt.

»Womit arbeiten Sie hauptsächlich?«

Faraday verstand nicht. Er wollte es auch nicht.

»Quecksilber?«

Faraday bemerkte streng, dass er jetzt an die Arbeit müsse.

»Haben Sie oft Kopfschmerzen?«

Er habe wenig Zeit, sagte Faraday aggressiv, er sei gewiss Manns genug, seine Arbeit zu tun, wie er sie immer getan habe. Robinson verstand. Ob Faraday ihm Geld leihen könne.

»Entschuldigung?«

Ja, Faraday möge bitte entschuldigen, er reise ohne Anstellung und Auftrag, habe aber doch ein reiches Register von Empfehlungsschreiben, die er ihm gern zeige könne, sollte das notwendig sein. Seine Hand verschwand schon zwischen den Bügeln in der Tasche, als Faraday abwehrte.

Es müsse nicht viel sein.

»Wieviel?« In Faradays Stimme und Blick lagen Welten.

Das Gesicht zum Boden geneigt nannte Robinson eine Summe, sein Ton war fragend und unehrlich, er brauchte das Geld. Faraday musste es von oben holen, bevor er es Robinson gab, ihm die Tür aufhielt und die offenbar einzige und letzte oder zumindest die beste Chance auf Diagnose und Genesung gehen ließ. Vielleicht gab es auch keine, denn es wäre leichter gewesen, Davy zu Lebzeiten dazu zu bringen, von seiner Frau zu lassen, als Faraday von seinem Labor. Schließlich war Davy nicht glücklich.

Hachette schrieb aus Paris, sich gegen den von Faraday öffentlich und schriftlich geäußerten Vorwurf verteidigend, die schnelle Mitteilung an den Pariser Kollegen zur Induktion sei ein Fehler gewesen. Er, Hachette, habe mit der Bekanntgabe nur Faradays unangreifbaren Ruhm als einer der größten Physiker gemehrt: Ob Faraday das einsehen wolle?

An der *Royal Society* entschuldigte sich Faraday für sein Fehlverhalten während einer Sitzung, die finanzielle Angelegenheiten betraf.

Aus Berlin sandte Friedrich Wilhelm Heinrich Alexander Baron von Humboldt seine Ehrerbietung sowie die Ansicht, dass in zwei Teile geschnittene Zitterfische nur von Hirn und Herz aus elektrische Pulse von sich geben. Was denn Herrn Faradays Meinung sei und ob nicht seine *Royal Society* mehr Zitterfische aus Guiana einführen könne, der Seeweg sei doch so kurz.

Gerard Moll schrieb aus Utrecht, betört davon, dass der große Faraday ihn noch kenne und mit einem Brief beglückt habe. Moll war beim Astronomen Gauß gewesen, der noch immer seiner ersten, an Auszehrung gestorbenen Frau nachtrauere, aber auch einen magnetischen Telegraphen gebaut habe. Mittels eines Kabels von seiner Sternwarte bis zum drei Kilometer entfernten Kollegen Weber im physikalischen Kabinett an der Paulinerkirche in der Göttinger Innenstadt sei zunächst eine elektrische Klingel mit Induktionsströmen betätigt worden. Dann hätten die beiden die Klingel abmontiert und sie wieder durch einen beweglichen Magneten ersetzt. Sie hätten für jeden Buchstaben des Alphabetes eine bestimmte Folge von Stromstößen und Abständen zwischen ihnen vereinbart, sodass Gauß seinem Freund eine Nachricht senden konnte. Sie lautete: »Wissen vor Meinen, Sein vor Scheinen.«

Vielleicht weil Glauben nicht vorkam, konnte dies in den ersten Jahren der Induktion unmöglich für alle gelten. Schon gar nicht für die Ungeküssten, jene, die nicht geliebt wurden und nicht liebten, sondern nur schmachteten und ihre Eroberungen machen wollten. Mit ihren Meinungen füllten sich die Magazine, nicht nur Gedanken und alles Leben hielten sie für reinen Strom, auch das Licht war nichts als Strom, und die Sonne hielten sie für einen Kondensator. Kometen wurden auf elektrische Weise von der Sonne abgesondert, zum Beispiel der Halley'sche, der 1835 zu sehen war. Planeten bewegten sich jetzt auf Spiralen, die am Ende allesamt in die Sonne führten, ganz wie das Leben in den Tod. War auf diesem Weg Fieber der Agent Gottes, so war Fieber doch zugleich Folge der zu großen Stockung oder zu großen Abfuhr der galvanischen Flüssigkeit im Gehirn. Cholera wollte man, da sie atmosphärisch übertragen wurde, mit der elektrischen Isolation der Häuser bekämpfen, am besten ohne so lange auf die letzten Beweise zu warten, bis alle Menschen tot waren. Jede Bewegung, ob die des Krankheitserregers, Froschschenkels, Arbeiterarms oder Planeten, war wahlweise nur elektrisch oder nur elektromagnetisch und wahlweise Ausdruck von Gottes Wille oder Gottes Machtlosigkeit. Gegenrede folgte auf jede Gegenrede, Höflichkeit war nicht immer möglich. Man fürchtete, der Mond falle mangels Strom bald auf die Erde. Gut ging es der Presse. Es wurde sozialer Fortschritt durch den richtigen Einsatz der Wissenschaft gefordert und sozialer Fortschritt in der Wissenschaft, um sie besser in den Dienst der Entwicklung der Gesellschaft zu stellen. Eine ganz und gar freie Wissenschaft wurde ebenfalls gefordert, weil diese ganz und gar todsicher die besten Ergebnisse für alle brächte. Die Ungeliebten hatten viel Energie und waren von den Liebenden nicht leicht zu unterscheiden, jedenfalls wenn man nicht vom Fach oder selbst ungeliebt war.

Die Liebenden konzentrierten sich, um die Liebe bei Laune zu halten, auf weitere Opfergaben. Andrew Crosse hatte einen Brocken vom Vesuv unter Strom gesetzt und wochenlang mit Kaliumdisilikat und Salzsäure betropft, um Kristalle zu züchten. Nach vierzehn Tagen bildeten sich die ersten Formen aus, die wie Brustwarzen aussahen, nach achtzehn Tagen entstanden daraus längere Fäden, und am sechsundzwanzigsten Tag nahmen sie die perfekte Form von Insekten an. Achtundvierzig Stunden später lösten sie sich vom Stein und bewegten sich langsam durch die Schale ihrer Geburt.

Crosse wurde von den einen gefeiert als endgültiger Entdecker des Lebensrätsels, es hieß Elektrizität, von anderen wurde er als Blasphemiker verteufelt und als Materialist beschimpft. Er wehrte sich gegen die einen wie die anderen: »Mehr als ich beobachtet habe«, sagte und schrieb und wiederholte er sich vergebens, »habe ich nicht weitergegeben.«

In *Fraser's Magazine* erschien die Erzählung »Der neue Frankenstein«, in der ein deutscher Student versucht, dem Monster eine Seele zu besorgen, indem er ein ägyptisches Grab aushebt, dort aber auf ein Loch im Boden stößt, aus dem Satan persönlich und ungeachtet einer Seele oder keiner Seele nach beiden Männern greift.

Auch Faraday musste, nachdem Kollegen am Freitag in der *Institution* über Crosse vorgetragen hatten, Gerüchte dementieren, er habe die Experimente kommentiert. Er wisse nicht, wodurch die Insekten zum Leben erweckt worden seien, schrieb er, und »Elektrizität und Silikat sind nach meinem Eindruck zufällige Komponenten, keine essenziellen«.

Nein, er plane keine eigenen Experimente dazu. Ein Jahr später zeigte er zwar, dass ein Zitteraal seine eigenen magnetischen Feldlinien besaß. »Die nervöse Energie«, beeilte er sich aber festzustellen, »ist nicht dasselbe wie das Lebensprinzip selbst.«

Medizinischer Galvanismus boomte davon ungestört. Neben

Leberproblemen, chronischen Kopfschmerzen, Taubheit, Störungen der Sehkraft, Epilepsie, Blödheit, visuellen Erscheinungen, wie zum Beispiel weißen Katzen, oder Lähmungen jeder Art gab es kaum etwas, das man nicht mit Elektroschocks behandelte. Medizinische Induktionsspulen kosteten doppelt so viel wie direkt beim Instrumentenmacher bestellte, was das Vertrauen der Patienten stärkte. Elektrizität wurde mit Kontrolle gleichgesetzt, wobei es Abstufungen gab und natürlich auch Grenzen: Bei Frances Clerk Maxwell wurde Magenkrebs diagnostiziert. Sie konnte zwischen sicherem Tod und wenig Hoffnung durch eine Operation wählen. Eine Betäubung stand nicht zur Verfügung.

Sie wählte die Operation und starb wenig später. Ihr Sohn James kümmerte sich fortan um seinen Vater und ließ kein Fehlen einer Antwort auf seine Fragen gelten.

Auch gegen Faradays Hirnpflanzen half kein Galvanismus. In den Jahren nach der Entdeckung der Induktion wurde er nicht nur zu jedem möglichen und unmöglichen Thema befragt. Er wurde zum korrespondierenden oder Ehrenmitglied wissenschaftlicher Gesellschaften und Akademien von Petersburg bis Palermo und Philadelphia gemacht, von Oxford und Cambridge bis Göttingen, und immer wies er auf seine schlechte Gesundheit hin. Arbeiten von Kollegen las er kaum noch, die Wissenschaft der Elektrizität, die er gerade erst in wenigen Monaten restlos umgestürzt und erneuert hatte, ohne dass einem Kollegen etwas zu entdecken geblieben wäre, entwickelte sich »zu schnell, als dass ich folgen könnte«.

Sein Gedächtnis, beteuerte er, lasse weiter nach. An Gedächtnisübungen war nicht zu denken, nur an das Gegenteil: Ruhe.

»Nichts«, schrieb er seiner Frau aus Liverpool, »entspannt mich so wie das Zusammensein mit dir, und wie ich das schreibe, stelle ich fest, dass ich es laut sage, als wärest du hier.«

Er überlegte zwischenzeitlich gar, ob er nicht mehr über Elektrizität und Magnetismus nachdenke, als lohnend sei. Die Besprechung eines geplanten Altersgeldes, zu der ihn Finanzminister Lord Melbourne gebeten hatte, endete in einem Eklat: Wutentbrannt flüchtete Faraday nach einer flapsigen Eingangsbemerkung des Lords aus dessen Büro. Wochenlang musste die Affäre aufgearbeitet werden. Er wurde »fett« und machte darüber Witze. Er verdächtigte das kalte, feuchte Klima des Kellers, für seine Lahmheit verantwortlich zu sein, obwohl er das nicht beweisen könne. Niemals auch würde er die *Institution* verlassen, in der er wie eine Schnecke auf einem Stein sitze, die anderswo nicht mehr hinkomme, noch heimisch werden könne ...

Außerhalb des Labors griff Unsicherheit um ihn. Wieder und wieder wusste er nicht, welche Briefe er beantwortet hatte, welche nicht. Er bat um Erinnerungen. Seine Mutter starb im Alter von glücklichen vierundsiebzig Jahren. Während Königin Victoria den Thron bestieg, den sie erst wieder freigeben sollte, als Albert Einstein gerade Schweizer Staatsbürger werden wollte und seinen ersten Artikel in den *Annalen der Physik* publizierte, hoffte Faraday, dem Freund William Whewell nicht auf die Nerven zu gehen: »Sonst schmeiß meinen Brief einfach ins Feuer.«

In einer Abrechnungsfrage konnte er »Ordnung nicht von Unordnung unterscheiden«. Anfang Juni 1839 sandte er seinem Freund Charles Babbage, der ihn eingeladen hatte, Lady Lovelace kennenzulernen, eine Arbeit, die er ihm bereits Ende Mai schon einmal gesandt hatte. Statt »animals« schrieb er dabei »enamils«. Die Einladung lehnte er, obschon sie sehr verlockend sei, ab: Freitags habe er keine Zeit. Er gab ja noch Vorlesungen.

Ein Unbekannter schickte ihm Pläne für ein schnelles Luftfahrzeug, das hohl sein müsse und stabil genug, um ausgepumpt werden zu können, ohne zu kollabieren. Ein Schaufelrad würde dann Tempo erzeugen, steuern könne man mit Paddeln.

An drei Tagen die Woche war Faraday fortan für niemanden zu sprechen. Dem Portier machte er das so klar, dass selbst Benjamin Abbott, der schon lange nicht mehr in London lebte und seinen Jugendfreund seit Jahren nicht gesehen hatte, abgewiesen wurde.

Administrative Aufgaben in *Institution* oder *Society* hatte Faraday eine nach der anderen gestrichen oder abgelehnt, die Freitagsvorlesung war neben dem Labor die letzte Verpflichtung. Einmal erschien die Gräfin Lovelace.

Bevor sie ihm aber persönlich schrieb, wandte sich der Architekt und Bauleiter des Themsetunnels, Marc Isambart Brunel an Faraday. Seine Arbeiter wurden durch Gase krank, die aus dem Schlick der Themse, dem Abwasser der Millionen, entwichen. Mit Schwindel brächen selbst die stärksten Kerle zusammen, schwach bis zur Orientierungslosigkeit seien sie und erholten sich kaum. Brunel legte eine Probe des Schlicks bei, das Gas hatte er schon früher einmal geschickt. Faraday empfahl überreiche Belüftung, sonst wisse er leider auch nichts, und rief noch im selben Jahr eines Freitagabends den Hofarzt Dr. Peter Latham, der Faraday blass, schielend und so schwindelig vorfand, dass er kaum laufen konnte. Er selbst hielt sich für überarbeitet.

Der Arzt ließ ihn an beiden Schläfen zur Ader. Dann schickte er ihn, nicht ohne dass Faraday am nächsten Tag noch die Vorlesung gehalten hätte, nach Brighton: totales Arbeitsverbot. Nach drei Wochen kam er für wenige Tage in die Stadt, in besserer Verfassung, so meinte er, aber noch mit schlimmen Kopfschmerzen und anderen »fliegenden Gefühlen«, sodass weiteres Pausieren sicher das Beste sei.

Der Chemiker John Frederic Daniell schlug ihm vor, aus der Stadt zu ziehen, die Aufregung der Albemarle Street sei es doch, die zu groß sei für die Gesundheit.

An Jean-Baptiste-André Dumas in Paris schrieb Faraday, er habe als Einsiedler und unsozial, wie er sei, kein Recht, die Vorteile einer Gesellschaft in Anspruch zu nehmen, zu der er seinen

Teil nicht beitrage. Dies gelte auch dann, wenn es, wie er hoffe, nicht durch ein kaltes oder mürrisches Herz, sondern durch die Umstände begründet sei, zu denen mentale Erschöpfung und der Verlust des Gedächtnisses gehörten. Dumas hatte Faraday zur Wahl des Auswärtigen Mitarbeiters der Académie Française nominiert. Die Zeit, mehr als ein korrespondierendes Mitglied zu sein, das fühlte Faraday deutlich, war vorbei.

Er vertauschte Namen und Monate und schrieb kaum einen Brief ohne Bemerkung zum Nachlassen der Kräfte. Und einmal, ohne zu wissen, was er in den Minuten vor dem Auspacken getan hatte, hielt er einen Stich in der Hand, den er sich gewünscht hatte. Er zeigte eine junge Dame, die linke Schulter im Vordergrund, einen Fächer unbeachtet in Händen, den Unterarm entblößt, Blumen im Haar. Eine spitze Nase sah aus dem Bild heraus, mit Augen und Mund, die Faraday nicht zarter, nicht galanter, nicht mit gespielterer Unschuld und frecher ansehen konnten. Es tue ihr leid, ließ ihn die Gräfin Lovelace im Begleitschreiben wissen, keinen Abzug mehr zu haben, den sie hätte signieren können. Dass der gemeinsame Freund Babbage Faradays Wunsch nach diesem Stich an sie herangetragen hatte, habe ihr »sehr geschmeichelt«.

Am nächsten Tag, in der nächsten freien Minute schrieb er zurück: »Der Wert des Portraits ist durch die Art, mit der ich es bekommen habe, um das Hundertfache gesteigert. Ich werde nicht wagen, mehr zu sagen als meinen Dank, nicht nur für das Portrait, nein, auch für Ihre Freundlichkeit.«

Das war im Juni. Im September machte der Chemiker John Dalton ihn auf Blei aufmerksam, er selbst habe in seiner Zeit in der *Royal Institution* vor mehr als fünfunddreißig Jahren damit Probleme gehabt, die ihn mehr als ein Jahr kosteten: Blei im Trinkwasser und Blei im Wein. Im November wurde Faraday beurlaubt, sein Kopfschmerz dauerte nun seit vier Monaten an, er solle nach Brighton gehen, bis er vollkommen wiederhergestellt sei. Dalton entschuldigte sich für schleppende Korrespondenz, seine Schwäche und sein schlechtes Gedächtnis seien der Grund.

»Dass Ihre Kraft und Ihr Dienst«, schrieb Faraday an Dominique François Jean Arago, »noch lange fortdauern möge, wünscht Ihnen einer, der seine eigene Kraft absterben sieht.«

Im Dezember bedankte er sich beim Chemiker John Joseph Griffin für eine Arbeit, die er aber »wegen einer Attacke in meinem Kopf« nicht werde lesen können, und entschuldigte sich schriftlich bei Edward Magrath für das abrupte Ende eines Gesprächs: »Ich kann nicht lange mit jemandem sein oder bei einer Sache bleiben.«

Man empfahl ihm, alle Städte, Freunde und jede wissenschaftliche Arbeit zu meiden. Er sei erschöpft, so die Diagnose, und dagegen hatte er nichts einzuwenden, dennoch glaubte er, »dass es nur immer schlechter wird«.

Im Sommer 1841 nahmen Sarah und Michael Faraday ein Dampfschiff vom London Quai nach Ostende und fuhren von da nach Aix, wo sie einen Tag lang eine Prozession zu Ehren von St. Peter erlebten. Dann nahmen sie eine Kutsche nach Köln, sahen den Dom an, den man noch vor der Jahrhundertwende fertigstellen wollte, fuhren anschließend den Rhein hinauf. Auf dem Weg nach Koblenz nahmen sie sich Zeit für den Drachenfelsen, es waren ihm »Ehre und Glanz der Franzosen und Russen exzellente Illustration, dass alles eitel und Unruhe des Geistes ist«.

Den Sommer verbrachten sie auf Anraten von Freund Schönbein »fern der dicken, schweren Atmosphäre Londons« in der sauberen Luft der Schweiz. Sie hatten gute Laune und wanderten oft dreißig Meilen am Tag, einmal legte Faraday auch fünfundvierzig Meilen in zehneinhalb Stunden zurück. Bei Einbruch der Dunkelheit war er zurück, sodass »Kraft und Urteil so schlecht nicht sein können«. Gerne hätte er die Hälfte davon gegen Erinnerungsvermögen eingetauscht, denn er musste sich eingestehen, dass es immer schlechter wurde. Vor London und den Freunden fürchtete er sich. Die Natur: Berge, Licht, Wasser, Wind genoss er.

Wieder in England, entschuldigt er sich bei Schönbein und Amadeo Avogadro, er wisse nicht mehr, ob die Arbeit des einen schon gelesen wurde in der *Royal Society*, beim anderen für den Mangel an Neuigkeiten, er könne nicht lesen oder arbeiten, nur Leere sei in seinem Kopf.

Aus »Sans Souci« schrieb Humboldt, sein König habe nicht gewünscht, sich selbst die Zufriedenstellung zu verwehren, den Namen in der Ehre des preußischen Ordens Pour le Mérite der Wissenschaften und Künste zu wissen, den Faraday durch seine Entdeckungen so illuster gemacht habe.

Beim dritten Lesen verstand Faraday endlich, wer gemeint war.

Der König hoffte, Faraday würde diesen Orden des Grand Frederic tragen, wenn er bei Gelegenheit den neutralen Teil des Kontinents besuche und im Potsdamer Schloss diniere.

Im Oktober beklagte Faraday nach einer neuen Attacke, dass das schlechte Gedächtnis eine große Zaghaftigkeit ausgelöst habe. Die Urteilskraft habe stark nachgelassen, und Anstrengung führe zu Drehschwindel.

Im November experimentierte er mit Blei: Es müsse Bleikarbonat oder hydriertes Bleioxid gewesen sein, das er auf Papier gestreut und angezündet habe, wobei es »zu meiner Freude in der Kerze zu Kügelchen metallischen Bleis oder dem dichten Rauch brennenden Bleis« verbrannte.

Im Februar 1842: »Mein Erinnerungsvermögen ist weg, meine Zeit vorbei.«

Ein Jahr später, im Mai, konnte er den Anfang eines gelesenen Satzes nicht mehr bis zu dessen Ende behalten. Die Hand folgte dem Willen nicht mehr, sodass er keinen Buchstaben sauber schreiben konnte. »Ich habe«, krakelte er an Schönbein, »einige Ihrer Arbeiten kürzlich mit großer Freude gelesen, aber ich bin so durcheinander, dass ich nicht weiß, welche es waren. Nummer sieben des Archivs, auf der ich Ihren Namen sehe, habe ich noch nicht angerührt, sie liegt jetzt vor mir, aber ich traue mich nicht zu lesen. Wegen des Schwindels.«

Im Juli konnte er das Papier vor sich nicht gut sehen, die Hand nicht gut führen, »wegen Schwindel und dem wirren Kopf«. Er ließ Interpunktion, i-Punkte und t-Striche weg, wenn er den Briefpartner gut kannte, um sich das Schreiben zu erleichtern. Manchmal schrieb Sarah für ihn.

Babbage fuhr zu den Lovelaces in Ashley, einem romantischen Ort an der Felsenküste in Somersetshire. Faraday fuhr mit Sarah nach Folkstone oberhalb von Dover, wo er sich, wie er feststellte, viel mehr um das Wetter sorgte als früher. Er musste an der Luft sein, um hoffen zu können, als »ein weniger verbrauchter Mann« nach London zurückzukehren.

6 Das Grubenunglück

Im Herbst 1843 trat er in eine neue, entspanntere Phase: Mit den Ausfällen ging er nun um wie mit allen anderen Begebenheiten. Hier und da bemerkte er nur noch, was er nicht mehr konnte, zum Beispiel das Buch von Scoresby, Spezialist für Packeis und neuerdings Magnetismusforscher, lesen, da er bei keinem der beschriebenen Experimente die Bedingungen bis zum Ergebnis behalten konnte.

Als im April eine Ausschlusswelle durch die Sandemanier ging, die auch Faraday traf, deutete er nur gegenüber Schönbein private Probleme an: Gesundheit und Stimmung waren an einem Tiefpunkt, über wissenschaftliche Neuigkeiten wusste er nichts, aber das habe keine Bedeutung, denn er behalte nichts und alte Dinge erschienen ihm oft als neue, sodass ihm alles vernebelt und zweifelhaft vorkomme. In die Sekte wurde er zu seiner Erleichterung wieder aufgenommen, nachdem er Demut bezeugt hatte.

Schönbein entdeckte das Ozon, Faraday freute sich mit ihm, konnte aber den Ausführungen des Freundes nicht folgen.

Von der Arbeit zu lassen, kam natürlich nicht in Frage. Eigenes, langsames Denken an die wenigen ihn interessierenden Gewissheiten der Kraftlinien war auch um ein Vielfaches eher möglich, als die Aufnahme von Neuem und allem, das von außen an ihn herangetragen wurde, ob es der Name einer ihm vorgestellten Person war, ein einzuhaltender Termin, Druck und Temperatur eines Gases, das bei einem Kollegen im Labor kondensierte, oder der Ablauf des gestrigen Tages.

Den Auftrag, als Gutachter die Katastrophe im Bergwerk von Haswell zu untersuchen, überbrachte ein Gesandter der Regierung Peel. William Prowting Roberts, wegen der Streiks mittlerweile gefürchteter Generalprokurator der über hunderttausend Mitglieder starken Arbeiterunion, hatte bei Peel vorgesprochen und durchgesetzt, dass die ersten Männer des Landes für Chemie und Geologie, Faraday und Charles Lyell, eingesetzt wurden. Fünfundneunzig Jungen und Männer waren bei der Explosion gestorben.

»Ich nehme den Zug um neun nach Birmingham vom Bahnhof Euston«, schrieb Lyell, der über Faradays Zusage sehr froh war. Es gab also kein Zurück. Lyell hatte einen Boten ausgeschickt, um herausfinden zu lassen, wie man nach Haswell kam, erwartete seinen Kollegen am kommenden Tag, einem Dienstag, »zehn vor neun am Gleis oder um halb neun bei mir in der Hart Street in Bloomsbury«. Sarah brachte ihn dorthin.

Noch am selben Abend waren sie ungeachtet des Regens, dank des Dampfes und der schnurgeraden Schienen, die aus dem Fahren reine, leichte Geschwindigkeit machten, in Durham. Gemessen an dem neuen Tempo war er nicht mehr weit von Kirkby Stephen entfernt. Sie bestaunten die Kathedrale, die es laut Faraday mit dem Petersdom aufnehmen konnte, fast zumindest.

»Aber das ist lange her«, ließ Faraday den verdutzten Lyell wissen.

Den Mittwoch verbrachten sie in der Mine. Acht lange Stunden schoben sie sich durch die dunklen, feuchten Gänge, standen in ihrer Zugluft und atmeten Kohlenstaub und Methan.

In der Mine war noch immer mit Kerzen gearbeitet worden, so viel wurde bekannt, nur teilweise kamen die als zu schwach verschrienen Davy-Lampen oder Geordy-Lampen zum Einsatz.

Die Luftzufuhr soll gut gewesen sein, besser als in anderen Minen. Das musste nicht heißen, dass sie ausreichend war, denn Explosionen gab es im Königreich zwei bis drei pro Woche. Bei den Gesprächen, die Faraday führte, als sei er zeit seines Lebens Kommissar gewesen, erfuhren sie, wie gut sich Davy-Lampen zum Anzünden von Zigarren eigneten.

»Jeder zweite Mann unter Tage«, wurde Faraday auf die Frage geantwortet, wie es um die Bildung der Leute bestellt sei, »kann seinen Namen nicht schreiben.«

Sie gingen die Schächte ab, in denen es die meisten Toten gegeben hatte. Er ließ sich die Lampen zeigen, an der Oxidation von einer sah er, dass Gas im Schacht gewesen sein musste. Ein Bergmann erzählte von einem Jungen, der von einem Wind fast weggerissen worden war, sonst aber nichts hatte wahrnehmen können. Der Bergmann selbst war zu weit weg, er hatte in seinem Abschnitt vor und nach der Explosion keinen Unterschied feststellen können, aber zehn Minuten vor der Explosion hatte der Luftzug die Kerzen ausgeblasen, und er bekam sie kaum wieder vernünftig an. Man konnte es an den Zerstörungen der Sperren ablesen, dass sich die Explosion in der Nähe eines *toten Mannes* ereignet hatte.

»Wie messen Sie den Luftzug eigentlich?«, fragte Faraday den Vorarbeiter.

Der Mann nahm eine Prise Schießpulver aus einer kleinen Schachtel, die er in der Hosentasche getragen hatte, und ließ sie durch die Flamme einer Kerze rieseln. Sein Kollege nahm mit einer Uhr die Zeit, die der Rauch für eine kleine Strecke benötigte.

»Gut«, Faraday räusperte sich.

Wo sie denn das Schießpulver lagerten?

Die beiden Männer sahen sich an und taten so, als verstünden sie nicht, worauf er hinauswollte.

»Sie brauchen ja einen Vorrat für diese Methode.«

Sie hätten es in einem Beutel, sagte der erste, und der zweite ergänzte: »Immer gut verschnürt.«

Faraday fühlte sich müde und setzte sich auf eine mit Lappen bedeckte Tonne, die ihn zum Ausruhen einlud.

»Aber wo«, wollte er wissen, »wo haben Sie den Beutel?« Die beiden sahen sich an, bis einer von ihnen sagte: »Sie sitzen drauf.«

Faraday sprang auf, als habe ihm jemand eine Pistole ins Kreuz gedrückt, und brüllte den Vorarbeiter nun doch an, es sei kein Wunder, dass hier Menschenleben verloren gingen. Er strebte ohne Verzögerung dem Ausgang zu, die Untersuchung war beendet.

Draußen traf er auf eine erregte Hundertschaft Bergarbeiter. Er sah Kinder, junge Frauen und Männer, die auffallend stark entwickelte Oberkörper besaßen, und er wurde von müden, erwartungslosen und wütenden Augen angestarrt.

Roberts war ebenfalls eingetroffen. Er holte Faraday ab, um zu Abend zu essen, wartete aber nicht so lange mit seinen Nachrichten. Auf dem Weg berichtete er ausgiebig von den Verhältnissen unter den Arbeitern. Sie kamen gleichzeitig im Vereinsheim der Arbeiter und bei der Kinderarbeit an: »Sie wissen, dass an den engsten Stellen Vierjährige in der Grube arbeiten?«

Faraday nahm vom Brot und sah ihn so an, dass er weitersprach.

»Auch die älteren Kinder werden oft von ihren Eltern bei Einbruch der Nacht gesucht und schlafend im Straßengraben gefunden. Sie tragen die Kinder nach Hause, waschen sie, während sie schlafen, und sonntags verlassen die Kinder das Bett nicht, um am Montag wieder bei Kräften zu sein. Die Pubertät tritt hier im Schnitt zwei Jahre verspätet ein. Wir hatten einen Fall eines Neunzehnjährigen, der aus Kraftmangel nicht entwickelt war.«

Faraday nickte. Weil er fürchtete, Roberts würde die Verdrängung der Arbeiter durch Maschinen kritisieren, und noch mehr aus Erschöpfung und Unschlüssigkeit, über wen er sich am meisten aufregen sollte, teilte er nichts von seinen elektrischen Träumen mit. Er ging bald zu Bett, wo er sich ein Tuch über die Augen legte und an nichts dachte. Er hatte leichte Zahnschmerzen unten links, das kannte er schon. Er behielt es für sich.

Am zweiten Tag in der Mine ergab sich nichts wesentlich Neues, aber durch einen Einsturz wurde er von Lyell getrennt. Sie blieben unverletzt, mussten verschiedene Ausgänge nehmen. Als Faraday ans Licht kam, regnete es, und er fand dort einen Mann vor, der auf ihn gewartet zu haben schien. Während andere ihn baten, für die Witwen und Waisen zu spenden, was er gerne tat, erklärte der Mann in gebrochenem Englisch, die Art des Wirtschaftens sei an allem schuld. Es würde so billig so viel produziert, dass die Wirtschaft regelmäßig kollabiere. Die nächste Absatzkrise durch Überproduktion und mangelnde Kaufkraft komme in drei Jahren, sie werde schlimmer als die letzte und würde unweigerlich in eine große Revolution münden.

Ein gut gekleideter Mann mit Hut und Stock, der sich Faraday nicht vorgestellt hatte, mit dem anderen aber offenbar schon vorher debattiert hatte, fiel ihm ins Wort: »Wenn man ihnen mehr Geld gibt, arbeiten sie doch gar nicht mehr.«

»Wenn man ihnen mehr Geld gibt«, sagte der erste Mann, dessen Zungenschlag Faraday nun als Deutsch erkannte, »können sie endlich ihr Leben bestreiten, sie geben das Geld schließlich aus. Sie werden unter anderem besser wohnen wollen, sie werden Möbel kaufen, Kleider, was anderen Arbeit und Einkommen bringt, und das System kommt ins Gleichgewicht. Man muss sie beteiligen.«

Er sah Faraday an.

»Wenn die Unternehmer nicht profitabel wirtschaften können«, meinte der Mann mit dem Hut mit sauberer Aussprache, »kommt alles ins Stocken. Wenn es sich nicht lohnt, dann investiert niemand mehr, niemand übernimmt mehr Verantwortung, und niemand hat Arbeit.«

»Wenn niemand etwas kaufen kann, dann lohnt es sich nicht«, sagte der Deutsche. Für so eine Diskussion war Faraday nicht so weit heraufgekommen, egal wie angenehm die Fahrt mit dem Zug auch gewesen war.

»Ansichtssache ist das nicht«, wollte der Deutsche von ihm bestätigt haben, aber Faraday sagte nur, das eine Extrem sei in der

Regel so falsch wie das andere, und in dem Moment stieß Roberts zu ihnen, der in der Gruppe mit Lyell gewesen war.

»Darf ich vorstellen«, sagte er trocken zum Herrn mit dem Hut: »William Nassau, Professor für politische Ökonomie«, und Nassau fügte an: »Oxford«. Roberts wies gleichzeitig freundlich auf den Deutschen: »Friedrich Engels.«

»Die Revolution kommt«, sagte der, »man kann sie berechnen.«

Faraday berührte mit der Zungenspitze den schmerzenden Zahn, dann das Zahnfleisch innen und außen, es hatte sich eine Beule gebildet. Es reichte, die Zunge auf den Zahn zu legen und sehr leicht zuzubeißen, um den Schmerz aufschießen zu lassen.

Er war froh, dass nun auch der mit schwarzem Staub bedeckte Lyell herangelaufen kam. Er hatte einen Herrn mit Schirm bei sich. Jetzt bemerkte Faraday, wie schmutzig er selbst war. Alle empfahlen sich höflichst, und als Paare gingen sie auseinander, Roberts und Engels aufgeregt redend, die Naturwissenschaftler nachdenkend und daher schweigsam. Nur der Ökonom ging nach förmlichem Gruß, den Faraday aus mangelnder Aufmerksamkeit verpasste, allein seines Weges.

Erst auf der Rückfahrt, nachdem man sich im Gutachten wie absehbar auf einen Unfall geeinigt hatte, der den Verlust der fünfundneunzig Leben verursacht hatte, kamen sie wieder auf die Auseinandersetzung zu sprechen.

»Revolution«, meinte Faraday nur kurz angebunden, und hielt sich die Hand an den schmerzenden Unterkiefer, »ist wie ein Blitz im Gewitter. Der schlägt mal da ein und mal da. Das kann man nicht vorhersagen.« Man sollte seiner Meinung nach weder zu viel spekulieren, noch sich seiner Sache zu sicher sein.

Lyell lächelte.

»Schon früher«, eiferte sich Faraday, wie es Lyell an ihm nicht kannte, »waren sich alle ihrer Sache sicher, nur die Weisen nicht. Zuerst waren Erde, Luft, Feuer und Wasser die Wahrheit, dann

Salz, Schwefel und Quecksilber, dann Phlogiston. Dann Oxosäuren und Sauerstoff. Nun Atome? Wir können uns der Fakten sicher sein, aber niemals ihrer Interpretation. Man muss schon einen Fakt für einen Fakt nehmen können und eine Annahme für eine Annahme und sollte sich von Vorurteilen immer wieder freihalten. Und wo das nicht möglich ist, wie in der Theorie, soll man nicht vergessen, dass es sich um Theorie handelt.«

Die um ihn herum redenden Menschen, die der Zug zu ihren Zielen transportierte, die Arbeiter, die gestern für bessere Bedingungen gestritten hatten, die anderen, denen alles egal war, die Besitzenden, die sich an ihre Vorteile klammerten und sie für die Grundlagen der Gesellschaft hielten, der Regen und die Kälte, eine Zeitung, der Zahnschmerz, eine Kirche, an welcher sie im Augenblick vorbeifuhren, die Erwartungen an ihn, samt der Überlegungen, ob sie erfüllbar waren oder nicht, Höflichkeiten, Floskeln, Grobheiten, der wissenschaftliche Fortschritt, den seine Freunde und Kollegen an ihn herantrugen – alles war Lärm für ihn.

Lyell sah ihn besorgt an, fragend.

»Wir werden elektrische Maschinen bauen«, sagte er deshalb, »die können die Kohle aus den Minen holen. Sobald wir eine Stromquelle haben.«

Lyell sah ihn weiterhin besorgt an: »Arme wird es immer geben.«

»Immer weniger«, meinte Faraday und wusste selbst nicht, ob er daran glaubte, aber er wollte daran glauben: »Je mehr Bildung unters Volk kommt.«

Lyell sah ihn immer noch besorgt an, aber auch das war Lärm, nicht verarbeitbar, und den Rest der Fahrt verbrachte Faraday mit dem Mantel über dem Kopf. Er ließ nur durch eine Falte genügend Luft an die Nase kommen, dämmerte so vor sich hin und genoss das Sparen von Energie. Ein Stillhalteabkommen mit der Welt, einseitig geschlossen. Zu Hause legte er sich zwei Tage ins Bett, wie in den Bauch eines Wals, der ihn durch die Zeit trug, über Dünen und Abhänge und Spalten im Meeresboden, in denen er seinen Verstand vermutete. Er hatte Halsschmerzen, einen weißen Belag, den Sarah bemerkte und auch der herbeigerufene Dr. Latham, aber einen Aderlass lehnte Faraday ab. Beim Schlucken musste er sich am Bettpfosten festkrallen, das Zahnfleisch blutete bei Berührung, die Beine schmerzten vom bloßen Daliegen und noch mehr, sobald er aufstand und sie benutzte.

Er hoffte einfach, nicht angesprochen zu werden.

Ohne viel schlafen zu können, ohne viel zu denken, ließ er Tage vergehen, aber er wusste, dass er sich langsam erholen konnte und der Punkt erreichbar war, an dem er wieder aufstand. So war es noch immer gewesen, auch wenn es als einzige logische Konsequenz an einem näher kommenden Tag einmal nicht mehr so sein würde.

Sarah brachte Suppen und Tee und ließ ihn auch dann in Ruhe, wenn er kraftlos vor sich hinstöhnte, denn das war nicht seine Art. Sie schlief mit der Hand in seinem Hosenbund, und er versuchte sich möglichst wenig zu bewegen, denn wie die Wintersonne im Gesicht eines Gesunden führte ihm die Hand etwas Kraft zu. Bis zur dritten Nacht hatte er genug gesammelt, dass sein Körper den akuten Alarmzustand aufgeben konnte. Er fand Schlaf. Dann kehrte der Hunger zurück, und es ging weiter aufwärts.

Mit Lyell forderte er schriftlich die bessere Ausbildung der Bergleute, um Leben zu retten und neue Verfahrenstechniken zu entwickeln. Außerdem rieten sie zum Bau von Abzugsröhren, von denen die Minenbesitzer bald behaupteten, ihre Kosten beliefen sich auf einundzwanzigtausend Pfund. Faraday und Lyell kamen auf hundertsechsunddreißig Pfund. Einen zweiten Auftrag in der mittlerweile explodierten Mine in Coxlodge lehnten sie ab, denn es würde kein Ende nehmen. Sorgen machte ihm nur sein eigenes Werk, weil es unvollendet war, und seine Gesundheit, um die es noch viel schlechter stand und die sich in die falsche Richtung entwickelte.

7 Ada Lovelace

Jeden Funken Leben, der in ihm war, musste er nutzen. Weil die Elektrizität ihn so okkupiert hatte, bekam er Hunger auf Chemie und wollte bei der Verflüssigung von Gasen weiterkommen. Aber dann kreuzte die Überzeugung durch seinen Geist, dass alle diese Dinge unter einem Gesetz standen, und je mehr Druck alle machten, jedes auf seinem Weg, desto eher kämen sie an und träfen sich in der Kenntnis der natürlichen Gründe, aus denen alles Sichtbare verstanden und genossen werden konnte.

Was auf seinem Weg noch fehlte, war die Verbindung des Magneten mit seinen Kraftlinien zum Licht mit seinen Wellen. Unmöglich, dass dies zwei vollkommen verschiedene Dinge waren, die nichts voneinander wissen wollten. Faraday fühlte sich wie ein Mann, der die achtzig überschritten hatte und das nicht aufrecht hatte tun können: In der Situation nützte Warten nicht. Er hielt den Kopf, der ihm nicht mehr gehorchte und nicht mehr gehörte, oft in den Händen.

Längst ahnte er, dass die Schlingpflanzen aus toten Adern bestanden, die sich weiterfraßen, immer mehr Ritzen und Falten und Nahrung fanden, in denen sie sich ausbreiten konnten. Neue Verbindungen schuf das Hirn langsamer als alte Wege zerstört wurden. Langsamer, genüsslicher konnte man nicht verspeist werden. In seinem Keller war kein Fenster, aus dem man hätte nach dem täglichen Leben in der Stadt oder einem Zeichen am Himmel sehen können. Es hätte ihn auch sehr angestrengt. Das Zeichen kam trotzdem. Es war ein Brief.

»Ich werde Sie mit einer Offenheit und Innigkeit ansprechen«, las er im Herbst 1844 im kühlen, feuchten Labor die Handschrift der Gräfin Lovelace, »welche durch die bloße Zahl der jemals in des anderen Gegenwart verbrachten Stunden nicht gerechtfertigt sind.«

Seit Jahren sehne sie sich danach, mit ihm zu verkehren und befreundet zu sein. Sein Jünger zu werden. Nur habe sie lange gewartet, da sie sich des Privilegs nicht wert fühlte, solange nicht die Entwicklung ihres Geistes sicherstellte, dass jede Stunde, die er mit ihr verbringe, jeder Gedanke, den er ihr widme, eine Bereicherung für beide sei. Diese Zeit, betonte sie, sei nun gekommen.

Sie bedankte sich für die kleine Arbeit, eine Spekulation über elektrisches Leitvermögen, die er ihr im Frühjahr gesandt hatte, und die sie mit der »tiefsten Aufmerksamkeit« gelesen habe, die für ihre eigene Zukunft als Analystin eigenartige und vielleicht wichtige Betrachtungen angeregt habe, die vielleicht nie jemand mit so viel Wertschätzung für ihre praktische Seite gelesen habe wie sie und für deren Autor sie einen Respekt empfinde, welcher der Ehrfurcht nicht in viel nachstehe. Es gebe Situationen im Leben, wenngleich es tatsächlich sehr wenige seien, in denen die charakterliche Übereinstimmung und die der Interessen direktes Sprechen des einen Geistes zum anderen erlaubten, ohne auf die normalerweise sehr notwendigen und nützlichen Beschränkungen des äußeren Umgangs zu achten.

»Sie werden«, meinte die Gräfin selbstbewusst, »so freundlich sein, mich einfach als eines der Kinder Gottes zu sehen. Im Zufall, ein Bewohner dieses Planeten zu sein, dieser besonderen Ecke Englands, die weibliche Form des Menschlichen zu repräsentieren, bin ich nur eine der vielen Kreaturen nach Gottes Formel des moralischen Wesens, das mit seinesgleichen in Beziehung stehen kann und mit Ihm.«

Schon lange lebe sie im Tempel, dem Tempel von Wahrheit, Natur, Wissenschaft! Und jedes Jahr nehme sie das Gelöbnis genauer, bis jetzt, wo sie das Tor und die Mysterien passiere, die einen Rückzug ausschlössen, und sie dieses Leben, diese ihre Seele, fürderhin auf den Altar der ungeteilten, unerschöpflichen Wissenschaft lege.

Faradays Augen suchten Halt: »Ich hoffe, als Hohepriesterin von Gottes Schöpfung auf dieser Erde zu sterben und das Recht erworben zu haben, meiner Nachwelt das Motto *Dei Naturaeque Interpres* zu hinterlassen.«

Er las weiter und erfasste weniger genau den Inhalt der einzelnen Sätze von Anfang bis Ende, als dass er den Ton im Ohr hatte: Die Initiation freilich sei streng und langwierig und werde ihre Kräfte vielleicht übersteigen.

Sie wollte einmal in der Woche einen Tag mit ihm arbeiten oder alle zwei Wochen einen. Sie würde jede seiner Arbeiten lesen, seine Aufmerksamkeit für sie solle ihn nicht ablenken, im Gegenteil, sie wolle »die Welle seiner Existenz nicht um den kleinsten Winkel aus ihrer Richtung bringen. Wenn aber meine Welle in manchen ihrer Punkte der Ihrigen folgen und sie berühren kann, damit sie einander kräftigend ergänzen, dann, ja, dann ist alles gut«.

Faraday drehte den Zettel einmal um und wieder zurück, las noch einmal Anschrift und Anrede, Absender und Zeichnung, es war wirklich ein Brief der Gräfin Lovelace, gerichtet an ihn.

Natürlich, las er, würde sie alle Termine nach ihm richten und in der Stadt sein, wann und wie er es wünsche. Ihr eigenes Interesse seien übrigens das Nervensystem und seine Beziehungen zu den eher okkulten Einflüssen der Natur, die sie mit der Mathematik zusammenbringen wolle, aber das müsse noch privat bleiben. Natürlich sei das eine Lebensaufgabe, die sie aber hoffentlich zu Ende bringe, bevor ihr Tod sie zu einem strahlenden, brennenden Licht der Menschheit mache.

Faraday saß auf einem Schemel, der in der Nähe gewesen war, als Anderson ihm den Brief gegeben hatte. Nun stand er auf und ging in das Magnetische Laboratorium hinüber, um die letzten Absätze allein zu lesen: Sie wollte auch über Religion mit ihm reden. Ob nicht der höchste und durchdringendste Grad an Intellekt nur zu erreichen sei, wenn man zu einem höheren spirituellen und moralischen Stand käme, als man normalerweise überhaupt anvisieren würde? Er sei der einzige Philosoph, der ihr dieses Gefühl in seiner vollen Kraft gebe, und sie hoffte, nichts falsch verstanden zu haben, denn wenn sie hier übereinstimmten, so seien sie in der wissenschaftlichen Welt ein wohl einzigartiges Paar.

Er sah kurz um sich, er war allein.

Sie wisse nicht, schloss die Gräfin Lovelace, in welcher Sekte er sei, fand aber, das spiele auch keine Rolle. Sie selbst sei ein bisschen swedenborgisch, ein bisschen römisch-katholisch und habe auch Allianzen mit den frühen Rosenkreuzern: Keiner sei je vollkommen im Recht oder im Unrecht. Schließlich sende sie ihm keine Entschuldigung für diesen langen Brief, sie empfinde keine Notwendigkeit.

Er stand auf, faltete den Brief zusammen, steckte ihn in die Tasche seines Kittels und setzte, ohne ein Wort zu verlieren, die Arbeit mit Anderson fort. Sie hatten Probleme mit dem Quecksilberröhrchen, das zu verdreckt war, um den Druck des Wasserstoffarsenids beim Erhitzen genau genug zu messen. Jedenfalls traute Faraday dem Röhrchen nicht. Ada Lovelace wollte ihn also, dachte er, von der Hälfte seiner Last befreien, indem sie sich auf ihn warf.

Ratlos hatte er den Brief am nächsten Morgen, bevor Anderson kam, wieder in der Hand, las ihn zweimal und steckte ihn ratlos wieder ein. Seine Liebe zog ihre Liebe an. Er gab Anderson frei, ging sich den Zahn ziehen lassen und verbrachte einige Tage mit leichtem Fieber in der Obhut Sarahs. Der Schmerz versickerte langsam in ihm.

Zurück schrieb er erst danach. »Die Natur ist gegen Sie«, erklärte er. Dann schilderte er seinen Verschleiß. Sie ahne nicht, wie oft er seinen Arzt aufsuche, weil ihm schwindelig sei und der Kopf sich drehe. Es sei nicht der Geist selbst, aber die physikalisch-mentalen Verbindungen zwischen Geist und Körper und besonders das Gedächtnis, das nicht mehr arbeite und ihn oft hindere, Untersuchungen zu machen, die zu Entdeckungen führen könnten. Nicht einmal durch seine eigenen Experimente könne er sie mehr führen. Immerhin: Stundenlang könne er mit ihr über ihren Brief reden, wäre er mit ihr zusammen, denn so fruchtbar sei der Brief. Und doch täte ihm das vermutlich nicht gut. Die Moral allerdings, soviel habe er gelernt und wolle sie es gleich wissen lassen, würde leider nicht mit der mentalen Kraft einhergehen.

»Ich werde Ihnen kaum helfen können«, schrieb er auch, »Sie müssen ja vom Bekannten zum Unbekannten gehen, wo die Klarheit des Erforschten an die Stelle des Obskuren tritt, das sie noch umgibt.« Und: »Was Ihr Geist begehrt, werde ich vielleicht nicht mehr erleben.«

Er faltete den Brief zusammen und sah das prächtig mit bunten Blumen geschmückte verführerische Segelboot mit Namen *Augusta Ada King Byron*, das auf der sommerlichen Themse lag, um ihn zu holen, leer wieder ablegen. Er wollte in den Keller, wollte den Kontakt zu seiner Arbeit nicht verlieren. Er war dreiundfünfzig Jahre alt, und die vierundzwanzig Jahre jüngere Gräfin Lovelace saß im selben Moment in Ashley Combe, jeder Konvention überdrüssig, und schrieb, ohne seine Antwort abgewartet zu haben, erneut: Er solle bloß nicht antworten, bevor er Zeit dazu habe, er solle bloß tun, was ihm natürlich erscheine, er solle bloß nur an sich denken, nicht an sie, er solle bloß keine Zeit verschwenden mit sinnlosen Briefen und solle sie bloß »als nichts als ein Instrument sehen«.

Würde er sie besser kennen, so würde er sicher sehen, dass eine gewisse wissenschaftliche Zusammenarbeit beiden Parteien dienen würde. Deshalb wolle sie seine Schülerin sein.

Faraday musste Schönbein mitteilen, den Termin für das Treffen in Cambridge vergessen zu haben und nicht zu wissen, wo er danach suchen solle, und nachdem er das als »das alte Problem« abgetan hatte, antwortete er der Gräfin, ohne dass ein Tag hatte vergehen müssen: Es sei nun eine andere Kommunion zwischen ihnen beiden.

Die Briefe brauchten immer nur einen Tag oder zwei.

Ada Lovelace feuerte von ihrem Schreibtisch in Somerset zurück: Keinen Tag werde sie vergehen lassen, ohne ihm zu danken. Was er sie habe wissen lassen bezüglich seines momentanen Zustandes, verkleinere nicht im Geringsten ihren Wunsch, ihm nahe zu sein, es modifiziere nur die Art. Wenn er ihr doch von seinen Gedanken mitteilte, was er anderen Wissenschaftlern vielleicht nicht mitteilen möge, wenn er ihr erlaubte, mit ihm zu verkehren, so würde ihm das vielleicht ermöglichen, diese Welt nicht mit dem Gefühl zu verlassen, so vieles nicht getan zu haben. Er solle sie sich vorstellen als eine Kreatur, die alles gibt und nichts erwartet! In der Mitte oder gegen Ende des kommenden Monats werde sie in der Stadt sein, und sie sei sicher, er werde mit ihr einen langen Abend in ihrer Stadtresidenz am St. James's Square teilen. Oder einen kurzen. Wie er es wünsche.

»Ich werde Ihnen wieder schreiben und alles Ungesagte sagen, das Sie hören sollen, bevor wir uns treffen.«

Im Postskriptum erklärte sie, dass der einzige Zweifel, der sie noch schüchtern mache, die Angst sei, aufdringlich zu sein. Zwar glaube sie, dass ihre Absichten ganz unmissverständlich seien, sollte sich aber herausstellen, dass sie zu den Ansprüchen beitrügen, die ihn so ermüdeten, dann ziehe sie sich genauso zurück, wie sie nun dränge. Sie glaube eben nur, zu seinem Frieden und seinem Wohlbefinden beitragen wie seine Sorgen verkleinern zu können: »Wie leicht«, schloss die Gräfin, »es mir doch fällt, Ihnen zu schreiben. Ich laufe Gefahr, sehr frei und umfassend zu werden«, und Faraday hatte, einen Tag später den Brief in der zitternden

Hand haltend, zum ersten Mal das Gefühl zu wachsen, denn an die anderen Male konnte er sich nicht mehr richtig erinnern.

Selbstredend machte Ada ihre Drohung war und schrieb nur eine gute Woche später, wie viel er doch gesagt habe einfach durch die ausbleibende Antwort auf ihren Brief, diesen letzten Brief meine sie, den sie auf seine zwei geschrieben habe!

Das zeige ihr doch, wie gut sie sich verstünden. Wie tief sein Einverständnis zu ihrer Kommunikation sei: »Ich spüre dies, als ob Sie Bände an mich geschrieben hätten.« Sie vergaß nicht, abermals zu erklären, dass sie seine Assistentin sei, »die Braut der Wissenschaft«, der er Aufträge erteilen solle. Um den 25. November herum wolle sie in London sein und hoffe, dann einen Abend mit ihm verbringen zu können und am nächsten Morgen in seinen Keller kommen zu dürfen, um sich alles anzusehen, ihn aber keinesfalls zu stören! So wolle sie herausfinden, wie sie ihm am besten dienen könne.

Gerade schreibe sie die Notizen zu Luigi Menabreas Denkschrift bezüglich Charles Babbages analytischer Maschine, auch wenn sie sich übrigens wünschte, Babbages Wesen wäre in manchem Punkte dem verwandter, was sie an Faraday so bewundere. Babbage habe zu viel Selbst und zu wenig von dem, was sie »göttliche Liebe« nenne. Er habe einen großartigen Intellekt, doch stünde der noch höher, wenn seine moralischen Gefühle Schritt hielten. Sie sei ihm sehr zugetan, doch dann stoße sie immer an eine Grenze, und »Sie sehen«, schloss die Gräfin für dieses Mal, »ich kann nicht anders, denn Sie als Freund langer Jahre zu betrachten«.

Der langsame, müde, konfuse Faraday, der sonst manchmal keinen Satz zu Ende verfolgen konnte, der glaubte, Wichtigeres zu tun zu haben, wartete nicht: Sie müssten sich treffen und reden. Sich verglich er mit einer Schildkröte, worüber die Gräfin beglückt war, und noch beglückter schien sie über das Bemerken ihres »elastischen Intellekts«. Da habe er ein albernes Bild bei ihr erzeugt, das der Anmut nicht entbehre: Die ernste, schwer schuftende Schildkröte mit der um sie herumspringenden, tausend Töne spuckenden Elfe.

Ada ließ die Schildkröte jammern: »Elfe, liebe Elfe, ich bin nicht wie du. Ich kann nicht einfach zahllose luftige Formen annehmen und mich im Universum verteilen. Elfe, liebe Elfe, sei gnädig mit mir, vergiss nicht, ich bin eine Schildkröte.«

Nun, was entgegne die freundliche, höfliche Elfe?

»Liebe Schildkröte«, entgegne sie, »dann werde ich bei dir einfach und nüchtern sein, denn ich kann das wählen. Ich werde das schöne Phantom sein, in Farben und Rede glühen, wenn du das möchtest. Ich kann ein kleiner brauner Vogel an deiner Seite sein. Wenn du mir nur beibringst, wie ich dich kennen und dir helfen kann.«

Sie vergaß nicht anzufügen, dass er sie entschuldigen müsse. Ihr Mann nenne sie seinen Vogel, ein Freund Elfe, ein anderer Freund Kobold, einer nenne sie eine arabische Stute, und keiner sehe offenbar eine gewöhnliche Sterbliche in ihr, aber sie habe kein Recht, ihn damit zu langweilen, zudem sei eine mathematische Elfe doch ein seltenes Ding, oder? Er habe recht, sie müssten sich treffen und reden: »Donnerstag, den achtundzwanzigsten, achtzehn Uhr.«

Im Postskriptum: »Ach ja, am St. James's Square natürlich.«

Faraday sah auf den Kalender. Es war der elfte. Dann nahm er mit langsamen Bewegungen, die er nicht mehr als so langsam empfand, Feder, Glas und Papier. Er schrieb zurück. Niemand sah seine Freude. Er bemerkte nicht, dass seine seit Jahren ihm treu beistehende Wut, die sich so schnell entsicherte und ihm seit Jahren Angst machte, verflogen war. Sie antwortete wiederum, nun zufrieden, erzählte von Krankheiten, von denen nur ihre Mutter wisse, von ihrer kräftigen Natur, dass für ihn nichts zu antworten sei in diesem Brief und sie so glücklich sei, ihn bald zu sehen!

»Immer die Ihrige: Die Elfendame«.

Es blieben Faraday zwei Wochen, in denen sie seinen Lärm zurück in Musik verwandelt hatte. Er fror nicht einmal mehr in seinem Keller, während er seine Gifte erhitzte, und wenn doch, dann störte es ihn nicht. Dass er auf dem Weg zum St. James's Square an die Prozession in Rom denken musste, die er für Karneval gehalten hatte, bevor sie sich als Trauerzug herausstellte, belustigte ihn. Obwohl St. James's nur wenige Fußminuten von der *Institution* entfernt lag, war er lange nicht dort gewesen. Den Mantelkragen hochgeschlagen und frisch frisiert querte er von der King Street kommend den Platz diagonal zur Südseite und wurde auf sein Klopfen umgehend eingelassen.

Die hohen Decken ähnelten denen der *Institution*, aber ein Vergleich verbot sich durch die teure Ausstattung. Jetzt merkte er, auf welch dünnem Eis er sich zu bewegen versuchte. Aber zu spät. Die Hausherrin, nach welcher der Diener geläutet hatte, kam in einem Furor aus Stoff, Haar, Schmuck und Düften, deren Existenz er nicht geahnt hatte, die Treppe herunter, auf das Herzlichste lächelnd, die Hand reichend. Sie bat ihn in den Salon, dessen Fenster zur Pall Mall gingen. Im Luftwirbel hinter ihrem Körper entfalteten sich die Düfte, als er ihr brav folgte. Noch nie war ihm seine Körpergröße so sehr aufgefallen wie jetzt: Er war ein sehr kleiner Mann. Mit ihrer auffallend schmalen, weißen Hand wies sie ihm einen Platz am Teetisch zu, einen Sessel. Sie lächelte dosiert, jetzt setzte sie sich auf das zweisitzige Sofa. Spitzbübisch schaute sie ihn an, fand er und fühlte, dass etwas fehlte. Es war die überfließende Emotion ihrer Briefe, auf die Faraday sich innerlich gestützt hatte. Ihm war kalt. Ihrer Wirkung war sie sich so sicher, dass sie darüber niemals nachdachte.

Faradays Augen suchten ihren Hals ab, und er bemühte sich angestrengt, das zu unterlassen. Hatte er nicht Dutzende Male darauf bestanden, ein alter Mann zu sein, den jedes Gespräch überforderte? Was hatte ihn dazu gebracht, entgegen lang gepflegter Gewohnheit die Einladung einer jungen reichen Dame anzunehmen, dieser Dame?

»Sie müssen wissen«, begann er, ohne sie anzusehen, »ich bin ein einfacher Mann, mein Vater war Schmied in Westmorland, bevor er nach London kam.«

Das sei ihr gewiss bekannt. Der Diener brachte einen Wein, den sie probierte. Sie nickte Faraday zu, er sollte dasselbe tun. Schnell kam er dem nach, und sie hielten sich die Gläser entgegen.

Während sie sprach, betrachtete er nervös ihre Haut, sah, wie sich ihre Knochen und Muskeln darunter bewegten. Hatte er über ihr Alter gar nicht nachgedacht? Nein. Er hatte über gar nichts nachgedacht. Aber wann war das, dass er so jung gewesen war, wie sie ihm jetzt schien? Hektisch suchte er nach etwas, das ihn anbinden konnte an die Welt, in der diese ihm fremde und unerreichbare Person lebte, aber er fand nicht einmal eine Erinnerung aus der Zeit, in der er dreißig gewesen war. Der Kontakt dazu war abgerissen.

Schon beim ersten Schluck lockerte der Wein ihn gefährlich auf. Er schwitzte, und nun bemerkte er, dass er auf ihre Brüste geschaut hatte, kleine, handliche Erhebungen, die nichts weiter zu tun hatten, als in aller Ruhe dort zu sein, wo sie sich befanden, bedeckt, warm, duftend, rund, von wo aus man sie auch ansehen würde, wenn man dürfte. Sie wurden manchmal von den verschränkten Armen eingerahmt und vermochten ohne Weiteres auch einem Leben, das mehr verfloss, als es strebte, einen Sinn zu geben.

Ada begann von der Mathematik zu sprechen, von der er nichts verstand. Er wechselte das Thema, doch bald hatte er den Faden verloren. Sie bemerkte das, schlug die Beine andersherum übereinander, und unter den Geräuschen der aneinanderreibenden, aufeinanderschiebenden, gleitenden und rutschenden Lagen Stoff, es war Seide oder etwas Ähnliches, bewegten sich beim Wechsel des Beines und Verlagern ihres Körpergewichtes auf die andere Hälfte des Gesäßes auch die beiden Seiten ihres Geschlechts: Das musste er denken. Sie zog den roten Umhang, der zur Seite gefallen war, mit zwei Fingern über den hellen Rock, machte einen spitzen Mund dazu, wenn er das richtig gesehen hatte, denn er hatte entgeistert auf die Stelle geschaut, die seine Imagination nicht loslassen wollte. Hitze schoss ihm ins Gesicht.

Was hatte sie zuletzt gesagt?

Ob sie denn morgen ins Labor komme, fragte er unvermittelt und unbewusst ahnend, dass er mit noch etwas mehr Wein zu einem Ausfall in der Lage sein würde, der es ihm nicht erlauben würde, noch einmal über sich selbst nachzudenken. Er hätte schreien wollen oder aufspringen und etwas zerstören oder eben etwas sagen, das ganz unmöglich war und ihn frei machen würde und allein. Den nächsten Schluck Wein würde er gar nicht im Mund behalten können, weil seine Zunge ihm nicht gehorchte. Als ob seinem Körper ein Notprogramm zur Verfügung stünde, überfiel ihn, der seit Jahren nicht gut geschlafen hatte, in diesem Moment die Müdigkeit eines ganzen Lebens. Er brauchte Sauerstoff und unterdrückte gerade noch ein Gähnen, zu müde, um eine Hand zu heben. Keine Stunde saß er bei ihr, dachte er, nicht viel länger jedenfalls, er rieb sich erschöpft die Augen.

»Äußerst gern«, sagte sie.

Sie überging das abrupte Ende des Gesprächs, keineswegs unangenehm berührt von seinen Blicken, aber irritiert von seiner sprunghaften Art. Sie lächelte, und seine Angst vor einem Fauxpas beruhigte sich wie ein Schiff, das im Sturm endlich quer zu den Wellen stand. Er musste diese Position jetzt noch ein paar Sätze lang halten.

Wann es ihm passe.

Das war jederzeit.

Faraday war schon aufgestanden, das Weinglas war noch halb voll. Ada Lovelace rief nach dem Diener, sie lächelte enttäuscht und erhob sich ebenfalls, schritt in ihrer Aura, in der Faraday vielleicht hätte wohnen dürfen, wäre das für ihn infrage gekommen und hätte er sich das zugetraut, mit in den Empfangsraum, wo sie sich verabschiedete.

Er schlief zu Hause sofort ein und schlief wie ausgeschaltet die ganze Nacht durch.

Am nächsten Vormittag kam sie nicht. Auch am Nachmittag blieb er unbehelligt, obwohl er zweimal nach oben lief, um dem Pförtner zu sagen, man dürfe Lady Lovelace durchlassen, man möge bei Nachfragen einer Dame nach ihm den Namen der Person erfragen, »und Lady Lovelace einlassen«, ergänzte der Pförtner beim zweiten Mal korrekt, um zu zeigen, dass er bereits beim ersten Mal verstanden hatte.

Erst am Sonntag erhielt er einen weiteren Brief, sie habe weder gestern noch Freitag kommen können, »wegen all der Verpflichtungen und des Regens«.

Faraday las langsam weiter: Er solle sich nicht sorgen, zu einfach oder grob für sie zu sein. Er wisse nicht, wie ärgerlich Lobhudelei und Etikette für sie seien, oft gehe sie unerkannt aus, geradezu nachlässig gekleidet. Sie müsse dann mit vielen Leuten umgehen und selbst auf sich aufpassen, das sei nur gut, ein Training für die intellektuelle Existenz. Sie sei in Eile und vermutlich unklar, schloss sie den kurzen Brief, es wäre besser, wieder einmal zu reden: »Wir müssen über Pflichten und Wissenschaft reden, das nächste Mal.«

Aber der Schildkröte war es nicht geheuer in der Welt. Sie zog ihre Glieder und den Kopf wieder ein, und auf die nächsten Einladungen reagierte er immer unsicherer und orientierungsloser, weil er keinen Ort erkannte, an den diese Kommunion führen konnte. Was die Gräfin keineswegs davon abhielt, vom St. James's Square

Boten mit kleinen, mal verspielten, mal ernsten und immer sehnsüchtigen Nachrichten zu schicken, die große Wirkung auf den Empfänger hatten. Es kamen immer Einladungen, die ihn vor Probleme stellten.

Im Februar war ihr gemeinsamer Ton der von Ada gewünschte, Faraday kam ein anderer, wegen Erkältung und Grippe verschobener Termin dazwischen, er wollte sie aber sehr wohl sehen und kündigte sich für halb zehn oder zehn abends an, auf eine halbe Stunde: »Solange Sie nicht sagen, das sei zu spät.« Dabei vergaß er über der Vorstellung, sie so spät am Tage zu sehen, wie er im Postskriptum anfügte, ganz, für ihren freundlichen Brief zu danken und für den Bericht über ihre Gesundheit.

Aber je enger das Netz ihrer Ansprüche wurde, die ihn ganz einbinden wollten in ihr Leben, desto mehr lavierte er und integrierte, was nicht zu integrieren war. Er schob auf, bis er platzte und einen Abend um sein Pult herumschlich, ohne zu wissen, was er ihr schreiben sollte. Er hatte an den Gasgesetzen gearbeitet, hatte sich gefragt, wie die Übergänge für Quecksilber, Zink und Kalium, die im flüssigen Zustand undurchsichtige Metalle, im gasförmigen aber transparent oder gar farblos seien, mit dem Gesetz der Kontinuität von Lavoisier übereinstimmen könnten. Er regte sich auf dabei und versuchte sich nicht aufzuregen, bis er ihr absagte, ihr, die, wenn sie in London war, nur sechs, sieben Blöcke entfernt wohnte beziehungsweise eben: residierte und darauf wartete, ihn zu sehen und zu sehen und zu sehen.

Er rang mit sich, irrte im Keller umher, um sein Stehpult wieder und wieder herum, konfus, wie ein Esel, der sich zwischen zwei Heuhaufen nicht entscheiden kann und Gefahr läuft, beide aus dem Blick zu verlieren.

Er wusste nicht, was er schreiben sollte. Bis er sie ohne jede Formalie wissen ließ, sie treibe ihn »in die Verzweiflung«. Und ihr absagte. Er werde nicht kommen.

Zitternd faltete er den Brief zusammen, ließ drei Tropfen Wachs von der Kerze auf die Stoßkanten fallen, und als er endlich getroffen hatte, presste er sie aufeinander. Oben würde er den Brief gleich dem Portier aushändigen, damit er, wie schon so oft, einen Laufburschen zum St. James's Square hinüberschickte. Gut so.

Auf einen Zettel schrieb er: »Erklärung: Wenn ich sage, dass ich momentan nicht in der Lage bin, viel Gespräch auszuhalten, dann heißt das ohne Mehrdeutigkeit, ohne auslegbare Bedeutung und denkbare Implikation, ohne Vorwand und zweite Absicht, dass ich es, zu schwach im Kopf und unfähig zur Arbeit, nicht kann.«

Den Zettel zerknitterte er und beförderte ihn wütend in eine Ecke unter dem Tisch. Er würde auch morgen arbeiten, er publizierte fortwährend, gab Vorlesungen. Seine Tage waren zwar Irrläufe, sein Leben eine Reise, deren Verlauf jemand auf ein knittriges, jederzeit zerreißbares Stück Papier gekritzelt hatte, in das seine widerstreitenden Gedanken fortwährend Löcher bohrten, aber er würde nicht zulassen, dass jemand daraus ein Schiffchen bastelte, das man auf der Themse aussetzen konnte, damit es bei Ebbe langsam und mit Schlagseite außer Sichtweite geriet.

Es klopfte: Sarah. Er werde gleich kommen, sagte er, warf sich aber kurz darauf den Mantel über und ging aus dem Haus. Sarah hätte ihn theoretisch von oben die Straße hinunterlaufen sehen können.

Draußen sog er die Luft durch Nase und Mund. Offenbar war er noch am Leben. Nicht mal nur in eine Richtung bewegte es sich, nicht nur bergab. Er dachte an den kommenden Tag, den er im Frieden seines Kellers verbringen würde, allein mit den Gasgesetzen, an denen er arbeitete, die ihm nie unberechtigte Vorwürfe machten und ihn nie zu etwas zwingen wollten. Den Inhalt seines Briefes an die Gräfin und sie selbst zu vergessen, ließ er seinem löchrigen, eingerissenen Geist gern zu. Es war genau, was er wollte.

8 Der Faraday-Effekt

Er wollte sich ab morgen, das war ihm jetzt klar, nur noch mit dem Brief von William Thompson beschäftigen, den er am Nachmittag bekommen hatte.

Thompson war einundzwanzig, Mathematiker. Welch langen Weg er genommen hatte, um sich mit seinen Arbeiten zu den Kraftlinien anzufreunden, konnte Faraday nicht wissen. Das war sehr gut so. Im Vorjahr hatte Thompson seinem Tagebuch noch anvertraut, wie heftig ihn die Art abstieß, mit der Faraday in den *Experimentellen Erforschungen der Elektrizität* von den Phänomenen »redete«.

Wie es sich mit so einer Abneigung in der Regel verhält, hatte sie einen Grund. Der junge Mann konnte sich von ihr auch nicht losreißen, und je mehr er sich auf sie einlassen wollte, desto unsicherer wurde er. Mit jedem überprüften Detail erodierte die Ablehnung ein Stück, bis sie kaum noch zu halten war und schließlich ins Rutschen kam. Sein negatives Urteil verwandelte sich ins Gegenteil, und plötzlich war er sehr glücklich damit, Faradays Ansichten zu verstärken: Thompson jubilierte jetzt. Er würde Faradays Erkenntnisse verbessern, ausbauen, jedem verständlich machen, der lesen konnte und die Dinge auch nur ein wenig genau nahm. Faradays Ansichten seien, schrieb er, in Übereinstimmung mit den Rechnungen seiner Theorie.

Das Vorspiel nicht ahnend las Faraday von gekrümmten Linien, induktiver Wirkung, schwarzen Flächen, einem in allen Richtungen gleich hellen Himmel, von weißen Papierschnipseln in gleicher Größe, Analogien, wieder von Linien, deren Krümmung vernachlässigt wurde, vom Kosinus einer Neigung, der Hypothese Amadeo Avogadros und seinem, Faradays, elften Teil der *Experi-*

mentellen Erforschungen im Zusammenhang mit Coulombs delikaten, unsicheren Messungen.

Thompson jedenfalls, so viel war zu verstehen, schrieb an einer Arbeit, welche zeige, dass alle ultimativen Ergebnisse der Abstoßung und Anziehung vollkommen mit einer Theorie übereinstimmten, die auf Faradays Ansichten beruhte: »Wenn meine Ideen richtig sind, dann sind die gekrümmten Linien der Induktion für jedwede Kombination elektrisch geladener Körper vollständig berechenbar.« Die Kraft wäre eine rein geometrische Angelegenheit. Er habe übrigens alles von der mathematischen Theorie der Wärme hergeleitet.

Faraday überflog ungeduldig eine Seite weiterer Erklärungen bestimmter Fälle in einer ausnehmend hässlichen, leblosen und fühllosen Sprache, wie sie nur ein Mathematiker übers Herz brachte. Falls er eins hatte. Am Ende wies der junge Thompson darauf hin, dass Elektrizität und Magnetismus nach seinen Berechnungen einen Einfluss auf polarisiertes Licht haben mussten, zum Beispiel in Glas.

Faraday schluckte. Er hatte nach genau diesem Effekt schon gesucht, und die Paragraphen neunhunderteinundfünfzig bis neunhundertfünfundfünfzig seiner *Erforschungen* beschrieben das auch: Die Suche war negativ. Erbost über die Theoretiker, die immer alles besser wussten, würde er morgen alles im chemischen Labor liegen lassen und ins Magnetische hinüberwechseln.

Thompson wollte ihn besuchen kommen.

Faraday hatte keine Zeit.

Polarisiertes Licht war leicht herzustellen. Faraday nahm eine Öllampe und eine Linse und ließ das Licht schräg auf einen Spiegel fallen. Von da kam es polarisiert zurück, was er mit einem zweiten Spiegel prüfen konnte, der senkrecht dazu schräg gestellt war, denn dann kam, wie damals in Davys Vorlesung, kein Licht mehr zurück.

Den präparierten Strahl schickte er durch Glas. Dahinter stellte er eine polarisierende Linse rechtwinklig ein, sodass aus ihr kein Licht mehr heraustrat. Dann schickte er Strom durch das Glas, längs dem Lichtstrahl, quer zu ihm, schräg. Er schickte Strompulse einzeln, in Paketen, scharfe Strompulse oder weich ansteigende und ebenso weich abfallende. Er nahm die Batterie, den Dynamo und generierte Funken. Statt Glas nahm er alles, was ähnlich transparent war: Wasser, Zuckerlösung, Schwefelsäure, Terpentin. Er sah nichts auf den Lichtstrahl einwirken. Kein Licht kam durch die Linse. Er polarisierte den Strahl schließlich besser durch einen Turmalin. Er blendete alles nichtrote, dann alles nichtblaue Licht aus dem Strahl heraus, er nahm einen Kalkspatkristall statt der Linse, um die kleinste Abweichung der Polarisation sehen zu können. Dutzende Male schrieb er »kein Effekt« oder »null Effekt« oder »nichts« oder »noch immer nichts«. Der hinter der Linse aufgestellte weiße Schirm blieb dunkel.

Faraday verfluchte die Theoretiker mit ihren Bleistiften, die noch nie etwas Sinnvolles geleistet hatten und den wahren Entdeckern wie ihm nur Arbeit machten, weil sie glaubten, die Natur zu verstehen, ohne sie überhaupt anzusehen. Sie waren immer nur mit sich selbst beschäftigt.

Er schlief besser, Gott wusste, wieso. Zwei Wochen vergingen, bis er den stärksten Elektromagneten, den er hatte, aufbaute und den polarisierten weißen Lichtstrahl parallel und rechtwinklig zu den Feldlinien durch Luft schickte: Kein Effekt. Durch Flintglas: Kein Effekt. Durch dickeres Flintglas: Kein Effekt. Durch einen Erzkristall: Kein Effekt. Kalkspat: Kein Effekt.

Er nahm ein schweres Boratglas, das noch aus den verlorenen Jahren der Glasforschung stammte. Es war durch die Jahre, in denen es gelegen hatte, bestens ausgekühlt und nun rein wie kein zweites. Faraday sandte das Licht rechwinklig zu den Feldlinien, kein Effekt. ABER, schrieb er später in sein Tagebuch, parallel zu den Feldlinien depolarisierte der Lichtstrahl, ein weißer Fleck auf dem Schirm war deutlich zu sehen.

Er stellte den Strom der Elektromagneten ab, der Fleck verschwand, stellte ihn wieder an, der Fleck war wieder da: Magnetische Kraft und Licht standen miteinander in Beziehung: »Diese Tatsache wird sehr wahrscheinlich außerordentlich fruchtbar sein und von großem Wert in der Erforschung beider Zustände der natürlichen Kraft.«

So wenig wie Sarah wusste er selbst, wie viele Stunden vergangen waren, bis sie die frühen, schleppenden Schritte auf der Treppe hörte und erschrocken auf die Tür starrte, die sich langsam und mit einem Knarren, das ihr vorher nie aufgefallen war, öffnete und sie eine abgekämpfte, gebeugte, schwer atmende, runzlige und welke und heftig wie eh und je strahlende Sonne vor sich sah, die ihr Mann war.

Er sagte: »Dieses Haus ist ein Planet. Es war immer alles richtig. Immer. Alles.«

Er setzte sich an den einfachen Holztisch, an dem er seit dreißig Jahren morgens, mittags und abends gesessen hatte, blickte auf die Holzplatte mit den Flecken und Kerben, die er so genau kannte wie den Anblick seiner Hände und die Stimme seiner Mutter, den Blick aus den Fenstern hier oben.

»Licht ist magnetisch.«

Er sah auf und nahm erst jetzt seine Frau war, Sarah, die vor ihm stand, als sei sie eben aus dem Nebel getreten, der gerade durch das wuchernde, wackelnde, zerbrechliche London zog, um ihn mit seinen eigenen Augen anzusehen.

»Ich bin fertig«, hörte er sich nach einer Ewigkeit aus Sekunden, Minuten oder Stunden sagen, in denen sein Leben in einigen wenigen einzelnen Bildern vor ihm abgespult wurde, die zusammen einen Lauf ergaben: sein Vater in der Schmiede, Riebaus Laden, die alte Dame nach dem Lesen von Davys Rede, ein kläffender, sabbernder Hund in Neapel, die Promenade in Ramsgate, Kollegen in Paris, ein wütender Davy, die Gemeindemitglieder, der Keller, der Keller, der Keller, der kleine, unscharfe Fleck Licht eben, als er den Elektromagneten angestellt hatte. Erst jetzt lächelte er. Sarah nahm seine Hand.

IV
Die Löschung des Himmels

1 Hermann und Jakob Einstein

Eine verpuffte Revolution und vierundvierzig Jahre später besaß der Amerikaner Thomas Alva Edison bereits sein Patent auf einen Kohlefaden im Vakuum. Leitete man Strom durch den Faden, so wurde er glühend heiß und beleuchtete seine Umgebung heller als jede Kerze oder Öllampe, ohne Brandgefahr und ohne Luft zu verbrauchen. Während Edison an der Elektrifizierung New Yorks arbeitete, schickte sich Schwabing an, die erste elektrisch beleuchtete Stadt der Welt zu werden. Die Brüder Hermann und Jakob Einstein hatten dazu eine oberirdisch verkabelte Anlage gebaut. Sie bestand aus drei Dynamomaschinen, die Gleichstrom für hundertzweiundsiebzig Glühlampen und acht Bogenlampen lieferten. Die Glühlampen sollten eine Leuchtkraft von je sechzehn Normalkerzen haben, die Bogenlampen kamen auf je tausend. Manche Schwabinger behaupteten, ihre Stadt sei bald aus dem Weltraum zu sehen. Andere widersprachen und hielten sich, um Geisteskrankheit anzudeuten, den Zeigefinger an die Schläfe.

Zur Eröffnungsfeier am 26. Februar 1889 reisten Reporter aus England an. Deshalb erklärte Jakob morgens seinem Neffen, der neun war und sich für viele Dinge interessierte, dass rund um den Globus die Tageszeiten geeicht waren.

»Das musste man wegen der Eisenbahn machen.«

Albert nickte.

»Weil sich immer alle verpassten, als noch in jeder kleinen Ortschaft eine andere Zeit galt. Die Eisenbahn war zu schnell.«

Albert nickte, und Jakob erklärte, dass sich laut Beschluss der 1884 in Washington abgehaltenen Internationalen Meridiankonferenz die Tageszeiten am Sonnenstand über dem Fadenkreuz eines

Teleskops orientierten, das auf einem Hügel des Londoner Greenwich Parks stand. Albert fand das lustig.

»Die Engländer«, erklärte der Onkel, »beherrschen den Seehandel und haben sich einfach geweigert, Paris als Mittelpunkt auch nur in Erwägung zu ziehen.«

Albert nickte.

»Die Engländer«, erklärte Jakob daher weiter, »haben Zonen mit auf zirka fünfzehn Längengraden konstanter Zeit über den Globus verteilt.«

Zentrum und Nullpunkt war London.

»Wenn es dort fünf Uhr ist«, so der Onkel, »dann schlagen die Kirchenglocken bei uns eine Stunde mehr, nach der Vereinbarung ist es genau sechs Uhr.«

»Ach so«, sagte Albert, der wusste, dass München eine Reisewoche von London entfernt war.

»Und fährt man von England mit einem Boot auf den Kontinent, dann springt beim Überqueren des Kanals die Zeit jetzt um eine Stunde nach vorne.«

Albert freute sich. Für so etwas Widersinniges hatte er eine Schwäche, wie sie in der Familie gern sagten und damit kleinredeten, was an eigene Grenzen stieß.

Welche Uhrzeit jetzt gerade am Nordpol ist oder am Südpol, wollte er nämlich gleich wissen: »da, wo die Längengrade sich treffen und nach der Vereinbarung alle Zeiten zugleich gelten«.

Jakob Einstein fand das einfach nicht wichtig. Hermann stimmte ihm zu. Sie erklärten schnell, dass sie sich nur unkompliziert mit den englischen Journalisten für heute Abend hatten verabreden wollen.

»Und zwar nicht an einem Pol«, so Alberts Vater Hermann.

»Sondern hier in München«, so Jakob, »um sechs.«

»Obwohl es am Pol«, sagte Alberts Mutter Pauline mit Blick zum Fenster, »auch nicht viel kälter sein kann.«

Im Hof des kleinen Hinterhauses der Familie in Sendling wartete am frühen Abend dieses Tages eine gemietete Berline. Für ihren Landauer war es zu kalt.

Es war ein Dienstag, und Albert trug seinen Sonntagsanzug. Er drehte sich von den anderen weg und hockte sich neben dem Tisch auf den Boden. Den Hintern auf den Fersen baute er an seinem Kartenhaus weiter. Neben sich hatte er noch acht Kartensätze, von denen er sich blind bediente. Sein Rekord stand bei vierzehn Stockwerken, und an die Bestürzung, die sein großer, eckiger Kopf bei der Geburt ausgelöst hatte, erinnerte sich jetzt kaum noch jemand. Auch nicht an die Sprachhemmung, seine Unfähigkeit oder Weigerung zu reden, wegen der er als Dreijähriger zu einem ratlosen Arzt transportiert worden war, von dem seine Mutter noch ratloser wieder nach Hause zurückkehrte. Oder an die Unart der damaligen Haushälterin, Albert »den Depperten« zu nennen.

Hermann Einstein drehte an einem Knopf seiner Weste. Das hatte Albert bislang nur bei Jakob gesehen, am Tag seiner Hochzeit. Pauline fummelte am Kragen ihres Mannes.

Vom Giebelfenster sah Jakob in den Hof hinunter, wo Höchtl gerade das Sattelpferd heranführte. Er war ihr Mann fürs Grobe, und seine Atemwolke vermischte sich mit der des Pferdes, zumindest sah es von oben so aus. Jakob hatte von Benz einen Motorwagen ausleihen wollen, aber keinen bekommen.

Pauline Einstein beobachtete, wie er die Krempe des Zylinders durch seine schlanken, sehnigen Finger laufen ließ. Langsam und gleichmäßig, fast ohne zu hüpfen, drehte sich der Hut wie eine alles mit sich ziehende Uhr.

Schon gestern, als die Berline gebracht worden war und Höchtl mit denselben Atemwolken vor dem Mund, derselben russischen Mütze wie jetzt auf dem Kopf mürrisch den Empfang quittiert hatte, ohne die dicken, fellgefütterten Handschuhe auszuziehen, hatte Jakob ihm vom selben Fenster aus zugesehen.

»In London testen sie die ersten elektrischen Motorwagen auf unterirdischen Strecken«, hatte er gesagt, »während München den Ausbau der Pferdebahn diskutiert!«

Albert hatte sich über seinen Onkel gewundert. Seine Mutter nannte Jakob später »verächtlich noch gegen sich selbst«.

»Nicht mal geantwortet hat er«, fing Jakob jetzt wieder von Benz an. Minutenlang entgegnete keiner der anderen etwas, und nicht nur für Albert war es ein zunehmend angespanntes Schweigen. Pauline war die Erste, die es nicht mehr aushielt. Sie brach die Stille, indem sie freundlich vorschlug, er könne noch immer Höchtl losschicken.

Aber keine Regung bei Jakob.

»Der kann doch bei den Leuten von Benz vorsprechen!«

Jakob brummte kurz.

»Obwohl die Zeit langsam knapp wird.«

»So weit kommt es noch«, sagte Jakob, der Wert darauf legte, mit seinen Patentanträgen nicht weniger erfolgreich zu sein als Benz.

»Du bist sicher, dass die Anfrage Benz erreicht hat?«, fragte Pauline, ohne eine Antwort zu bekommen.

Jakob stand noch immer am Fenster und gab sich dem hin, was seit einer Woche seine Lieblingsbeschäftigung war: sich im Detail vorzustellen, wie sie in jetzt nur noch einer knappen Stunde vor dem Schwabinger Bürgermeister Alois Ansprenger, vor dem Direktor der elektrotechnischen Versuchsstation Friedrich Uppenborn, vor der nationalen und internationalen Presse und vor allem vor den Münchner Bürgermeistern Wilhelm Georg von Borscht und Dr. Johannes von Widenmayer vorfahren mussten, als wären sie gemeine Geschäftsleute.

»Wer in einer Kutsche kommt«, hatte Jakob gestern gesagt, »kann auch mit Eierkohlen handeln oder mit Ackergäulen.« Nicht in der Zukunft zu sein, betrachtete er als glatte Zurücksetzung.

Hermann nestelte an seinem Hemdkragen weiter, den Pauline aufgegeben hatte, und wiederholte seine Meinung jetzt auch: Bescheidenheit wirke gut, und »Protzerei legen sie eh nur wieder gegen uns aus«.

Er war ganz anders als sein jüngerer Bruder, der, noch immer auf Höchtl hinunterblickend, die Zungenspitze an den Gaumen legte und Luft über die Schneidezähne zischen ließ.

»Wieso Protzerei? Benz hat man zugejubelt.«

Pauline meinte, das könne man nicht vergleichen und laut Hermann sollte man es zumindest nicht. Beide hatten Stimme und Blick gesenkt, als redeten sie über eine aus eigenem Verschulden in die Familie gekommene Krankheit, die für andere eine Zumutung war.

Das kannte Albert auch aus der Schule: Erst ließ der Lehrer eine ironische Bemerkung fallen, dann wurde sie von einem dummen Schüler grinsend wiederholt und musste ignoriert werden. Auf Dauer kratzte sie aber an der Seele, wie ein sich durch die Schuhsohle arbeitender Nagel einem, wie schief man auch lief, Zeh oder Ferse doch blutig machte, bevor man zu Hause war.

Eine direkte Frage, wovon sie redeten, hätten seine Eltern oder sein Onkel mit einer abwinkenden Geste beantwortet. Da war Albert sicher.

Über Jakobs Zähne zischte wieder Luft. Er hatte für Ängstlichkeit nichts übrig. Unter den Überredungskünstlern galt er als Genie, aber vielleicht hatte das Glück ihn zu Beginn dieses Jahres ja tatsächlich verlassen, wie es Hermanns erklärte Meinung war.

Albert sah vom Kartenhaus auf und beobachtete, wie sein Vater die Uhr in die Westentasche gleiten ließ, Jakob in den Blick nahm und die Uhr an der Kette wieder herauszog. Mit der Federschraube zwischen Daumen und Zeigefinger machte er nur anderthalb kurze Bewegungen, bis die Feder am Anschlag war. Die andere Hand in die Hüfte gestützt, den Hut zwischen Daumen und Zeigefinger, verglich er die Taschenuhr mit der Standuhr neben dem Fenster. Welche nun genauer war, konnte er nicht wissen, und es war auch nicht wichtig. Er vergaß die Differenz deshalb, noch bevor er die Uhr wieder in die Tasche gleiten ließ. Es war vielleicht eine Dreiviertelsekunde vergangen.

Dann durchsuchte er die auf dem Tisch liegenden Zeitungen erneut. Er hatte das schon zweimal gemacht, konnte aber noch immer nicht glauben, dass nichts berichtet wurde. Er dachte im Ernst, er könne die ersten beiden Male zu hektisch geblättert und so den großen Bericht übersehen haben. Albert hörte die Zeitung knittern, deren Seiten beim Blättern die Zimmerluft umrührten. Tatsächlich schrieben sie, so beschwerte sein Vater sich jetzt erneut: »Nichts.« Kein Wort über das Einweihungsfest. Nur die Route des Umzuges war gestern veröffentlicht worden, und nur in der Schwabinger Gemeindezeitung.

Im Lokalteil der Münchner Neuesten Nachrichten war, wie auch am Vortag schon: »Nichts.«

Ein paar Minuten starrte er auf die Anagramme unten auf der Seite, ohne eines zu lösen. In der Allgemeinen Zeitung Münchens war kurz darauf ebenfalls immer noch: »Nichts.«

Albert hatte sich wieder dem Kartenhaus zugewandt. Interessanter fand er sowieso, was sein Vater am Mittagstisch von einem Bericht erzählt hatte: Zwei Schiffe hätten sich drahtlos Nachrichten zusenden können. Die *Espoir* war von Singapur nach Hongkong gedampft, während die *Orion* im Hafen blieb. In einer Entfernung von sechzig Seemeilen habe die *Espoir* dann eine Nachricht erhalten, welche die *Orion* als lange und kurze Lichtsignale auf die Wolken geworfen hatte und die auf der *Espoir* gut zu beobachten gewesen sei. Trotz der Wetterabhängigkeit sei es doch erstaunlich, über solch weite Entfernung drahtlos kommunizieren zu können! Man müsse nur noch ein Alphabet von Lichtsignalen entwerfen, genau wie beim Morsetelegraphen.

»Was für Lampen sie verwendet haben«, hatte Hermann beim Essen angemerkt, »wissen die gar nicht.«

Zwei weitere Spielkarten aneinanderlehnend hatte Albert die Wolke vor Augen, vom Licht erhellt und wieder erloschen, während in seinem Rücken »auch im Reichsanzeiger nichts« war. Es fiel allen schwer, das nicht persönlich zu nehmen oder zumindest doch als ungünstiges Omen.

Hermann legte alle Zeitungen zum Feuerholz an den Kamin. Dann redete er eine Weile vor sich hin, denn keiner der anderen reagierte, als er erklärte, wie froh er sei, dass Paulines Vater nicht zum Fest »mit seinem Pomp und den Lobhudeleien« hatte kommen können. Mit ihm über Geld zu reden hätte sich »bei aller Liebe« nämlich nicht vermeiden lassen, während sich das Lob schließlich Menschen singen würden, die sich vorher mit aller Energie bekämpft und behindert hatten »und das auch ab spätestens morgen früh wieder tun werden«.

Friedrich Uppenborn etwa, der als technischer Leiter der Versuchsstation die Abnahme zu verantworten hatte, sprach laut Hermann bereits offen davon, dass eine Verzögerung der Prüfungen das beste Mittel sei, um »missliebige Fabrikanten willfährig« zu machen. Seine Strategie, auf die Rechnung über knapp vierundvierzigtausend Mark zu reagieren, welche die Brüder am 2. März zustellen lassen würden, sei mehr als absehbar. Dabei wussten alle, dass der Auftrag in Schwabing knapp genug kalkuliert war, um sich nur mit einem Anschlussauftrag zu rechnen: der Straßenbeleuchtung für München.

Albert wusste zwar, was rechnen hieß, hatte sich aber immer gefragt, was es bedeutete, wenn sich etwas »nicht rechnete« oder man »mit etwas nicht rechnen« konnte. Dann musste es unfassbar sein. Es musste etwas ganz Unbekanntes sein, unbekannter noch als der Mond, der am Himmel stand, wenn der Kalender ihn ankündigte, der aber schon abends im Bett, wenn er nicht zufällig im

Fenster zu sehen war, zu einer reinen Idee wurde. Wie kalt war es da oben wohl, oder musste man nachts womöglich sagen: da unten? Ob man auf ihm stehen konnte?

Auf jeden Fall musste, was sich nicht rechnen ließ, etwas Unsichtbares sein. Der Anschlussauftrag zum Beispiel war tatsächlich unsichtbar, und die Probleme in Schwabing hatten mit der Verteuerung durch die zwar sichtbar, aber laut seinem Vater trotzdem »unfassbar« sprunghaft gestiegenen Kupferpreise zu tun. Deren Weitergabe hatte der Schwabinger Magistrat nachträglich akzeptiert, aber das war lange nicht klar und am Ende auch überraschend gewesen.

»Siehst du«, hatte Jakob damals gesagt.

»Wenn Kupfer weiter so steigt«, meinte Hermann jetzt, »wird es eh nichts mit der ganzen Elektrifizierung. Sie frisst sich selbst.«

»Wegen München mach dir keine Sorgen«, entgegnete Jakob in seiner Mischung aus Gelassenheit und Überdruss, »das kriegen wir.«

Vielleicht behielt er ja einfach wie so oft recht, dachte sich Albert. Aber um welchen Preis? Man würde, so weit kannte er die ausgetretenen Gedanken seines Vaters schon, ihnen wieder jeden Gewinn weghandeln mit Verweis auf den danach kommenden nächsten und wirklich großen Auftrag. Egal wie der lauten mochte.

»Ein Kraftwerk für Bayern«, meinte Hermann jetzt unvermittelt, als läse er die Gedanken seines Sohnes, und antwortete grell auflachend selbst: »Das bauen Siemens und Halske.«

Siemens hatte einen Bonus, angeblich weil er sich im Krieg gegen Dänemark als Held bewiesen habe. Anschließend hatte er »die halbe Welt in Telegraphenkabel gewickelt«. Zur Elektrizitätsausstellung im Münchner Glaspalast war er nicht mal gekommen, beinahe hätte man sie deshalb absagen müssen.

»Du übertreibst«, sagte Jakob.

»Siemens hat Büros in Moskau und London.«
Keiner antwortete.
»Er würde keine Sekunde vor einem Flug zum Mond zurückschrecken«, behauptete Hermann, »sobald jemand bezahlt.«
Albert lächelte, wie ein Kind es kann. Er dachte, dass alles, was Wirklichkeit war oder sein könnte, sich auch rechnen oder ausrechnen ließe. Das genügte ihm erst mal. Nur schade, dass seinem Vater nichts genügte, dass er glaubte, auf Dauer gegen Fabrikanten wie Siemens nicht ankommen zu können, und das Geld seines Schwiegervaters für verspekuliert hielt.

»Ich bin ein Idiot, zu dem mein kleiner Bruder mich gemacht hat«, hatte Albert ihn einmal sagen hören, als seine Eltern ihn mit den Spielkarten in seiner Ecke vergessen hatten.

Dass sie das Bettferngeschäft in Ulm nie hätten aufgeben dürfen, davon war Hermann überzeugt: »Ohne elektrisches Licht lässt sich so gut leben wie bisher«, meinte er immer häufiger, als würde das helfen, »ohne Bettfedern noch lange nicht.«

Zu gerne hätte er das Leben ein paar Jahre zurückgedreht, um alle Entscheidungen noch einmal zu fällen, andersherum. Dann wäre er wieder in Ulm, oder noch immer. Denn »die Zeit«, sagte er gerne seufzend, und Albert wusste nicht, warum immer er dabei angesehen werden musste, »sie läuft unentwegt, und sie läuft immer nur in eine Richtung«.

Genau das wollte Albert am liebsten ändern, um das schwere, seiner Meinung nach nutzlose Seufzen seines Vaters in ein leichtfüßiges Staunen zu verwandeln. Aber das war nur so ein Gedanke. Er sah zu seinem Onkel, der noch immer aus dem Fenster in den Hof blickte.

2   Aloys Höchtl, der Strom, die Frauen und das Oktoberfest

Im Hof redete Höchtl auf das dampfende Sattelpferd ein, das mit den Ohren nach der Kälte zu schlagen schien und mit dem rechten Vorderlauf immer wieder das Eisen über das Pflaster kratzte. Den Kutscher zu geben, fiel Höchtl offensichtlich nicht leicht. Es gab aber nur diese Möglichkeit, zusammen mit den Einsteins nach Schwabing zu fahren, und zum Glück wurde »seine Sturheit«, so glaubte Jakob zu wissen, »nur noch von seiner Eitelkeit übertroffen«. Mit seinem ängstlichen Bruder im Rücken beobachtete Jakob ausgesprochen gerne, wie Höchtl jetzt da unten im Frost mit den Pferden hantierte.

»Was lachst du?«, wollte Hermann wissen.

»Nichts«, sagte Jakob, der sich daran erinnerte, wie Höchtl vor ein paar Jahren in der Mittagspause von Krauss herübergelaufen kam und neue Arbeit suchte, weil ihn wegen seiner Haare jemand eine »rote Kratzbürste« genannt hatte. Er verstand damals gar nichts von Elektrizität, musste in der Wickelei als Handlanger arbeiten und war jeden Sonntag erneut auf Arbeitssuche gegangen. Jakob hatte erst befürchtet, Höchtl verrate Tricks über Wicklungen und Isolationen. Aber er wollte nur wieder an eine Drehbank. Drehbank und Werkbank, hatte Höchtl damals überall gesagt, das sei Arbeit. Eine Dynamomaschine und überhaupt der ganze Strom, der einem die Arbeit abnehme, das sei doch was für Frauen.

»Dein Zynismus wird dich noch ruinieren«, meinte Hermann.

»Und dich mit«, gab Jakob ruhig zurück und wies mit dem Kopf Richtung Hof, »aber Höchtl hat bis zum Oktoberfest auch nicht an uns geglaubt.«

Jakob war es, der auf dem Stachus oder in den Biergärten immer häufiger von Wildfremden gegrüßt wurde, als vor vier Jahren seine

Pläne für die Beleuchtung der Festwiese bekannt geworden waren: »Ja, der Herr Einstein!«

In den Rathauszimmern hatte er sich mit einer geschickten Mischung aus Lautstärke, Anspruchsdenken und einem Selbstbewusstsein durchgesetzt, das er mit kalkulierten Pausen, in denen er immer mal wieder dem Bürgermeister oder seinen Leuten keine Antworten auf ihre Fragen zukommen ließ, untermauerte. Er habe, entgegnete er entschuldigend am nagelneuen, ebenfalls von Edison erfundenen Telefon, »mit der Elektrifizierung zu tun und zu tun«.

Nicht ohne Zucker in der Stimme bedauerte Jakob den Zeitmangel, während er, kaum dass er eingehängt hatte, gern vor dem nervösen Rest der Familie dozierte, man müsse jeden Menschen, von dem man respektiert werden wolle, gelegentlich mal von oben herab behandeln.

Höchtl hatte jedenfalls aufgehört, sich zu bewerben. Er hatte wie entzündet zu arbeiten begonnen und sogar eine Schmiertechnik verbessert. Und als sie 1886 die Theresienwiese dann elektrisch beleuchteten, hatte Werkmeister Kornprobst ihn zum Betriebsleiter für die Festwoche gemacht, die aus Dampf, Rotoren, Nachtschichten und Übermut bestand, aus besoffenem Gegröle, wie es seit Jahrhunderten üblich war und sich trotz Technik, Medizin und Informationsfluss nie ändern würde, aus Katzenjammer oder Protzerei ausgewachsener Männer, aus Kabelgewirr, das von der Fabrik zum Festplatz gespannt wurde und laut Höchtl aussah »wie eine Nabelschnur«.

»Er hat halt«, so Jakob damals grinsend, »noch nie eine gesehen.«

Wichtig war: Die Presse schrieb. Sie verfiel sogar ins Dichten: »Die Bogenlampen gießen ein märchenhaftes Licht über den von Tausenden belebten Festplatz aus und gewähren im Gegensatz zu den rot flackernden Pechlaternen und matten Petroleumlichtern jenen eigenartigen Reiz, den der Silberschimmer des Mondes erzeugt, wenn er sich in der grünen Isar badet.«

Höchtl hatte stolz zu drei eigens aus London angereisten Journalisten gesagt: »Hier spielt die Musik, die Musik des Fortschritts!«

Alle drei Journalisten hatten zufrieden genickt, als ihr ebenso eigens aus Berlin angereister Übersetzer den Satz auf Englisch wiederholt hatte, denn besser hätten sie es auch nicht erklären können. Albert stand damals daneben, als sie Höchtl versprachen, er würde in der *Times* zitiert, von der man ihm sagte, sie erscheine in London. Das Versprechen wurde gehalten, ohne dass sein umständlicher Name hätte genannt werden müssen.

3 Ludwig Petuel

Seitdem fuhr Aloys Höchtl zu jeder Stunde klaglos raus, um ausgelaufene Lager, zerfetzte Wicklungen und durchgeschmorte Isolationen zu reparieren. Egal wo, egal was das Wetter aufführte. Die Kunden, die eine Hochzeit oder Trauerfeier in ihrer Wirtschaft auszurichten hatten, gaben sich ebenso erdig und waren ebenso luftig wie Höchtl selbst. Sie nahmen ihn gerne bei sich auf. Zum Beispiel in Traunstein, wo es beim Gastwirt einen Totalschaden gab, die Lampen nach drei Tagen ohne Schlaf aber wieder leuchteten und glühten. Höchtl war von der geretteten Hochzeitsgesellschaft gefeiert worden, als hätte er im Alleingang die Ehe gestiftet, und war dabei in einen Zustand geraten, der ihn das selbst auch glauben ließ. Man erzählte sich, wie er Braut und Bräutigam im Licht geküsst hatte, die Braut durchaus etwas länger und intensiver als den Bräutigam, der steif danebenstand und pausenlos auf Höchtl einredete.

Ohne so einen, wusste Jakob mit dem Blick in den eisigen Hof, läuft kein Betrieb. Umso besser war es, wenn das neue Zeitalter eben auch diesen ehrlich arbeitenden, einfachen Mann hervorbrachte, der es als seine Stärke ansah, sich um Kälte und Uhrzeit nicht zu scheren. Filigran sollten andere Maschinen, unzuverlässig andere Firmen wirken, und oft hatte Jakob während der Verzögerungen in Schwabing den wortkargen Höchtl mit Erklärungen vorgeschickt. Ohne nachzudenken, nahm jeder von ihm an, er würde vor keiner möglichen Heldentat zurückschrecken und die unmögliche noch in Erwägung ziehen. Genau das war auch immer wieder nötig gewesen.

Seit Jahresbeginn schon hatten alle auf milde Tage oder gar Fön gewartet, um pünktlich fertig werden zu können. Aber vergebens.

Jeden Morgen hatte derselbe Frost sie angestarrt, und an den Bau der Fundamente war nicht zu denken. Der Termin war zwei Mal verschoben worden, natürlich nicht ohne lange und unangenehme Diskussionen im Magistrat, der sich noch zu gut an die gestiegenen Kupferpreise erinnerte.

Ludwig Petuel hatte sich von den Einsteins eine elektrische Anlage in seinen Brauereikeller bauen lassen, den seitdem sogar Münchner besuchten. Petuel war im Vorfeld auch der größte Fürsprecher der Elektrifizierung Schwabings gewesen. Als Magistratsrat hatte er gegen die Straßenbeleuchtung der Gasgesellschaft geredet, die zwar geringere laufende Kosten anbot, aber auf einer Vertragslaufzeit von fantastischen neunundneunzig Jahren bestanden hatte.

Nur wollte Schwabing etwas ganz anderes: den Münchnern voraus sein. Elektrisches Licht war das Geschenk des Himmels, und als Petuel damals glücklich aus der Sitzung kommend zu den im Bierkeller wartenden Brüdern geeilt war, konnten Einsteins feiern. Sogar Hermann hatte an diesem Abend mitgemacht.

Beim Bau weiteten sich die Verzögerungen allerdings dauernd aus. Zweimal schon war die Abnahme verschoben worden, und Hermann sah sich in seiner laut Jakob vermutlich angeborenen Schwarzmalerei bestätigt. Die Brüder und Petuel gerieten schwerer in die Defensive als je auf dem holprigen Weg zu den Straßenlampen. Nicht wenige im Magistrat hatten dem Licht von Anfang an noch weniger vertraut als den Einsteins selbst.

Alois Ansprenger verlangte einen Ausgleich. Er wollte Geld. »Wenn auch«, wie er Petuel wissen ließ, »nur aus Prinzip.«

Und Jakob und Hermann hatten nächtelang neben ihren Frauen wach gelegen. Als schließlich sogar Albert morgens lustlos bemerkte, sie sähen müde aus, hatten sie sich Petuel offenbart: Bei einer Nachforderung wären sie pleite und könnten nicht zu Ende bauen. Sie würden München dann verlassen.

Petuel warf sich auf der nächsten Sitzung des Magistrats wieder für sie ins Zeug: »Sogar die Hoheit dieses Hauses und die Klarheit seiner Vertragsangelegenheiten«, rief er in den gekalkten, kalten, von Pechlaternen flackernd beleuchteten und von verbrauchter Luft und nassen Mänteln säuerlich riechenden Saal: »helfen wenig gegen den gemeinen Frost.«

Das war Mitte Januar gewesen, vor vier Wochen. Jakob und Hermann hatten als Gäste hinten gesessen. Hermann hoffte, nicht selbst sprechen zu müssen. Selbst sprechen zu dürfen, hoffte Jakob. Er gab wichtige Dinge nicht gern aus der Hand.

Die Versammlung begegnete Petuel stumm und erwartungsvoll, was Petuel irritierte. Er hatte mit Gemecker und Nörgelei gerechnet, wie es vorher auf dem Gang zu vernehmen gewesen war. Auch auf eine scharfe Polemik war er vorbereitet, er hätte sie zur Abstimmung gestellt wie eine Gewissensfrage und seinen Rücktritt angeboten. Er hätte beleidigt getan. Das konnte er sich leisten. Aber nichts kam. Die Versammlung schwieg.

Das war gefährlich, dachte Petuel, der seine Schwabinger in den ersten Reihen zu gut kannte, um sich auf sie zu verlassen. Aus den Reihen lugten links und rechts mit Lehm beschmierte Stiefel, und Petuel sah die ordentlichen Jackenärmel auf den Tischen darüber liegen. Er wartete auf einen Zwischenruf. Vergeblich. Nur Husten. Einer zog Rotz hoch, Petuel konnte nicht ausmachen, von wem es kam, wusste nicht, ob es eine Meinungsäußerung war.

»Gerade den Unbilden der Natur«, sagte er deshalb in den bis auf die Nebengeräusche ungewohnt stillen Raum hinein, und seine Stimme kratzte und klang in seinem eigenen Ohr eigenartig hoch, als er fortfuhr: »gerade dem Frost wollen wir mit der elektrischen Anlage, die niemals einfrieren kann, die niemals vom Sturm ausgepustet werden kann, die nie in Brand gerät, mit der«, er musste unpassend Luft holen und glaubte, dass jeder das merkte, bevor er schloss: »mit der wollen wir dem elenden Wetter doch begegnen!«

Schweigen.
Plötzlich rief er: »Männer!«
Er machte eine Pause, sah in die stumme Runde.
Langsam holte er neue Luft, seinen Groll über die Gleichgültigkeit unterdrückend, bevor doch die Wut kam.

»Um den letzten Schritt handelt es sich jetzt«, erklärte er, »um unseren gemeinsam zu gehenden letzten Schritt, dem sich Frost und Winter in gewohntem Starrsinn entgegenstemmen, wie sich die Natur immer gegen den Menschen gestemmt hat, als sei es ihre einzige Aufgabe! Wollen wir uns wirklich aufhalten lassen? Wenn wir uns wegen ein paar Tagen Verzögerung untereinander verstreiten, wenn wir der Firma Einstein schon wieder mit dem Bankrott drohen, statt gemeinsam die erste elektrisch beleuchtete Stadt der Welt zu werden«, er blickte dem einen oder anderen Saufkumpan in die Augen und fuhr dann energisch fort: »Die Münchner werden sich schön freuen!«

Das Wort Bankrott hatte Jakob getroffen wie ein Faustschlag. Er stellte sich schon vor, wie es wäre, in Italien neu anzufangen, wo man bestimmt nicht so über ihn reden würde. Hermann freute das Wort, er hatte es seinem Bruder ja immer gesagt. Seit er hier war, hatte er es ihm immer gesagt.

Von der Mühsal, sein Temperament zu zügeln, war Petuel erschöpft, und aus Ärger über seine schon fast akzeptierte Niederlage hob er die Faust. Er bremste die Bewegung noch ab, so gut es ging, denn so einer war er.

Der eine oder andere im Magistrat missverstand das aber offenbar als symbolisches Heben eines imaginären Bierkruges, vielleicht als Prost auf Schwabing. Einer nach dem anderen hatte daraufhin ebenfalls symbolisch einen Krug gehoben oder die Faust in die verbrauchte Luft gehalten, was immer nun gemeint war.

»Wenn eine andere Firma zu Ende bauen muss«, sagte Petuel irritiert, aber froh, dass sie nicht über ihn herfielen, »dann wird es noch länger dauern, wir werden gar nicht wissen, wann die Anlage fertig würde, und die Kosten sind auch nicht auszurechnen.«

Es folgte ausgelassenes Gemurmel.

Alois Ansprenger, in manchem Wirtshaus auch »Bürgermeister Anstrengend« genannt, ließ von seiner Forderung auf Minderung ab. Nach der Sitzung beachtete er die Einsteins einfach nicht und kam Petuel gegenüber nicht mehr auf das Thema zurück: »Du«, hatte er nur gesagt, als er ihn am Ärmel fasste, als wäre nichts gewesen: »Wir müssen mal über die Armenkasse reden.«

Und nach einer Pause: »Morgen.« Und als ob nicht der Bürgermeister die Termine setzte, fragte er: »Wann hast du Zeit?«

Wortlos waren die Brüder nach Hause geschlichen, Hermann erleichtert, Jakob erbost darüber, dass es »überhaupt so eine Sitzung geben musste«.

4 Die Abnahme

Seitdem hatten sie sich ruhig verhalten und gearbeitet, so gut sie es bloß vermochten. Bis zwei Tage vor dem Probelauf blieb trotzdem unklar, ob die Anlage diesmal fertig würde, zum dritten Termin, und Petuel hatte Jakob schon vorsorglich gesagt, er könne jetzt nichts mehr für ihn tun.

Nach einer weiteren, für Schlafstörungen leicht ausreichenden Menge kleinerer Probleme mit den Freileitungen und Isolatoren, dauernden Beschwerden der beiden für das Verdrahten zuständigen Arbeiter über ihre blau gefrorenen Finger, Gegenbeschwerden über ihren Bierkonsum auf und unter den Leitern, einem Dutzend von Höchtls seltenen Flüchen, die er leise und allein in die Kälte vor sich hinsagte, als spräche er ganz im Vertrauen mit seiner Mutter, war die Anlage dann aber angeschaltet worden.

Drei unvergleichlich lange Stunden lief Jakob mit Höchtl, Ansprenger, Uppenborn und Petuel die ganze Runde ab. Hermann saß die gesamte Zeit nervös neben den Generatoren und wartete auf kratzende Geräusche, auf ein aufflackerndes blaues Licht und den Geruch verschmorten Gummis. Um sich zu beruhigen, machte er seinen Lieblingsfehler: Er las die Zeitungen.

In der wissenschaftlichen Rundschau berichteten die Münchner Neuesten Nachrichten über das Elektrizitätswerk an den Niagarafällen und deren ungeheure Kraft von geschätzten fünfzehn Millionen Maschinenpferden. Fünfzehn Millionen Pferde waren nicht vorstellbar. Hunderttausend auch nicht, aber hunderttausend davon, so die Ausgabe unten auf Seite eins, hatte man kanalisiert und auf Wasserkraftmaschinen geleitet. Vorläufig wurden fünfzehntausend Einheiten zum Betrieb von Dynamomaschinen verwendet, deren Strom im zweiunddreißig Kilometer entfernten Buffalo hauptsächlich zur Beleuchtung eingesetzt wurde, aber auch für Maschinen und Ventilatoren und für Aufzüge, die in diesem endlos weiten und leeren Land der Gleichheit, in dem angeblich alles größer, schlimmer und besser war als woanders, die Flucht nach oben ermöglichten. Eine Pferdekraft kostete pro Jahr, so die Meldung weiter, nur sechzig Mark!

Der Witz, der Hermann entging, war der jüngst möglich gewordene Transport der Elektrizität über weite Distanzen. Als wäre es eine versteckte Bosheit, kam das Zauberwort *Wechselstrom* nirgends vor. Vielmehr legte der Bericht, als wäre er eine offene Bosheit, Wert darauf, wie preiswert zum Beispiel auch die Berliner Elektrizitätswerke seien, »vorbildlich« seien die Preise. Und bei der nächsten Nachricht sank Hermann noch mehr in sich zusammen, als er bereits von Natur aus schon zusammengesunken war: In Deptford entstand ein Werk, das London beleuchten würde, mit zwei Millionen Lampen. Hermann verging jeder Rest eines ohnehin bestenfalls imaginären Glaubens, sich ohne biblisches Wunder über Wasser halten zu können. In London war er noch nicht gewesen, er kannte London nicht. Er konnte sich London auch nicht vorstellen, und er konnte es immer weniger, je mehr er es jetzt versuchte.

Näher und begreiflicher war ihm eine ganz andere Meldung, und obwohl sie die bedrohliche für ihn war, hielt er sich lieber bei ihr auf: Auf Seite drei meldete die Allgemeine Zeitung Münchens schmucklos, dass die »Kommanditgesellschaft Schuckert für Elektricität sich in Nürnberg definitiv constituirt« habe. Die erste »Einzahlung auf das Capital« war zum 1. April zu leisten. Hermann hielt seine Gedanken an, denn statt Friedrich Uppenborn war es zuerst Sigmund Schuckert gewesen, der als Leiter der Versuchsanstalt vorgesehen war. Schuckert hatte auch Interesse gezeigt, es aber wieder verloren, als die Beleuchtung des Marienplatzes am Widerstand der Gasbeleuchtungsgesellschaft scheiterte. Sie hatte auf laufende Verträge hingewiesen. Ob er für die Einsteins besser gewesen wäre als Uppenborn, fragte sich Hermann, kannte aber die Antwort: vermutlich nicht. Statt bis zu den Abnahmestreitereien vorzudringen, wären sie dann wahrscheinlich gar nicht erst an Aufträge gekommen.

Ohne Schuckert waren es schließlich die Brüder Einstein gewesen, die den Marienplatz elektrisch beleuchteten, wenn auch nur vorübergehend, zur Probe und natürlich ohne Gewinn. Es hatte sogar Geld gekostet. Jakob sah das allerdings in engem Zusammenhang mit dem Schwabinger Auftrag, der in engem Zusammenhang mit dem Münchner Auftrag stand und über den hinaus er »erst mal nicht planen« wollte.

Auf die Rückkehr seines Bruders wartend, oder auf einen Unfall, war Hermann fähig, diese Meldung ohne große Regung aufzunehmen. Er sortierte sie gar nicht ein. Noch halb bis drei viertel betäubt von den Londoner Lampen, blätterte er ziellos durch den Rest der Zeitungen, was ihn entspannte: Es hatte zwei Morde in München gegeben, ein Kind und ein Armenhäusler waren die Opfer. Die Diebstahlrate war gestiegen, seit der vermehrte Zuzug von Fremden die Gelegenheitstat begünstigte. Razzien und Inhaftierungen waren nicht nur speziell gegen unsolide Frauenzimmer durchgeführt worden, sondern hauptsächlich wegen Kuppelei. In Leoni am Starnberger See hatten der Postadjunct Landgraf und seine neunzehnjährige Geliebte, Tochter des Rentbeamten Graf von München, mit einem Revolver einen Doppelselbstmord versucht. Landgraf war seiner Verwundung erlegen, während das Fräulein Graf an dem Schuss in die Brust schwer verwundet daniederlag. Und schließlich hatte Professor Voit als Vorsitzender der elektrotechnischen Versuchsstation »die Güte gehabt«, vor dem Polytechnischen Verein zu sprechen.

Hermann überfiel plötzlich das Verlangen, die Zeitung wegzulegen. Im Lärm der Maschinen fror er. Sein Bruder hätte längst mit den anderen zurück sein müssen. Hermann nahm deshalb an, es habe Schwierigkeiten, da sie schon im Maschinenhaus ausgeblieben waren, natürlich auf der Strecke gegeben. Der Strom floss zwar gleichmäßig ab, wie er an den Geräten sehen konnte. Die einfachste Erklärung war, dass er auch durch die Lampen floss und alle brannten. Aber die einfachste Erklärung war nie Hermanns liebste gewesen, und wenn es auch unwahrscheinlich war, dass der Strom an einem feuchten Mast herunter in den Erdboden floss wie ein Blitz, vollkommen undenkbar war es nicht. Dann suchten die fünf jetzt den schadhaften Isolator.

Als Hermann schon nicht mehr damit gerechnet hatte, kamen sie alle gemeinsam in das Masschinenhaus: Petuel, Ansprenger, Jakob, Höchtl, Uppenborn. Hermann erhob sich sofort und stand gespannt vor ihnen.

Ohne Notiz von ihm zu nehmen, sagte Petuel wörtlich, was Hermann vor ein paar Minuten erst in der Zeitung gelesen hatte: »Es gibt für Samoa gar keinen Neutralitätsvertrag zwischen Amerika, Deutschland und England.«

Ansprenger nickte.

»Wir haben vorletztes Jahr nur einen Vertrag mit Samoa gemacht, der uns die Kohlenstation im Hafen von Pago Pago zugesteht.«

Ansprenger nickte noch einmal uninteressiert.

»Deshalb«, schloss Petuel seinen Satz ab.

Hermann stutzte.

In den Lärm der Rotoren sagte Ansprenger dann, indem er Jakob ansah, nur: »Gut.«

Dazu nickte er ein weiteres Mal, und erst auf dem Rückweg bekam Hermann erzählt, wie Petuel Ansprenger abzulenken versucht hatte, indem er ihn in ein Gespräch über die »gefährlich blamable Einmischung von *Uncle Sam* in deutsche Interessen auf Samoa« verwickelte.

Hermann nickte ungeduldig, er wollte hören, wovon Ansprenger hatte abgelenkt werden müssen.

Nervtötend langsam erzählte Jakob: Es hatte in der Herzogstraße einen Zwischenfall gegeben, und weil Hermann die Augen aufriss, sagte Jakob lässig: »Keinen technischen.« Aus sicherer Entfernung hatte ein Mann die Abordnung beschimpft, sie wollten die Schwabinger aus Schwabing vertreiben. Die fünf waren daraufhin stehen geblieben.

»Der hat an einer Hausecke gestanden«, meinte Jakob, »Hände in den Hosentaschen, eine Wollmütze auf dem Kopf und rote Frostflecken im Gesicht, und hat geschimpft, erst würde man die Steuern erhöhen, um neues Licht zu bauen, und dann die Mieten, um neue Leute zu holen, die eine höhere Miete zahlten und noch mehr Steuern. Dabei hat er Petuel im Blick gehabt, der Ansprenger dann erklärt hat, wer das war.«

»Und? Wer?«

»Ein Arbeitsloser, Max Siewig. Letztes oder vorletztes Jahr haben sie ihm das Armutszeugnis ausgestellt. Aber Ansprenger war nicht überzeugt. Siewig stand noch Lohn zu, sagt Petuel, und den hat er vor Gericht auch bekommen. Petuel hat ihn gegrüßt.«

Auf den Gruß hin war Siewig um die Hausecke verschwunden, ohne geantwortet zu haben, und die fünf Männer hatten sich wieder in Bewegung gesetzt.

»Petuel hat noch gesagt, dass Siewig bei ihm im Wirtskeller anschreiben lässt, aber Ansprengers Laune – du weißt ja, wie er ist.« Jakob äffte ihn nach: »›Die Armenkasse‹, hat er im Weitergehen zu Petuel gesagt, ›128 in 88! Wenn wir das nicht drücken.‹ Und ein paar Häuser später: ›Das drücken wir.‹«

Petuel hatte dazu mit seinem großen kantigen Kopf genickt und gesagt, dass Siewig »die Nerven« hatte, seit Frau und Sohn gestorben waren.

»Was war noch?«, wollte Hermann wissen.

»In der Siegesstraße haben Ansprenger und Petuel mit dem Uhrmacher ein paar gut gelaunte Worte gewechselt, wie heißt der noch?«

»Der Goldschmied?«

Den meinte er.

»Johann Berndl.«

Er war begeistert aus seinem Laden gekommen, um Hände zu schütteln.

»Und das war's?«

»Hat ja niemand gewusst, dass wir sie anstellen«, erklärte Jakob seinem Bruder, als ob dem nicht mal das klar wäre: »Und vor dem weißen Himmel siehst du sie kaum.« Jakob wies nach oben. Ansprenger hatte schon bei der ersten Lampe gesagt, dass er doch hoffen würde, im Dunkeln auch wirklich etwas sehen zu können damit.

»Und Uppenborn?«

»Der hat schon in der Maffeistraße auf eine durchgebrannte Birne hingewiesen, die er als Erster gesehen hatte, aber Höchtl ist gleich rauf, oben am Laternenpfahl.«

Jakob lachte. Höchtl habe einen Handschuh im Mund gehabt dabei und »Rotz und Dreck« geflucht.

Hermann stellte sich vor, wie die anderen vier ihm zugesehen hatten mit gestreckten, nach hinten gelehnten Oberkörpern, deren Gewicht sie mit ausgestreckten Armen ausglichen, sodass ihre Fäuste sich in den Manteltaschen abzeichneten.

»Ansprenger hat auf jeden nicht ganz gerade sitzenden Porzellanisolator gezeigt, und Höchtl hat immer schön notiert. Als würden die gerichtet.«

Insgesamt sei Ansprenger aber schweigsam gewesen, was die anderen unter Druck gesetzt und Petuel zu unausgesetztem Reden veranlasst hatte, als müsse er »die Girlande« noch immer an die Männer bringen.

»Muss er nicht mehr«, nahm Hermann die Rede endlich auf und beendete sie, als hätte er den größten und schwierigsten Teil der Arbeit geleistet. Nachdem Ansprenger im Maschinenhaus mit seinem »gut« die Abnahme bewerkstelligt und Jakob den aus einem großen Hebel bestehenden Lichtschalter umgelegt hatte, wurden die Straßen, in die der Schnee mittlerweile so lautlos und geduldig rieselte wie all die Jahrhunderte zuvor, noch einmal ihrer Vergangenheit überlassen.

»In Schwabing« war aber, so formulierte es Petuel am Abend in seinem Bierkeller, eine Hand unter dem Hosenträger, die andere mit Zigarre auf dem Tisch und einen Bierkrug mit offen stehendem Deckel vor sich, »der Strom.«

5 Das Bild des Pferdes

Zwölf Tage war das her. Albert hatte sie einzeln gezählt, weil die unangenehme Spannung im Haus, statt sich zu legen, weiter gestiegen war. Er konnte nur hoffen, dass sie sich heute wieder löste. Egal wie. So ernst wie die Erwachsenen ihre nahm Albert seine Spielzeuge nie, aber alles, wusste er, hing jetzt davon ab, wie gut die Anlage heute Abend lief, wie das Wetter war und dass nirgends Funken sprühten.

Das Wetter war schon mal gut.

Seine Mutter, das wusste er auch, betete.

»Albert«, sagte sie, als sie mit einem neuen Paar Wollsocken ankam. An ihrer Stimme hörte man, dass sie nicht annahm, sich durchsetzen zu können.

Durch eine entschiedene, nach hinten in ihre Richtung gestreckte linke Hand hieß Albert sie ruhig zu sein, während er mit der rechten das dritte Stockwerk des Kartenhauses vollendete, dann das erste Kartenpaar des vierten aufstellte, zur Verwunderung der Mutter in der Mitte des Baus. Gebannt sah sie ihm zu, eine Hand dabei in einer Wollsocke.

Hermann zog erneut die Uhr aus der Westentasche, als Jakob das Fenster öffnete, um »Höchtl!« zu rufen, dessen Ohren vier, höchstens viereinhalb Meter entfernt waren. Selbst wenn es sechs Meter gewesen sein sollten, mussten sie deshalb nach weniger als zwei Hundertstelsekunden vom Schall erreicht worden sein, dachte Albert.

Aber Höchtl regte sich nicht. Er regte sich weder, bevor das Kartenhaus vom viel langsameren Luftzug berührt zusammenfiel, noch nachdem Pauline jetzt viel fester ihren Schwager ermahnte, als sie es zuvor mit Albert getan hatte: »Jakob!«

Der starrte unverwandt auf Höchtl, wünschte diese primitive Art, miteinander in Kontakt zu treten, zum Teufel oder gleich nach Frankreich und sagte laut zu sich selbst: »Stur wie Holz!«

»Wer denn?«, fragte Hermann ungehalten.

»Herr Höchtl«, wiederholte Jakob jetzt in ganz normaler Zimmerlautstärke und mit einem Minimum an Freundlichkeit, das schon das Maximum seiner erreichbaren Selbstdisziplin erforderte. Seine rechte Hand hielt weiter den Fensterflügel fest.

Höchtl sah gemächlich auf und fragte mit einer nicht unpassenden Kopfbewegung, was es gebe.

»Seien Sie doch bitte so gut und bürsten den Gäulen noch schnell über die Flanken!«

Höchtl nahm den Blick vom Fabrikanten und sah auf den Pferdearsch, der ihm am nächsten war.

Er dachte: »Noch schnell!«

In einem nur in der Imagination möglichen Tempo rekapitulierte er, wie er bei Krauss das Wettdrehen gewonnen hatte und Geselle geworden war, wie er vorher monatelang im Dreck der Schmirgelbank ausgehalten hatte und wie ihn noch früher der Graf Holstein nicht als Hofstaller genommen hatte wegen der roten Haare, denen »seine Sommersprossen«, so der Graf in merkwürdiger Verdrehung der Tatsachen, »noch die Krone aufsetzten«.

In weniger als einem Augenaufschlag dachte Höchtl an den harten Winter neunundsiebzig. Er dachte an seine Scharlacherkrankung und daran, dass Unkraut nicht vergeht. Er dachte an die Zeit als Ministrant, in der er für sechs Pfennige um vier Uhr aufgestanden war, und er dachte an die ungezählten Spanischen Rohre in den Händen seiner Lehrer, von denen niemand wusste, wieso die Spanier an ihnen schuld sein sollten.

Er dachte an seinen Vater, der für seinen Humor bekannt war und der im Jahr achtzig bei Regen auf einen Zug springen wollte wie immer. An den Fuß seines Vaters, der vom nassen Trittbrett abrutschte wie noch nie, bevor seine Hand den Halt am nassen Haltegriff verlor und sein Kopf unter das nächste rollende Rad geriet.

»Noch schnell«, dachte Höchtl, den kondensierenden Atem des Pferdes inhalierend, mit den Augen dem Lauf der braunen Haare im Fell der Flanke folgend, als wäre es der Lauf seines Schicksals. Er hatte seine Mutter vor Augen, die zwei Jahre nach dem Unfall des humorvollen Vaters mit zweiundvierzig »ihrem Siechtum erlegen« war, wie alle es nannten.

Er beschloss, morgen seine Schwester bei den Pflegeeltern zu besuchen. Sie war das einzige von elf Geschwistern, das noch lebte, denn alle anderen waren »gekommen« und ohne genug Zeit, einen eigenen Willen zu entwickeln, »wieder gegangen«.

Dem Fenster mit Jakob Einstein drehte er jetzt vollends den Rücken zu.

Dass Jakob lächelte, bemerkte niemand. Er schloss den Fensterflügel und sagte wie im Selbstgespräch, die Gäule sähen aus wie vom Sendlinger Bauernhof.

In den verstreuten Spielkarten, die eben noch Teile eines Kunstwerkes gewesen waren, las Pauline Einstein ihre Unschuld und lebenslange Zurücksetzung.

Albert stand ruhig auf und sagte mehr, als dass er fragte: »Gehn wir?«

Er war zu Jakob ans Fenster getreten und beobachtete von der Seite seinen Onkel, der durch das wellige Fensterglas sah, wie das Sattelpferd den Schwanz hob. Das Bild von dem, was dampfend folgte, breitete sich mit einer in einem Keller in Potsdam gerade frisch vermessenen und nach Alberts Meinung zwar erst mal wahnwitzig klingenden, am Ende aber doch einfach auch nur sehr hohen Geschwindigkeit nach allen Seiten aus. Es durchdrang Jakobs Augäpfel und traf, auf dem Kopf stehend, seine Netzhäute. Von da raste es vergleichsweise langsam über seine zweiten Hirnnerven zum Chiasma opticum, wo rechte und linke Seiten der beiden Abbilder des Skandals für beide Gehirnhälften neu sortiert wurden, um sich, ohne nach Erlaubnis gefragt oder zu viel kostbare Zeit verloren zu haben, ins visuelle Gedächtnis weit hinten im Großhirn des Fabrikanten zu bohren.

Dass niemand das ahnte, machte gar nichts.

Am Minenspiel seines Onkels las der mit »unmenschlich viel Intuition« beschenkte Albert ab, wie das mittlerweile wieder auf den Füßen stehende Bild das Geruchszentrum seines Onkels stimulierte: Jakob rümpfte trotz geschlossenem Fenster die Nase. Einen Motorwagen brauchte Jakob Einstein, weil der nicht stank.

»Mein Gott«, murmelte er resigniert oder wütend, und Albert ergänzte im Stillen für sich: »ist überall.«

Das behaupteten die Lehrer seiner Schule.

»Eine Minute«, sagte Hermann auf die schon beinahe vergessene Frage, ob man losführe, in Alberts Richtung. »Geh schon mal runter.«

Und Pauline ergänzte, nachdem sie dem Jungen offenbar auch mit Lichtgeschwindigkeit, nämlich ohne dass die Männer es gemerkt hätten, die Socken gewechselt und Schuhe angezogen hatte, die Anordnung mit einem Befehl, in dem »Mantel« und »Schal« vorkamen.

6 Albert Einstein

Mit beidem ausgestattet hüpfte Albert die schmale, schon zwei Jahre nach ihrem Bau in der Mitte ausgetretene Treppe hinunter, indem er immer eine Stufe ausließ, die nächste mit dem linken Fuß nahm und den rechten kaum zeitlich versetzt auf die übernächste setzte: ta-tam, ta-tam. Er würde sich »eines Tages die Haxen brechen«, behauptete seine Mutter immer. Sie ahnte nicht, wie leicht er war, auch nicht, wie sehr er die Genauigkeit liebte und wie leicht sie ihm fiel. Nie würde er sein wie seine Mutter.

Draußen atmete er froh die kalte Luft ein. Das Sonnenlicht war fast weg, die an der Hauswand befestigte Bogenlampe brannte, vom Dynamo im Haupthaus gespeist, mit ihrem knisternden Geräusch. Albert tippte mit der rechten Fußspitze immer auf die Mitte eines Kopfsteins, mit dem linken Fuß trat er immer so auf zwei, dass die Rille seinen Fuß genau in vordere und hintere Hälfte teilte und er dabei auf keinen weiteren Stein trat.

»Hast dich verletzt?«, fragte Höchtl wegen des asymmetrischen Gangs. Albert schüttelte den Kopf und wies fragend auf die Berline.

»Bitte«, sagte Höchtl und wandte sich wieder der Flanke des Braunen zu.

Albert blieb aber noch bei ihm stehen. Er mochte Höchtl. An den Nachmittagen ging Albert oft in die Halle, um ihm bei der Arbeit zuzusehen. Höchtl sagte Sachen wie gestern, als er meinte, dass er den Strom noch immer nicht möge. Da hatte er gerade einen gewischt bekommen, eine elektrostatische Entladung, ungefährlich, aber unangenehm.

»Der Strom mag uns auch nicht recht«, hatte er wie zur Entschuldigung angefügt, »sonst würde er sich öfters zeigen.« Und nach einer Weile, in der er mit Fett am Ringschmierlager hantiert hatte: »Was ich nicht sehen kann, ist mir halt nicht geheuer.«

Seitdem hatte Albert überlegt, was man alles nicht sehen konnte. Das Magnetfeld natürlich, das den Kompass bewegte. Die Luft konnte man nicht sehen, es sei denn, sie flimmerte wie im Sommer. Man atmete sie trotzdem einfach so ein.

Es gab noch viel mehr Unsichtbares: Wasser. Im Prinzip unsichtbar wie Luft, alle tranken Unmengen und laut dem Apothekenblatt, das in der Küche herumlag, doch immer zu wenig. Für Albert waren auch England und Frankreich, von denen die Erwachsenen immer sprachen, unsichtbar. Sein Onkel war aber schon mal auf der Elektrizitätsausstellung in Paris gewesen, was seinem Lehrer nach für Frankreich dasselbe war wie München für Bayern. Albert sprach es gern vor sich hin: Elektrizitätsausstellung. Er wiederholte das Wort stumm, eine Lautmalerei im Kinderkopf mit allen Variationen der Betonung: Mal zog er das *E* am Anfang lang, mal das *u* am Ende, mal ein *i*, bis das Wort von allein und ohne Bedeutung durch seinen Kopf hallte.

Dann brachte er sich bei, es rückwärts auszusprechen: Gnulletssuas-Tätizirtkele. Er wiederholte es, bis er es flüssig sagen konnte, Gnulletssuastä-Tizirtkele, wiederholte es weiter, um das Tempo zu steigern, und war schon sehr schnell, dann probierte er alle Betonungsmöglichkeiten, und dann hatte auch dieses Ungetüm von Laut jeden Sinn verloren und bot statt Erholung seinem unterbeschäftigten Geist nur Langeweile. Albert versuchte, es wieder loszuwerden, indem er über etwas anderes nachdachte. Unsichtbare Sachen, fand er, waren interessanter als sichtbare. Paris war nicht so interessant wie das Magnetische.

Einige Gottesfragen im Zusammenhang mit dem Magnetfeld hatten Albert den Nachmittag über beschäftigt. Sicher konnte Gott es sehen. Sonst hätte alles keinen Sinn. Welche Farbe es wohl hatte? Eine Farbe musste es haben, auch wenn sie blass oder durchsichtig war oder wie man das sagen sollte. Nur hatte die Farbe natürlich keinen Namen, denn Menschen, die die Namen erfanden, konnten es ja nicht sehen. Wieso nahmen die Erwachsenen es hin, Gott nicht fragen zu können? Sie gaben immer gleich auf. Dabei war das Magnetfeld mit dem Kompass seines Vaters und den Eisenspänen seines Lehrers gar nicht so unsichtbar, wie man erst dachte. Beim Einschlafen wünschte sich Albert, am Morgen magnetisch zu sein wie die Nadel im Kompass und das Magnetfeld zu spüren.

Aufgewacht war er mit dem Licht. Durch die schmalen Spalte der Läden schoss es ins Zimmer. Er hielt sich die Decke über den Kopf und war bereit, sich schlafend zu stellen, sollte die Tür aufgehen. Mal lugte er mit dem einen, dann mit dem anderen Auge, dann mit beiden ins Zimmer, das vom Licht durchquert wurde. Minutenlang beobachtete er, wie die im hellen Ausschnitt leuchtenden Staubteilchen langsam tanzten und strömten. Ohne sie war der Lichtstrahl nicht sichtbar. Oder es waren mehrere Lichtstrahlen, ein einzelner konnte es ja, breit wie das Fenster, kaum sein. Wie dick war ein Lichtstrahl? *Der Lichtstrahl* war nicht genau dasselbe wie *das Licht*, und erst wenn es auf einen Gegenstand fiel, der es ins Auge lenkte, sah man es.

Den Strom sah man auch erst, wenn er in der Maschine oder der Lampe ankam und etwas machte. Dass man das Magnetfeld und den Lichtstrahl nicht sehen konnte, störte Höchtl aber nicht wie die Unsichtbarkeit des Stroms.

»Steig ein«, sagte er ruhig, weil er glaubte, dass Albert vor der Kutsche zu versteinern drohte oder gleich eine seiner Fragen stellte, »verkühlst dich sonst noch.«

Wie Jakob hatte auch Albert das Gefühl, dass nichts wirklich schiefgehen und in Not geraten konnte, solange Höchtl da war. Und er war immer da. Wenn er einmal nicht da war, sagte man Albert schon automatisch: »Höchtl ist in Augsburg« oder nur: »Ist in

Landsberg.« Letzte Woche hieß es am Montag, als Albert in der Halle nach ihm sah, »der Aloys, der ist in Italien«.

Er war nie richtig weg, etwas von ihm blieb auch an seinem Platz, wenn er unterwegs war. Er war auch dann immer noch da. War Höchtl etwa Gott? Womöglich sah er das Magnetfeld und den Lichtstrahl, nur den Strom nicht, der ja im Kabel war. Mit seinen Eltern würde Albert darüber nicht reden können. Wahrscheinlich würde nicht einmal Jakob darüber reden wollen, obwohl der ihm das Buch über die Sterne, Gott und die Ewigkeit gegeben hatte, in dem vorgerechnet wurde, dass das Licht von der Erde über eine Sekunde zum Mond brauchte, acht Minuten zur Sonne und Jahre oder Jahrhunderte zu manchem leuchtenden Punkt dort oben.

Das Buch erklärte, wie mit den Lichtstrahlen alle Bilder von ihm und den anderen auf ewig durch den Weltraum flogen. Was für ihn und die anderen ein Zeitpunkt war, kam im Weltraum einem Ort gleich. Gott konnte jederzeit an jedem beliebigen Punkt sein. Deshalb sah er alles, auch die ganze Vergangenheit.

Allein in der Berline sitzend und mit einem Fischmund Atemwolken zu Kugeln formend, beobachtete Albert im Zwielicht der Bogenlampe und der Dämmerung Höchtls Mütze, wie sie beim Bürsten des Pferdes aus dem Fensterausschnitt verschwand und gleich wieder auftauchte.

Die Erwachsenen kamen aus dem Treppenhaus, um nacheinander zu ihm in die Kutsche zu steigen, die sich bei jedem Tritt auf die Stufe weit zur Seite neigte, aber mit jedem neuen Passagier weniger weit. Auch Ida war jetzt dabei, Jakobs Frau.

»Träumst?«, fragte Alberts Mutter ihn, als Höchtl die Bürste weggebracht und den Dynamo abgestellt hatte, im Halbdunkel auf den Bock gestiegen war und wendete. Unter dem Klappern der Pferdehufe und Rattern der Räder holperten sie, nicht grundsätzlich schlecht gelaunt oder pessimistisch gestimmt, wie sich später alle übereinstimmend erinnerten, aus der Einfahrt.

Mit großen Augen sah er seine Mutter an, bevor er verneinte. Sie band ihm den Schal neu, verlegte das lange Ende sorgfältig in das Innere des Mantels und schloss den obersten Knopf. Jakob rauchte eine Zigarre. Der Qualm gefiel Albert erst, dann legte er sich ihm störend auf die Brust.

Nach zehn oder fünfzehn Minuten wortloser Fahrt, auf der Albert sich nicht darum kümmerte, wo entlang sie fuhren, hielten sie plötzlich. Er stand auf, um aus den Fenstern sehen zu können: Sie waren an der Versuchsstation. Ausgerechnet hier, wo die Lampen probiert worden waren, traf man sich also mit Uppenborn, dessen Name in Alberts Ohren schon lange Alarm auslöste und jetzt doppelt laut schepperte. Hier wurden die Berichte geschrieben, die über Aufträge und Abnahmen entschieden und um die es täglich Streit gab.

Sie waren die Ersten. Jakob stieg aus. Albert konnte sehen, wie sein Onkel in die Luft paffte und immer wieder zum Eingang der Versuchsstation sah. Sie war verschlossen, die Scheiben waren innen vereist, niemand war im Haus. Vor ein paar Wochen erst hatte Albert hier an den Instrumenten gesehen, dass die Lichtstärke im doppelten Abstand nur noch ein Viertel betrug, »weil«, so Jakob damals vor den anderen zu Albert, »Licht sich im Äther wie eine Kugelwelle ausbreitet, genauso wie die Wellen im Walchensee, wenn du einen Stein hineinwirfst«.

»Eher wie der Schall«, hatte Albert gesagt, »die Wasseroberfläche ist ja ganz flach.«

»In drei Richtungen, stimmt«, hatte Jakob nur gesagt, »aber ansonsten gerade nicht wie der Schall.«

Albert war klar, dass er in dem Moment nicht weiter fragen konnte.

Dass jedenfalls die Oberfläche einer Kugel mit doppeltem Durchmesser, hatte Jakob dann zu erklären angefangen, was sein Neffe schneller als er beendete: »viermal so groß« sei.

Die anderen waren von der Konkurrenz amüsiert, besonders Uppenborn.
»Die Lichtstärke muss sich auf der Kugel gleichmäßig verteilen«, blieb Jakob noch zu sagen.
Nichts Neues für Albert.
Aber was, fragte er sich jetzt still in der Kälte wartend, hat eine Kugelwelle im Äther mit einem Strahl zu tun, der morgens gerade wie nichts anderes in der Welt durch die Ritzen der Läden ins Zimmer schießt? Nie wussten die Erwachsenen, wovon sie redeten, und auch das wussten sie nicht.
Albert betrachtete seinen jetzt stumm paffenden Onkel aus der Berline heraus, vielleicht würde ja etwas auffallen an ihm. Aber da war nichts. Jakob Einstein wartete nur.
Die beiden Frauen sagten und taten ebenso wenig wie Hermann. Nur ein mattes »kalt« gab Ida von sich. Dazu hauchte sie sich in die Handmuscheln. Hermann nickte entschlossen. Die Frauen hielten ihre auf den Schößen stehenden Taschen fest und sahen einfach geradeaus, bis Jakob plötzlich aufhörte zu atmen. Alle bemerkten das sofort und sahen zu ihm herüber, der wie eine Wachsfigur mit der Zigarre vor dem Mund stillstand, dann sahen sie in die Richtung, in die er blickte. Von dort näherte sich ein für Albert unbekanntes, in sich wiederkehrendes Geräusch. Eine kaputte Felge war das nicht, dafür wiederholte es sich viel zu oft, und auch kein trockenes oder schon berstendes Radlager. Es war eher etwas mit Dampf oder einem kaputten Blasebalg oder etwas schnell Drehendes und dabei Schlagendes. Beim Näherkommen blieb es fast vollkommen gleich.
Die unterdrückte Aufregung von Jakob, der jetzt die Hand mit der Zigarre sinken ließ, übertrug sich auf die gegen die Fahrtrichtung sitzenden Frauen. Sie konnten ohne Weiteres aus dem Rückfenster sehen und fassten ihre Taschen neu, als könnten sie herunterfallen. Albert sah den Mund seiner Mutter offen stehen.

Das Geräusch kam ganz nah und verstummte gerade metallisch klappernd, als Albert mit den Knien auf die Bank geklettert war, um wie die anderen nach hinten zu sehen.

Friedrich Uppenborn stieg aus einem noch im fahlen Licht an mehreren Stellen aufblitzenden Wagen, der vorne nur ein Rad hatte und vor dem keine Pferde waren. Nicht mal eines.

»Was ist das«, fragte Albert, und seine Mutter sagte: »Ein Motorwagen.«

Mit einer Leichtigkeit, die Albert imponierte, sprang Uppenborn auf die Straße.

»Herr Einstein!«, rief er aus einem Abstand von so wenigen Metern, dass seine Lautstärke durch nichts, was Albert gekannt hätte, gerechtfertigt war.

7 Der Kuss

»Fabelhaft«, rief Uppenborn immer noch viel zu laut, als er schon neben Jakob auf dem Gehweg stand und auf den Wagen deutete, aus dem jetzt zwei weitere Männer kletterten: »Was?«
Der erste der beiden Männer hatte einen Schreibblock in der Hand, der andere eine Kamera dabei. Albert beobachtete, wie Uppenborn seinen Onkel erwartungsvoll ansah, der langsam fragte: »Von Benz?«
»Erraten!«
»Gratuliere.«
»Dafür nicht«, fand Uppenborn, und fünf Jahre später sagte Alberts Mutter, Uppenborn habe schon das sehr überheblich gesagt. Er fragte: »Darf ich Ihnen die Herren der Münchner Neuesten Nachrichten ...«
Jakob gab zuerst dem Schreibblock, dann der Kamera die Hand, und zwar, wie man Totengräbern die Hand gibt: »Einstein.«
»Neumayr«, antwortete der erste mit einem harten Blick. Er drückte grob zu. Der zweite sah Jakob freundlich in die Augen und sagte sanft: »Bauer.«
»Ein paar Minuten haben wir wohl noch«, schätzte Uppenborn richtig, »bis die Kollegen aus London da sind. Hoffe bloß, die haben ihre Uhren richtig gestellt.«
Was er zur Krise der Elektrotechnik meine, fragte Neumayr schon und notierte Jakobs unverzögerte Antwort: »Herbeigeredet.« Neumayr hauchte sich in die Handfläche und wartete auf eine Erklärung.
Der Fortschritt, so Jakob erst zögerlich und dann mit wachsendem Nachdruck, lasse sich ganz sicher nicht aufhalten. Der Witz bestehe ja schließlich darin, dass er ausgesprochen billig sei, mehr

noch als billig: »Wir bekommen den Fortschritt geschenkt, wissen Sie, ein Riesengeschenk, das da kommt. Das ist alles geschenkt. Kaum zu glauben eigentlich.«

»Der Fortschritt.«

Nicht nur Albert fiel auf, dass Jakob wiederholte: »Der Fortschritt.«

Hermann stieg jetzt auch aus, Bauer hatte schon zwei Fotos von Jakob gemacht. Aus der Kutsche heraus sah Albert, wie der Rauch des Blitzlichtes auch beim zweiten Mal in der Luft ein Stück aufstieg, sich nach außen stülpte und dort wieder herabsank, wie ein Pilz stehen blieb und ganz langsam in Richtung des Eingangs der Versuchsstation schwebte, bevor er sich auflöste. Nach dem dritten Foto von Jakob zerstörte Bauer den neuen Rauchpilz mit der Hand, als wäre es eine Einbildung, und Hermann sagte: »Ja.«

»Die Arbeiterklasse in England …«, begann Neumayr, kam aber nicht weiter, denn Jakob schnitt ihm das Wort ab: »Sogar deren Lage hat sich in den letzten Jahrzehnten dramatisch verbessert.« Zum Glück bestehe die Welt aber nicht bloß aus Engländern und England, wo offenbar schon immer jeder gegen jeden Krieg geführt habe. »Aber selbst England«, meinte Jakob, »und gerade England hilft der Fortschritt doch am meisten.« Später behauptete er, dem Satz absichtlich Zeit gelassen zu haben, damit er seine Wirkung entfalten konnte. Dann fügte er an: »Kaum ein Land, das den Fortschritt nötiger hatte, besser gebrauchen konnte und dem er besser bekommt als ausgerechnet England.«

Alle sahen ihn an.

»Die haben halt keinen Bismarck, der …«

»Was halten Sie vom Wechselstrom?«, wollte Neumayr wissen, ohne dabei zu warten oder aufschauen und das Kritzeln auf dem Block unterbrechen zu müssen.

»Kurzlebig«, sagte Jakob trocken und richtete sich auf, »keine Perspektive.«

Neumayr blickte nun vom Block hoch, wartete gespannt und steckte Albert damit an, obwohl der sich dagegen wehren wollte. Er mochte den Journalisten nicht.

Jakob war laut Aussage beider Frauen ungeduldig, wenn nicht ungehalten: »Wegen der Probleme mit der Isolation. Das hat Edison mit seinen Vorführungen doch gezeigt. Wie gefährlich der Wechselstrom von Westinghouse und Tesla ist. Sie kennen das?«

Weil das Gespräch ihn nicht interessierte und er wusste, dass er sich das nicht anmerken lassen durfte, sah Albert durch das Heckfenster in den Abendhimmel. Die ersten Sterne funkelten gerade durch das dünner werdende Zelt des Tageslichts. Der eine oder andere Stern, der sich zeigte, war längst erloschen, nur seine Lichtstrahlen waren noch unterwegs, aber wenn jemand irgendwo dort oben war, dann sah er die Strahlen von der Erde genauso verspätet und konnte beobachten, was Albert und die anderen gestern gemacht hatten, oder vorgestern oder letztes Jahr. Oder wie alles aussah, bevor er auf die Welt gekommen war.

Albert sah zu Höchtl hinüber, der einsam und traurig auf dem Bock saß und den Pferden etwas zuflüsterte. Beide bewegten die Ohren aufmerksam, vielleicht belustigt, wenn er zischende und schnalzende Geräusche machte. Pauline sah Albert lächeln.

»Er hat einen Elefanten getötet«, sagte Neumayr aber unbeeindruckt und versetzte Albert damit einen dumpfen Schlag auf die Brust und gleichzeitig einen Stich ins Herz. Die Ewigkeit des Himmels war auf diesen einen Moment an der Kutsche zusammengeschnurrt. Lagen Seele und Herz so nah beieinander?

Ja, denn Jakob führte in überlegen tuendem Ton aus, dass Edison »einen elektrischen Stuhl für die Exekution von Mördern bauen« werde, was Albert wie ein zweiter Schlag traf, wie ein Schlag in sein Kindergesicht, stark genug, einen Riesenkerl umzuwerfen. Was er nicht war.

Die Männer sahen sich gegenseitig an, stark verlangsamt.

»Edison wird«, so der geliebte Onkel, der sich Alberts Achtung doch immer hatte sicher sein können: »den Galgen ersetzen.«

»Es wird ein sauberes Töten«, hörte Albert seinen Onkel wie durch Rauschen von Wasser in seinen Ohren sagen, während er selbst versuchte, nach Luft zu schnappen und nicht nach Luft zu schnappen: Da habe man die Anwendung des Wechselstroms! Dass dann für kurze Zeit, und egal für wie kurze Zeit, niemand etwas sagte, war schön. Die Empfindung für die Kälte war verschwunden. Aus der Kutsche steigen und weggehen und immer weiter gehen, in die Berge zum Beispiel, irgendwohin, wo niemand mehr war, wollte Albert. Hunger und Einsamkeit hätte er gerne ertragen. Aber jetzt durfte er sich erst recht nichts anmerken lassen. Als er ausstieg, was für Pauline ohne Grund geschah, setzte er den Fuß auf den Gehweg, ohne den Abstand von der Stufe der Kutsche einschätzen zu können. Es fühlte sich an, als ob er unter Wasser auf einen Stein steigen wollte, und er sah die Erwachsenen aus großer Ferne, als kleine hilflose Punkte, die mit den Armen ruderten, ohne zu wissen, wo sie waren oder wohin sie wollten. In der Mitte er selbst.

Neumayr widersprach. Tesla behaupte das Gegenteil: »Er ist in New York durch ein Feld mit künstlichen Blitzen gelaufen.«

Jakob wusste das offenbar: »Das kann ich Ihnen mit Gleichstrom sofort wiederholen«, meinte er, und Neumayr sah ihn interessiert an. »Das hat allein mit der Stromstärke zu tun. Bei geringer Stromstärke ist jede Elektrizität ungefährlich. Aber – sehen Sie, bei Leistungen, wie sie die Maschinen brauchen, die uns von der Plackerei befreien, Maschinen, die tausendmal mehr leisten als ein Mensch, hundertmal mehr als ein Pferd, empfehle ich das Herrn Tesla nicht. Da bekommen Sie nie eine so geringe Stromstärke hin, dass Sie noch anfassen wollen. Sie müssten mit einer unglaublichen Hochspannung arbeiten, aber dann schlagen Ihnen die Funken durch jede Isolation.«

Neumayr war abgehängt, und das schien Jakobs einziges Ziel. »Wir wollen aber doch Kohle aus Schächten holen«, dröhnte er schon fast, »in die niemand mehr steigen muss. Wir wollen unterirdische, sichere und saubere Bahnen betreiben, die uns von einem Ende Münchens ans andere bringen und die man nicht füttern, striegeln und von einem eingebildeten Tierarzt versorgen lassen muss, der überzogene Vorstellungen vom Wert seiner Arbeit hat. Kein Theater brennt mehr ab! Körperlich anstrengen, ganz ehrlich, das werden wir uns nur noch zu unserem Vergnügen.«

Neumayr schrieb erstaunlich schnell, und Jakob war fast fertig: »Wir wollen nicht nur Theater und Wirtshäuser, Wohnräume und Festplätze gefahrlos beleuchten. Wir«, und dieser Satz sollte am nächsten Morgen in der Zeitung auftauchen, »wollen die Städte der Nacht entreißen.«

»Er behauptet aber gerade das.«

»Was?«

»Dass Wechselstrom das kann, weil die Verluste beim Transport über weite Distanzen ...«

»Tesla?«

Neumayr nickte nicht mal: »Geht es nicht darum, die besten Energiequellen nutzen zu können, wie zum Beispiel die Wasserkraft?«

»Seit einundachtzig wird davon geredet, Oskar von Miller hat damals schon ...«

»Jetzt ist es eben so weit«, sagte Neumayr. »Mit dem Wechselstrom.«

»Herr Tesla behauptet auch, er könne den Erdball spalten, haben Sie davon gehört?«

Entweder hatte Neumayr nicht davon gehört, oder er wollte es, dachte Albert, nicht verraten. Jedenfalls regte sich kein Gesichtszug, oder nicht so, dass Albert es hätte sehen können.

»Er meint«, hörte er Jakob sagen, »der Erdball würde vibrieren, in sich schwingen und eiern. Ganz wie man sich einen im Wind treibenden, kleinen und leichten Ballon vorstellen muss. Und er meint, er kann die Vibration mit ein paar Explosionen so aufschaukeln, dass er platzt.«

Neumayr hatte davon offenbar wirklich nicht gehört: »Unser Planet?«

»Ist das«, fragte Jakob ihn, »Größenwahn?«

Neumayr sah ihn an.

»Frage ich Sie«, sagte Jakob mit ehrlicher, aber fehlgeleiteter Aggression und redete gleich weiter: »Wissen Sie, warum man ihn einen Magier nennt?« Er lachte grässlich: »Um den Schaden zu begrenzen, den er anrichtet.«

Neumayr hatte keine Sympathie für Jakob Einstein, sonst hätte er hier sicher etwas gesagt, irgendetwas. Jakob musste das Gespräch beenden.

»Uns Fabrikanten wäre es natürlich lieber, man ginge sorgfältiger mit den Fakten um.«

Neumayr nickte und fragte nicht nach dem Kraftwerk am Niagarafall. Albert hatte einen runden Rücken gemacht, die Arme waren ihm schwer geworden, seine Haare klebten ihm an der Stirn, dachte er, obwohl es gar nicht so war. Er fror wieder und wusste nicht, ob ihm schwindlig oder übel oder nichts von beidem oder beides zugleich war. Dabei glaubte er, gesehen zu haben, dass Neumayr sich mit Uppenborn über einen Blick verständigt hatte, als Hermann sich auch noch in das Gespräch einschaltete: »Er behauptet auch, Schiffe aus der Ferne lenken zu können und damit Kriegstote einzusparen.«

»Tesla?«

»Wäre der Mann statt in Amerika noch bei sich zu Hause in Belgrad, eine Handvoll Landsleute würden ihm vielleicht zuhören, höchstens, wenn sich da die Leute überhaupt einmal zuhören. Deshalb ist er ja dorthin gegangen.«

»Nach Amerika?« Neumayr fragte betont unbedarft.

»Er hat für Edison gearbeitet«, wusste Jakob, »am Anfang, sie haben sich zerstritten.«

»Tesla hat sich nicht nur mit Edison zerstritten.« Hermann ergänzte das gelassen und wusste dann zu sagen: »Sie wissen, dass er invertiert ist?« Dabei senkte er seine Stimme auf eine Art, wie Albert es bei seinem Vater nicht kannte oder nur im Zusammenhang mit ihrem Judentum, falls das Wort doch einmal fiel.

Bauer hatte seine Kamera schon wieder zusammengefaltet.

»Edison?« Neumayr gab sich erstaunt, Albert fand aber, dass er etwas Falsches in der Stimme hatte.

»Tesla«, sagte Hermann mit einer Bestimmtheit, die Neumayr nicht zu beruhigen schien und auch Albert erstaunte. Neumayr notierte. In Jakobs Gesichtszügen bemerkte Albert Unwillen, als der erneut an seiner mittlerweile sehr kurzen Zigarre zog.

»Was meinen Sie«, fragte er Uppenborn, »wann kommen die Herren aus London?«

»Hoffe nur, die haben ihre Uhren richtig gestellt!«

»Das hätten sie sicher«, meinte er zu laut, »schon in Paris gemerkt.«

Je klarer die Voreingenommenheit gegen ihn zutage trat, desto selbstsicherer gab sich Jakob, was die Frauen schon am nächsten Morgen als entscheidenden Fehler ansahen. Sie erinnerten ihn fünf Jahre später daran, als die Straßenbeleuchtung für München an Schuckert gegangen war, die Reste der bankrotten Firma Einstein an Siemens verkauft wurden und die Familie den fünfzehnjährigen Albert, querköpfig wie er ihnen schien, bei entfernten Verwandten in München zurückließ, um nach Italien zu ziehen.

Und vielleicht hatten die Frauen recht, denn Uppenborn lächelte wieder zufrieden, als er bemerkte, er hoffe nicht, dass die Engländer ihre Uhren statt vor- aus Versehen zurückgestellt hätten.

Albert war nur froh, dass sie nicht mehr über den Strom redeten, von dem er jetzt wünschte, er wäre ein Hirngespinst, weil das beim Hingucken verschwand.

»So was passiert«, hörte er Neumayr zufrieden sagen, der auf seine Taschenuhr blickte, und Uppenborns Lächeln hatte sich zu einem Grinsen entwickelt, aber im nächsten Moment, als Jakob schon einen neuen Satz angefangen hatte, statt einfach einmal zu schweigen, klapperten Pferdehufe. Eine Kutsche bog um die Ecke und kam hinter dem Motorwagen zum Stehen. Die Pferde bliesen Luft durch die Nüstern und schüttelten ihre Köpfe.

Sie dampften sehr schön, fand Albert.

Der Kutscher grüßte wortlos mit dem Hut, als Jakob noch wie zeitlich irregeleitet ausführte, dass ein Fehler dieser Art »für Engländer in Paris sehr unwahrscheinlich wäre, oder sagen wir ruhig ausgeschlossen«.

Uppenborn grinste unbeeindruckt weiter, und die Männer stiegen nacheinander aus der Kutsche. Es waren zwei Engländer, zwei Holländer, dazu ein Übersetzer, der wieder eigens aus Berlin angereist war, wie beim umständlichen vielfachen Händeschütteln, Zunicken und Vorstellen von Uppenborn bemerkt wurde.

Albert stellte fest, dass das Händeschütteln oft gleichzeitig zwischen jeweils zwei Männerpaaren stattfand, aber nie über Kreuz. Als Jakob und der große Engländer eifrig schüttelten, warteten sein Vater und der kleine Engländer mit angewinkelten rechten Armen und wie lose daran baumelnden Händen, bis die beiden fertig waren, um dann mit den Händen in den freien Zwischenraum zu stoßen wie Fische im Aquarium auf das Futter. Die beiden Engländer waren von der *Times*. Albert hatte den Eindruck, dass Höchtl sie wiedererkannte.

Die Frauen stiegen nun ebenfalls aus und schüttelten Hände, auch den Holländern, und das Bild davon flog in den Weltraum. Hätte Albert bloß einem der Bilder hinterherfliegen können, er wäre dem Gerede hier entgangen. Er hätte die Missachtung nicht sehen müssen, die Höchtl traf und die ihn schmerzte. Er hätte, dachte Albert, die Zeit sogar ein bisschen eingeholt. Hätte er mit dem Licht fliegen können, mit Lichtgeschwindigkeit, was passierte dann eigentlich? Stünde dann die Zeit still? Er würde sicher nie so schnell fliegen können, und Alberts Vater hatte diese Überlegung deshalb am Nachmittag müßig genannt. Albert fand sie so müßig und spannend wie das Leben selbst, wenn nicht noch spannender.

Was, wenn er zum Beispiel noch schneller als das Licht flöge? Er hätte die Abbilder von sich überholt und hätte anhalten können, um sich selbst später, wenn das Licht ihn einholte, in der Vergangenheit sehen zu können. Aber dann wäre er durch den Flug natürlich schon in der Zukunft gewesen: Das war, fand Albert und sah jetzt plötzlich auf den Boden, zwar noch spannend, ging aber zu weit. In die Zukunft fliegen zu können, hieß schließlich, dass es sie nicht gab, war sie doch, was man aus eigener Anstrengung nicht erreichen konnte. Auf sie und das Ältersein musste man einfach warten. Könnte er in die Zukunft fliegen, weil er das Licht überholte, er würde manche Ereignisse überspringen, manche wiederholen können. Das Band des Lebens, in dem es einen Unterschied machte, was als Nächstes passierte, wäre zerrissen. Gott hätte keinen Einfluss mehr. Man würde seinen Entscheidungen entkommen. Es würde keine Ordnung mehr geben. Alles wäre egal, aber das war es nicht: Irgendwo musste ein Fehler sein.

Vielleicht hatte sein Vater recht damit, dass die Zeit niemals stillstand und immer nur in eine Richtung ging. Dafür musste es, wenn nichts ohne Grund war, dann aber auch einen Grund geben, einen eigenen Grund, etwas, das die Ordnung in die Bilder brachte. Von allen wurde es *Zeit* genannt. Niemand entrann ihr. Wenn niemand und nichts ihr entrann, dann konnte man schneller als das Licht niemals fliegen: Das ergab Sinn.

Albert sah zu seiner Mutter Pauline und zu seiner Tante Ida, für die die Zeit mittlerweile auch ganz normal weitergegangen war. Sie redeten abwechselnd mit dem Übersetzer, der ihre höflichen Bemerkungen mit ausladenden Gesten beider Hände an die Engländer weitergab, die wiederum eifrig nickten und nichts notierten, obwohl sie ihre Notizblöcke aufgeschlagen hatten. Hier war, ganz anders als in dem Buch über die Ewigkeit, die Gegenwart alles, was zählte. Das Buch war auch unter einem Pseudonym erschienen, gezeichnet nur durch die Buchstaben F. Y., was Albert beim Lesen gestört hatte. Vielleicht hieß das ja nichts Gutes. Vielleicht war es nicht ernst gemeint?

Dass sich der Autor später einmal als Felix Eberty herausstellte, welcher Albert so wenig bekannt war wie Michael Faraday, dass Eberty es bis zum Äußersten ernst meinte und das Buch bereits ein Welterfolg war, spielte so wenig eine Rolle wie die Tatsache, dass Eberty auch der Biograf des Vaters jener Ada Lovelace war, der Faraday mit einem papiernen Herzen geschrieben hatte, er würde nicht kommen, obwohl auch er nichts als sie sehen wollte. Oder dass Faradays Bild später in jedem von Albert Einsteins Arbeitszimmern hängen würde, die er sich in der Welt, wie sie war, neu einrichtete und einrichten musste.

Jetzt zählte nur, dass Albert berührt worden war.

Die Entdeckung des Fehlers in dem Moment, in dem der größere der beiden Engländer bei Jakob gestanden hatte und hinter ihm auf Zehenspitzen der Übersetzer, war ein Kuss gewesen, das konnte man anders nicht sagen: Die Welt hatte ihn geküsst, als er, der eben noch durch die Erzählungen der Erwachsenen verworfen worden war, entdeckte, dass alles in Ordnung war, solange Licht das Schnellste auf der Welt bliebe. Jeder hier vergangene Moment würde Vergangenheit bleiben. Anderes würde kommen, weil die Zukunft das einzige Sichere war, das Einzige, an das man glauben konnte, auf das man sich verlassen konnte. Sie würde anders sein als alles Vergangene, darin bestand ja ihr Sinn. Albert war unbeobachtet gewesen, allein, und er hatte Glück: Den Kuss hatte er nicht verpasst, wie es anderen bei der ersten Liebe passiert. Er fühlte sich geehrt. Moment und Ewigkeit hatten sich getroffen und ihre Türen geöffnet. Albert durfte eintreten. Er würde dieser Ehrung gerecht werden wollen. Er fühlte sich klein und groß und war, wie sich das für einen Kuss gehört, gleichzeitig erregt und beruhigt. Vom Küssen hatte er sicher nicht genug.

Wie noch immer aus riesigem Abstand, den jedes einzelne gesprochene Wort erst durchqueren musste wie eine Wüste, hörte er den Übersetzer Jakob fragen, was er zur Krise der Elektrotechnik sage. Jakob erklärte dem größeren der beiden Engländer, dass sie herbeigeredet sei, und der Übersetzer übersetzte, während Neumayr mit Uppenborn und Bauer abseits vertraulich sprach.

Als sie mit Reden, Nicken und Notieren fertig waren, der kleinere der beiden Engländer auch Höchtl auf dem Bock freundlich die Hand gegeben hatte, war Uppenborn zu seinem Wagen gegangen, an ihm entlang nach hinten gelaufen, wo er an einem unter dem Sitz befindlichen Teil hantierte. Er zog kräftig an etwas, und das klappernde Geräusch war wieder da. Es beschleunigte sich schnell. Über dem Wagen bildete sich eine weißblaue Wolke.

Jakob verzog das Gesicht. Er hoffte inständig, dass Uppenborn auf der Korsofahrt das Ligroin ausgehen würde. Er stieg ein, betätigte zwei oder noch mehr Hebel, das konnte Albert nicht ganz genau sehen, und der Motorwagen machte einen Satz nach vorne, scherte dann ruckend als erster aus, um voran Richtung Festplatz zu fahren.

Wie die anderen Einsteins, die Engländer, die Holländer und der Übersetzer beeilte sich auch Albert, auf seinen Platz zu kommen. Höchtl ließ die Peitsche über die Flanke des einen Pferdes streifen, der andere Kutscher knallte mit seiner und ruckend rollten die Wagen unter Hufgeklapper, Quietschen und Felgenrattern auf den Katzenköpfen an, die hier verlegt waren. Durch die Fenster der Kutschen waren alle Insassen von den Bürgersteigen aus zu sehen, als sie Uppenborn folgten. Nur Albert fiel nicht ins Auge.

Er beschäftigte sich mit einem neuen Wort, das er aus den Reden der Engländer über eine offenbar neue Messung der Lichtgeschwindigkeit aufgeschnappt hatte, mit der angeblich etwas nicht in Ordnung war: Illecktrodeinammicks. Danach hatte er den Übersetzer nicht verstanden, weil der so leise sprach, aber der Rhythmus des englischen Wortes gefiel ihm. Auch wie feucht die Reporter das *l* ausgesprochen hatten und wie nass das *r* und wie sie die letzte Silbe beschleunigten.

In seinem Kopf zog das Wort bereits Kreise und Achten wie ein Drache im Wind, den steigen zu lassen sein Vater keine Zeit mehr gehabt hatte, seit sie aus Ulm weggegangen waren, obwohl er es immer versprach. Richtungsumkehr ging diesmal besonders leicht: Skimma-niedort-kelli. Bis zum Festplatz würde es ihn gut unterhalten, und was keiner wusste oder hätte beurteilen können: Im selben Moment war der Setzer der Münchner Neuesten Nachrichten mit einer Meldung beschäftigt, in der das Wort auf Deutsch vorkam.

Ein Professor H. Hertz aus Karlsruhe hatte in einer sinnreich erdachten Reihe von Versuchen nachgewiesen, dass elektrodynamische Schwingungen, die in einem Kabel stattfanden, sich von dort in den Raum fortpflanzten und sich dabei nicht anders verhielten als ganz gewöhnliches Licht. Strom und Licht, die Unsichtbaren von gestern, waren nicht weniger als eins und auch nicht mehr. Vielleicht nur aus Versehen, vielleicht, weil er sich sehr darauf konzentriert hatte, »elektrodynamisch« ohne Fehler ins Blatt des nächsten Morgens zu bekommen, vielleicht aber auch aus Begeisterung über die Hochzeit der beiden Naturerscheinungen vergaß der Setzer, der auf Anweisung des Redakteurs Neumayr den Vornamen des Professors, Heinrich, abkürzte, beim Nachnamen einen Buchstaben: das *t*.

8 Das Fest

Zum Festplatz am Feuerhaus waren die drei Wagen gute zwölf Minuten unterwegs, die im Weltraum 216 Millionen Kilometern entsprachen. Nach Gottes Maßstab mussten in der Zeit ganz schön viele Einzelheiten passieren, von denen einem auf der Erde fast alle entgingen. Erstaunlich fand Albert, dass man mit einer einfachen Kutsche so schnell daran entlangfahren konnte.

Als sie um die Ecke kam, trafen die Bilder vom Platz, dem Feuerhaus zwischen den beiden Schulen, dem davor für die Lobreden aufgebauten Podium, der Tribüne gegenüber und den wartenden Schwabinger Bürgern nur ungefähr eine Hunderttausendstelsekunde, nachdem sie abgesendet worden waren, bei Albert und den anderen ein. Um dieselbe Zeit verzögert erhielten die Schwabinger Bürger vom einbiegenden Motorwagen und dann von den beiden Kutschen Nachricht, denn von wo aus man eine Distanz maß, war egal. Schwabinger und Kutschfahrer wussten also immer gleichzeitig voneinander und mussten über die Verzögerung, die es Gott ermöglichte, zu jeder Zeit nachzusehen, was wann passiert war, nicht nachdenken.

Dass der Schall viel langsamer war als das Licht und ein auf dem Pflaster aufschlagendes Hufeisen dadurch auf der Tribüne in zwei unterschiedliche Erlebnisse zerlegt wurde, merkte ja auch keiner, oder nur so wenig wie den Umstand, dass die Erde eine Kugel war und zudem durch den Weltraum raste.

Die Differenz zwischen dem Moment, in dem eines der beiden Pferde vor der Einsteinschen Kutsche seinen Hals in die Zügel warf, und jenem, in dem Max Siewig, der in der Menge versteckt stand, es sah, schmolz zusammen, als die Vehikel und der Platz sich einander annäherten. Einsteins stiegen aus.

Jakob lief direkt auf das Podium zu. In dem Moment gingen zwei Blitzlichter, sie galten dem ersten Bürgermeister, Dr. von Widenmayer, und dem zweiten, von Borscht, die an der mit Blumen geschmückten Büste seiner königlichen Hoheit des Prinzregenten posierten. Vor dem Podium trafen sich Hände, als sei es selbstverständlich. Worte flogen langsam in Ohren, Bilder von redenden Männern und lächelnden Frauen viel schneller in Augen.

Es war dunkel geworden.

Für alle hier war es neunzehn Uhr. Fanfaren ertönten. Pauline zog Albert an einer Hand neben das Podium, das nun von Jakob und Ida und gleichzeitig vom Ministerialrath von Kahr betreten wurde. Als Vertreter seiner Exzellenz des Staatsministers Freiherr von Feilitzsch waren von Pündter, der Regierungsrath, der Polizeipräsident Freiherr von Müller, der Geheimrath von Destouches und zwei oder drei Männer gekommen, die Pauline nicht kannte und die von den anderen auch kaum beachtet wurden.

Eine sechsköpfige Abordnung stammte aus Neu-Ulm, das eine Tagesfahrt im Westen lag und dennoch dieselbe Tageszeit hatte. Dort wollte man vielleicht ebenfalls das Licht haben, und zwar dann, wenn es hier überzeugte. Jakob stellte sich zu ihnen.

Höchtl ging, nachdem Uppenborn überraschend ein paar Worte mit ihm geredet hatte, zusammen mit Hermann Einstein hinüber ins Maschinenhaus.

Rechts und links der Bühne hatte man bengalische Feuer entzündet. Von Pauline unbeachtet, von Albert aber bemerkt, näherte sich eine kostümierte Frau dem Podium, sprang hinauf, nun sah auch Pauline sie: Therese Nägerl, wie man später erfuhr, lange nachdem sie ein Gedicht aufgesagt hatte, was ihr nach der Meinung des anwesenden Reporters der Gemeindezeitung ausdrucks- und verständnisvoll gelang. Es stammte aus der Feder des Geheimrathes und Schwabinger Ehrenbürgers Ernst von Destouches:

Was soll zur winterlichen Abendstunde,
Da tiefer Schnee bedeckt rings Feld und Hang,
Der Männer ernste, feierliche Runde
Im Fackelschein und bei Fanfarenklang?
So geht ein heimlich' Flüstern und ein Fragen
Von Haus zu Haus, es geht von Mund zu Mund.
Wohlan, denn! hört! Suapinga will's euch sagen,
Will eine frohe Mähr euch machen kund:

Mehr denn zwölf Saecula hatt' schon bestanden,
Als Sied'lung, Dorfgemeinde dieser Ort;
Ob dahin Jahrhunderte entschwanden,
Trug den Charakter unentwegt er fort.
Da, – noch gedenken es die Zeitgenossen, –
Da fing ein Wachsen an mit einem Mal,
Und eh ein paar Dezennien verflossen,
Hat sich verzehnfacht Volks- und Häuserzahl.

Aus schlichter Dorfgemeinde nun erhoben
Zur Stadt, – gab ihre wack're Bürgerschaft
In wenig Jahren schon die schönsten Proben
Von Opfersinn und froher Schaffenskraft.
In kurzer Frist hat stattlich sie gebauet
Ein Kranken-, Leichen-, Schul- und Pfründehaus.
Und, wer in ihrem Dienste steht, er schauet
Nun sorgenfrei auch nach der Zukunft aus.

Nicht minder hat für Straßenregulirung,
Für Wasserleitung, Canalisation
und was noch sonst mag dienen zur Sanirung
Jed' Opfer rasch und gern gebracht sie schon,
Um nur zu fördern Wachstum und Gedeihen,

Der jüngsten Stadt des schönen Bayernlands,
Um einen würd'gen Platz ihr zu verleihen
In seiner ältern Städte reichem Kranz.

Doch nicht genug, daß sie in wenig Jahren
So vieles schuf voll Opferfreudigkeit:
Zu dieser Stunde noch sollt ihr's erfahren,
Daß voll und ganz erfaßt sie ihre Zeit.
Was jetzund als die neueste Erfindung
Exakte Wissenheit der Menschheit beut,
Was gilt als einer neuen Zeit Verkündung,
Noch heut' soll's werden hier zur Wirklichkeit.

Ja, eine Fülle Lichts soll sich ergießen
Voll Zauber über diese Stadt jetzt aus.
O wollet freud'gen Herzens es begrüßen,
Und heller Jubel schall' von Haus zu Haus!
Du aber, Urquell allen Lichts da droben,
Der du jetzt niederblickst aus Sternenschein,
Laß' diese Feierstunde, lichtumwoben,
Zu Heil und Segen stets Suapinga sein!

Kaum war das letzte Wort der Kindergärtnerin über dem Platz verklungen, als Albert und seine Mutter wie alle anderen von einem Raketenschauer beeindruckt wurden, der vor dem Sternendach und dem Archiv alles jemals Geschehenen viel der beiden ungleichen Partner Lärm und Licht von sich gab, bis ein Kanonenschlag das Ende des Feuerwerks markierte.

In dem Moment legte Hermann mit geschlossenen Augen und kaltem Angstschweiß an Schläfen, Stirn und in der Rinne, die seine Wirbelsäule auf dem Rücken bildete, den Schalter um. Der Platz und die Straßen erstrahlten laut Gemeindezeitung, die vom Stadtmagistrat zur Annahme aller amtlichen Bekanntmachungen bestimmt war und dies im Untertitel seit je voll Stolz angab, in dem Moment »im hellsten Bogen- und Glühlichte«.

Hermann hörte das Gelingen am gemeinsamen Aufatmen aller Schwabinger, das durch die Tür, Fenster und wahrscheinlich auch durch die Wände zu ihm drang: »Aaaaahhh!!!«

Er bemühte sich, Freude zu empfinden.

Höchtl lächelte vornehm. Draußen hatte Neumayr seinen Notizblock in die Manteltasche gleiten lassen. Er zupfte an seinem Schal und bekam Albert in den Blick, der auch am Feuerwerk vorbei nach oben gesehen und fünf Punkte beobachtet hatte, die, zumindest wenn man wollte, ein großes W bildeten wie *Warum*, und die er für die Kassiopeia hielt. Zum Beweis suchte er gerade den Nordpolarstern, als die künstlichen Lampen angingen und die Kassiopeia zusammen mit dem ganzen Nachthimmel auslöschten. Er sollte also, dachte Albert, nicht mehr leuchten.

Auch Höchtl war ganz in seiner Welt und verschwendete keinen Gedanken daran, nach draußen zu gehen, um das Licht zu sehen. Ob er fest an Einsteins gebunden sei, hatte Uppenborn ihn nämlich gefragt, und dass er doch nicht Gott sein konnte, musste Albert in den kommenden Wochen und Monaten feststellen, in denen der wortkarge, aber immer aufgeschlossene Mann seine Art verwandelte, immer stiller und sogar abweisend wurde. Schließlich kündigte er. Albert reagierte nicht darauf. Er war, dachte er richtig, zu jung. Außerdem hatte er ja auch viel zu viel verlangt, und manchmal überlegte er, ob er schuld war.

Seine Mutter zog jetzt an seiner Hand, denn es war ausgemacht, dass sie den ganzen Weg nach Hause laufen würden, während Höchtl die Maschinen beobachtete und die Lager vorsorglich alle paar Minuten mit Öl übergoss. Rücksichtslos wurde er der Länge nach dabei mit Öl bespritzt. Auf das Fest würde er auch nach Abstellen der Maschinen nicht mehr gehen können.

Jakob hatte bereits gesprochen, die Anlage übergeben, sich bedankt. Ansprenger hatte sie für eröffnet erklärt und eine Ovation auf seine königliche Hoheit den Prinzregenten ausgebracht, als Mutter und Sohn den Rand des Platzes erreichten und das Licht einmal flackerte, dann ein zweites Mal und kurz beinahe ausging. Das Gemurmel und Gerede war zum Verstummen gebracht und setzte auch dann nicht sofort, sondern erst sehr verzögert wieder ein, als das Licht erneut konstant brannte, als sei es anders nie gewesen. Pauline und Albert fuhr ein leichter Wind in die Gesichter. Er war kalt.

In ihrem Rücken bestieg man für die Korsofahrt die siebenundfünfzig Wägen in musterhafter Ordnung, angeführt von Magistratsrath Max Kröninger, mit der Krone der Suapinga, und dem Erfinder der elektrischen Droschkenkontrolluhr Prandstätter, der seinen Wagen mittels eines unterflurigen Accumulators, einer davon gespeisten kleinen Glühbirne auf der Deichsel und einer weiteren im Inneren auf das Prächtigste beleuchtete.

Die größte Sensation war Uppenborns Dreirad, auf dem er sichtbar stolz thronte.

Sie alle durchfuhren die Schulstraße, die Maffei-, die Prinzen-, die Seestraße und anschließend die Schlossstraße. Dann die Sieges-, die Nikolai- und die Schwabinger Landstraße, die Ungerer-, die Band- und noch mal die Schwabinger Landstraße. Bevor sie ein drittes Mal in die Schwabinger Landstraße bogen, besuchten sie die Herzogstraße, die Wilhelm- und die Hermannstraße. Überall gab viel Musik und Feuerwerk der Festfreude angemessenen Ausdruck. Besonders effektvoll kam die Beleuchtung durch das in uneigennützigster Weise vom Kunstgärtner Hörmann herrlich dekorierte Magistratsgebäude zur Geltung.

Der Korso fand hier sein Ende. Die Bürgermeister von Widenmayer und von Borscht mussten sich aus Zeitgründen leider verabschieden. Alle anderen füllten die Festsäle der Salvatorbrauerei

Ludwig Petuels, wo der in ganz Schwabing als tanzender Hund verschriene Unternehmer und Werbetexter Caspar Ostermaier auf die Gesellschaft toastirte, das Fräulein Nägerl den Weihegruß auf Verlangen wiederholte und dafür ausgiebig beklatscht wurde, noch einige Reden in die Luft gingen und alle zusammen bis in den Morgen feierten, an dem Albert früh erwachte.

Zuverlässig und souverän war die Zeit vergangen.

Es dauerte bis zum 14. Oktober, bis in Schwabing das Steigenlassen von Papierdrachen und Ballons auf Straßen und Plätzen, an denen Drahtleitungen der elektrischen Beleuchtung standen, untersagt wurde. Im Juli erinnerte die Gemeindezeitung unter Betonung der Strafeinschreitung bei Nichtbeachtung noch einmal daran. Auch am Tage stand daher der Himmel, der das Asyl unseres Unwissens ist, nicht mehr offen.

V
Die Geküssten

1 Die Jahre danach

Als er das erste Mal von William Thompson hörte, lebte Albert Einstein schon lange nicht mehr in München. Er hatte sich von der autoritären Schule, an der er dem Lehrer durch bloße Anwesenheit den Respekt verdarb, verabschiedet, nicht ohne ein ärztliches Attest auf »die Nerven« in der Tasche: neurasthenische Erschöpfung.

Unangemeldet bei den Eltern in Mailand aufgetaucht, verbummelte er ein Jahr, bevor er die Aufnahmeprüfung am Polytechnikum in Zürich machte und wegen seines schlechten Wortgedächtnisses in Fächern wie Französisch und Botanik durchfiel. Dann wurde er Untermieter bei der Familie Winteler in Aarau, um an der dortigen Schule den Abschluss nachzuholen. Unentwegt flirtete er mit Marie, der Tochter des Hauses, unentwegt und nebenbei. Hauptsächlich war er auf der Suche nach der Lösung seines Kinderrätsels vom schnurgeraden Lichtstrahl und der Kugelwelle. Er wusste längst, wer Michael Faraday war und dass ein Spalt im Fensterladen sehr groß war im Vergleich zur Wellenlänge des Lichtes. Er hatte gesehen, dass schnelle, kurze Wasserwellen kaum um ein Hindernis herumliefen, wenn es groß genug war, und dass sie sehr wohl um die Ecke kamen, wenn das Hindernis klein war.

Ein Haar besaß so wenig einen geometrischen Schatten wie ein Spalt, der so schmal war wie ein Haar breit. Beide erzeugten Muster. Um wie viel schöner das Licht wurde, je mehr man sich mit ihm beschäftigte! Der gerade Schatten war erst der Anfang dessen, was die Welle konnte.

William Thompson hieß zu diesem Zeitpunkt für alle Lord Kelvin, nach dem Fluss Glasgows, aber das tat nichts zur Sache. Noch als William Thompson hatte er einen Brief von dem jungen, exzentrischen, schottischen Mathematiker James Clerk Maxwell erhalten, den seine Klassenkameraden in Edinburgh »den Doofen« genannt hatten und der fand, »dass nichts heilig und mit rigidem Glauben belegt sein darf, ob positiv oder negativ«.

Maxwell war jetzt Student in Cambridge und bat Thompson um eine Liste unvoreingenommener Darstellungen der elektrischen Wissenschaft: »Möglichst Arbeiten ohne Fixierung auf diese alten Traditionen von Kräften, die in der Distanz wirken.«

Seit Faraday mit Sarah in der Küche gesessen und fertig zu sein geglaubt hatte, waren zehn Jahre vergangen, keine leisen, vergessenen Jahre. Begonnen hatten sie damit, dass »die Iren mal wieder mit dem Verhungern angefangen haben«, wie auf dem Piccadilly ein Mann meinte, an dem Sarah mit einigen Einkäufen am Morgen nach der Entdeckung des Faraday-Effektes vorbeiging. Das war nichts Ungewöhnliches. Im Verlauf des Winters stellte sich aber ein neues, ungekanntes Maß an Hunger ein, das die Braunfäule schaffte: ein Pilz, der offenbar aus dem Nichts gekommen war. Unter den Kartoffeln, von denen eine seit Jahrhundertbeginn auf acht Millionen verdoppelte Bevölkerung fast ausschließlich lebte, fühlte er sich besonders wohl. Der Pilz breitete sich schneller als die Nachrichten über ihn aus, um vom Wissen um seine bevorzugten Kartoffelsorten in der von ihm bevorzugten kalten Witterung zu schweigen. Vier lange Jahre sah kaum jemand eine nicht in Matsch verwandelte Knolle.

Bald lagen die Toten, so las und hörte man in London, in den Häusern, auf den Feldern, in den Straßen und Straßengräben und wo immer sich einer mit seiner letzten Kraft hingelegt hatte, bevor das Licht hinter seinen Augäpfeln kein Bild mehr von der Welt zustande brachte. Anderthalb Millionen waren es am Ende.

Zwei Millionen wanderten nach Amerika aus, wo George Washington, der den Pocken getrotzt und in ungezählten Schlachten auf seinem Pferd gesessen hatte, um wie von geisterhafter Hand beschützt aus indianischen, französischen und englischen Gewehren keine einzige Kugel zu fangen. Er hatte die habgierigen Engländer besiegt und sich anschließend geweigert, König von Amerika zu werden. In Amerika war alles größer, besser und schlimmer als in Europa, in dem der Pilz zwischen Sizilien und Schottland überall Nahrung fand und teure Güter noch lange nicht sinnvoll verteilt wurden: Ob Kartoffeln, Daunen, Messing oder Pelze.

Unter den zurückgebliebenen Iren gingen viele in die englischen Industriestädte, wo sie sich mit jenen, die nichts hatten, zusammentaten gegen jene, die etwas hatten und glaubten, das sei rein ihr Verdienst. Auch die taten sich zusammen. Friedrich Engels hatte es ja gewusst. Er errang viel Achtung bei den einen, die ihm ab jetzt glaubten, egal was, und folgen wollten, egal wohin. Das war im Moment das Einfachste. Bei den anderen errang er aus demselben Grund viel Missgunst, und bei beidem sollte es bleiben, auch wenn es auf Dauer das Beschwerlichere war.

Während Faraday sich im Schwindel befand, während sich sein Hirn auf widerliche Weise anfühlte, als drehe eine Hand es sehr langsam im Uhrzeigersinn, von oben gesehen, konnten vierzehntausend Opfer der Choleraepidemie 1848 und 1849 nicht sagen, auf welchem Wege sie sich angesteckt hatten.

Die Revolution hielt Faraday für eine schwarze Leidenschaft, für eine hochtrabende Phrase, für die Regierung eines wertlosen Motivs. Mit Sarah fuhr er nach Brighton und kam immer nach ein paar Tagen oder Wochen zurück. Er schrieb und experimentierte, er gab Vorlesungen und ließ wissen, sein Gedächtnis könne nichts mehr sicher aufheben. Sarah beobachtete, wie er sich in einer immer kleineren Welt einrichtete, als würde er immer jünger. Er träumte von Materie und ihren Kräften und fand es nicht weise, darüber zu reden, denn vielleicht war alles falsch.

Dann flüchtete Charles Wheatstone eines freitags aus der *Institution*, fünf Minuten bevor er die Vorlesung halten sollte.

Der selbsternannte Mathematiker, Zahnarzt und Dichter Hank Adrift Twigged, ein in seinen Einfällen genauso blitzschneller wie ungebildeter Diskutant, hatte sich als Newton verkleidet und mit einem schön anzusehenden Modell der Sonne in der einen Hand, einem ebenso schönen des Mondes in der anderen in die erste Reihe gesetzt. Die Sonne hielt er mit ausgestrecktem Arm von sich weg und fixierte sie, während er den Mond um seinen Kopf kreisen ließ, so gut es mit einer Hand ging.

Twigged, als ob ihn nicht ohnehin alle anstarrten, hatte den als scheu bekannten Wheatstone beim Betreten des Saales sofort angebrüllt: »Guten Abend, Herr Doktor!« Und auf den erschrockenen Blick des Angesprochenen: »Haben Sie Ihre Ätherwellen dabei?« Die meisten lachten, ohne zu wissen worüber.

Eine halbe Stunde wartete Faraday, bis er die Hoffnung auf eine Rückkehr des Freundes aufgab. Dann trat er mit ineinandergefalteten Händen und fröhlich vor die Wartenden, entschuldigte sich, begrüßte Twigged, der die Sonne dafür auf den Boden legen musste, weil seine Nachbarn sich weigerten, sie anzufassen. Sie war aus Papier und bekam eine Delle, was Twigged nicht bemerkte oder bemerken wollte, er war sichtlich aufgeregt, Faraday zu berühren. Lange schüttelte Twigged Faradays zitternde Hand.

Dann begrüßte Faraday die Freunde John Tyndall, George Bidell Airy, Angela Georgina Burdett Coutts und Mary Fox ebenfalls mit Handschlag. Auf dem Rückweg entdeckte er auf der anderen Seite des Raums Isambard Kingdom Brunel, den Sohn vom Konstrukteur des Themsetunnels.

Brunel junior baute die schönsten Eisenbahnbrücken der Welt, um die Überwindung von Raum und Zeit restlos in Eleganz zu verwandeln. Kürzlich war er allerdings in den Schiffsbau gewechselt, vielleicht war ihm langweilig geworden.

Faraday ging auf ihn zu und begrüßte ihn herzlich. Anschließend begab er sich hinter den großen Tisch mit der Ausbuchtung und improvisierte eine gute Stunde lang. In einfachen Worten erklärte er, was er über den Stand der Wissenschaft dachte: Man brauche für die Wellentheorie keinen Äther. Twigged zuckte, sagte aber nichts, denn selbst er spürte, was alle anderen auch spürten: dass Faraday wusste, wovon er redete.

»Kraftlinien«, sagte er ohne jede Überheblichkeit und falsche Zurückhaltung, »genügen.«

Schließlich waren die Eisenspäne im Magnetfeld selbst zu kleinen Magneten geworden, die aufeinander wirkten, wenn sie sich in Linien legten. Sie zeigten so das Feld im Raum an. Und wenn eine elektrische Ladung sich auf- und abbewegte, so meinte er, ohne zu stutzen, zu schnell oder zu leise zu reden oder ein *Äh* zu benötigen, dann würde sich die dazugehörige Kraftlinie ebenfalls bewegen, wie ein Springseil, in das man mit der Hand eine Welle schlug, die dann am Seil entlangrollte. Oder wie die Wasseroberfläche in einer schmalen, langen Wanne, in die man an einem Ende einen Tropfen Wasser fallen ließe, dessen Welle dann die Länge der Wanne entlangliefe.

»So eine Welle«, erklärte er langsam, »benötigt eines, um sich im Raum fortzupflanzen: Zeit.« Und weil es ganz ruhig war im Raum, fügte er an: »Genau wie übrigens auch das Licht.«

Und was passiere, fragte er selbst ins Publikum, wenn die Welle am anderen Ende auf eine Ladung träfe?

»Dann bewegt sie diese Ladung. Wie ein Springseil sich am losen Ende bewegt, der Tropfen Wasser, der sich am anderen Ende des langen, schmalen Beckens befindet, sich hebt und wieder senkt.«

Diese Ladung konnte, zum Beispiel, auf dem Sehnerv sein: »Denn Nerven sind elektrisch.«

Woraus denn diese Linien oder Seile oder Saiten gemacht wären, wollte Airy wissen.

Natürlich wusste er das nicht.

»Die Linien selbst sind ganz abstrakt«, gab er zu. »Sie bilden Felder und stellen die Kräfte dar.«

Er wusste auch nicht, wie viel Zeit die Welle benötigte, und er wusste nicht, wie richtig das alles sei. Es handle sich nur um seine Vorstellung von der Welt.

Airy war ein freundlich aussehender Herr mit Nickelbrille, weißem Backenbart und von sich aus lächelndem Mund. Nachdem Faraday seine Ideen aufgeschrieben und veröffentlicht hatte, widerlegte Airy sie. Ihre Freundschaft störte das gar nicht, im Gegenteil.

Auguste de la Rive schrieb aus Genf, er sei froh, nicht mehr in Paris zu sein, wo sie am einen Ende der Stadt tanzten und wo am anderen Ende der Holzkarren durch die Straßen gezogen wurde, der die Toten der Cholera einsammelte.

Bei Newton fand Faraday eine Erklärung über Gravitation im Vakuum, die sich in seinem Sinne auslegen ließ. Es war nämlich gar nicht Newton, der die Fernwirkung erfunden hatte, sondern seine Jünger. Newton konnte sich auch nicht vorstellen, dass die Gravitation den Apfel durch ein Vakuum erreichte, ohne dass sie kommuniziert werden musste.

»Ja, ja«, sagten alle und dachten: Ja, ja.

Nur die Mathematiker lächelten freundlich und empfahlen ebenso freundlich, die Mathematik den Mathematikern zu überlassen: Ob das nicht ein ganz guter und gut gemeinter Rat sei? Still trauerte Faraday der in seinem Leben verpassten einen großen Liebe nach: der Mathematik. Was hätte er mit ihr jetzt alles anstellen können!

Im Keller suchte er weiter, nach dem Einfluss der Gravitation auf Licht, nach einem Beweis für die endliche Geschwindigkeit seiner geliebten elektromagnetischen Welle, und spürte doch nur die Zellen im Kopf, in denen er sich noch bewegen konnte, langsam und stetig kleiner werden. Wie aus der Ferne hörte er von einem Buch, das in Deutschland herausgekommen war und von Lichtbildarchiven im Universum erzählte und von Gottes Auge.

»Von wem?«, wollte Faraday wissen.

»Der Autor«, sagte Anderson, »hat ein Pseudonym gewählt.«

»Welches denn?«

»F. Y.«, sagte Anderson, »er sagt, die Zeit sei im Raum aufgehoben.«

»Hm«, machte Faraday.

Dann vergaß er es.

Oft war Brunel junior in der Zeitung. Er wollte das größte Schiff der Welt bauen, sein *Great Babe*: sechshundertneunzig Fuß lang, zweihundertelf Meter, mit zwei Dampfschaufeln rechts und links und einer Schraube am Heck für über zehn Knoten Tempo, welche die viertausend Passagiere nach Amerika oder jedenfalls weit weg bringen sollten.

»Gerne«, meinte der eine oder andere staunend, am Kai die schiere Größe abmessend, »auch Iren.«

Den zusätzlich zu den mechanischen Antrieben vorhandenen sechs Masten gab man die Namen Montag vom ersten Fockmast bis Samstag, dem letzten Besanmast. Niemand wusste, wie man ein solches Schiff zu Wasser ließ.

Aus Amerika sickerten Gerüchte, man habe ein Mittel zur Narkose gefunden. »Narkose?«, fragten viele Londoner entsetzt, weil sie das Wort noch nie gehört hatten und eine neue Munitionsart befürchteten, bevor sie hörten, es sei »zur Betäubung«. Das Mittel hieß Äther, was nur selten zu Verwechslungen führte. Lachgas hatte bei einem Zahnarzt in Amerika angeblich versagt, es führte sein Leben auf den Jahrmärkten der Welt.

John Snow, Sohn eines zu Eigentum gekommenen Bergarbeiters, ehemaliger Apothekerlehrling und jetzt Arzt, entwickelte rasch verbesserte Verfahren zur Dosierung des Äthers, die bei Operationen und Zahnärzten Anwendung fanden. Snow vermutete auch, die Wasserspülungen hingen mit der Cholera zusammen, aber genauso gut hätte er von Wellen mit oder ohne Äther reden können, ob nun als Betäubung oder als Träger des Lichts, von Linien, sozusagen schwingenden Fäden, die man nicht sah, die man nicht anfassen konnte, die nichts wogen, die aber doch alles zusammenhielten, was man sehen und anfassen konnte: die Erde, die Königin, London und den Mond. Einfach alles.

Faraday saß im Keller und hatte den Kopf aufgestützt. Er wusste nicht, wie spät es war, als die Tür aufflog, und hätte man ihn nach dem Jahr gefragt, er hätte überlegen müssen und warten, bis sich zufällig etwas regte in seinem Kopf. Er erschreckte sich jedenfalls zu Tode, wenn er sich nicht irrte.

Anderson stand vor ihm und schnappte schweißüberströmt nach Luft, als ob er von der Akademie in Woolwich herübergespurtet wäre. Begrenzt amüsiert fragte Faraday: »Was denn?«

»Ein Franzose«, gab Anderson zurück und holte ein Papier aus der quer über seiner Brust hängenden Tasche, um sich zwischen den Atemzügen zu wiederholen: »Ein Franzose.«

Das Jahr war 1850, so viel wusste Faraday plötzlich, eine zu glatte Zahl für Entscheidungen, fand er, als es angebrochen war: Man war gleichermaßen nicht bei 1800 wie nicht bei 1900. Er streckte die Hand aus, und Anderson reichte ihm die Arbeit.

»Hat die Lichtgeschwindigkeit in Wasser gemessen.«

Faraday hörte gut zu, während er den Namen Foucault las, Jean Bernard Léon Foucault, und nicht vermeiden konnte zu denken: Diese Franzosen immer mit ihren Vornamen.

Er sah Anderson erwartungsvoll an, der endlich etwas sagen sollte, zum Teufel. Er sollte nicht so großspurig tun.

Endlich sagte er: »Langsamer.«

Und als Faraday nichts entgegnete: »Ich hab es aus der *Royal Society*.«

Newtons Lichtteilchen war tot.

»Mehr bedeutet es nicht«, sagte sich Faraday am Abend am Fenster stehend und das Glas Sherry genießend, das seinem Drehwurm und der Konfusion die Absolution erteilte. »Es ist tot, aber wir werden nie fertig werden.«

2 Das Wunder

Alle, die es wissen mussten, meinten, die Cholera würde von den Dünsten übertragen, die man sich nicht erst kompliziert vorstellen musste, wie so vieles in letzter Zeit. Jeder Londoner atmete sie Tag und Nacht. Die Cholera schlief nur manchmal, und manchmal eben nicht. 1853 und im Jahr darauf zum Beispiel schlief sie nicht, ihr Appetit war vorzüglich. Zehntausend Opfer.

Als innerhalb von drei Tagen in der Broad Street, anderthalb Meilen von der *Institution* entfernt, hundertsiebenundzwanzig Menschen starben, davon der größte Teil innerhalb weniger Stunden, verfolgte John Snow den Weg des Trinkwassers. Er konzentrierte sich dabei vor allem auf einzelne Tote in anderen Vierteln. Bei der Verstorbenen Mrs. Eley in Hampstead konnte er nachweisen, dass sie sich Wasser aus dem Brunnen Broad Ecke Cambridge Street hatte bringen lassen. Das war Nostalgie, denn sie hatte früher dort gewohnt. Wegen der vielen Schlachthäuser, Kuhställe, Talgschmelzer und Hauthändler war sie nach dem Tod ihres Mannes weggezogen, wollte aber die Erinnerung an die gemeinsame Zeit nicht ganz aufgeben: Das Wasser aus ihrem alten Brunnen schmeckte ihr besonders gut.

Der Vikar von St Luke's in der nahen Berwick Street, Reverend Henry Whitehead, wusste das noch nicht, als er selbstsicher meinte: »Es ist nicht das Trinkwasser.« Was denn, fragte man ihn ängstlich und bekam in äußerst klarer Aussprache zur Antwort: »Es ist die Intervention Gottes.«

Angesteckt und infrage gestellt vom Geist der Zeit machte sich Whitehead daran, dies zu beweisen. Sein Herrgott half ihm dabei und ließ ihn das Gerücht vom Brunnen aufschnappen. In Broad Street 40, fand der Pastor heraus, hatte eine Mutter das Waschwasser der Windeln ihres kranken Kindes dorthin geschüttet, wohin es gehörte: in die Sickergrube des Hauses. Das Kind war gestorben. Die Sickergrube lief nur bei starkem Regen über, und den gab es im Moment nicht. Aber sie befand sich auch nur drei Fuß vom fraglichen Brunnen entfernt, und wann sie gemauert worden war, wusste niemand. Schnell hatte man ausgemessen, dass der Brunnen das tiefere Loch war. Nach der genauen Sünde, die in dieser Tat der Mutter verborgen lag, noch suchend, erzählte Whitehead überall davon.

Dr. Snow fiel zur selben Zeit Folgendes auf: Unter den fünfhundert Bewohnern des Arbeitshauses, das um die Ecke in der Poland Street lag, gab es nur fünf Erkrankungen. Das Haus hatte seinen eigenen Brunnen. Mit bloßem Auge sah Snow im Wasser des einen Brunnens weiße Flocken, in dem des anderen nicht. Er brachte die Proben zum Mikroskopiker Dr. Arthur Hill Hassall, der zwar viel organisches Material in den Tropfen entdeckte, aber nichts Ungewöhnliches dabei fand.

Blieb nur die Statistik, die an der Unübersichtlichkeit der Wasserleitungen genauso krankte wie an der Unmöglichkeit, nachzuvollziehen, wer wo einen Schluck genommen hatte.

»Es ist das Miasma«, sagten alle, denn das klang besser als »Dünste« und ließ die Debatte wieder bei Null starten. Dr. Snow setzte beim Gesundheitsdirektorium nach. Schließlich durfte er den Brunnen probehalber schließen lassen, denn, ach Gott, wieso nicht? Beleidigt zog sich die Cholera zurück, was Reverend Henry Whitehead als »Wille des Herrn« verstand. Er ließ sich dafür am Sonntag persönlich feiern.

»Beten wir«, meinte er mit selbstsicher erhobenen Händen und selbstverständlich getragenem Ton, »dass unsere Sünden Vergebung erfahren und dass auch beim nächsten Mal wieder jene gestraft werden, die Gott dazu bestimmt hat.« Bei dieser Gelegenheit empfahl er den Bewohnern des Arbeitshauses, sie mögen doch öfters den Weg zu ihm finden, noch einmal würden, da sei er ganz sicher, gewiss nicht ausgerechnet sie verschont werden. Seine aufkommenden Zweifel an den eigenen Worten rang er nieder, indem er sich wieder und wieder sagte, dass es das Wichtigste sei, nicht an der Güte des Herrn zu zweifeln. Wie immer. Nur jetzt erst recht nicht. Bei dieser Cholera.

Ganz wurde der aus Ramsgate stammende Mann die Unsicherheit, die ihn beschlichen hatte, aber nicht mehr los. Er unterstützte Snow und sammelte weiter Fakten. Das Gesundheitsdirektorium war der Auffassung, die Cholera sei gestoppt worden, weil nur eine Woche nach Ausbruch drei Viertel aller Anwohner geflüchtet waren. Man glaubte an das Miasma.

»Mrs. Eley kann leicht durch vom Miasma verseuchtes Wasser, vom Miasma verseuchte Kleidung oder«, meinte man hochoffiziell, »durch das Drücken einer vom Miasma verseuchten Hand umgebracht worden sein.« Das Miasma war ja um die Broad Street herum besonders stark.

Schließlich ließ man in einer überdimensionalen Aktion alle Sickergruben schließen und alle offenen Rinnen und Kanäle spülen, damit sämtliche Abwässer der größten und großartigsten Stadt, der ersten Metropole der Welt, Heimstatt von mittlerweile wer wusste schon wie vielen Millionen, in die Themse flossen. Dankbar färbte der Fluss sich schwarz. Faraday protestierte aus seinem Drehschwindel heraus mit einem offenen Brief. Und als der Sommer 1858 kam, war es ein sehr warmer, kraftvoller Sommer, der die Farbe in die Luft steigen ließ. Wer atmete, musste kotzen, Todesangst hin oder her, und wer konnte, floh aufs Land. Wer nicht konnte, der blieb hinter seinen geschlossenen Fenstern sitzen und hielt die Luft so gut an, wie es möglich war und darüber hinaus. Den Rest der Zeit atmete man flach und wartete auf die ersten Symptome, von denen an man beten konnte und die Stunden gegen die verlorenen Pfunde aufrechnete. Dann erzählte man sich die Fälle aus der Nachbarschaft, die es trotz schlechter Zahlen überlebt hatten.

Im Unterhaus tränkte man die Vorhänge in Chlorid, hoffend, eine Sitzung abhalten zu können. Sir Joseph William Bazalgette, wie Brunel junior ein Held der Eisenbahn, hatte bis dahin einen sieben Jahre langen Kampf um Gelder für ein Kanalsystem geführt, das die Fäkalien an der Themse entlang und so weit hinunter gen Nordsee führen sollte, dass die Ebbe sie zweimal am Tag mitnehmen würde. Er bemerkte mit zugehaltener Nase, die Cholera verschlafe im Moment wohl das große Miasma. Er bekam das Geld binnen sieben Tagen und baute mit einigen Millionen Backsteinen die größten Kanäle, von denen man annehmen konnte, dass London sie brauchte: »Wir machen dies hier«, sagte er, »nur ein Mal.«

In den Sechzigerjahren wurde er damit fertig, und die letzten Cholerafälle traten auf, bevor man die letzten Lecks gefunden hatte, die es den Abwässern erlaubten, ins Frischwasser zu gelangen. Man filterte es nun in Sandfallen. Dann war nach der Angst vor dem Atmen auch mit der vor dem Trinken Schluss. Selbstsicher und mit dem Blick nach oben, wo er sich noch immer wohler fühlte als hier unten, predigte Whitehead: »Ein Wunder ist geschehen.« Das Geniale an ihm war: Er benannte das Wunder nicht weiter, und so behielt er mal wieder Recht.

Statt der Bakterien rasten die ersten Untergrundzüge in ebenfalls ausgehobenen, konisch gemauerten und wieder zugeschütteten Röhren durch die Stadt, oder musste man sagen: unter der Stadt hindurch?

Um darin eine Sünde zu erkennen, fehlte Whitehead die alte Forschheit. Er zögerte, bis es zu spät war.

3   Wege und Abwege

William Thompson hatte James Clerk Maxwell die gewünschte Liste zukommen lassen, und der Student hielt Faradays Einsichten und seine Intuition für so vollkommen und unerreichbar, wie ihn die mangelnde Ausarbeitung, Verallgemeinerung und Schlussfolgerung wunderte. Seine erste Arbeit über die Kraftlinien schrieb er 1857.

Faraday lebte noch. Er hatte seine Zeit im Keller, an verschiedenen Ortschaften der Küste und sehr viel im Bett zugebracht. Bei grundsätzlich frohem Ton nahmen seine Klagen ernsthafteren Charakter an. Gute Luft, stellte er fest, half nicht mehr gegen Drehschwindel und Vergesslichkeit. Seine Ärzte verordneten ihm, wie alle Ärzte aller Zeiten es gern taten, nichts als Ruhe, denn sie sahen nichts als Erschöpfung, obwohl völlig unbekannt war, dass man sich von bloßer Erschöpfung nicht erholen können sollte.

Erkenntnisse hielten sich nicht mehr von einem Tag zum anderen, täglich fing Faraday wieder von Neuem an. Notizen halfen nicht.

»Arbeiten und denken zu dürfen«, so verstand es Faraday, »dieses Privileg ist mir verboten worden.« Sie wollten ihn auch zum Wegzug aus London bewegen, was niemals infrage kam: Weg vom Laborgeruch! Freunde, Gedanken, Erlebnisse entglitten ihm. »Ramsgate?«, konnte er fragen, unsicher, in welchem Leben er dort gewesen war. Erst dann fiel es ihm wieder ein, oder er nahm zumindest an, den Ort zu kennen, wie man glaubt, eine Erinnerung aus der Kindheit zu haben, obwohl es doch nur eine an die oft wiederholte Erzählung der Eltern ist oder eine schnell selbstkonstruierte Fiktion. Nichts war mehr unterscheidbar.

Jede Arbeit, die er schrieb, hielt er für die letzte, und dankbar für die Gesundheit, die Kraft und das Glück, das er erlebt hatte, hoffte er doch auf die eine oder andere kleine oder vorübergehende Besserung. Er benannte, was ihn ausmachte: Konfusion, Dummheit, Scham.

Dr. Latham hatte gegen den entzündeten Hals und die Schwäche nichts Wirksames anzubieten. Von Briefen, ob er Adressat war oder Absender, wusste Faradays nichts, und im nächsten Moment begeisterte er sich für die atmosphärische Elektrizität, die Lambert-Adolphe-Jacques Quetelet in Belgien untersucht hatte. Besonders, dass der Kollege nur Fakten nannte, ohne eine Meinung zu äußern, machte ihn glücklich, denn Fakten seien für die Ewigkeit, Meinungen dagegen änderten sich wie Wolkenformationen am Himmel von London. Ob Quetelet übrigens die isolierende Wirkung eines metallenen Käfigs kenne?

Als ob er sich daran gewöhnen könnte wie an sein ewiges Zahnfleischbluten, lebte er seit Jahren mit Zahnschmerz. In einer Sitzung ließ er sich fünf Zähne auf einmal ziehen, wobei ein Stück vom Kiefer abgebrochen sein musste, denn es tat »sehr weh«. Er fror ständig. Erkältungen blieben wochenlang, ohne jede Besserung. Sein Kopf war »recht instabil«. Er hatte versucht, die Zähne noch durch die Vorlesungen halten zu können, aber jetzt war Artikulation nicht mehr leicht, und noch drei weitere Zähne mussten raus. Die Hände blieben nicht mehr still. Ein Freund vermutete irritierte Nerven im Genick. Wenn Faraday, als Junge noch Meister im Schnellreden, in normale Konversationen geriet, in denen Themen wechselten oder die Gesprächspartner, war das übermäßig anstrengend. Ihm wurde davon schwindlig, Konfusion breitete sich aus und erzeugte Unsicherheit.

Während der Aufenthalte an der See, wenn er allein war und nichts tat, vergaß er das und glaubte sich wieder gesund, aber nach jeder Rückkehr fing es sofort wieder an. Er nahm an Kongressen nicht mehr teil. Viel Zeit verbrachte er »depressiv im Bett«, unfähig auch nur zu einem inhaltslosen Gespräch mit Sarah: »Glaube nicht eine Sekunde«, schrieb er De la Rive nach Paris, »ich sei unglücklich.«

Kollegen hielten ihn für gesund, »angesichts seiner Publikationen«, die er selbst vergaß und vor jedem Vortrag lesen musste wie ein Fremder.

Sarah wurde ebenfalls krank, Rheumatismus oder mangelnde Energie in den Nerven, und worauf die wissenschaftliche Gemeinde in tausend Jahren nicht käme, leitete die Gemeinde der Sandemanier in diesem Moment ein: seinen zweiten Ausschluss. Die Auslegung eines Verses in den Korintherbriefen wurde ihm vorgeworfen. Sie stimme nicht, sagten genug seiner Glaubensbrüder, und der zweite Ausschluss war nach der Regel der letzte. Regeln der Sandemanier waren nicht zum Brechen da, so schrieb Sarah nachts flehende Briefe an Freunde in der Gemeinde. Hätte sie mit einem Ausgeschlossenen noch leben können, ohne selbst ausgeschlossen zu werden? Faraday schlief nicht, wollte kein Heuchler sein, flehte in eigenen Briefen und Treffen, legte seinen Stolz vor der Gemeinde ab, flehte hündisch und wurde verschont.

Er traf Lady Lovelace. Sie war durch Arbeiten zur Differenzmaschine von Babbage bekannt. Öffentliche Aufmerksamkeit hatte sie nie verloren, obwohl diese sie nur behinderte. Thema waren ihre vielen, angeblichen Affären und die Liebe zu Pferdewetten. Sie arbeitete, erzählte man sich, an der perfekten Wette.

»Wie immer machen Sie mit mir, was Sie wollen«, schrieb Faraday ihr. Er bedauerte, sie krank zu wissen, wünschte ihre Genesung, von der er ausging, während seine Defekte im Wachstum seien und nur mit dem Leben beendet würden. Als die Gräfin sechsunddreißigjährig starb, ohne je zu Bibliotheken zugelassen worden zu sein, hatte sie über Mathematik nur lesen können, was dank ihres Mannes in der *Royal Society* für sie abgeschrieben worden war.

James Clerk Maxwell hatte mehr Glück. Dem Jungen mit der komischen Kleidung, dem merkwürdigen Humor, der Angewohnheit, dritter Klasse zu reisen, weil die harten Bänke so angenehm seien, und der Neigung, nachts um zwei in den Gängen des Studentenheimes Dauerlauf zu trainieren, eilte der Ruf der totalen Unfähigkeit voraus, sich in physikalischen Dingen zu irren. Von den *Experimentellen Erforschungen der Elektrizität* war er mittlerweile – elektrisiert.

Maxwell hatte einen Sprachfehler. Er machte lange, irritierende Pausen, zwischen denen er redete, als sei in seinem Hirn die Instanz, die Inhalte vor dem Aussprechen überprüfte, kaputt. Um dies zu mildern, hatte er geübt, Teile seiner Sätze imaginativ auf Wände zu projizieren, von denen er sie dann langsamer ablas. Jetzt war es sein abwesender Blick, der jeden störte, bis man das gutmütige Wesen des Jungen kennengelernt hatte und ihn dann und wann freundlich ins Gespräch zurücklenkte. Briefe an seinen auf dem Gut Glenlair bei Edinburgh allein zurückgebliebenen Vater zeichnete er gerne mit Jas Alex McMerkwell und adressierte sie an J. C. Maxwell, Postyknowswhere, Dumfries.

Den Schnitt im Bauch seiner Mutter hatte er nie gesehen. Er hatte aber das Gespräch des Arztes mit seinem Vater mitgehört, hatte die beiden sprechenden Gesichter gesehen, aus denen das Unheil hing. Tag und Nacht hatte er sie vor Augen. Er hatte die kraftvolle Stimme seiner Mutter vor der Operation Tag und Nacht im Ohr und ihre dünne, gebrochene Stimme danach auch Tag und Nacht. Er träumte von ihr. Sein Wunsch, diese Welt als harmonisches Ganzes zu sehen, war nicht zu befriedigen.

In Glenlair musste er als Kind herausfinden, welches Seil welche Klingel betätigte, und dann den Weg jedes Seils durch das verwinkelte Gebäude lückenlos nachverfolgen. Als Schüler in Edinburgh musste er die Konstruktion eines Würfels vom sechsseitigen über alle Stufen bis zu dem mit zwanzig Seiten nachvollziehen, in

Cambridge musste er jede Diskussion über Religion und Wissenschaft bis zum vorläufigen Ende führen, egal wie spät es war und wie viele seiner Kommilitonen auf ihren Stühlen schon eingeschlafen waren. Kreise, Kurven und Geraden musste er im Geist so lange aufeinander abrollen, bis keine neue Figur mehr zu entdecken war. Manchmal kam am Ende wieder eine Gerade heraus.

Faraday war nicht sicher, ob er von Maxwells Farbtheorie schon gehört hatte.

Maxwell hatte als Kind einmal einen blauen Stein in der Hand gehalten und wissen wollen, wie das Blau zustande kam. Von Thomas Young stammte die These, dass im Auge drei Rezeptoren existierten, denn die Grundfarben der Künstler waren Rot, Blau und Gelb, und Maxwell baute zur Überprüfung einen Augenspiegel. Weil sich kaum jemand gern ins Auge schauen ließ, probierte er es bei Hunden aus. Tiere ließen ihn gern alles mit sich machen.

»Was er sah«, erklärte Anderson langsam, »war faszinierend, brachte ihn aber nicht weiter. Er hat dann farbige Lichtstrahlen gemischt und dasselbe mit Pigmenten getan, die Ergebnisse unterschieden sich.«

Es hieß, Maxwell habe eine schlüssige Farbtheorie aufgestellt, Pigmente seien subtraktiv, weil absorbierend, Lichtstrahlen additiv. Die Grundfarben waren nicht dieselben und zogen an Faraday vorbei wie eine Landschaft am Zug.

Als Anderson ihm die Arbeit über die Linien in den Keller hinunterbrachte, sah Faraday ihn fragend an.

»Das ist der Mann«, erklärte Anderson.

Welcher Mann?

»Der mit der Farbtheorie.«

Farbtheorie? Was für Farben?

Anderson gab ihm Zeit. Aber das half nicht.

Farben.

Und?

»Dessen Großonkel angeblich die Schlachtordnung von Trafalgar in einem Buch beschrieben hat.«

Faraday hatte nichts dergleichen je gehört.

»Eine Landratte«, sagte Anderson, der ihm das erst vor ein paar Tagen erzählt hatte: »lange vor Trafalgar.«

Faraday murrte.

»Nelson hatte das Buch dabei.«

Faraday murrte noch einmal, weil sich das lange nicht mehr aufgerufene Bild Nelsons herstellte, sein Abschied als kerngesunder, vor Kraft strotzender Mann, der jedem gesagt hatte, man sehe sich nicht mehr, und die Verachtung damit auf die Spitze getrieben hatte: was für ein schaler Triumph.

Die Arbeit brachte Faraday nach oben, in die Wohnung, wo er sie auf den Tisch legte, die Überschrift erneut las: »Zu den Faradayschen Kraftlinien.« Dann zog er die Vorhänge im Schlafzimmer zu und legte sich ins Bett. Er hatte keine Chance, etwas zu verstehen. Schlafen konnte er nicht, aber das Liegen im stillen Dunkel war schön.

Anderson kam nach einer Stunde und fragte, ob alles in Ordnung sei. Das war es: Nichts lag mehr in Faradays Hand. Nicht einmal gegen die Tischerücker war er angekommen. Je mehr er erklärte, welcher Unsinn es war, Elektrizität, Magnetismus, eine bislang nicht gekannte neue physikalische Kraft oder die Rotation der Erde dafür verantwortlich zu machen, dass Tische sich drehten oder gar vom Boden abhoben, wenn man die Hände auflegte oder nur darüberhielt, desto mehr wurde er zitiert. Zu viele hatten schwebende Tische gesehen, noch mehr mindestens sich drehende Tische. Die Sache war im Begriff gewesen, Pferdewetten den Rang abzulaufen.

Wieso dachte er ausgerechnet jetzt daran?

Man hatte ihn an die eigenen Berichte der Feldlinien des Zitteraales erinnert, an die Rotation des Drahtes um das unsichtbare

Erdmagnetfeld und die Mutmaßung der Königin, es könne sich nur um Magnetismus oder Elektrizität handeln. Ob denn die Königin, Verzeihung, gar nichts davon verstehe?

Als die Erklärungen abgenützt waren, hatte man diabolische und übernatürliche Kräfte dazugenommen, und gegen den Humbug, wie ihn die *Times* bezeichnete, die gleichzeitig gern Anzeigen der Tischerücker druckte, sie nannten sich nun Mesmeristen, gab es kein Mittel. Es waren schließlich in der Tat diabolische und vor allem übernatürliche, überirdische oder außerirdische Kräfte, fand Faraday: »Ausgerechnet hier. Auf der Erde.«

Er hatte aber einen Versuch gemacht. Er hatte eine aufwendige Apparatur gebaut, die zeigte, ob der Tisch schob oder die Hände drückten: Es waren die Hände, die Fingerkuppen, die, taub nach langem Halten, Auflegen und perfekt senkrechtem Drücken, in die erwünschte Drehrichtung gedrückt hatten. Das Ergebnis war eindeutig.

»Offenbar«, hatte Faraday freundlich gesagt, »unbewusst.«

»Na eben«, sagten die Mesmeristen: »Das ist ja das Übernatürliche.«

»Ich bin müde«, hatte Faraday da gesagt und die nachsichtige Antwort bekommen, das sei ganz normal, wenn man mit den Außerirdischen kommuniziere.

Das hatte er nicht gewusst.

»Eine Form der Hypnose«, sagten die Mesmeristen und lächelten ihn freundlich an: »Auch wenn die flüssige Magnetkraft eine entscheidende Rolle spielt.« Die flüssige Magnetkraft war dem Einfluss nämlich auch unterworfen.

Dass Faraday mittlerweile schlecht hörte, es war jetzt kein Problem mehr. Er wandte sich von dem Spektakel, aus Wissenschaft wieder Mysterien zu machen, ab, bis die hartnäckige Behauptung auftauchte, er habe sein Experiment widerrufen. Faraday dementierte.

»Nur Bildung«, ließ er vom Bett aus wissen, »kann helfen.«

Er musste sich berichten lassen, die Kollegen von Reverend Whitehead hätten die Kraft endlich genauer und jeden Zweifel ausräumend bezeichnen können: Sie war satanischen Ursprungs. Ein Einfluss unnützer Personen. Beweis: Jede Erklärung sei immer nur zum Wohle des Erklärenden und diene seinen Interessen.

Wie kam er jetzt darauf?

Ach ja: Maxwell stellte sich die Feldlinien als flüssigkeitsgefüllte Röhren vor und bekam ein Gesetz heraus, das elektrische und magnetische Kräfte zwischen zwei Körpern quadratisch mit dem Abstand abnehmen ließ: Im doppelten Abstand betrug sie nur noch ein Viertel.

Für eine Theorie hielt Maxwell das zum Glück aber noch lange nicht: »Nicht mal für einen Schatten davon«, hatte er geschrieben. Der Mann war doch wirklich sympathisch. Der verstand was, und wäre Faraday nicht am Tage genau so müde gewesen wie nachts, er hätte vielleicht im Labor einen Beweis gefunden oder etwas anderes, was sie vorwärtsgebracht hätte. Er war der Natur aber, nahm er an, zu alt, denn sie wollte sich ihm nicht mehr zeigen. Und die Unfähigkeit, etwas zu sehen, ekelte ihn fast so sehr wie seine Unentschlossenheit. Er war froh, in einem Keller zu sitzen und nicht in einem Turm oder einem Hochhaus, wie man sie in Amerika jetzt baute. Er hatte Angst vor den Impulsen, die ihn überkamen und die zu kontrollieren oft genug alle Kraft erforderte. Wann würde sie nicht mehr ausreichen?

Man bot ihm die Präsidentschaft der *Royal Society* an. Er lehnte ab: »Am Ende«, meinte er, »muss ich doch immer der einfache Michael sein.«

4   Celeritas

Maxwell lebte in Aberdeen, als Charles Robert Darwin sich endlich traute zu sagen, was er vor zwanzig Jahren zwischen den Orgien seiner Seekrankheit auf der *Beagle* herausgefunden hatte. Es wurde bald verkürzt als seine Behauptung kolportiert, er und wir alle stammten von Affen ab, was bei Henry Whitehead neue Kopfschmerzen verursachte.

»Wie«, fragten die Londoner, »abstammen?«
»Wir sind eine Weiterentwicklung«, sagten die Informierten.
»Verbesserte Affen?«, fragten entsetzt die anderen.
»Leicht verbessert«, die grinsende Antwort: »Nicht sehr.«

Viele in Whiteheads Kapelle lächelten ebenfalls, statt lauthals gegen diesen Materialismus zu protestieren, wie es der Reverend von ihnen erwartete. Sie hatten das schließlich schon immer gewusst, dafür brauchten sie wirklich nicht seekrank um die Welt zu fahren, zwanzig Jahre zu grübeln und dann ein Buch zu schreiben. Sie hatten sich schließlich schon immer so benommen und fühlten sich nun frei, es weiter und bis in alle Ewigkeit so zu handhaben.

»Wo«, sagte vor der Kapelle einer mit Zigarre und Daumen unter den Hosenträgern, »ist das Problem?«

Kurz darauf wurde Maxwell an das King's College in London berufen. Seine große Liebe Lizzy hatte er nicht heiraten dürfen, sie war seine Cousine, und alle in der Familie befürchteten für die Kinder das Schlimmste. Seine Frau Katherine freute der Umzug nach London. Sie nahm ihr Pony, mit dem sie im Hyde Park und in den Kensington Gardens ausreiten würde, im Zug mit.

Niemand sagte: »So weit ist es jetzt schon.«
Keiner fragte: »Wie weit?«
Und niemand antwortete: »Dass Pferde Zug fahren.«

Faraday lebte noch immer, und endlich trafen sich die beiden Freunde der Linien. Sie tauschten mit dem Altersunterschied von über vierzig Jahren heftige Funken, Wellen und Augenblicke aus und dazu noch ein paar Meinungen, Ansichten und Ideen. Maxwell gab eine Freitagsvorlesung, in der er mittels dreier Filter das erste Farbfoto der Welt herstellte. Es zeigte ein Ordensband mit schottischen Karos.

Danach setzte sich James Clerk Maxwell zu Hause hin und baute aus Papier, vielen Bleistiften, grauen Zellen, Zucker, Tee, Fantasie, einiger Zeit und reichlich Zuversicht und Eigensinn sowie einer Wagenladung Intuition ein theoretisches Modell beweglicher elektrischer Ladungen und drehbarer magnetischer Räder. Um den von Faraday beobachteten Eigenschaften des Feldes näher zu kommen, um alles, was Ampère und Coulomb je gesehen und gemessen hatten, zu integrieren, erlaubte er bald hier und da elastische Effekte an den Rädern, dann Auslenkungen ihrer Achsen aus der Ruhelage. Er erlaubte Stöße. Zur Verfügung hatte er nur, was er kannte. Bald redete er in seinen Selbstgesprächen, die Katherine belustigten, nicht mehr von Dingen, die es in der Natur bislang schon gegeben hatte oder von denen er leicht hätte sagen können, wie man sie sich vorstellen sollte. Darum ging es nicht.

Er fuhr nach Glenlair in den Urlaub, ohne das Modell fertiggestellt zu haben, ohne Bücher, ohne Aufzeichnungen. Er wollte Urlaub machen. Er wollte die frische Luft genießen und seinem verstorbenen Vater nahe sein, den er lange nach den Vorgaben von Florence Nightingale gepflegt hatte. Doch ließ das Modell ihn nicht in Ruhe, und wieso sollte es das auch?

Papier und Bleistifte gab es reichlich auf Glenlair. Frühmorgens, dann auch spätnachts saß er, bis die elektromagnetischen Kräfte sich als transversale Wellen ausbreiteten. Alle ihm bekannten Effekte konnte er berechnen, dazu gehörte auch die Geschwindigkeit der Wellen. Die Formel, die er dafür erhalten hatte, war dem langen Weg der Herleitung zum Trotze denkbar einfach, und schon deshalb konnte er sich kaum vorstellen, dass sie falsch war. Lange sah er sie an. Er benötigte einige Messergebnisse über elektrostatische und elektrodynamische Größen und hatte auch eines nicht bei der Hand: die Lichtgeschwindigkeit. Diese Zahlen lagen in London.

Er ging angeln, reiten und wandern. Er reparierte das Haus, schlief mit Katherine, er rannte mit den Hunden bei starkem, vom Wind schiefem Regen über Wiesen. Er sprang über Bachläufe und baute einen Zaun, er gab Anweisungen und unterschrieb Schecks und rauchte Zigarren, trank Whiskey.

Dann fuhren James und Katherine nach London, wo er sich ohne Umweg an seinem Büro absetzen ließ, Katherine noch einmal küsste, den Portier grüßte, ohne es zu merken, und in sein Büro stürmte, wo er das Fenster öffnete, London ein Halleluja gönnte, die Schublade mit den Zahlen aufzog, den Bleistift spitzte, die Zahlen einsetzte, während er im Kopf die Dimensionen überprüfte, um keine Fehler zu machen, denn das passierte leicht, und man lag um tausend oder hunderttausend oder um einen Faktor zehn daneben. Wieso war das eigentlich so schwer, die Dimensionen richtig zu haben, wieso machte er immer da seine Fehler?

Nach dreifachem Prüfen erhielt er für die Geschwindigkeit der Fortpflanzung seiner elektromagnetischen Undulationen im Raum bis auf ein einzelnes Prozent genau jene Zahl, die Foucault, dieser alte französische Fuchs, nach der neuesten Methode als die Geschwindigkeit des Lichtes gemessen hatte: 310 740 Kilometer. Pro Sekunde.

Das fand er wirklich schnell.

James Clerk Maxwell setzte sich erst jetzt und atmete aus, bevor er einen Zettel nahm, alles noch einmal durchging, obwohl es nicht falsch sein konnte, denn ein Fehler produziert nie Übereinstimmung. 310 740 Kilometer pro Sekunde. Er sah auf das Porträt seiner Mutter, das auf dem Boden in einem Rahmen stand, in vielleicht zwanzig, zweiundzwanzig Grad Neigung zur Senkrechten. Es sollte bald aufgehängt werden. Er nahm einen zweiten Zettel, schrieb den Namen Faradays darauf und blieb, was sich für einen wie ihn gehörte: vorsichtig.

»Ob nun meine Theorie richtig ist oder nicht«, meinte er, »wir haben guten Grund anzunehmen, dass das elektromagnetische und das lichterzeugende Medium eins sind.«

Zwei Jahre später hatte Maxwell das Modell von magnetischen Rädern oder rotierenden, elastischen Zellen befreit. Nun waren die Wellen einfache Eigenschaften des Raumes und der Zeit, elektromagnetische. Sie zeigten an, was mit einer Ladung passierte, die sich, um nur ein Beispiel zu nennen, auf einem Sehnerv befinden konnte: Sie konnte von einer anderen Ladung, die weit entfernt war und sich bewegte, erregt werden, als sei ein Seil zwischen ihnen, auf dem eine Welle liefe, obwohl es nur eine Feldlinie war.

Der Sehnerv musste nicht einem Physiker gehören.

Maxwell zeigte Faraday, der immer noch lebte und auf Vorschlag von Prinz Albert und Königin Victoria mit Sarah zusammen ein Haus im Hampton Court Green bezogen hatte, die Formeln. Faraday hatte danach gefragt.

»Ach so«, sagte er und rieb sich das Kinn. Dann griff er sich in die schneeweißen Haare.

Maxwell strahlte: »Sie sind kohärent.«

»Ach so«, sagte Faraday und zog den Kopf ein, weil er nicht wusste, ob das etwas Gutes war. Zweimal stand da auch, wenn er das richtig sah, dass etwas gleich Null war.

Maxwell erklärte: »Im Vakuum.«

Sein Freund, Kollege und Bewunderer nickte ihm unsicher zu. Viele Jahre war es her, dass Faraday volle sechs Wochen im Keller experimentiert hatte, ohne Ergebnisse zu erzielen, um dann anhand seiner Aufzeichnungen festzustellen, dieselbe Messreihe im

Frühjahr schon einmal gemacht zu haben. Auch ohne Ergebnis. Wie viele Jahre? Er wusste es nicht mehr. Er hatte am Casselli-Instrument gearbeitet, schöne Messreihe eigentlich, oder war es Gravitation gewesen, etwas mit Gravitation, das Laborbuch wusste von einem Pfund Quecksilber. Temperaturen. Ja, ja, Anderson. War er nicht gestorben? Maxwell kannte ihn ja nicht. Aber Anderson war doch gestorben, oder?

Sarah lächelte, brachte Tee.

Auf dem Tisch lag ein angefangener Brief, er vergaß geschriebene Satzteile, bevor er damit fertig war, und musste vor und zurück, er konnte Sätze nicht zu Ende konstruieren, was sie ungelenk machte, und schlimmer noch, unsinnig und blöd. Im Notizbuch stand seine *Persönliche Erklärung*:

I. Jahre des Glücks hier, aber Zeit aufzuhören. Gedächtnisverlust und Lebensdauer des Gehirns erzeugen Zögerlichkeit und Unsicherheit der Überzeugungen, die der Sprecher zu vertreten hat.

II. Unfähigkeit, den Geist auf die Schätze des Wissens zu stützen, über die er früher verfügte.

III. Düsterkeit und Vergesslichkeit der eigenen Standards bezüglich Recht, Würde und Selbstrespekt.

IV. Strenge Pflicht, anderen gerecht zu werden, aber Unfähigkeit dazu. Rückzug.

Die Erklärung war nicht von jetzt. War er das? »Ich beschwere mich nicht«, hatte er vor Kurzem krakelig geschrieben, »ich erkläre nur und habe tausend Gründe, zufrieden zu sein.« War das vor Kurzem gewesen? Was hieß das, vor Kurzem, und was der junge Maxwell da, wenn man das rechnen nennen konnte, ob das jemals von, wer sollte, diese Theorie war diese Theorie, wo ist er ...

Abbott? Welcher Abbott?

»Wellen?«, hörte er jemanden sagen.

Natürlich.

Er nahm den Brief vom Tisch und knüllte ihn zusammen, bevor das Papier ins Feuer flog. Dann blickte er zum Fenster, wegen der Frischluft. Das Fenster war zu. Was denn? Er hätte gerne seinen Bruder noch einmal gesehen, Wowert, immer meinte Sarah, er habe einen Unfall gehabt, 1846, er sei von der Kutsche gefallen, und sie hätten einen langen Weg vor sich, hörte er sich wie durch Milchglas sagen, das er abwischen wollte mit der Hand, aber es wurde nicht klarer, verdammt, Sarah, nein, er hatte doch dieses Schiffchen aus Papier, schwamm es nicht gerade, und, ich, ja, ich wünschte mich ausruhen zu dürfen. Wo war denn Sarah jetzt hin?

Zum Abschied umarmte ihn Maxwell.

»Der mit dem Bart?«

5 Das Schaltpult

Hermann Einstein erschien nicht zum Frühstück. Erst kurz bevor sich Albert und Pauline in der Küche hinsetzten, war Hermann vom Schwabinger Fest nach Hause gekommen. Albert war schon wach gewesen, er hatte mit angezogenen Beinen in der Kuhle in seinem Bett gelegen und hatte ihn gehört, weil er einen Stuhl umgestoßen hatte, ins Badezimmer gegangen war, wo er rülpste und sich länger aufgehalten hatte, als es üblich war. Für Zeitabläufe hatte Albert ein äußerst gutes Gefühl, obwohl er sie beim Bau von Kartenhäusern oder Lesen von Büchern ohne Weiteres vergessen konnte.

»Nun iss«, sagte Pauline.

Mit aufgestütztem Ellenbogen hatte Albert den Löffel auf Mundhöhe in der Luft gehalten und las in den Münchener Neuesten Nachrichten, die ein Laufbursche eben unten auf die Stufen geworfen hatte. Er hatte die Zeitung hochgeholt, jetzt lag sie neben ihm, die obere Hälfte der ersten Seite nach unten. Auf der unteren las Albert, dass ein Professor H. Herz aus Karlsruhe elektrodynamische Schwingungen, die in einem Kabel stattfanden, auch im Raum um das Kabel herum habe nachweisen können.

»Hast du auch Onkel Jakob nach Hause kommen hören?«, fragte Pauline irgendwann.

Die Schwingungen verhielten sich nicht anders als ganz gewöhnliche Lichtwellen. Es gab geradlinige Ausdehnung, Polarisation, Reflexion und Brechung.

»Nun iss«, wiederholte sich Pauline, die vor zwei Stunden Höchtl geweckt hatte, damit er wenigstens den Generator anstellte. Danach hatte sie sich wieder hingelegt und die Firma sich selbst überlassen.

Albert aß den Haferbrei, der dampfend vor ihm stand, um sich wenige Minuten später in Mantel und mit ordentlich gebundenem Schal zu verabschieden und zur Schule zu laufen oder besser zu hüpfen, wo er den ganzen Tag einen desinteressierten Eindruck machte und mehrfach ermahnt wurde.

Er lernte, dass seit 1870 der Papst immer Recht hatte.

»Aber dich betrifft das nicht«, hatte der Lehrer ihm zugewandt ergänzt, ein Satz, den Albert so langsam wie alles andere wand und drehte, um zu sehen, ob ein Sinn darin steckte. Dass er nicht gleich einen fand, bedeutete gar nichts. Er wusste auch nicht, ob der Lehrer das freundlich gemeint hatte oder unfreundlich. Er wusste nur, dass, hätte es ihn betroffen, er widersprochen hätte. Deshalb hatte der Lehrer wohl gleich gesagt, es betreffe ihn nicht. So einer war er, aber interessanter war sowieso das Kabel und wie die Schwingungen aus ihm herauskamen, die wie Licht waren, nur unsichtbar.

Zehn Jahre später in Aarau hatte er sich, unsportlich wie er war, durch die Formeln von Maxwell geturnt. Mit ein wenig Übung war das sehr viel leichter, als es im ersten Moment aussah. Es gab Quellen und die Änderungen der Feldstärke mit den Raumrichtungen oder der Zeit. Längst wusste er auch, dass Hertz sich mit t schrieb, zum Glück. Das war männlicher. Als Heinrich Hertz hatte Albert den Namen sofort wiedererkannt, als er kurz vor der Flucht aus München von ihm hörte. Heinrich Hertz war ein handfester Name, fand Albert, und, was selten war, je länger man ihn vor sich hindachte, desto handfester wurde er. Heinrich Hertz war sechsunddreißigjährig gestorben. Laut seinem Lehrer Hermann von Helmholtz hatte Heinrich Hertz sich durch seine Entdeckung bleibenden Ruhm in der Wissenschaft gesichert: »Ihm selbst ist es dabei nur um die Wahrheit zu tun gewesen, die er mit äußerstem Ernst und mit aller Anstrengung verfolgte«, hatte Helmholtz gesagt, »nie machte sich die geringste Spur von Ruhmessucht oder persönlichem Interesse bei Heinrich Hertz geltend.«

Heinrich Hertz hatte einen Draht zum Kreis gebogen, mit einem kleinen Spalt an einer Stelle, und Strompulse darauf geleitet, die am Spalt einen Funken erzeugten. Er hatte ihn Rundfunk genannt. Ein zweiter, in einigem Abstand aufgestellter gleichartiger Kreis erzeugte dann ebenfalls Funken, im selben Moment, ohne selbst einen Strompuls zu benötigen. Das war so, als telepathierten sie miteinander. Anders konnte man das nicht bezeichnen. Der Abstand spielte quasi keine Rolle, exakt genau so, wie die Theorie vom längst mit achtundvierzig Jahren verstorbenen Maxwell es vorgab.

Einstein schrieb in sein Aarauer Tagebuch, die Verschmelzung der Optik mit der Elektrodynamik sei eine Offenbarung.

Aus einer Zeitschrift hatte er ein Foto von Michael Faraday geschnitten, es hing nun an der Wand, rechts neben dem Fenster. Der Mann mit dem Backenbart und den müden Augen – nein, es waren nicht die Augen, sondern das Gesicht, das Müdigkeit ausstrahlte, die Augen waren hellwach –, dieser Mann hatte die Motoren erfunden und die Generatoren, seine Induktion war der Witz des Telegraphen, in dessen Kabel Siemens laut Alberts Vater die Welt gewickelt hatte, und das Licht hatte Faraday als Erster in seinem Wesen erkannt. Alles, was in Albert Einsteins Leben war, hatte Faraday berührt. Das große Transatlantikkabel hatte auch nicht Siemens, sondern die *Atlantic Telegraph Construction Company* mit der *Great Eastern* gelegt, dem größten Schiff der Welt, einem Riesen, gebaut von Isambard Kingdom Brunel: Ein Freund Faradays. Brunel hatte sie bis zur Jungfernfahrt die *Great Babe* genannt, was genauso belächelt worden war wie alles andere an dem Schiff. Die Jungfernfahrt selbst hatte Brunel nicht mehr erlebt, zum Glück vielleicht, denn die *Great Eastern* rechnete sich nie, wie Albert las. Sie war ein Geldgrab.

Als das Schiff nach ein paar Ozeanüberquerungen mit sehr wenigen Passagieren und vielen Unfällen für ein Zwanzigstel seiner

Kosten den Besitzer wechselte und zu einem Kabelleger umgebaut wurde, lebte Faraday noch. Kein anderes Schiff hätte das gesamte Kabel aufnehmen können. Für die Verladung brauchten sie Monate, las Einstein in einem Fachblatt für Ingenieure.

Faraday hatte das nicht mehr wahrgenommen. Er saß meist in seinem Sessel mit Blick nach Westen über den Hampton Court Green und sah bewegungslos hinaus. Wer sich noch im Zimmer befand, vergaß er, kaum dass derjenige aus seinem Blickfeld trat. Schlafen und Wachen unterschieden sich nicht voneinander. Das langsame Zergehen der Kraft und des Lebens genoss er nun, denn wenn es einmal besser ging, dann so wenig, dass er es gar nicht mehr wünschte. Er begrüße das angesichts des Sterbens, das um ihn herum stattfand. An Schönbein, den engsten Freund, hatte er geschrieben: »Ob es noch mal besser wird – die Konfusion – weiß nicht. Ich werde nicht mehr schreiben. My love to you, Faraday.«

Schönbein schrieb nicht mehr zurück.

Einmal kam der Chemiker Henry Roscoe vorbei und fragte nach den Goldfolien, mit denen Faraday Lichtexperimente gemacht hatte. Sarah wollte helfen, indem sie ihn fragte, ob er sich nicht erinnerte an die schönen Experimente.

»Ja«, sagte er glücklich und mit zitternder Stimme, »Gold.«

Und nach einer langen Pause, in der das Zittern auf Roscoe übersprang, glücklich wie ein Kleinkind: »Gold, Gold.«

Wie seine Gedanken benahmen sich auch Hände, Arme und Beine, alles an ihm zitterte und wackelte, Muskeln und Organe waren mit so wenig Energie versorgt, dass reines Sitzen das Beste war, was er tun konnte, bis der Herrgott, der sich in letzter Zeit fast nur noch in der Zukunft aufhielt, an seinem riesigen Schaltpult ein flackerndes Licht entdeckte. Die Diode, an der *Michael Faraday* stand, kannte er gut. Sie flackerte schon sehr, sehr lange, denn der Herrgott hatte die mit einem Steckkontakt befestigte Diode, weil sie ihm zu hell war, schon vor Jahrzehnten mit Daumen und

Zeigefinger vorsichtig gelockert und ein klein wenig herausgezogen. Er hatte aufgepasst, dass er sie nicht aus Versehen ganz herauszog, wie es ihm zum Beispiel bei Humphry Davy nach ein, zwei Funkenschlägen unterlaufen war, und hatte sie dann locker stecken gelassen.

Sie hatte auch nach dem Eingriff meistens sauber geleuchtet, immer noch heller als andere, und sehr wenig geflackert. Nun leuchtete sie kaum noch, nur ab und zu blinkte sie noch einmal sichtbar auf. Nicht auszuschließen, dass noch ein dünner Ruhestrom ein durchgängiges Glimmen erzeugte, das konnte er in dem dauernd wachsenden Lichtermeer der fünf Millionen Dioden allein für London nicht beurteilen. Wahrscheinlich war der lockere Kontakt langsam oxidiert. An einem der Beinchen der Diode sah er einen weißen, pudrigen Besatz, das sah schon korrodiert aus. Erstaunlich, dachte er, wie sehr der Strom doch von sich aus dadurch wollte, damit das kleine Lämpchen weiterbrannte. Der Herrgott lächelte. Mit dem Daumen konnte er auf das Lichtlein drücken, die dünne Oxidschicht wäre abgerieben worden, der Kontakt hätte wieder volle Spannung bekommen, und das Licht hätte geleuchtet wie am ersten Tag. Aber was soll's, dachte er, als er die Diode mit Daumen und Zeigefinger herauszog und zu den anderen in den Eimer warf, der neben dem Schaltpult stand, wodurch hinter Faradays Augen das letzte Licht erlosch. Alle Ströme, auch die in den Windungen der Nerven selbstinduzierten Restströme verebbten in zwei, drei, vielleicht vier schwächer werdenden Regungen wie die Wellen eines vorbeigefahrenen leichten Bootes am Strand von Ramsgate. Sein Kopf fiel auf die Seite, die linke Hand rutschte am Sessel hinab, die rechte ließ im Schoß das Buch los, das sie eben noch unwissend gehalten hatte. Die letzten lebendigen Bilder von ihm waren schon eine Million Kilometer entfernt.

Der Herrgott ließ seinen Blick weiter über das Schaltpult wandern, prüfend, ob es noch etwas zu reparieren gab. Sarah, die neben Faraday so auf einem Stuhl gesessen hatte, dass er sie sehen konnte, seufzte. Sie schloss ihm die Augen, setzte ihn gerade, legte seine Hände, die sie so gut kannte, ineinander und nahm das Buch an sich. Sie stand auf, um sich einen Tee aufzusetzen und sich ein Tuch auf die Augen zu drücken.

»Fleiß und Gewissenhaftigkeit, der aufrichtige Wunsch nach einem Leben in Gottesfurcht, höchste Befriedigung durch bewiesene Wahrheit, Demut, Bescheidenheit, Geduld und der hohe Wert bestimmten und zuverlässigen Wissens«, sagte Reverend Samuel Martins, Gemeindepfarrer von Westminster, später, »waren die sieben leuchtenden Punkte in Faradays Charakter.«

Er blickte anschließend sehr wohlmeinend in Sarahs Augen, die sich bedankte. Sie würde sich ihren verbliebenen Sandemaniern zuwenden. Viele waren es nicht mehr. Sie hatten kaum Zulauf und sich im Streit über die richtige Art der Schlachtung gespalten.

Als Sarah aus der Kirche in den Londoner Smog trat, brüllten Zeitungsjungen ihr entgegen, was auf den hochgehaltenen Seiten in fetten Lettern nicht zu übersehen war: »Eine Vierzigstelsekunde! Eine Vierzigstelsekunde!« Das war die Zeit, die ein Signal durch das nach einigen Anläufen von der *Great Eastern* endlich erfolgreich verlegte Kabel jetzt von London nach New York brauchte.

6   William Kemmler

Sarah lebte, bis Albert Einstein geboren wurde, und wie sie die Vierzigstelsekunde gemessen hatten, fragte der sich sofort, als er davon hörte. Er war noch in München, und die Messung konnte unmöglich einfach gewesen sein. Ein Signal raste durch die Zeitzonen einer sich während der Hinreise weiter mit dem Signal drehenden Erde, die sich während der Rückreise des Signals entgegen der Richtung des Signals bewegte. Wenn das keine Rolle spielte, wollte er einmal herausfinden, wieso nicht. Aber man sollte überhaupt alle relativen Geschwindigkeiten sorgfältig beachten, damit man nirgends Fehler macht, dachte er. Wenn man auf die Uhr sah, spielte es doch eine Rolle, woher das Licht kam. Alles drehte sich und flog oder ruhte, Erde, Äther, Sonne, auch die Milchstraße bewegte sich womöglich, oder war die wenigstens festgemacht irgendwo?

Die Zeit, die der Lichtstrahl von der Uhr bis ins Auge benötigte, musste ja davon abhängen, mit welcher relativen Geschwindigkeit er zuvor auf die Uhr getroffen war. Wie bei den Ballspielen, die alle anderen in der Klasse so abgöttisch liebten und die er zu beobachten viel spannender fand, jeder Ball nach einem Aufprall davon abhing, woher er vor dem Aufprall wie schnell gekommen war. Wenn man eine Vierzigstelsekunde messen wollte, spielte davon sicher etwas eine Rolle, und man sollte, fand er, erst einmal Ordnung in dieses Chaos von Bewegungen bringen, bevor man einfach von einer Vierzigstelsekunde sprach, die man willkürlich an den Hügel in Greenwich genagelt hatte, auf dem sich Sonntags die Verliebten trafen, wie die Zeitung schrieb.

Die von den beiden englischen Journalisten beim gemeinsamen Frieren vor der Versuchsstation erwähnten Probleme mit der Geschwindigkeit des Lichtes kannte er noch nicht: Den Äther hatten zwei Amerikaner widerlegt, es gab keinen Äther. Dafür hatte man die Vermutung, Licht sei doch noch eigenartiger, als man annahm, denn es verdichteten sich die Hinweise, dass es immer gleich schnell war, egal wie man sich zur Lichtquelle bewegte. Arago hatte das als Erster gemessen, aber nicht verstanden, und Albert sollte später als Erster annehmen, dass, da die Geschwindigkeit nicht war, was alle dachten, Raum und Zeit es noch viel weniger waren.

Aber auch die Zivilisation war es noch nicht. Von ihr hörte Albert im Zusammenhang mit dem elektrischen Stuhl. Er wurde wie angekündigt gebaut.

»Sie mussten gebrauchte Generatoren nehmen«, erzählte Jakob beim Abendessen, »weil Westinghouse ihnen keine verkaufen wollte dafür. Und die haben sie in Brasilien gefunden. Sie haben allen gesagt, dass sie von Westinghouse sind, Wechselstromgeneratoren von Westinghouse nach Teslas Patent.«

Westinghouse hatte dann einen Anwalt angeheuert, den besten, den er kriegen konnte, den teuersten. Sie zogen vor den Supreme Court, weil die Verfassung grausame Bestrafung verbot. Zweimal unterlagen sie. Die Wissenschaft habe, so meinten die Richter, viel in die Forschung investiert und gezeigt, dass es eine saubere Art sei zu töten.

»Die Generatoren«, ließ auch Edison überall wissen, »sind in dieser Hinsicht sicher, sie sind ja von Westinghouse.«

Und so pilgerten Hunderte Menschen zum New Yorker Staatsgefängnis in Auburn, um enttäuscht festzustellen, dass die Exekution in einem geschlossenen Raum stattfand, zu dem nur fünfundzwanzig geladene Gäste Einlass erhielten. Der Konstrukteur Fred Leuchter hatte ausgerechnet, dass fünf Ampere, die mittlerweile gültige Einheit für Stromstärke, bei zweitausendsechshundertvierzig Volt, der Einheit für Spannung, die richtige Leistung war, um

William Kemmler, einen eifersuchtskranken Alkoholiker aus Buffalo, elektrisch zu töten. Kemmler war eines Tages bei seinem Nachbarn erschienen und hatte mitgeteilt, seine Freundin Tilly gerade erschlagen zu haben und den Strick zu erwarten.

Zweitausendsechshundertvierzig waren genau richtig. Bei höherer Leistung würde es schneller gehen. Aber Kemmler würde vor den Augen der Zeugen zu Asche verbrennen. Weniger wäre zu langsam.

Der Generator brummte im Nebenraum, als alle Platz genommen hatten, auch Kemmler, dem ein Metallband um den Kopf gelegt wurde. Der Henker befestigte eine Elektrode an der Wirbelsäule. Aufgeregt befeuchtete er beide Kontakte mit einer Salzlösung, wurde von Kemmler zur Gelassenheit gemahnt, ging in den Nachbarraum und legte den Schalter um.

William Kemmlers festgeschnallter Körper wand sich in Krämpfen, er wurde knallrot, und als nach siebzehn Sekunden der Strom abgestellt wurde, sagte Albert Southwick, einer der Verfechter der Exekution, man habe nach zehn Jahren Forschung eine höhere Stufe der Zivilisation erreicht. Kemmler hing vornüber, so weit es die Lederriemen erlaubten. In die Stille hinein hörten erst die Zeugen in den vorderen Reihen, dann auch die im Rückraum sein Atmen und Röcheln, in das sich die Muckser und binnen weniger Sekunden die Schreie der Anwesenden mischten.

Kemmler hob den qualmenden Kopf und sah eine Frau in der ersten Reihe mit einem Auge an. Das andere war verschmort, gelbliche Flüssigkeit lief heraus und tropfte vom Kinn auf den Anzug.

Southwick rannte in den Nebenraum und kam nicht wieder. Der Henker sollte den Strom erneut einschalten, aber der Generator war abgestellt. Während aus den Hosenbeinen von Kemmlers Anzug Urin, Blut, Wasser und flüssiger Kot liefen und eine schlierige Lache auf dem Steinboden bildeten, fiel erst ein Mann in der letzten Reihe, dann einer weiter vorne in Ohnmacht. Mehrere

Anwesende erbrachen sich. Die meisten anderen rannten hinaus, während der Generator endlich aufheulte. Sie mussten warten, bis genug Spannung aufgebaut war. Der Delinquent röchelte, hatte das intakte Auge aber geschlossen.

Nach dem Ablauf einer Minute konnte Kemmler mit Strom versorgt werden, der ihn aufrichtete wie ein Ausrufezeichen und sein Röcheln in einen nie gehörten und von den Anwesenden nicht zu vergessenden Laut übergehen ließ, bevor er, stinkenden Qualm absondernd, tot zusammensackte.

Es war eine Frau, die ihrer Empörung Ausdruck verlieh und der Meinung war, dass Töten ohne Töten nicht möglich sei, aber noch verstand man sie nicht. Edison fragte keiner mehr nach seiner Meinung. Albert überlegte, ob er mehr an Gott zweifeln sollte oder an seinen Artgenossen, und ob Affen so etwas auch machten, wären sie intelligent genug.

»Sie haben es vermasselt«, meinte Jakob, aber weder er noch Hermann überdachten ihre Einstellung zum Wechselstrom, denn »damit hatte es ja eh nichts zu tun«.

7   Das Ende der Physik

Bis Einstein Deutschland verließ und auch die Rauchpilze, die er vom Blitz des Fotografen kannte, als seine überdimensionierten, wahr gewordenen Alpträume über Japan fotografiert wiedersehen sollte, weil seine Artgenossen nichts Besseres wussten, als dass die Welt für ihre Widersprüche zu klein war, dauerte es noch. In Aarau ahnte er davon nichts, als er durch Maxwells Theorie turnte.

Er war abgelenkt von dem Geräusch hoher Schuhe auf dem Gehweg vor dem Haus. Eigenartigerweise kamen sie weder näher, noch entfernten sie sich. Er hörte genau hin. Sie hatten keine Richtung. Eine Minute ging das mindestens so: Tack-Tack-Tack-Tack-Tack-Tack-Tack-Tack.

Dass sich Schallwellen so benehmen können wie Geschosse, dachte er, von jedem einzelnen getroffen: Merkwürdig.

Er klappte das Heft zu, dem er die Offenbarung anvertraut hatte, schloss es im Schreibtisch weg, knipste das Licht aus und begab sich in die Küche, wo es nach Kartoffelpüree roch und er Marie Winteler, die dafür sehr empfänglich war, Augen machen konnte. Immer häufiger musste er an den nächsten Sündenfall denken, immer öfter von ihm sprechen, wenn er mit seinen Freunden zusammen war. Als habe er keine Kontrolle über sich.

Bald verließ er das Haus, um in Zürich zu studieren, Physik, und gegen den Willen der Eltern, die ihn gern in der Firma gesehen hätten. Nach einer zweiten Pleite starteten sie gerade den dritten Versuch. Albert Einstein hatte aber im kleinen Finger mehr Eigensinn als seine beiden Eltern zusammen. Deshalb störte ihn auch ein anderer gut gemeinter Rat nicht: »Die Physik«, wurde ihm überall begeistert gesagt, »ist mit Maxwells Theorie der elektromagnetischen Wellen zu Ende. Schöner geht es nicht. Da kommt sicher nichts Neues mehr.«

Er tat es dennoch, denn das Studium der Natur war besser als die ewig wechselnden Wünsche des täglichen Lebens. Er beendete das Studium, brach zwei Doktorarbeiten ab, war arbeitslos, zog nach Bern, wo er Privatgelehrter war und Patentbeamter dritter Klasse. Sein Vater Hermann Einstein erlaubte nach endlosen Querelen auf seinem Sterbebett die Heirat mit der Serbin Mileva Marić.

Bei einem Freund sah Einstein ein versehentlich nur sehr kurz belichtetes Foto der Berner Berge, das ihn beschäftigte: Es zeigte nicht etwa das ganze Bild sehr blass und schwach, sondern nur einzelne Punkte. Eine Kontur gab es nicht. Er probierte es mit einem Fotoapparat und dem Fotolabor seines Freundes Michele Besso selbst aus und fand, dass die Berge erst bei längerer Belichtungszeit auf dem Foto entstanden, nicht aus einem blassen Bild, das kräftiger wurde, sondern wie bei einem Mosaik, das nach und nach die Punkte zum Bild der Berge sammelte, in vollkommen zufälliger Reihenfolge.

Mit den verehrten Wellen war das nicht zu erklären, und weil ihm außer dem Denken nichts heilig war und sein Gemüt schlicht, musste er plötzlich an ein Lichtteilchen denken, das wie ein Geschoss den Film oder das Fotopapier traf. Und weil es so plötzlich passiert war, ging er danach sehr lange spazieren und dachte, dass wir doch wieder nur die Hälfte von allem gewusst hätten. Das amüsierte den lieben Gott sehr: »Die Hälfte!«

Einstein irritierte das nicht. Er schrieb eine Arbeit über das Lichtteilchen und das Fotopapier und sandte sie an Herrn Professor Max Planck nach Berlin, der die *Annalen der Physik* herausgab und die Arbeit druckte, weil er sie und den Einstein interessant fand. Planck hatte selbst in der Theorie der Wärmestrahlung so etwas Ähnliches wie ein Teilchen benötigt, obwohl es ihm gar nicht gefiel.

Einstein zog durch Länder und Städte und hielt Vorträge über das Lichtteilchen, für das es, da die Zeit immer nur in eine Richtung ging, immer mehr Indizien gab. Fündig wurde er bei Heinrich Hertz, der seinen eigenen Fotoeffekt entdeckt hatte. Einstein erntete Grinsen und manchmal Gelächter von denen, die es schon lange besser wussten. Professor Planck schlug ihn dennoch zur Aufnahme in die Preußische Akademie der Wissenschaften vor. Er entschuldigte den Kandidaten, manchmal schieße der übers Ziel hinaus. Das habe man ja beim Postulat des Lichtquants gesehen.

Einstein wusste von der Entschuldigung nichts und zog weiter über Land und durch Städte, Salzburg, Prag, Brüssel, und sagte auch sonst immer seine Meinung, bis ihm die Schwedische Akademie einen Preis verlieh für das Teilchen, aus dem das Licht zweifellos gemacht war. Da hatte er mit Mileva schon einen Vertrag abgeschlossen, einen Scheidungsvertrag, und das Preisgeld war ihrs.

Einstein heiratete seine geschiedene Cousine Elsa Löwenthal, geborene Einstein, und ging weiter auf Sündenjagd. Auch deshalb reiste Gott mit seinem Auge am liebsten zu der Stelle zurück, wo Einstein noch gedacht hatte, wir wüssten schon die Hälfte, und lachte immer, allein wie er war, in sein Universum hinein. Wie das aber so ist mit dem Betrachten eines Bildes, je genauer man hinsieht, desto mehr löst es sich auf. So war es auch hier. Und weil alle Lust Ewigkeit will, fuhr Gott mit seinem Auge immer langsamer daran entlang, um immer mehr Einzelheiten auflösen zu können. Bis er eines Tages erkannte, dass Einstein bei dem Gedanken, doch erst die Hälfte gewusst zu haben, ein sehr feines Lächeln zeigte, das Gott entsetzte.